KB180113

17세기
한국
소설사

전쟁과 이념의 시대, 소설로 읽다

17세기
한국
소설사

정길수 지음

알렙

머리말

　한국 고전소설사 서술은 1933년에 출간된 김태준의 『조선소설사』에서 시작되었다. 『조선소설사』는 80년이 지난 오늘의 시점에서 보더라도 여전히 기념비적 성과다. 그러나 수많은 연구 성과가 쌓이면서 그 취약점이나 미비점이 드러나는 것 또한 당연한 일이다. 연구자들은 좀 더 구체적이고 체계적인 새로운 소설사 서술이 필요하다는 데 공감한다. 그러나 한 사람의 연구자가 전체 흐름을 총괄하여 소설사를 집필한다는 것은 오늘날 매우 부담스러운 일이 되었다. 연구 분야가 거듭 세분화되고, 각 분야마다 방대한 연구 논저가 축적되다 보니, 하나의 작품, 하나의 세부 테마에 대한 연구사를 파악하는 일만 해도 많은 시간과 노력이 필요해졌다.

　저자는 17세기 한국 고전소설 주요 작품만을 대상으로 삼아 소설사 서술을 시험해 보기로 했다. 왜 17세기인가? 전쟁으로 시작된 이 시기 조선 사회의 큰 변화 때문이다. 임진왜란과 병자호란이 이어진 전란의 시기에 조선은 혹독한 시련을 겪었다. 17세기 후반으로 접어드는 시점에는 대기근이 발생하여 전후 복구와 새 시대를 향한 출발이 순탄하게 이루어질 수 없었다. 이처럼 17세기 조선 사회는 고난과 시련으로 점철되었으나, 역설적이게도 이 시기는 한국 고전소설의 '황금시대'였다. 동시대 세계명작소설로 자신 있게 내세울 수 있는 「운영전雲英傳」과 『구운몽九雲夢』을 비롯한 다수의 명작과 문제작이 바로 17세기에 탄생했다.

소설사는 기본적으로 작품의 역사인바, 작품의 세밀한 독해로부터 출발해야 한다고 믿는다. 그리하여 이 책에서는 가급적 작품의 서사 진행 순서에 따른 서술을 통해 작품에 대한 기억을 되살리면서 작품의 주요 지점을 짚어 보는 방식을 취했다. 또한 수많은 연구자들의 노고가 깃든 연구 성과에서 출발하되 중립적인 시각에서 기존 연구를 종합하는 방식을 취하지 않고 저자 나름의 시각으로 소설사를 재구성하고자 했다. 부족한 점이 도처에 있겠지만 17세기 소설사를 보는 큰 틀을 '전쟁'과 '이념'으로 설정하면서 「요로원야화기要路院夜話記」를 비롯한 몇몇 주요 작품들을 아우르지 못한 점이 특히 아쉽다.

세 번째 저서를 내기까지도 많은 분들의 배려와 지원이 있었다. 이 책의 밑거름이 되는 연구 성과를 남겨 주신 수많은 선학들, 선생님과 선배 동학들, 새로 인연을 맺게 된 알렙 여러분, 저술 지원을 해 준 한국연구재단, 사랑하는 가족, 오늘도 여전히 공부하며 살 수 있게 해 주신 모든 분들께 깊이 감사드린다.

2016년 4월
정길수

2부 이념의 시대

17세기 소설사 서설

한국 고전소설사의 17세기는 1592년 임진왜란王辰倭亂의 발발로부터 시작된다. 1598년까지 계속된 이 전쟁은 한국·중국·일본 동아시아 삼국에 결정적인 변화를 초래했다. 중국과 일본은 왕조 교체, 혹은 막부幕府 교체를 통해 번영을 위한 새로운 시대의 개막을 알렸다. 반면에 왕조가 그대로 유지된 조선은 임진왜란 종전 30년 뒤의 정묘호란丁卯胡亂(1627)에 이어 병자호란丙子胡亂(1636)까지 겪으며 나락에 떨어졌다. 17세기 전반의 대부분을 포괄하는 전란의 시기 내내 조선은 정치·경제·사회의 모든 면에서, 특히 서민 생활의 측면에서 '암흑기'라 해도 좋을 만큼의 혹독한 시련을 겪었다. 특히 병자호란은 조선의 사대부에게 전대미문의 정신적 충격을 준 사건이었다. 임진왜란이 일어난 1592년부터 '환향녀還鄕女' 문제로 여전히 어수선한 1640년대에 이르기까지 조선 사회의 거의 모든 것이 임진왜란·병자호란의 사회적 충격과 밀접한 관계를 맺지 않을 수 없었다. 이 시대는 '전쟁의 시대'로 명명할 만하다.

17세기 후반으로 접어드는 1650년 전후의 조선 사회는 여전히 참혹하다. 전후 복구가 아직 완벽히 이루어지지 않은 상황에서 설상가상으로 대기근이 이어지며 전체 인구의 20퍼센트가량이 목숨을 잃은 것으로 추산되고, 국가 재정은 전란 시기보다도 악화되었다. 당시의 인구 통계를 근거로 삼아 추정해 보면, 1648년까지는 병자호란 이후 서울의 복구가 제대로 이루어지지 않았고, 1657년까지도 큰 변동이 감지되지 않다가, 1669년에 이르러 10년 전에 비해 두 배 이상의 비약적인 인구 증가가 이루어졌다. 급격한 출생 증가와 대규모 인구 유입 등 몇 가지 요인을 들 수 있으나 적어도 서울은 전후 복구 사업이 어느 정도 일단락된 상태로 보인다.

17세기 후반 조선 사회의 핵심어는 '복구'와 '재편'이다. '복구'와 '재편'의 방향에 대한 생각은 여러 갈래로 나뉠 수 있으나 어느 쪽이든 '복구'와 '재편'을 위해서는 정치·경제·문화 등 다양한 방면의 힘을 결집해야 했다. 경제의 측면에서는 청나라와 일본의 교역 단절 상태에 힘입은 조선의 중계무역이 그 한 역할을 담당했다. 정치·사상의 측면에서는 북벌론北伐論과 화이론華夷論, 그것이 이념화된 조선중화주의朝鮮中華主義가 주류 담론을 형성했다. 문화 방면 역시 정치·사상 영역의 주류 담론과 밀접한 관계를 가졌다. 문학 작품 속에서 주류 담론은 형상을 통해 이념화되었는데, 17세기 후반 '복구'와 '재편'의 과정에서 장편소설의 형식이 '이념 도구'로 재발견되었다. 따라서 소설사

　　　　　　　　　　　　　　　　17세기 한국 소설사

의 이 시대는 '이념의 시대'로 명명된다.

17세기 조선 사회는 고난과 시련의 연속이었지만, 역설적이게도 이 시기는 한국 고전소설의 '황금시대'였다. 한국 고전소설의 대표작으로 꼽히는 작품 중『금오신화金鰲新話』와「춘향전」을 제외한 나머지 걸작들, 즉「운영전雲英傳」과『구운몽九雲夢』이 탄생한 시기가 바로 17세기이다.「운영전」의 좌우에는「주생전周生傳」과「최척전崔陟傳」같은 빼어난 중단편 애정소설이 있고,『구운몽』주변에는「남정기南征記」(사씨남정기),『창선감의록倡善感義錄』,『소현성록蘇賢聖錄』등 한국 고전장편소설의 초기작이자 대표작이 포진해 있다. 전란 체험을 직설적으로 토로한 몽유록夢遊錄 형식의「달천몽유록達川夢遊錄」과「강도몽유록江都夢遊錄」, 아직까지 그 문제적 성격이 충분히 규명되지 않은「임진록壬辰錄」또한 17세기의 주요한 문학 성과다. 장편소설의 성행과 독자층의 확대, 대중적 파급력 등의 측면에서는 18세기 혹은 19세기가 고전소설의 전성기라 할 수 있으나, 작품의 질적 수준과 문제의식, 다양성, 참신함의 측면에서 고전소설의 명작과 문제작은 17세기에 거의 집약되어 있다고 해도 과언이 아니다. 18세기에 일대 유행한 한글 장편소설의 대부분이 17세기 후반에 탄생한 장편소설의 확장 형태라고 본다면 18세기의 소설 성행 또한 17세기 소설의 유산이다. 17세기 소설사는 한국 고전소설사의 황금시대 걸작들을 상당 부분 아우르며 소설사의 의미 있는 변화를 추적할 수 있다는 점에서 대단히 큰 의미를 가진다.

17세기를 전후하여 몇 가지 주목할 만한 변화의 징후가 발견된다. 이전 시기까지 소설의 거의 유일한 형식이 한문 문언文言 단편소설이었던 데 반해, 17세기로 접어들면서는 한문소설의 중장편화, 한글소설의 성장, 한글 장편소설의 등장이 감지된다. 형식의 변화는 다른 제반 요소가 변화한 결과에 다름 아니다. 이 시기 들어 문학 담당층의 소설관이 변모·확립되고 소설 독자층이 확대되면서 소설 형식이 크게 일변하였음은 충분히 짐작되는 사정이다. 소설의 양적·질적 성장이 두드러진 이 시기에 기존의 소설 관념과 새로운 소설 관념이 충돌하고, 새로운 작품이 기존 작품을 계승하거나 부정한 결과 새로운 소설 형식이 출현하게 되었다.

17세기 소설사는 크게 다음의 세 가지 흐름으로 나누어 볼 수 있다. 하나는 기존의 한문 문언 단편소설이 지속되는 흐름이다. 16세기까지의 소설에서 주류를 차지하고 있는 것은 전기소설傳奇小說의 계보에 속하는 작품들이다. 이 계보는 「최치원崔致遠」에서 『금오신화』와 『기재기이企齋記異』를 거쳐 몽유록 형식의 초기작인 「원생몽유록元生夢遊錄」에까지 이어졌다. 17세기로 접어들어서는 전기소설의 전통을 계승·변용하면서 중편화 경향을 뚜렷이 보이는 「주생전」·「운영전」·「최척전」 등의 수준 높은 애정전기愛情傳奇가 등장했다. 허균許筠의 「남궁선생전南宮先生傳」과 「장생전蔣生傳」은 우리 전기소설사에 신괴전기神怪傳奇와 호협전기豪俠傳奇의 발전 가능성을 보여 주었다. 한편 몽유록 형식을 빌려 임진왜란과 병자호란의 체험을 담은 「달천몽유록」과 「강도몽유록」 등의 작품이 창작되는 한편, 역시 전란을 배경으로 한 「강로전姜虜傳」·「김영철전金英哲傳」과 같은 전계소설傳系小說이 속속 등장했다. 17세기 후반에는 희작戲作의 형식 속에 예리한 비판의식을 담은 「요로원야화기要路院夜話記」가 등장함으로써 한문소설의 영역이 더욱 확대되었다.

다음으로 중단편 한글소설의 등장이 이 시기 소설사의 새로운 흐름으로 자리 잡았다. 중편소설 「임진록」과 「숙향전」을 그 대표작으로 꼽을 수 있는데, 두 작품 모두 다수의 한글·한문 이본異本을 가진 인기작이었다. 「숙향전」은 후대 장편소설에 큰 영향을 준 여성 수난 서사가, 「임진록」은 임진왜란을 기억하는 독특한 방식이 주목할 만하다.

마지막 흐름은 장편소설이다. 『구운몽』과 『창선감의록』이 17세기 후반에 창작된 대표적인 작품이다. 이와 함께 한글 장편소설 『소현성록』 역시 17세기 후반에 창작되었다는 점이 특기할 만하다. 『구운몽』이 전기소설로부터 체득한 소설미학에 기반하여 당대의 높은 미의식을 구현한 완정한 형식을 보여 주었다면, 『창선감의록』은 많은 등장인물과 복잡한 갈등 구조를 통해 장편소설이 대하소설大河小說로 확장되는 단초를 제공했고, 『소현성록』은 뚜렷한 가문의식 아래 '세대록世代錄'의 형식으로 소설의 편폭을 크게 확장하여 본격적인 '장편소설 시대'의 개막을 알렸다.

제1부

전쟁의 시대

1° 전쟁과 사회

임진왜란과 병자호란은 17세기 동아시아 격변기를 집약한 역사적 사건이다. 두 전쟁은 조선 사회의 물적 기반을 황폐하게 했을 뿐 아니라 조선의 상하 모든 계층에 거대한 정신적 충격을 주었다. 전쟁의 가장 큰 피해자인 민중으로서는 임진왜란의 피해가 워낙 압도적이었으나, 지배층의 입장에서는 병자호란의 상처가 더 심각했을 것으로 본다. 국제적으로는 '소중화小中華', 나라 안에서는 '상전上典'이라는 우월의식이 돌이킬 수 없는 손상을 입었기 때문이다.

임진왜란은 1592년 4월 13일 왜군의 선발대가 부산에 상륙하면서 시작되어 1598년 11월 19일 왜군이 철수하기까지 6년 8개월 동안 벌어진 전쟁이다. 중간에 몇 년간의 소강상태가 있었으나 1592년 5월부터 이듬해 1월까지, 또 화의가 결렬된 뒤 1597년 1월 15일 왜군의 2차 침공으로 시작되어 1598년까지 이어진 이른바 '정유재란丁酉再亂' 기간

동안 우리 역사상 유례를 찾기 어려울 만큼 넓은 전장戰場에서 치열한 전투가 벌어졌다. 당시 일본의 조선 침략 병력은 20여만 명으로 알려져 있다. 일본군은 100년 가까이 벌어진 내전으로 축적된 전쟁 경험과 조총鳥銃으로 대표되는 화력을 지니고 있었다. 일본의 정예부대는 지상전에서 거의 패배하지 않았고, 특히 전쟁 초기에는 별다른 장애 없이 승승장구하며 조선 전역을 거의 손아귀에 넣었다.[1]

초기 전쟁의 분수령은 달천達川 전투였다. 신립申砬이 이끄는 조선 군대는 유리한 지형인 조령鳥嶺을 포기하고 충주 달천강 탄금대彈琴臺 앞에 배수진을 치고 왜군을 기다렸다. 고니시 유키나가小西行長가 이끄는 왜군은 4월 27일에 아무런 저항 없이 조령을 넘어 이튿날 충주로 들어왔다. 결과는 조선군의 전멸이었다. 신립의 패배 소식이 조정에 알려진 것은 4월 29일 저녁이었고, 그 직후 선조의 피난이 결정되었다. 선조는 개성에 머물다가 서울이 함락되었다는 소식을 듣고 평양으로 피했으며, 임진왜란 발발 후 두 달 남짓 지난 6월 22일 의주에 이르렀다.[2] 전쟁 초기의 무방비 상태, 장수들의 판단 착오가 일방적인 패배를 초래했으며, 이 문제에 대한 신랄한 비판이 뒤따랐다. 당시의 이런 정황을 반영한 작품이 바로 「달천몽유록」이다.

국면 전환의 계기가 된 것은 이순신李舜臣, 1545~1598의 남해 장악, 의병의 활약, 명나라의 참전이다. 도요토미 히데요시豊臣秀吉, 1537~1598는 조선을 침략하면서 궁극적인 목표가 중국 침략에 있음을 분명히 했다. 히데요시는 두 방향의 침공로를 설정했으니, 하나는 조선과 요동遼東을 거쳐 북경北京으로 들어가는 것이었고, 다른 하나는 뱃길로 중국의 동남 해안을 침입하여 절강성浙江省과 복건성福建省 일대를 차지하는 것

17세기 한국 소설사

이었다.[3] 일본의 야욕이 이처럼 명백한 이상 명나라도 참전하지 않을 수 없었다. 그러나 명나라의 선발대는 평양에서 참패당했고, 이후 명나라는 유격장군遊擊將軍 심유경沈惟敬을 내세워 일본의 고니시 유키나가와 강화 회담을 벌이는 데 주력했다.[4] 조선 국토에서 벌어진 전쟁이었으나 조선이 배제된 채 명나라와 일본이 회담의 파트너가 된 것인데, 이런 사정은 임진왜란이 끝날 때까지 크게 바뀌지 않았다. 정전停戰 협상이 결렬된 뒤 명나라는 10만 이상의 군사를 전쟁에 투입했다.

조선 관군이 전열을 정비하던 중 1592년 12월 이여송李如松이 이끄는 명나라 군대가 조선으로 들어오고 전국 각지에서 의병 활동이 벌어지면서 전세에 변화가 오기 시작했다.[5] 1593년 1월 조선과 명나라의 연합군은 평양을 되찾았고, 그 기세를 몰아 서울을 향해 진격했으나 1월 27일 서울 북쪽의 벽제관碧蹄館에서 대패한 뒤 개성으로 물러났다. 이후 명나라는 다시 일본과의 화의에 적극적으로 나섰고, 일본 역시 화의를 받아들여 1593년 4월 18일과 이튿날에 걸쳐 병력을 한강 남쪽으로 철수한 뒤 한반도의 동남 해안에 성을 쌓고 주둔하며 장기전의 태세를 갖추었다.[6]

조선군이 서울에 입성한 것은 왜군이 철수한 직후인 1593년 4월 20일이었으나 도성으로 돌아오기를 주저하던 선조가 결국 서울로 돌아온 것은 다섯 달 남짓 뒤인 10월 4일이었다. 선조와 조정 신하들이 맞닥뜨린 현실은 대단히 참혹했다. 선조가 서울로 돌아오기 한 달 전 미리 서울에 다녀온 대사헌大司憲 김응남金應南의 보고는 다음과 같다.

신臣이 처음 경성京城에 도착하여 살펴보니, 종묘宗廟·사직社稷과 궁궐은 남김없이 불타 허물어졌고 큰 저택과 일반 백성의 집도 거의 다 무너져 불탄 흔적이 낭자하며 백골白骨이 도처에 흩어져 있었습니다. (…) 창고에 저장된 곡식이 없어 진제장販濟場(진휼소)을 설치하기는 했으나 굶주린 백성을 두루 구할 수 없으니 하루에 죽는 백성이 부지기수인지라, 시체가 길에 가득하고 썩은 살이 냇물을 메웠으며 살아남은 자도 모두 도깨비 몰골이어서 마침내 다 죽게 되리라는 것을 그들 스스로 알고 있습니다.[7]

전란의 와중에 기근과 전염병까지 겹쳐 사정은 갈수록 악화되었다.[8] 이제 전쟁으로 인한 참상은 상상을 초월하는 지경에 이르렀다. 사헌부의 보고 내용은 참으로 충격적이다.

기근이 극심하여 심지어는 인육人肉을 먹고도 전혀 이상하게 생각지 않기에 이르렀습니다. 굶어죽어 거리에 버려진 시신의 살을 도려내 살점이 성한 시체가 없을 뿐 아니라 산 사람을 도살하여 내장과 골수까지 먹는 일도 있습니다. (…) 도성 안에서 이처럼 놀라운 변고가 일어나고 있으나 형조刑曹에서는 굶주린 백성의 무뢰한 행동이라며 체포하여 엄금하는 일을 태만히 하고 있으며, 체포된 자에 대해서도 엄중히 다스리지 않고 있습니다.[9]

직접 참사를 겪은 민중들의 절망과 분노는 말할 것도 없고, 민중의 참상을 접한 지식인들 또한 분노와 환멸에 사로잡혔다. 전쟁의 참상을 기록한 「임진록」과 「달천몽유록」에 표출된 분노는 물론 「주생전」과 「운영전」의 기저에 깔린 환멸 역시 저간의 사정을 반영한다.

이후 전쟁은 몇 년간의 소강상태에 빠졌다. 명나라와 일본은 조선

17세기 한국 소설사

을 배제한 채 지루한 화의 협상을 이어 갔고,[10] 협상이 완전히 결렬되자 일본은 정유년인 1597년 1월 13일 다시 대대적인 침공에 나섰다. 정유재란이다. 가토 기요마사가 이끄는 군대는 울산 일대를 점령한 뒤 경상도 합천과 안음을 거쳐 호남으로 진출하더니 수군水軍과 합세하여 남원을 공격했다.[11] 남원 일대의 피해가 대단히 컸는데, 「최척전」의 전반부에 당시의 상황이 서술되어 있다. 그러나 이후 왜군은 이순신이 이끄는 조선 해군의 눈부신 활약으로 소기의 목적을 달성할 수 없었다. 1598년 8월 도요토미 히데요시의 급작스러운 죽음 이후 왜군 철수령이 내려졌고, 왜군의 주요 병력은 명량해전과 노량해전으로 큰 타격을 입은 뒤 11월 19일 완전히 퇴각했다. 이로써 정유재란이 종결되었다.[12]

7년 가까이 지속된 임진왜란은 결과적으로 승자도 패자도 없는 전쟁이었으나, 전쟁으로 인한 극심한 피해는 고스란히 조선의 몫이었다.

하지만 조선의 수난은 이것으로 끝나지 않았다. 임진왜란을 전후하여 누르하치가 이끄는 북방 여진족의 세력이 급성장하며 명나라와 조선을 동시에 압박했다. 명나라와 후금後金의 다툼에서 분수령이 된 사건은 1619년의 사르후薩爾滸 전투였다. 이때 명나라와 후금이 동시에 조선의 지원을 요청했다. 광해군光海君은 강홍립姜弘立을 도원수都元帥로 삼아 명나라를 도울 병력 1만 5,000명을 파견했으나, 명나라를 지원한다는 명목과는 달리 실은 명나라와 후금의 전세를 관망하다가 유리한쪽에 서라는 밀명을 띤 것이었다. 결국 이 전투에서 명나라가 참패하면서 명과 후금의 세력 균형이 깨졌다. 당시 심하深河 전투에서 명나라 유정劉綎의 휘하에 배속되었던 강홍립의 조선군은 모두 후금에 투항했다.[13]

명과 후금 사이에서 광해군 정부가 펼친 중립외교는 1623년 인조반정仁祖反正으로 종언을 고했다. 인조반정 세력이 광해군의 핵심 실정으로 지적한 일 중 하나가 바로 명나라를 배신하고 후금의 편에 섰다는 것이었다. 인조와 반정공신들은 인조반정의 명분을 위해서라도 후금과 맞서 싸워 '명나라의 은혜'에 보답해야 했다. 그러나 후금은 날로 세력을 확장해 갔고, 명나라 내륙으로 들어서기에 앞서 조선을 굴복시켜 뒷문을 단속해 두고자 했다. 가도椵島에 주둔한 채 후금의 후방을 불안하게 했던 모문룡毛文龍 세력을 제거하는 일도 시급한 문제였다. 이런 배경 아래 일어난 사건이 바로 1627년의 정묘호란이다.

아민阿敏이 이끄는 후금 군대는 앞서 후금에 투항한 강홍립을 앞세워 1627년 1월 13일 압록강을 건너 왔다. 의주·안주·평양이 속수무책으로 무너졌고, 인조는 뾰족한 대책 없이 강화도로 피난 갔다. 황해도 이북을 유린하던 후금 군대는 애당초 장기전을 펼 생각이 없었기에 재빨리 화의를 제안했고, 결국 3월 3일 인조는 후금과 조선이 형제의 나라가 된다는 화약和約을 맺었다. 후금이 형, 조선이 아우가 되기로 했으니 인조반정의 명분에 비추어 어불성설의 상황을 받아들인 것이다.[14] 「강로전」은 바로 심하 전투로부터 정묘호란에 이르는 당시의 정세를 특정 시각에서 다룬 작품이다.

비록 미봉책으로 정묘호란이 일단락되었으나 인조 정권은 '오랑캐' 후금의 아우가 되어 명나라를 배신하는 것을 받아들일 수 없는 상황이었다. 광해군을 몰아내고 정권을 차지한 이유가 무색해지기 때문이다. 이후 후금의 홍타이지가 황제를 칭하고자 하면서 조선의 복종을 요구하자 1636년 3월 인조는 마침내 정묘호란의 화약을 깨고 후금과의 관계를 끊겠다고 선포했다.[15] 홍타이지는 4월 11일 국호를 '청淸'으로 고치고 황제에 즉위했다. 즉위식에 참석했던 조선 사신 나덕헌羅德憲과 이확李廓은 조선이 청나라의 신하 나라가 아니라며 끝내 홍타이지에게 절하지 않았다. 당시 청나라는 명나라를 능가하는 국력을 가졌다는 자신감을 지니고 있었다. 이런 청나라가 자신들의 힘을 인정하지 않는 조선을 무력으로 굴복시키리라는 것은 예측 가능한 일이었다. 청나라가 조선 침략의 명분으로 내세운 것은 1619년의 사르후 전투에 조선이 명나라를 위해 지원병을 파견한 일, 후금에 투항한 모문룡 휘하 장수를 공격한 일, 여전히 명나라를 돕고자 하여 청나라의 요구에 응하지 않다가 급기야 청나라와의 관계를 끊겠다며 정묘년의 화약을 깬 일 등이었다.[16]

1636년 12월 9일 청나라 군대가 압록강을 건넜다. 병자호란의 시작이다. 청나라 군대는 조선 군사들이 지키는 산성山城을 하나하나 공략하는 방식을 취하지 않고, 산성을 내버려 둔 채 의주에서 안주, 평양을 거쳐 서울을 향해 거침없이 대로를 달렸다. 산성 수비를 위해 모여 있던 조선 군대는 오히려 청나라 기병을 뒤에서 쫓아가야 하는 불의의 상황을 맞았다. 조선은 청과의 관계를 끊겠다고 호기롭게 선언했으나 청나라의 침략에 제대로 대비하지 못했다. 수군이 없는 청나라의 약점만 생각하고 오직 강도江都(강화도)로 피난할 계책만을 세웠다.

인조는 12월 14일 청나라 군대가 개성을 지났다는 보고를 받자 종묘의 신주神主 및 왕자와 비빈妃嬪을 비롯한 왕실 인척들을 먼저 강화도로 보냈다. 뒤이어 인조가 강화도로 가기 위해 숭례문을 나섰을 때 청나라 군대가 이미 서울 진입을 눈앞에 두고 있다는 급보가 들어왔다. 결국 인조는 유일한 살 길이라 여겼던 강화도로 갈 수 없었다. 청나라 군대는 정묘호란의 경험을 통해 이미 인조가 강화도로 피난할 것을 예상하고 엄청난 속도로 진군해서 강화도로 가는 길을 미리 차단해 버렸던 것이다. 그리하여 인조 일행은 12월 15일 남한산성으로 발길을 돌려야 했다. 이렇게 46일간의 농성이 시작되었다.

청나라의 선봉 기병대는 대략 5,000명에 불과했으나 그 뒤를 따르는 본진 병력은 10만 이상의 대군이었다. 반면 남한산성을 지키던 조선군은 1만여 명에 불과했다. 조선 각처에서 뒤늦게 징발된 관군들이 서울을 향해 진군했으나 수천 명씩의 병력이 일관된 지휘체계 없이 분산되어 국지전을 벌이다 보니 효과적인 싸움이 될 수 없었다. 임진왜란 초기와 마찬가지로 지휘관의 오판과 실책, 정보 및 군비 부족 등의 문제가 중첩되면서 대부분의 관군이 청나라 정예 군사들에 패하고 말았다.

남한산성으로 들어간 지 한 달 남짓 지난 1637년 1월 22일 최후의 보루라고 믿어 의심치 않던 강화도가 함락되었다. 남한산성에서 결사항전을 외치던 인조가 굴욕적인 항복을 결심하게 된 주요 계기였다. 인조 조정과 강화도 방어를 맡은 김경징金慶徵 등은 해전 경험이 없는 청나라가 바다 건너 강화도를 손아귀에 넣으리라고는 전혀 예상치 못했다. 청나라 군대의 상륙을 속수무책으로 지켜보던 강화도 방어군은 삽시간에 무너졌고 강화도에 선발대로 와 있던 관료와 사족士族은 물론 수많은 사람들이 죽거나 포로로 붙잡혔다. 강화도 방어의 책임을 맡은 상층 관료들은 달아나 목숨을 부지한 반면 상하층을 막론하고 수많은 여성들은 절개를 지키기 위해 자결했다.

부인들이 절개를 위하여 죽은 것은 이루 다 기록할 수 없을 지경이고, 천인賤人의 아내와 첩 중에도 자결한 사람이 많았다. 적에게 사로잡혀 적진에 이르렀다가 욕을 당하지 않으려 죽은 이, 바위나 숲속에 숨었다가 적에게 겁박당해 물에 떨어져 죽은 이들의 수가 얼마나 되는지 알 수 없었다. 사람들은 "죽은 여인들의 무수한 머리 수건이 물 위에 떠 있는 광경이 마치 연못에 뜬 낙엽이 바람 따라 떠다니는 것 같았다" 라고들 했다.[17]

당시의 참상을 담은 작품이 「강도몽유록」이다.

1630년 1월 30일 인조는 남한산성을 나와 삼전도에서 청나라 태종太宗 홍타이지 앞에 세 번 절하고 아홉 번 머리를 땅에 조아리며 굴욕적인 투항 의식을 치렀다.

다시 서울로 돌아온 인조 앞에는 전쟁 뒤의 참혹한 풍경이 펼쳐져 있었다.

여염집은 불탄 것이 많았고, 쓰러진 시체가 길거리에 이리저리 널려 있었다.[18]

호조戶曹와 한성부漢城府의 보고는 각각 다음과 같았다.

경성에 사는 백성이 가장 혹독한 재앙을 입어서 살아남은 자라고는 10세 미만의 아이와 70세 넘은 노인뿐이며, 그마저 대다수가 굶주림과 추위로 죽기 직전의 상황입니다.[19]

시신을 묻는 일이 왕정王政의 급선무입니다. 적의 칼에 죽은 도성 백성들이 길가에 버려져 있는데, 참혹해서 차마 볼 수가 없습니다.[20]

서울만이 아니었다. 강화도에 다녀온 호조참의 신계영辛啓榮 등이 인조에게 보고한 강화도와 서울 서쪽의 상황은 다음과 같았다.

　　임금이 말했다.

　　"강도江都에서 살육된 시신들은 몇이나 되던가?"

　　신계영이 말했다.

　　"주인이 있는 시신은 거의 다 거두어 묻었으나 주인이 없는 시신은 버려져 있습니다. 매장하기 전에 시신 찾는 사람을 반드시 기다려야 해서 우선 풀로 덮어 두었습니다."

　　임금이 말했다.

　　"지나온 곳 중 어디가 특히 심하던가?"

　　신계영이 말했다.

　　"서문西門 밖이 특히 심했는데, 쌓인 시신 중 아이들의 시체가 더욱 많았습니다. 나머지 곳들은 쌓인 시체가 겹쳐 누울 지경까지는 아니었습니다. (⋯) 강도로 들어갈 때 여러 고을에서 백성들이 비로 쓸리듯 남김없이 포로로 잡혀가고 있다는 소문을 들었고, 강도에서 나올 때는 달아나 되돌아오는 남녀를 많이 목격했습니다. 사는 곳을 물으니 모두 통진通津이나 김포金浦 사람들이었습니다."[21]

사상자 수도 엄청났지만, 병자호란은 이른바 '피로인被虜人', 곧 청나라에 포로로 잡혀간 사람들의 피해도 이루 말할 수 없을 정도였다. 7년 동안 벌어진 임진왜란 때 일본군의 포로가 된 조선인을 최대 10만 명으로 추산하는데, 불과 몇 달에 걸쳐 진행된 병자호란에서는 수십만, 최대 50만 명에 이르는 포로가 발생했다. 포로로 잡혀가 유린당한 당

사자는 물론 그 가족들의 고통이 어떠했을지 상상만 해도 끔찍한 일이다.[22]

임진왜란과 병자호란의 피해는 실로 엄청난 것이었다. 임진왜란과 병자호란 이후의 급격한 인구 감소 상황을 표로 나타내면 다음과 같다.

구분	호수(호)	전국 인구(명)
1519년(중종 14)	754,146	3,745,481
1543년(중종 38)	836,669	4,162,021
1639년(인조 17)	441,827	1,521,165
1651년(효종 2)	580,539	1,860,484
1663년(현종 4)	809,365	2,851,192
1666년(현종 7)	1,108,351	4,107,156

[표 1] 16~17세기 중반 전국 호수戶數와 인구[23]

전란 직전 선조 때의 인구 규모를 파악할 수 없으나 최소한 임진왜란 50년 전인 1543년의 인구보다 낮추어 잡기는 어렵다. 1543년의 전국 인구가 416만여 명이었던 것이 병자호란을 겪고 난 뒤인 1639년에는 152만여 명에 불과했다. 연이은 두 번의 전란으로 전체 인구의 65퍼센트가량이 줄어든 것으로 추정된다. 인구 감소만 놓고 보더라도 나라가 거의 붕괴 직전에 이른 상황이었음을 짐작할 수 있다.[24] 다시 전란 이전의 인구를 거의 회복해 가는 것은 병자호란 30년 뒤인 1666년에 이르러서다.

임진왜란과 병자호란은 조선 전체에 큰 인적·물적 피해와 충격을 안겨준 일대 사건이었다. 기근이 겹쳤던 임진왜란 초기의 참상은 말할 것도 없고, 전쟁 수행 과정 내내 하층민들은 명군明軍 지원 등의 명목으로 몇 갑절의 수탈을 감당해야 했다.[25] 더욱이 병자호란은 조선에 지울 수 없는 정신적 상처를 남겼다. 명나라에 대한 의리를 내세워 광해군을 내쫓은 인조 세력이 그동안 경멸해 마지않던 '오랑캐' 앞에 저항다운 저항 한번 해보지 못하고 치욕적인 항복을 하고 말았다. 그리하여 청나라는 이제 명나라를 대신하여 중국을 호령하게 되었고, 조선은 '오랑캐'의 신하가 되어 왕세자와 왕자, 대신들의 자제를 인질로 보내야 하는 신세로 전락했다. 인조와 인조반정 세력은 물론 조선의 지배계층 전체의 권위가 땅에 떨어졌다. 수백 년 공고하게 이어져 온 권위와 이념 체계, 가치판단의 기준 전체가 허물어진 순간이다.

2° 전쟁을 보는 세 개의 시선

17세기 전반의 한국 고전소설은 임진왜란·병자호란의 상흔 속에서 창작되었다. 이 작품들은 전쟁을 보는 시선에 따라 크게 세 부류로 나뉜다.

첫째, 전쟁의 시대에 던져진 인간 존재에 대한 고민이나 세계에 대한 환멸을 작품 저변에 둔 작품군이다. 「주생전」·「운영전」·「최척전」 등 애정 주제의 전기소설과 「남궁선생전」·「장생전」 등 신선전神仙傳의 영향을 일정하게 수용하고 있는 전계소설이 이에 해당한다.

둘째, '실패한 전쟁'의 책임 소재를 따지는 가운데 조선의 현실을 직접적으로 신랄하게 비판한 작품들이다. 「달천몽유록」·「강도몽유록」이 이에 해당한다.

셋째, 전쟁을 '승리의 역사'로 만들어 패배의식을 걷어내고자 한 작품들이다. 「임진록」과 그 후대적 계승이라 할 한글소설들이 이에 해당한다.

(1) 인간 실존의 형식 : 환멸과 초월

어느 시대, 어느 사회든 전쟁은 인간에게 고통스러운 것이다. 영웅소설에서 전쟁은 주인공이 자신의 능력을 세상에 뽐내고 입신양명하는 기회로 인식되지만, 애정소설에서 전쟁은 세계의 무자비한 횡포일 따름이다.

권필權驛, 1569~1612의 「주생전」은 전기소설, 특히 비극적 애정전기 계보에서 중요한 의미를 지닌 작품이다.[1] '전기소설'은 중국 당대唐代에 성립된 이래로 고유의 장르 관습을 계승·변용하며 성장을 거듭한 '한문문언체漢文文言體의 단편소설'을 말한다. 14세기에서 16세기 전반 사이에 중국·한국·베트남에서 각기 창작된 전기소설집『전등신화剪燈新話』·『금오신화金鰲新話』·『전기만록傳奇漫錄』의 존재에서 보듯, 전기소설은 중세 동아시아 한문문화권에서 보편적으로 성장 발전하였던 역사적 문학 장르이다. 흔히 당대唐代 전기傳奇를 신괴神怪·염정艶情·호협豪俠의 세 유형으로 나누는데,[2] 17세기 초까지의 우리 소설사에서는 그중 '염정'에 해당하는 '애정전기'의 비중이 압도적으로 높다. 나말여초羅末麗初에 창작된 것으로 추정되는 「최치원」으로부터 출발하여 김시습金時習의 『금오신화』에 수록된 「만복사저포기萬福寺樗蒲記」와 「이생규장전李生窺墻傳」을 거쳐 「주생전」과 「운영전」에 이르는 것이 17세기 초까지 우리 고전소설사의 주류였다. 특히 이 작품들은 비극적 결말을 취하고 있어 상당한 문제 환기력을 지녔다. 「주생전」은 바로 「최치원」 이래 면면히 이어져 온 한국 애정전기의 전통을 계승하면서 몇 가지 혁신을 시도했다.

「주생전」의 주인공 주회周檜, 곧 주생周生은 명나라의 선비다. 주생의 사랑 이야기가 작품의 골간을 이루다 보니 작품의 배경은 중국이다. 「최치원」이 중국 당나라를 배경으로 삼았던 전례가 있기는 하나, 『금오신화』를 비롯한 15·16세기 소설 작품의 면면을 놓고 볼 때 「주생전」의 서사 공간이 중국으로 설정된 것은 우리 애정전기의 전통에서 오히려 이례적인 일이다. 이런 배경 설정은 작자의 현실 속 우연한 만남에서 이 작품이 구상되었기 때문인 것으로 보인다. 작자 권필은 작품의 마무리 대목에서 1593년 봄 명나라 군대가 왜적을 대파하고 경상도까지 내려갔을 때 주생이 중병으로 군대를 따라 남쪽으로 내려가지 못하고 개성에 머물러 있었다고 서술한 뒤 다음의 에필로그를 붙여 「주생전」의 창작 배경을 밝혔다.

당시에 나는 마침 볼 일이 있어 개성에 갔다가 그곳의 여관에서 주생을 만났다. 우리는 말이 서로 통하지 않아 글로 대화를 주고받았다. 주생은 내가 한문을 잘하는 것을 보고는 자못 후하게 대우해 주었다. 내가 주생이 병든 이유를 묻자 주생은 근심어린 표정을 지으며 대답하지 않았다. 그날은 비가 내려 발이 묶였기에 밤에 불을 밝히고 주생과 이런저런 이야기를 나누었다. 주생은 「답사행踏莎行」 한 편을 내게 보여 주었는데, (…) 나는 그 노랫말에 담긴 뜻이 궁금해서 무슨 사연이 있는지 누차 간절히 물었다. 이에 주생이 그 전말을 알려 준 것이 바로 지금까지의 이야기다.[3]

소설에서 작자의 직접 발언으로 이루어진 머리말이나 후지後識가 허구적 내용을 담은 트릭의 일종으로 쓰이는 경우도 있으나, 1593년 5월에 쓴 위의 정황 전체를 허구로 파악할 이유는 없다. 권필은 임진왜란에 참전한 명나라 선비를 우연히 만나 그가 겪은 일을 듣고 뛰어난 필력과 상상력을 발휘하여 「주생전」을 창작한 것으로 보인다. 이렇게 해서 중국을 배경으로 한 명나라 선비의 애절한 사랑 이야기가 이루어졌다.

　권필이 당시 만난 주생은 나이가 27세였고, 얼굴이 수려해서 바라보면 마치 그림 같았다.[4] 주생은 대대로 중국 강남의 항주杭州에 살던 선비로, 어려서부터 시재詩才가 뛰어났다. 18세에 서울의 국립대학인 태학太學에 들어가 공부했는데, 자신의 재주에 대한 자부심이 높았고 동료들의 추앙도 받았다. 그러나 몇 년 동안 연거푸 과거에 낙방하자 주생은 벼슬길을 포기하고 세상을 두루 유람할 생각으로 배를 한 척 사서 장사에 나섰다. 어느 날 호남성湖南省의 악양성岳陽城에서 술에 취해 배를 띄운 채 잠들었다 새벽녘에 깨어나 보니 고향 항주에 와 있었다. 다시 온 항주의 풍경은 다음과 같다.

　안개에 싸인 절에서 종소리가 들려왔고 달은 서편에 걸려 있었다. 양쪽 강가에는 푸른 나무가 어슴푸레 보이고 새벽빛이 어둑했는데, 때때로 비단 등롱燈籠과 은銀 등촉의 불빛이 붉은 난간과 비췻빛 주렴 사이로 어른거렸다. 누군가에게 물으니 이곳은 전당錢塘(항주)이라고 했다.[5]

　몽환적인 이국 풍경이 서정적으로 묘사되었다. 전란으로 몸도 마음도 피곤한 작자의 동경이 담긴 듯 새벽의 물가 풍경은 아름답고 평온하다.

　주생은 어린 시절 친하게 지내던 기녀 배도裵桃를 찾아갔다. 배도는 주생의 문재文才에 깜짝 놀라 사랑하는 마음을 품고는 주생에게 좋은 배필을 구해 준다며 자신의 집에 머물게 했다. 주생 역시 배도를 사랑하게 됐다.

주생은 배도의 미모에 반했던 데다 배도의 빼어난 시까지 보고는 마음을 온통 빼앗겨 머릿속의 모든 생각이 하얗게 재로 변했다.[6]

주생과 배도는 사詞를 이어 지으며 사랑을 나누었다. 시를 매개로 서로의 마음을 이해하고 재치와 교양이 넘치는 대화를 나누는 애정전기 특유의 연애담이 정감 있게 전개된다. 주생은 배도를 만난 기쁨을 다음의 노랫말로 표현했다.

> 길 잃고 봉래도蓬萊島에 들어왔다가
> 누가 알았으리, 두목杜牧이
> 방초芳草를 찾게 될 줄을?
> 잠 깨어 문득 새소리 들리는데
> 비췻빛 주렴에 그림자 없고 붉은 난간에 새벽빛이 비치네.[7]

신선이 산다는 '봉래도'는 항주, 당의 미남 시인 '두목'은 주생 자신, '방초'는 배도를 가리킨다. 이날 밤 주생이 배도와의 잠자리를 원하자 배도는 자신의 애달픈 처지를 하소연했다.

저희 가문은 본래 호족豪族이었답니다. 할아버지는 천주泉州 시박사市舶司의 최고 책임자였으나 죄를 지어 벼슬을 잃고 평민이 되셨어요. 그 뒤로 자손들이 가난을 면치 못해 집안을 다시 일으키지 못했지요.

저는 조실부모하고 남의 집에서 자라 지금에 이르렀어요. 정절을 지키며 깨끗하게 살고 싶었지만 기적妓籍에 이름을 올린 처지인지라 어쩔 수 없이 남을 위해 잔치를 벌이며 억지로 즐겨야 했어요. 하지만 한가로이 혼자 있을 때마다 꽃을 보면 눈물을 삼켰고 달을 보면 넋이 녹아내렸답니다.[8]

배도는 비 오듯 눈물을 쏟으며 주생과 평생을 함께하고 싶다고 했다. 또 하나의 소원은 주생이 훗날 벼슬길에 올라 자신의 이름을 기적에서 빼주는 것이라고 했다. 주생은 마음에도 없는 사람에게 웃음을 팔며 살아 온 배도의 눈물을 닦아 주고 배도의 뜻을 저버리지 않겠노라 안심시켰다. 당나라의 전기소설 「이와전李娃傳」 이래의 일반적인 애정소설, 우리 소설사에서 「옥소선玉簫仙」[9] 같은 작품이라면 이후의 전개가 쉽게 예상된다. 기녀 혹은 미천한 신분의 여주인공의 헌신적인 뒷바라지에 힘입어 남주인공은 결국 과거에 급제하고 많은 이들의 축복 속에 여주인공을 아내로 맞이하는 것이다. 애정소설에 정형화된 행복한 세계상이다. 그러나 「주생전」에서는 이 시점부터 미묘한 균열이 감지된다. 배도는 주생의 다짐을 곧이 믿지 않고 이런 말을 했다.

서방님께선 이익李益과 곽소옥霍小玉의 일을 모르십니까?[10]

이익과 곽소옥은 당나라의 전기소설 「곽소옥전霍小玉傳」의 남녀 주인공이다. 이익이 곽소옥을 배신하자 곽소옥은 원망을 품고 죽었다. 여기서 주목되는 것은 애정전기의 특징이자 미덕이었던 남녀 주인공의 '상호독점적 애정 관계'가 의심되고 있다는 점이다. 결국 주생은 배도를 저버리지 않겠다는 굳은 맹세의 글을 써 주었으나, 주생과 배도의 애정 관계는 출발부터 견고하지 못하다. 그러나 이날 밤에는 이 문제가 아직 뚜렷이 드러나지 않았다. 두 사람의 첫날밤은 다음과 같이 묘사되었다.

> 그날 밤 두 사람이 「고당부高唐賦」를 노래하니 짝을 찾은 두 사람의 기쁨은 김생金生과 취취翠翠, 위랑魏郎과 빙빙娉娉보다 더했다.[11]

「고당부」는 전국시대의 문인 송옥宋玉이 지은 부賦로, 초楚나라 회왕懷王과 무산巫山 신녀神女의 사랑을 노래한 작품이다. "「고당부」를 노래하니"라는 구절은 두 남녀가 깊은 사랑을 나누었다는 뜻이거니와, 무산 신녀의 고사는 당대唐代 이래로 애정전기에서 두루 애용되는 것이었다. 한편 '김생과 취취'는 『전등신화』에 수록된 「취취전翠翠傳」의 남녀 주인공 김정金定과 취취를 가리키고, '위랑과 빙빙'은 『전등여화剪燈餘話』에 실린 「가운화환혼기賈雲華還魂記」의 남녀 주인공 위붕魏鵬과 가빙빙賈娉娉을 가리킨다. 앞서 「곽소옥전」의 주인공까지 포함해 보면, 당나라의 유명 전기는 물론 명나라의 대표적인 전기소설집 『전등신화』와 『전등여화』 등을 이미 읽은 식자층을 주요 독자 대상으로 삼아 「주생전」이 창작되었음을 알 수 있다.

주생은 "그날 이후 배도에게 완전히 빠져 모든 일을 전폐하고 온종일 배도와 함께 비파를 타고 술을 마시며 웃고 즐겼다."[12] 그러나 머지 않아 두 사람의 관계에 이상 기류가 발생했다. 은퇴한 노승상盧丞相의 외동딸 선화仙花의 존재 때문이었다.

며칠 뒤 배도는 승상 댁 잔치의 흥을 돕기 위해 집을 나섰고, 주생은 멀어져 가는 배도의 뒷모습을 바라보다가 마음을 억누를 수 없어 그 뒤를 밟았다. 주생은 살금살금 노승상의 집 안으로 들어가 배도를 찾았다. 화려한 집 방 안을 엿보다가 승상 부인의 곁에 앉은 선화를 보았다.

　열네댓 살쯤 된 소녀가 부인의 곁에 앉아 있었다. 구름처럼 풍성한 검은 머리에 두 뺨은 취한 듯 연분홍색을 띠고 있었다. 반짝이는 눈을 옆으로 돌릴 때면 흐르는 물결에 비친 가을 달 같고, 어여쁘게 웃음 지을 때마다 생기는 보조개는 봄꽃이 새벽이슬을 머금은 모습 같았다. 부인과 소녀의 사이에 앉은 배도의 모습은 봉황의 곁에 선 올빼미만도, 진주 곁에 놓인 조약돌만도 못해 보였다.

　주생은 구름 너머로 넋이 날아간 듯, 하늘 위로 마음이 날아다니는 듯했다. 미친 듯이 소리 지르며 방 안으로 뛰어들고 싶은 마음이 몇 번이나 일어났다.[13]

노승상의 외동딸 선화를 보고 나니 그 곁의 배도는 '봉황 곁의 올빼미'만도 못해 보였다. 주생은 새로운 사랑을 찾은 기쁨에 미칠 지경이었다. 주생은 속마음을 감추고 전과 다름없이 배도를 대했지만 이미 마음은 딴 곳으로 가버렸다.

　주생은 선화를 본 뒤로 배도를 향한 마음이 이미 식어 버렸다. 말을 주고받을 때에도 억지로 웃음 지으며 기뻐하는 척할 뿐 마음속엔 온통 선화 생각뿐이었다.[14]

주생과 배도의 사랑은 이렇게 파탄이 났다. 주생은 사랑과 절의^{節義} 가 한 몸을 이루는 애정전기의 오랜 전통에서 벗어나 우리 고전소설 사에서 신의를 버리고 욕망을 추구한 최초의 주인공이 되었다. 배도에 동정적인 독자라면 이후 주생의 처신에 동의하기 어려우나, 서사적 흥미의 차원에서 보자면 이 시점부터 「주생전」의 재미가 배가된다. 배도를 저버리고 선화를 얻기 위한 주생의 계략과 행동, 주생의 변심을 눈치 챈 배도의 분노가 서사를 움직이는 힘이 되고, 그 과정에서 주생을 사이에 둔 두 여인의 질투와 미묘한 심리, 어느 쪽도 택하지 못하는 주생의 내면 갈등이 서사에 살을 붙여준다. 삼각관계라는 새로운 갈등 구조 속에서 인물의 심리적 갈등을 묘사하는 것이 소설 전체에서 큰 비중을 차지하게 되었다. 「주생전」은 문체와 전고典故 활용의 측면에서 동시기에 산생된 어느 소설보다도 애정전기의 전통이 강하게 드러난 작품이지만, 동시에 '절의' 대신 '욕망'을 택함으로써 기존의 애정전기와는 전혀 다른 지향의 작품이 되었다.

선화를 보고 첫눈에 반한 주생은 선화의 남동생 국영國英의 공부를 가르친다는 구실로 선화의 집에 머물게 되었다. 배도는 주생이 승상댁의 장서를 이용해 과거 공부를 한다는 말에 속아 주생이 거처를 옮기는 것을 흔쾌히 받아들였다. 주생은 선화를 만날 틈을 얻지 못해 고민하다가 죽을 각오를 하고 늦은 밤 선화의 방 앞에 숨어들었다. 선화는 노랫말을 짓고 있었고 주생은 미처 끝나지 않은 노랫말을 이어 지으며 선화 앞에 나타났다.

선화가 못 들은 척 불을 끄고 잠자리에 들자 주생은 안으로 들어와 잠자리를 함께 했다. 선화는 나이가 어린 데다 몸도 약해서 정사情事를 견디지 못하더니 이윽고 엷은 구름 사이로 비가 쏟아지면서 버들 같은 자태에 꽃 같은 아름다움을 내뿜고 보드랍고 달콤한 말을 속삭이며 얼굴을 살짝 찡그려 웃음 지었다. 주생은 벌과 나비가

꽃을 탐하듯 정신이 아득히 녹아내려 새벽이 밝아 오는 줄도 몰랐다.[15]

두 사람의 사랑은 뜻밖에도 쉽게 이루어졌다. 선화는 순순히 주생을 애정 상대로 받아들였고, 주생은 마침내 꿈을 이루었다. 이튿날 밤에도 주생은 선화를 다시 찾았다.

　　밤이 되자 주생은 다시 선화의 방으로 갔다. 문득 담장 아래 나무 그늘에서 신발 끄는 소리가 들렸다. 주생은 누군가에게 들킬까 겁이 나 발길을 돌려 달아났다. 발소리를 냈던 사람은 파란 매실을 던져 주생의 등을 정통으로 맞혔다. 주생은 낭패하여 도망갈 곳을 찾을 수 없자 대숲 아래로 몸을 던져 엎드렸다. 발소리를 냈던 이가 목소리를 낮추어 말했다.
　　"서방님, 겁내지 마세요! 앵앵鶯鶯이 여기 있어요."
　　주생은 그제야 선화에게 속은 줄 알고, 일어나 선화의 허리를 안으며 말했다.
　　"어쩌면 이렇게 감쪽같이 사람을 속인단 말이오?"
　　선화가 웃으며 말했다.
　　"어찌 감히 서방님을 속이겠어요? 서방님이 혼자 겁을 먹은 게지요."[16]

주생과 선화의 밀회 장면을 흥미롭게 그려낸 대목이다. 선화가 스스로 칭한 '앵앵鶯鶯'은 당나라 원진元稹이 지은 전기소설 「앵앵전鶯鶯傳」의 여주인공이다. 「앵앵전」의 주인공 장생張生과 앵앵의 밀회 장면을 염두에 두고 한 말이다. 애정전기의 명편名篇으로 꼽히는 「앵앵전」을 읽은 독자라면 전고典故의 묘미를 느낄 수 있는 대목이다. 「주생전」에서는 남녀의 사랑과 관계된 장면에서 애정전기에서 반복적으로 나타나는 전고가 매우 자연스럽게 활용된다.

그 뒤로 두 남녀는 밤마다 몰래 만나 사랑을 나누었다. 이제 두 남녀의 사랑을 가로막는 장애는 두 가지다. 하나는 선화에 앞서 평생을 약속했던 배도의 존재이고, 다른 하나는 규범에 위배되는 사통을 범한 잘못, 근본적으로는 지체 높은 승상 댁의 사위가 되기에 아무 이룬 것이 없는 주생의 처지였다.

주생과 선화의 관계가 배도에게 발각된 것은 선화의 질투심 때문이었다. 주생이 오랜만에 배도의 집에 갔던 것이 선화의 마음을 어지럽혔다.

선화는 밤에 주생의 방에 와서 몰래 주생의 가방을 뒤지다가 배도가 주생에게 준 시 몇 편을 발견했다. 선화는 질투심을 이기지 못해 책상 위에 있던 붓으로 배도의 시를 까맣게 뭉개 버렸다. 그러고는 「안아미眼兒媚」 한 편을 새로 지은 다음 비취색 비단에 써서 주생의 가방 안에 넣어 두고 방을 나왔다.[17]

선화가 배도의 시를 붓으로 뭉갠 뒤 자신이 새로 지은 노랫말을 주생의 가방 안에 넣는 장면은 주목을 요한다. 긍정적인 여주인공의 질투심을 이처럼 생생하게 그려낸 작품은 「주생전」 외에 찾아보기 어렵기 때문이다.

결국 노승상 집을 방문한 배도가 주생의 방에 묵다가 주생의 가방 안에서 선화의 노랫말을 발견하면서 모든 관계가 드러나기에 이르렀다.

아침에 주생이 술에서 깨어나자 배도가 천천히 물었다.

"우리 집으로 돌아오지 않고 오랫동안 여기 머물러 있는 이유가 뭡니까?"

"국영이 아직 학업을 마치지 못해서 그렇지."

"처남을 가르치자니 마음을 다하지 않을 수 없겠죠."

주생은 무안해져 얼굴과 목덜미가 벌겋게 달아올랐다.[18]

배도는 주생과 선화의 사통을 승상 부인에게 고발하겠다고 협박하고, 주생은 배도에게 잘못을 빌었다. 주생은 결국 다른 핑계를 대고 배도의 집으로 돌아가야 했다.

우리 고전소설사 초유의 삼각관계가 아름답지 못한 형태로 일단락되었다. 위험하고 타락한 세계에서 유일하게 남은 순수한 관계였던 청춘남녀의 사랑마저 이제 훼손되어 버렸다. 그러나 이 시점까지 작자는 삼각관계를 형성한 인물 어느 누구에게도 비판의 시선을 던지지 않았다. 배도와의 신의를 저버리고 새로운 사랑에 탐닉한 주생, 배도와 주생의 관계를 잘 알면서 주생을 애정 대상으로 받아들인 뒤 오히려 배도의 존재를 인정하려 들지 않은 선화, 주생의 변심에 분노하며 신의를 요구한 배도 모두에 대해 작자는 윤리적 판단을 가하지 않았다. 사랑이라는 '욕망'의 문제로 보고 있기 때문이다. 모두가 자신의 감정과 욕망에 충실했을 뿐이니 비난의 대상이 될 수 없다. 하지만 이로써 면죄부를 받은 존재는 모든 갈등을 초래한 주생이다.

그 뒤 배도는 그동안 주생에게 속았던 일이 분해서 마음이 편치 않았고, 주생은 선화 생각이 간절하여 날이 갈수록 초췌해졌으며, 선화역시 이루지 못한 사랑으로 중병에 걸렸다. 그때 문득 배도가 병에 걸려 죽으면서 선화를 아내로 맞이하라는 유언을 남겼다. 이 작품을 완전한 허구로 본다면 배도로서는 가혹한 서사 장치다. 배도의 돌연한 죽음으로 삼각관계의 갈등 구조가 극단까지 전개되지 못하고 흐지부지 마무리된 점도 약점이다.

배도의 죽음 앞에 주생이 배도의 유언을 빙자하여 선화와 다시 만난다는 것은 있을 수 없는 일이다. 염치불구하고 선화의 집으로 돌아가려 한들 그사이 국영도 세상을 떴기에 돌아갈 수단이 없었다. 주생은 멀리 선화의 집을 바라보며 "이미 지나가 버린 좋았던 시절을 회상하고 다시 만날 기약이 없음을 한탄하다가"[19] 결국 항주를 떠나야 했다.

여기까지의 전개로도 한 편의 소설을 이루기에 충분하지만 「주생전」에는 하나의 곡절이 더 있다. 주생은 멀리 떠나 친척 장씨張氏 노인의 집에 의탁했다. 1592년 봄 장노인은 날로 초췌해 가는 주생의 고민을 듣고 뜻밖의 도움을 주었다. 처가가 바로 노승상과 일가라며 주생과 선화의 혼인을 중매하겠다는 것이었다. 승상 부인 역시 선화가 중병에 든 원인을 잘 알고 있던 차라 혼사 요청을 수락하고 마침내 그해 9월로 혼례 날짜를 잡았다. 혼례가 결정된 뒤 선화가 주생에게 보낸 편지와 주생의 답장 일부를 차례로 보이면 다음과 같다.

하룻밤 몸을 그르쳐 백 년의 정을 품게 되었습니다. 지고 남은 꽃잎은 뺨을 때리고 조각달은 눈동자에 맺혀 있습니다. 혼이 다 녹아 버리고 온몸을 가눌 수가 없었어요. 진작 이럴 줄 알았다면 죽는 것이 나았을 거예요.

지금 월하노인月下老人이 기쁜 소식을 전해 결혼할 날을 기약하게 되었지만, 홀로 지내는 근심으로 병이 깊이 들어 얼굴에는 고운 빛이 줄어들고 머릿결에선 광택이 사라졌어요. 그러니 서방님께서 저를 보신다면 예전만큼 사랑을 느끼지 못하실 거예요. 다만 제가 걱정한 것은 제 마음을 모두 토로하지 못한 채 아침 이슬처럼 급작스레 스러져 구천에서 끝없는 한을 품게 될까 하는 것이었습니다. 아침에 낭군을 만나 한번이라도 제 속마음을 말할 수 있다면 저녁에 깊은 규방에 갇혀 지낸다 해도 아무 원한이 없어요.[20]

인간 세상의 좋은 일을 조물주가 시기할 때가 많다더니, 어찌 알았겠습니까? 하룻밤 이별이 몇 년의 한이 될 줄. 서로 멀리 떨어져 산천이 가로막고 있으니 말 한 필에 몸을 싣고 하늘 끝에 홀로 서서 몇 번이나 상심했던지 모릅니다. 기러기가 오吳 땅 구름 위에서 울 때, 원숭이가 초楚 땅 산속에서 울부짖을 때, 여관에서 홀로 잠을 청하며 쓸쓸한 등불 아래 있노라면, 사람이 목석이 아닌 다음에야 어찌 서글픈 마음이 들지 않겠습니까?

아아, 방경芳卿(선화의 자字)이여! 이별의 아픈 마음은 당신도 잘 알겠지요. 하루가 3년 같다'는 옛말이 있더니, 그렇게 치자면 한 달은 곧 90년이 되는군요. 결혼 날짜를 잡은 가을까지 기다리다가는 저 거친 산의 메마른 잡초 속에서 내 시체를 찾아야 할 것 같습니다.[21]

사랑 하나에 모든 것을 건 남녀의 간절한 마음이 유려한 문장으로 표현되었다. 배도가 사라진 뒤 「주생전」의 애정 관계는 다시금 애정전기 특유의 순수한 아름다움을 되찾았다. 그런데 주생이 답장을 써 놓고 아직 보내지 못하고 있을 때 새로운 장애가 발생했다. 임진왜란이 일어나 명나라에서 구원병을 파견하면서 강남의 병사들이 차출되었는데, 주생이 유격장군遊擊將軍의 서기書記로 발탁되었던 것이다. 주생은 사양했지만 뜻을 이루지 못하고 조선에 이르렀다.

이듬해인 계사년(1593) 봄에 명나라 군대가 왜적을 대파하고 경상도까지 내려갔다. 이때 주생은 선화를 그리워하다 마침내 깊은 병이 들어 군대를 따라 남쪽으로 내려가지 못하고 개성에 머물러 있었다.[22]

작자 권필은 개성에서 우연히 주생을 만나 그간의 사정을 듣고 이 작품을 지었다고 했다. 그 뒤 주생이 어찌 되었는지 알 수 없는, 열린 결말 형식을 취하고 있으나, 결말부의 분위기는 퍽 비극적이다.

「주생전」은 전대의 소설과 비교할 때 새로운 몇 가지 특징과 미덕을 지녔다. 첫째, 앞선 시기의 단편소설에 비해 분량이 꽤 늘어났다. 16세기 후반까지의 대다수 작품은, 「원생몽유록」이 1,600자(한글로 번역할 경우 원고지 약 27매), 가장 긴 편에 속하는 「이생규장전」이 3,500자(원고지 58매)로 환산되듯이, 원고지 30~40매 안팎의 분량을 유지했다. 17세기 이후에도 대다수의 한문 단편소설은 그 정도의 규모를 크게 넘어서지 않는다. 그런데 「주생전」은 5,800자(원고지 95매)로 「이생규장전」의 두 배 가까운 분량이다. 「주생전」의 뒤를 이어 17세기 전반에 창작된 「달천몽유록」은 7,400자(120매), 「최척전」은 8,300자(140매), 「강로전」은 9,000자(150매)로 모두 「이생규장전」의 두 배에서 세 배에 육박하는 분량이다. 「운영전」은 더욱 늘어나 무려 1만 3,000자(230매)에 이르렀다. '전기소설의 중편화'라 불리는 현상의 실제다.

소설의 분량은 대개 플롯 설정, 인물의 배치, 세부 묘사를 비롯한 서사 기법의 질적 변환과 관련된다. 「주생전」의 분량 확대는 우선 소재로부터 연유한 것으로 보인다. 전반부에 놓인 주생과 배도의 사랑, 후반부에 놓인 주생과 선화의 사랑이 결합된 결과 작품의 길이가 중편 분량으로 늘어났다. 「최척전」과 「운영전」에 이르면 모두 양적 확대에 따른 주목할 만한 질적 변모를 보여 준다. 세부묘사가 강화되고 등장인물의 심리를 드러내는 데 주의를 기울인 결과 구체적인 성격화가 이루어졌고, 남녀 주인공 외의 보조적 인물이 주요하게 등장하는 점등을 그 변모 내용으로 들 수 있다. 「주생전」은 이러한 변화를 선도하는 역할을 했다.

둘째, 당나라의 「앵앵전」·「곽소옥전」으로부터 명나라의 『전등신화』와 『전등여화』 수록 작품에 이르는 애정전기의 명편들을 적재적소에 활용하고 애정전기에서 애용되는 전고典故를 자유자재로 구사했다. 이 점 「주생전」이 애정전기의 주류 계보에 놓이는 중요한 이유인데, 「주생전」의 전고 구사 능력은 애정전기 중에서도 최고 수준에 속한다. 당대 최고의 시인으로 꼽힌 권필의 작품답게 빼어난 시사詩詞가 적절히 삽입된 데다 유려하고 서정적인 문장으로 점철된 작품이기에 애정전기 전통을 훌륭히 계승 발전시킨 측면이 더욱 돋보인다.

셋째, 남녀의 삼각관계를 스토리 전개의 주요한 계기로 삼고 있는 점은 애정전기 전통에서 볼 수 없던 새로운 측면이다. 역시 소재로부터 연유한 것일 수 있으나, 우리 고전소설사에서 남녀의 삼각관계를 본격적으로 다룬 작품은 「주생전」이 처음이다. 삼각관계의 전개를 통해 「주생전」은 우리 애정소설이 견지해 오던 일대일의 남녀관계라는 일반적인 설정을 깨고 새로운 서사 지평을 만들어 냈다. 한편 삼각관계의 원인인 남주인공 주생은 욕망과 절의가 한 몸을 이루었던 애정전기의 주인공들과 달리 절의를 버리고 욕망을 추구하는 인물로 그려져 있다. 이전의 우리 애정소설에서 발견되지 않던 새로운 인간형이다. 배도와의 맹세를 저버리고 새로운 사랑을 찾아 예법에 아랑곳없이 무모하게도 규방으로 뛰어드는 주생, 주생과 배도의 관계를 잘 알고 있으면서 주생의 사랑을 받아들이고 밀회를 적극적으로 이어가는 한편 배도에게 강한 질투심을 표출하는 선화, 신의를 내세워 주생을 협박하며 상층 남녀의 사랑을 가로막고 억지로 사랑을 요구하는 배도, 모두가 비판의 시선 밖에 있다. 배도의 일방적인 희생을 통해 주생에게 정당성을 부여하고 주생과 선화의 사랑을 이루어 주고자 한 서사 전개에 충분히 부당함을 지적할 수 있으나, 근본적으로는 사랑의 욕망을 긍정한 결과이다. 이런 점에서 「주생전」은 욕망의 문제를 다룬 최초의 의미 있는 소설 작품이고, 사랑이라는 인간 본연의 욕망으로부터 출발하여 보다 보편적이고 고차원적인 문제로 시선을 확대한 「운영전」의 앞길을 열어 준 작품이다.[23]

「주생전」은 욕망과 개인의 행복을 추구하는 평범한 인간이 전쟁과 같은 거대한 사회적 사건을 보는 한 시각을 대변한다. 주생은 우여곡절을 거쳐 꿈에 그리던 여인과 다시 인연을 맺는 데 성공했으나 억지로 징병되어 임진왜란에 참전함으로써 삶의 의지를 잃었다. 주생에게 전쟁은 자신의 의지와 무관하게 일어나 자신이 인생에서 가장 중요하다고 생각하는 사랑을 가로막는 폭압이다. 애정전기의 주인공들에게 애정 상대와의 사랑과 신의 외에 어떤 중요한 가치도 존재하지 않듯이, 주생에게는 오직 애정 성취만이 중요할 뿐, 그 밖의 어떠한 가치와 이념도 존재하지 않는다. 주생에게 전쟁은 연인과의 이별을 뜻할 뿐이다. 「달천몽유록」과 「임진록」에 등장하는 수많은 전쟁영웅의 세계도 있지만 자신의 의지와 무관하게 일어난 전쟁 자체를 고통과 시련으로 느낄 뿐 자신이 참전해야 하는 이유를 납득하지 못하는 주생과 같은 평범한 인물들의 세계도 존재한다. 명나라 선비였기에 가능한 설정이었을지 모르나 참전한 주인공의 머릿속에 자신의 의지와 무관하게 벌어진 상황으로부터 탈출하고자 하는 '낭만적 열망'만이 존재한다는 점, 작자가 이에 대해 동정적인 시선을 보내고 있다는 점은 시사하는 바가 있다. 전쟁은 평범한 개인에게 패배와 상처만을 남기는 무의미한 행위이다.[24]

허균許筠, 1569~1618의 「남궁선생전」은 전계소설과 전기소설의 특징을 아울러 지니면서 전쟁 이후의 환멸과 도피 지향을 일정하게 드러낸 작품이다.[25] 이 작품도 「주생전」이나 「최척전」과 마찬가지로 주인공에게 들은 이야기를 작품화한 것이다. 허균은 주인공 남궁두南宮斗를 1608년(선조 41)에 만났다고 했다.[26]

만력萬曆 무신년(1608) 가을, 나는 공주에서 파직당한 뒤 부안에 와 살고 있었다. 이때 남궁선생南宮先生이 고부에서 걸어와 내가 있던 집을 방문했다. 선생은 내게 네 가지 경전의 오묘한 뜻을 일러 주고, 아울러 선사를 만났던 일의 전말을 위와 같이 자세히 이야기해 주었다.[27]

허균은 1607년 12월에 공주목사公州牧使가 되었다가 이듬해 8월에 파직당하고 전라북도 부안에 임시 거처를 마련해 살고 있었다. 남궁두가 강론한 '네 가지 경전'이란 『황정경黃庭經』·『주역참동계周易參同契』·『도인경度人經』·『옥추경玉樞經』의 도가道家 경전을 말한다. 남궁두는 선조·광해군 때 호남의 유명한 도인으로, 그 행적에 관한 신비한 전설이 『어우야담於于野談』·『지봉유설芝峰類說』 등 여러 문헌에 실려 있다. 허균이 직접 만난 남궁두의 모습은 이러했다.

> 선생의 금년 나이는 여든세 살이지만 얼굴은 마흔예닐곱 살 정도로밖에 보이지 않았고, 시력이나 청력이 조금도 감퇴하지 않았으며, 봉황의 눈에 검은 머리를 한 모습은 속세의 때가 전혀 없어 마치 여윈 학처럼 보였다. 어떤 때는 며칠 동안이나 먹지도 잠자지도 않으며 『참동계參同契』와 『황정경黃庭經』을 쉬지 않고 외었다.[28]

허균은 일찍부터 도교적 지향을 품고 있었거니와 세상에 염증을 느껴 노장老莊과 불교에 의지해 현실을 잊다가 어느덧 깊이 빠져들게 되었다고 고백한 적도 있다.[29] 당대 손꼽히는 명문가의 막내아들에 천부적인 재능을 타고났지만 청년기 허균의 개인사는 불행의 연속이었다. 20세 때인 1588년 허균이 가장 큰 영향을 받았던 허봉許篈이 유배생활 끝에 금강산에서 갑자기 세상을 떴다. 이듬해에는 가족 중 가장 애틋한 정을 가졌던 누이 난설헌이 세상을 떴다. 1592년에는 임진왜란이 일어나 피난하던 도중 함경도 단천端川에서 첫아들을 얻었으나, 산후조리도 못한 채 급히 피난길을 재촉하다가 아내와 아들을 모두 잃고 말았다. 한편 허균이 남궁두를 만난 때는 공주목사에서 파직당한 직후였다. 허균은 이에 앞서 1599년 황해도 도사都事를 지내다가 관아를 자기 집에 설치하고 서울 기녀를 데리고 와 살며 무뢰배를 끌어들여 폐단을 일으켰다는 명목으로 사헌부의 탄핵을 받아 파직되었고, 1602년 병조정랑 재임 중에는 상관인 심희수沈喜壽에게 무례를 범했다는 이유로 탄핵을 받았으며, 1607년 삼척부사를 지내던 시절에는 불교 숭상을 이유로 탄핵을 받아 부임 두 달 만에 파직 당했다. 1608년에 이르러 두 해 거듭 파직을 당한 상황에서 허균은 남궁두의 신기한 이야기를 듣고 도가적 상상의 날개를 펼치며 울울함을 크게 해소할 수 있었던 것으로 보인다.

「남궁선생전」의 서두는 입전立傳 인물에 관한 신상정보를 가급적 자세히 기술하고자 하는, 전형적인 전傳의 서술 방식을 취했다.

남궁선생은 이름이 두斗이다. 대대로 임피臨陂에 살았는데, 예로부터 재물이 넉넉해서 고을에서 으뜸가는 집안이었다. 조부와 부친 2대는 관리로 뽑히는 일을 마다했지만, 남궁선생만은 과거공부로 입신하고자 해 나이 서른에 비로소 을묘년(1555)의 사마시司馬試에 합격함으로써 과거시험장에 명성이 높았다. 일찍이 「대신불약大信不約」(큰 믿음은 약속을 요구하지 않는다)이라는 제목의 부賦를 지어 성균관의 과거시험에서 수석을 차지하니, 사람들이 모두 그가 지은 부를 외워 전했다.[30]

그러나 남궁두의 성격 기술에 이어지는 서술은 일반적인 전傳 혹은 다수의 전계소설처럼 특징적인 에피소드가 서로 간의 긴밀한 연계 없이 나열되는 방식을 취하지 않고 모든 에피소드가 연쇄적으로 이어지도록 구성되어 있다.[31]

임피의 유지인 남궁두는 벼슬길에 나갈 생각으로 서울로 이사를 했다. 고향집에는 애첩을 남겨 두고 가을마다 돌아와 수확 일을 돌봤다. 그러던 중 남궁두의 애첩이 남궁두의 당질堂姪과 사통하면서 사달이

났다. 예고 없이 고향집에 들른 남궁두가 우연히 애첩의 밀회를 목격했던 것이다. 분노한 남궁두는 활을 쏘아 두 남녀를 살해하고 말았다. 남궁두는 살인을 은폐하려 했으나 결국 발각되어 체포당했고, 서울로 압송되어 참혹한 심문을 받았다. 그 오만한 성격을 미워하던 고을 수령과 아전들이 남궁두의 죄를 과장하여 조서를 작성했기에 남궁두는 중벌을 받게 되었다. 남궁두가 서울에서 논산으로 이송되자 남궁두의 아내가 감시하던 이들을 속여 남궁두를 탈출시켰다. 남궁두의 아내는 감옥에 갇혀 딸과 함께 옥중에서 굶주림과 추위로 병들어 죽었다. 남부러울 것 없던 30대 초의 선비 남궁두가 순간의 잘못된 판단으로 모든 것을 잃고 일생을 그르치게 된 상황이다.

남궁두는 승려가 되었으나 여전히 쫓기는 신세가 되어 한곳에 머물지 못하고 방랑길에 나섰다. 의령의 암자에서 우연히 만난 젊은 승려가 남궁두 일생에 새로운 전기를 만들어 주었다.

승려가 두건을 벗으며 마루 한쪽에 걸터앉더니 남궁두를 흘끗 보고 말했다.

"사족士族이시군요. 왜 뒤늦게 머리를 깎으셨습니까?"

그러더니 또 이렇게 말했다.

"성격이 모진 분이군요."

얼마 있다가는 또 이렇게 말했다.

"유학儒學을 업으로 삼았다면 꽤 명성을 얻으셨을 텐데."

그러더니 한참 뒤에는 웃으며 이렇게 말했다.

"두 사람의 목숨을 해치고 죄를 지어 도망 다니는 분이군요!"[32]

남궁두가 젊은 승려의 신통한 관상 능력에 놀라 가르침을 청하자 승려는 천하의 모든 방술에 통달했다는 자신의 스승을 찾아가라고 했다. 남궁두의 여행은 여기서 본격적으로 시작된다.

무주 적상산赤裳山으로 선사禪師를 찾아갔으나 1년을 머물며 온 산을 헤매도 만나지 못했다.

문득 어느 골짜기에 이르니 우거진 숲 사이로 시냇물이 흐르며 커다란 복숭아씨가 흘러내려오고 있었다. (…) 걸음을 재촉해서 시냇물을 따라 몇 리쯤 올라가 올려다보니 우뚝 솟아오른 봉우리가 하나 있었고, 소나무와 삼나무가 해를 가린 곳에 세 칸짜리 허름한 집이 하나 있었다. 벼랑에 기대 집을 짓고 돌층계로 대臺를 만들었는데, 맑고 환한 곳에 자리를 잡고 있었다.[33]

깊은 산중에 있는 도인의 공간이다. 남궁두는 선사에게 한 가지 재주라도 배워 세상에 나가고 싶다며 제자로 받아 줄 것을 간청했으나 선사는 굳게 거절하며 문을 닫고 들어가 나오지 않았다.

남궁두는 처마 밑에 엎드려 새벽까지 슬피 간청했고 아침이 돼서도 그만두지 않았다. 그러나 선사는 눈앞에 아무것도 보이지 않는 듯이 가부좌를 하고 참선에 들어 남궁두를 조금도 돌아보지 않은 채 사흘을 보냈다. 남궁두는 시간이 지나도 전혀 나태한 태도를 보이지 않았다. 선사는 남궁두의 정성스러운 마음을 보고 그제야 문을 열어 남궁두를 방으로 들어오게 했다.[34]

간결한 필치 속에 남궁두의 간절함과 끈기를 요령 있게 그려냈다.

이어지는 선방禪房의 묘사도 화려한 수식 없이 대상을 정확하게 담고 있다.

> 방은 사방 한 길 크기였다. 방 안에는 목침 하나가 놓여 있을 뿐이었다. 북쪽의 벽을 뚫어 감실龕室을 여섯 개 만들어 두었는데, 자물쇠를 채우고 열쇠 하나를 감실 기둥에 걸어 두었다. 남쪽 창문 위의 선반에는 책이 대여섯 권 얹혀 있었다.[35]

「주생전」과 같은 애정전기 명편의 서정적이고 화려한 문체 대신 「남궁선생전」은 묘사에서는 간결한 필치로 대상을 정확히 그려내고 사건 서술에서는 사건의 핵심만을 밀도 있게 전달하는 데 주력하는 등 수준 높은 서사 문체의 한 전형을 보여 준다.

선사는 남궁두에게 장생불사長生不死하는 법을 가르쳐 주기로 했다. 이후 남궁두가 도술을 익히는 과정의 서사 전개는 마치 현대 무협영화에서 무술 연마 과정을 박진감 있게 그려내는 장면을 보는 듯하다. 먼저 남궁두는 정신을 모으는 일의 출발점이라는 잠자지 않기에 도전하여 성공했다. 2차 과제는 도가의 경전인 『주역참동계』와 『황정경』을 읽는 것이었다. 3차 과제는 곡기를 끊는 일이었다. 선사의 말을 들어 보자.

> 무릇 신선술을 배우는 사람은 모든 잡념을 끊어 버리고 편안히 앉아 정精과 기氣와 신神의 삼보三寶를 단련하며 물과 불을 상생시켜 단丹을 이루는 게 최대의 관건이야. 최고의 지혜를 가졌거나 최상의 자질을 타고나지 않고서야 단기간에 성취할 수 없는 일이지. 자넨 성품이 질박하고 강인해서 최고의 이치를 가르쳐 주긴 어려우니,

우선 곡기穀氣를 끊어 쉬운 데서부터 어려운 데로 들어가도록 하는 게 좋겠어. 사람의 생명은 오행五行에서 정기를 받았기 때문에 오장五臟이 각각 오행에 대응되네. 비脾는 토土의 기운을 받기 때문에 사람이 먹고 마시는 게 모두 비위脾胃로 들어가는 거야. 비록 곡식의 정기로 건강하고 병이 없게 되더라도 기운이 토에 이끌려 끝내는 그 육신이 땅으로 돌아갈 수밖에 없지. 옛날에 곡기를 끊었다는 사람들은 모두 이 때문에 그랬던 걸세. 자네도 우선 곡기 끊는 일부터 해 보게.[36]

사람의 오장五臟을 오행五行에 대응시키고 비장脾臟이 오행 중 '토土'에 해당하기에 흙에서 난 곡식이 모두 비장에 모이고 곡식의 기운이 육신을 땅으로 이끄는바, 곡기를 끊어야 육신이 땅으로 돌아가지 않아 불로장생할 수 있다는 생각이다. 합리적인 관점에서 보면 허무맹랑한 이야기지만 실제 도가 수련의 기초 이론으로 받아들여지던 내용이다. 남궁두는 49일 만에 곡기를 끊는 데 성공했다.

선사는 즉시 잣나무 잎과 참깨를 먹게 했다. 그러자 며칠 동안 온몸에 부스럼이 생기더니 참을 수 없이 아팠다. 다시 100일이 지나자 부스럼 딱지가 떨어지며 새 살이 돋아 보통 때의 모습으로 돌아왔다. 선사가 기뻐하며 말했다.
"자넨 참 그릇이 좋아! 이제 욕망만 끊으면 되겠어."[37]

선사는 남궁두가 제1단계 과제인 잠자지 않기에 성공했을 때 "자네가 이처럼 큰 인내심을 가졌으니 무슨 일인들 못 이루겠나!"라며 기뻐한 이래로 남궁두가 하나하나의 과정을 성공적으로 마칠 때마다 몹시 기뻐했다. 남궁두의 수련 과정에 몰입하던 독자 역시 쾌감을 느끼게 되니, 수련 과정의 서술은 밝고 유쾌한 분위기가 지배적이다.

남궁두는 이후 또 9년의 수련을 거쳐 중국 고대 전설 속의 신선 왕자교王子喬의 경지에 이르렀다. 최후의 단계를 앞두고 선사는 이렇게 말했다.

욕망이 동하더라도 결단코 참아야 하네. 식食과 색色에 대한 욕망이 아니라도 일체의 망상이 모두 진眞에 해로우니 모름지기 모든 유有를 비우고 고요히 단련하도록 하게.38

「주생전」을 비롯한 동시대의 애정소설이 사랑이라는 욕망의 분출과 좌절 속에서 삶의 의미를 물었던 데 반해 「남궁선생전」의 선사는 일체의 욕망과 망상을 비우는 것이 진리라고 했다.

이제 남궁두의 최종 연단煉丹 과정이 남았다.

단련한 지 거의 여섯 달 만에 단전丹田이 가득 채워지며 배꼽 아래에서 금빛 광채가 나왔다. 남궁두는 마침내 도가 이루어지려 하자 기쁜 마음에 문득 한시라도 빨리 이루고자 하는 욕망이 싹트는 것을 참을 수 없었다. 그 바람에 차녀姹女에 불이 붙더니 이환泥丸으로 타올랐다. 남궁두가 고함을 지르며 뛰쳐나오자 선사는 지팡이로 남궁두의 머리를 치며 이렇게 말했다.

"아아, 이루지 못했구나!"39

심장에 깃든 원신元神을 뜻하는 '차녀姹女', 정수리에 있는 상단전上丹田을 뜻하는 '이환泥丸' 등 도가 연단법의 용어가 인용문의 전후 대목에

연이어 나와 남궁두의 연단 과정을 집중해서 보게 한다. 결국 남궁두
는 최종 관문에서 욕망을 막지 못한 탓에 신선의 꿈을 이루는 데 실패
했다. 세상의 모든 것을 한순간에 잃은 뒤 신선이 되어 하늘에 오르고
자 했던 사나이의 꿈이 좌절된 순간이다.

선사는 그제야 자신의 나이가 500세가 넘으며 당나라 때의 도인 종
리권鍾離權으로부터 신라 의상대사義湘大師와 그 제자로 이어진 법통을
계승한 신선이라고 정체를 밝혔다. 남궁두의 청을 받아들여 선사는
조선 삼남三南 지방의 신을 통솔하는 신선으로서 여러 신들에게 조회
받는 광경을 보여 주었다. 이 장면은 지금까지의 서술과 달리 한껏 기
교를 부린 화려한 문체로 이루어져 있다.

문득 대臺 위의 향나무 두 그루에 각각 알록달록한 꽃등이 걸리더니, 이윽고 골짜
기 가득 수천수만 그루의 나무마다 모두 꽃등이 걸리면서 붉은 불꽃이 하늘에 뻗쳐
마치 대낮처럼 환했다. 기이하고 괴상한 모양의 짐승들이 보였는데, 곰이나 호랑이
같은 동물, 사자나 코끼리 같은 동물, 표범 모양인데 다리가 둘인 동물, 용 모양인데
날개가 달린 동물, 용 모양에 뿔이 없는 동물, 몸은 용인데 머리는 말과 같은 동물,
뿔이 세 개 달리고 사람처럼 서서 달리는 동물, 사람 얼굴에 눈이 세 개 달린 동물 등
100여 종류나 되었다. 또 코끼리, 노루, 사슴, 돼지 모양인데 금빛 눈에 이빨이 눈처
럼 희거나 붉은 털에 발굽이 서리처럼 희거나 펄쩍펄쩍 뛰어오르면서 무언가를 낚
아채는 듯한 시늉을 하는 등등의 것들이 1,000여 종류나 되었다. 이런 동물들이 모
두 좌우로 늘어서 선사를 모시고 섰다. 또 깃발을 든 금동金童과 옥녀玉女 수백 명, 칼
이며 창이며 도끼 등의 의장儀仗을 든 군사 1,000여 명이 대臺 주위를 빙 둘러서자,
온갖 향기가 자욱하고 패옥 부딪는 소리가 아름답게 울렸다.[40]

이후 도교의 신들이 일일이 호명되며 화려한 조회 장면이 길게 이어지는데, 이는 도가문학 전체를 통틀어 보기 드문 일대 장관이다. 허균 역시 이 대목이 작품의 하이라이트라 여겨 그동안 절제해 왔던 화려한 수식을 아끼지 않았다.

신선이 되지 못한 남궁두는 이제 속세로 돌아가야 했다.

> 먼 길을 와 임피에 이르렀다. 옛집은 터도 남지 않았고, 소유했던 땅은 모두 몇 번이나 주인이 바뀐 뒤였다. 서울에 가니 옛집은 터만 남아 주춧돌이 덤불 속에 이리저리 놓여 있었다. 남궁두는 눈물을 참으며 돌아왔다.[41]

모든 것을 잃고 떠났다가 꿈을 이루지 못하고 돌아와 보니 전란 직후인 양 황량한 풍경만 남았다. 남궁두는 예전에 부리던 늙은 종의 도움으로 집을 얻고 가정을 꾸렸다. 하늘에 오르는 신선이 되는 데에는 실패했지만 선사의 가르침에 따라 절제하여 800년의 수를 누리는 지상선地上仙이 될 수 있었다. 그러나 정작 허균을 만난 남궁두는 이렇게 말했다.

> 요사이 산속 생활이 너무 한적하기에 속세로 내려와 봤더니, 친지라곤 한 사람도 없더군. 게다가 가는 곳마다 젊은것들이 내 늙고 추한 모습을 업신여기니 인간 세상에는 조금도 흥미가 없어졌어. 사람이 장수하고 싶어 하는 건 원래 즐거움을 위해서인데, 나는 쓸쓸해서 즐거움이라곤 전혀 없으니 오래 살아 봐야 뭐하겠나? 그래서 이젠 속인들이 먹는 음식을 금하지 않고, 아들도 안아 보고 손자 재롱도 보며 여생을 보내다가 죽어 하늘이 내린 이치를 순순히 따르려 하네.[42]

신선이 되기를 꿈꾸었던 남궁두가 장수를 버리고 평범한 인간의 삶을 택한 이유다.

「남궁선생전」에서 허균은 도가적 초월을 꿈꾸다 좌절한 불행한 인간의 삶을 다루었다. 남궁두가 겪은 속세에서의 고난은 암울하게 서술된 반면, 연단 과정의 최종 단계에까지 이르는 과정과 도교 신들의 조회 장면은 대단히 활기차고 화려하게 서술하여 흥을 고조시켰다. 그러다 마무리 대목에 이르러서는 불로장생의 부질없음을 깨닫고 속세의 평범한 삶을 택하는 남궁두를 조명하며 기세를 꺾는다. 부질없다고 했으나 결과적으로 작품의 가장 빛나는 부분은 역시 도가적 초월을 꿈꾸는 대목이다.

남궁두의 연단 과정은 당나라의 전기 「두자춘杜子春」의 연단 과정과 비교해 볼 만하다. 주인공 두자춘이 신선이 되기 위해 따라야 할 금기는 절대 입 밖으로 소리를 내서는 안 된다는 것이었다. 도사는 두자춘을 방해하는 모든 존재가 허상일 뿐이라고 했다. 두자춘은 창검을 든 군사들과 맹수의 위협을 견디고, 눈앞에서 아내가 모진 고문을 받는 광경도 외면하며, 자신의 목숨을 잃는 상황에 이르기까지 말하고 싶은 유혹을 견뎌냈다. 두자춘은 염라대왕의 명을 받아 여자로 환생하여 혼인을 하고 아들을 낳았다. 그 남편은 아들을 둔 뒤에도 아내 두자춘이 자신과 말하려 하지 않는 데 격분했다.

"대장부가 아내에게 멸시당하니 그 자식을 어디다 쓸까!"

남편이 아이의 두 다리를 잡고 아이의 머리를 바위에 찧으니 머리가 부서져 피가 몇 걸음 밖까지 뿌려졌다. 두자춘은 마음속에 사랑이 일어나 문득 약속을 잊고 저도 모르게 "아야!" 소리를 냈다. 탄식 소리가 미처 끝나기도 전에 두자춘의 몸은 예전 있던 곳에 앉아 있고, 그 앞에 도사가 앉아 있었다.[43]

모든 것이 허상이었고, 역시 최종 관문을 통과하지 못한 두자춘은 신선이 되는 데 실패했다.

「두자춘」에서 말하지 말라는 금기를 지키기 위해 온갖 외부의 위협을 인내하는 과정을 극적으로 그렸다면 「남궁선생전」은 연단 과정 자체를 자세히 기술하며 욕망을 참는 과정에 초점을 두었다. 「두자춘」의 도사는 두자춘이 분노와 두려움 등 모든 감정을 억제했으나 사랑하는 마음을 참지 못해 실패했다고 했다. 「남궁선생전」에서 남궁두는 빨리 이루고 싶은 욕심을 이기지 못해 신선이 되지 못했다.

「두자춘」 이래로 명대明代에 유행한 도가 소설의 대표작 『비검기飛劍記』에 이르기까지 도가의 연단 과정을 작품화한 예가 이어지나[44] 「남궁선생전」의 조회 장면처럼 도가적 상상력을 한껏 발휘한 예를 찾기는 쉽지 않다. 「남궁선생전」은 이 점에서 우리 고전소설사뿐 아니라 동아시아 도가문학사道家文學史에서도 이채를 발하는 작품이다.

허균이 「남궁선생전」을 통해 도가적 지향을 화려하게 펼쳐 보이며 현실 너머의 세계에 대한 상상력을 극대화한 데에는 허균의 불행한 개인사를 비롯한 여러 복합적인 배경이 놓여 있을 것이다. 여기에 전란 이후의 보편적 상황을 결부해서 생각해 보면 「남궁선생전」은 더욱 큰 반향을 줄 수 있다. 한순간에 모든 것을 잃은 뒤 각고의 노력에도 불구하고 실패하여 돌아와 보니 행복했던 과거 삶의 자취마저 지워져 버린 것이 남궁두의 운명이다. 전쟁 이후 불안과 불확실성 속에 던져진 당대 조선인의 정서와 맞닿아 있다. 모든 것을 잃고 이 세상을 초탈하고자 했던 남궁두의 의지는 삶에 염증을 느끼고 현실 밖의 신비한 세계를 향해 달아나고 싶던 욕망을 자극한다. 허균의 도가적 지식과 상상력이 총동원된 이 작품의 근저에는 전쟁 이후 세계에 대한 불안, 공포, 환멸 속에서 초월적 상상을 통해 현실로부터 달아나고자 했던 이들의 초월 의지가 놓여 있다.

다만 한 가지 「남궁선생전」에 삽입된 임진왜란에 대한 특이한 생각을 지적해 둘 필요가 있다. 조회 장면에서 선사와 극호림極好林·광하산黃霞山·홍영산紅暎山의 동방 3대 신군神君이 나눈 임진왜란에 관한 대화이다. 선사가 조선의 액운을 예견하며 구제할 방책을 묻자 세 신군은 다음과 같이 대답했다.

"삼한三韓의 백성들이 간교하여 속임수를 잘 쓰고, 미혹되고 흉포하며, 복을 아끼지 않고 하늘을 두려워하지 않으며, 효도하지 않고 충성하지 않으며, 신들을 업신여기고 귀신을 모독하고 있습니다. 그러므로 구림동句林峒에 있는, 살쾡이 얼굴을 한 큰 마귀로 하여금 적토赤土의 군사를 총동원하여 토벌하게 하려고 합니다. 7년 연이은 전쟁으로 나라는 다행히 망하지 않겠지만, 삼한의 백성 열 사람 중 대여섯의 목숨을 빼앗아 경각심을 일깨우려 합니다."

저희들은 삼도제군三島帝君의 이 말을 듣고 모두 가여운 마음이 들었습니다만, 하늘의 큰 운수에 관계되는 일이니 어찌 해 볼 도리가 있겠습니까?[45]

'삼도제군'이라는 도교의 천신天神이 조선 백성들의 간교함과 불경함을 미워하여 '살쾡이 얼굴을 한 큰 마귀', 곧 도요토미 히데요시로 하여금 '적토(일본)'의 군사를 총동원하여 조선을 침략하게 했다는 것이다. 임진왜란의 발생은 거역할 수 없는 운명이었다는 숙명론을 펴며 전쟁의 책임을 조선 백성의 간교함에 떠넘기는 대단히 왜곡된 시각이 신들의 허구적 대화 속에 슬쩍 끼어들었다. 지배계급의 자기반성과는 거리가 먼 태도다.[46]

(2) 현실 비판의 형식: 희망 없는 비판

두 차례의 큰 전쟁을 치른 뒤 전쟁 수행 과정에 대한 엄정한 평가가 필요했다. 이러한 문제의식을 가진 작가들이 재발견한 형식 중 하나가 바로 '몽유록夢遊錄'이다. 말 그대로 '꿈에 노닌 기록'인 몽유록은 전기소설의 진화 과정에서 파생된 독특한 소설 형식으로, 우리 소설사에서 가깝게는 김시습의 「남염부주지南炎浮洲志」, 멀게는 「조신전調信傳」을 그 형식적 연원으로 삼는다. 이러한 전통이 임제林悌의 「원생몽유록」에 이르러 역사적 실존인물들의 대화를 빌려 이념을 직접 표출하는 형식으로 확립되었고, 이를 대폭 확장하여 전쟁 체험을 직접적으로 토로하고 역사적 인물에 대한 포폄褒貶과 의론을 직접적으로 표출하는 형식으로 진화시킨 작품이 「달천몽유록」과 「강도몽유록」이다.

「달천몽유록」은 임진왜란 직후 윤계선尹繼善, 1577~1604이 지은 작품이다.[47] 작품 서두에 "만력萬曆 경자년 중춘仲春"[48]이라는 말이 보이는데, '만력 경자년'은 1600년(선조 33)이다. 따라서 이 작품의 창작 시기는 1600년 혹은 그 직후일 것으로 추정된다.

작품은 '파담자坡潭子' 윤계선이 선조의 명을 받아 충청도 암행어사로 파견되면서 시작된다.[49] 파담자는 충청도 여러 고을을 순시한 지 석 달 만에 충주 달천강 앞에 이르렀다.

따뜻한 봄바람이 불고 달천은 맑게 일렁이는데, 수북이 쌓인 뼈가 허옇게 널려 있고 향기로운 풀은 푸르렀다. 싸움터가 된 지도 벌써 9년, 들쥐와 산의 여우는 태양을 보면 숨었고, 굶주린 까마귀와 성난 솔개는 사람을 보고 시끄럽게 울어댔다.

파담자는 여윈 말에 권태롭게 채찍질을 하며 묵묵히 전란 당시를 회상했다. 양기良家에서 선발된 병사들이며 훈련받은 병사들이 혹은 자원하기도 하고, 혹은 석호石壕의 아전처럼 혹독한 관리에게 억지로 징발되어, 허리에는 활을 차고 등에는 화살을 지고 갑옷을 이부자리로 삼으며 적을 경계하였다. 그러나 이들은 예리한 무기를 가졌으되 싸워 보지도 못한 채 장군의 책략 없음에 분개하며 속수무책으로 적을 맞아 목을 내밀고 적의 칼날을 받았다. 원망과 한을 품은 채 헛되이 죽어 그 넋이 모래가 되고 벌레가 되고 원숭이가 되고 학이 된 이들이 몇 천 몇 만 명인지 헤아릴 수 없다. 분한 기운이 위로 맺혀 빽빽한 구름이 어둡게 깔리고, 원통한 소리는 아래로 흘러 큰 강이 목메어 운다.[50]

작품 서두의 현실 공간 묘사가 대단히 음울하다. '책략 없는 장군'은 바로 임진왜란 초기 전쟁의 분수령이었던 달천 전투의 지휘관 신립을 말한다. 신립이 이끄는 조선 군대는 유리한 지형인 조령을 포기하고 달천강 탄금대 앞에 배수진을 치고 왜군에 맞섰다가 전멸하고 말았다. 파담자는 역사적인 전투 현장에서 억울하게 죽은 혼령들의 기운을 느끼며 시를 지었다.

> 배수진 친 일만 군사 속수무책으로 당하니
> 천 년 뒤의 사람을 화음후華陰侯가 그르쳤네.
> 임금이 서쪽으로 피한 줄도 모르는 채
> 달천 가의 백골은 말없이 썩어 갔네.[51]

신립이 한나라 한신韓信의 배수진을 잘못 본받아 전투를 그르친 일, 달천 전투에서 이름 모를 병사들이 목숨을 잃는 동안 임금 선조가 의주義州로 피란한 일에 대한 비판이 신랄하다.

파담자는 몇 달 뒤 황해도 옹진甕津의 현감으로 부임했다. 이곳에서 파담자의 '몽유夢遊'가 시작된다.

변방의 성 위로 달이 떠올랐고, 동헌은 고요하여 설렁 소리도 들리지 않았다. 맑은 밤이 한창 깊어 갈 때 베개를 베고 잠을 청했다. 비몽사몽간에 커다란 나비 한 마리가 유유히 날아오더니 파담자를 인도해 앞으로 나아갔다. 순식간에 산을 넘고 강을 넘어 문득 한 곳에 이르렀다. 구름과 안개는 서글픔을 띠고 바위와 시내는 원망을 쏟아내는 듯했다.[52]

파담자가 비몽사몽간에 나비를 따라가는 것이 꿈의 시작이다. 도착한 곳에는 서글픔과 원망의 기운이 가득했다.

잠시 후 성난 질풍 소리가 몰아치더니 들판에 살기가 가득해지며 천지가 칠흑처럼 어두워져 지척을 분간할 수 없었다. 그때 한 무리의 횃불이 멀리에서부터 가까워 오는 것이 보였다. 장정 1만 명의 떠들썩한 소리가 차츰 가까이 들려 왔다. 파담자는 정신을 바짝 차리고 그 자리에 멈춰 섰다. 모골이 송연했다. 급히 숲속으로 몸을 피해 그들이 하는 행동을 엿보았다. 장정들이 떼 지어 몰려오며 울부짖는데 그 형체만 간신히 분간할 수 있었다. 머리가 없는 자가 있는가 하면, 오른팔이 잘린 자, 왼팔이 잘린 자, 왼발이 잘린 자, 오른발이 잘린 자도 있고, 허리 위는 남아 있지만 다리가 없는 자, 다리만 남고 허리 위는 없는 자도 있었다. 배가 부풀어 올라 비틀비틀 걷는 자는 강물에 빠져죽은 자인 듯했다. 풀어헤친 머리로 얼굴을 온통 가린 채 비린 내 나는 피를 뿜어대며 사지四肢가 참혹하게 망가진 그 처참한 모습을 차마 볼 수 없었다. 그들이 하늘을 향해 한번 울부짖고 가슴을 치며 통곡하니 산이 흔들리고 흐르는 강물도 멈춰 서는 듯했다.[53]

몽유 공간에 대한 음산한 묘사 뒤에 참혹한 모습으로 전사한 1만 명 유령들의 모습이 나열되었다. 사지가 처참하게 훼손된 병사들의 형상에 임진왜란의 참상이 집약적으로 드러나 있다. 이윽고 귀신들은 가족 생각에 젖었다.

백발의 부모님께 맛난 음식은 누가 드릴까? 규방의 어여쁜 아내는 원망 어린 눈물만 부질없이 흘릴 테지. 내가 살았는지 죽었는지 반신반의하고 있다가 주인 잃은 말만 돌아오는 것을 보고는 천지간에 외로운 신세가 되어 괜스레 지전紙錢을 태우며 남편의 혼을 불렀겠지.[54]

죽은 병사들이 오히려 전쟁으로 아들이나 남편을 잃고 살아남은 가족의 처지를 걱정하니 기막힌 광경이다.

유령들은 곧 파담자의 존재를 눈치 채고 지난번 자신들을 위해 시 써준 일을 고마워했다. 파담자가 나비를 따라 이른 곳은 바로 달천이었던 것이다. 유령들은 파담자에게 자신들의 이야기를 세상에 전해 달라고 했고, 파담자는 몽유록의 정석에 따라 자리에 끼어들어 유령들의 좌담회를 참관했다.

첫 번째 발언자는 무명의 병사였다. 병사는 천혜의 요새인 조령의 지형을 이용해야 한다는 종사관從事官 김여물金汝物의 의견과 이미 조령 점거에 늦었으니 후퇴하여 서울을 지키는 것이 좋겠다는 순변사巡邊使 이일李鎰의 의견을 모두 묵살하고 배수진을 친 신립의 오만과 무능을 신랄하게 꾸짖고 비웃었다. 적의 동태를 보고한 척후장斥候將을 허황된 말로 사기를 떨어뜨렸다는 명목으로 죽이고 전투 직전에 갑자기 전술을 바꾸는 등 신립의 잘못을 조목조목 비판했다.

그러자 "실의에 빠진 한 사내가 얼굴 가득 부끄러운 빛을 띤 채 고개를 떨구고 머뭇머뭇 발걸음을 주저하며 입을 우물거리다가"[55] 말을 시작했다. 신립이다. 신립은 적을 가벼이 여기고 자신의 주장만 고집하다 일을 그르친 점을 인정하면서도 몇 가지 변명을 했다.

사람의 계책만 나빴던 게 아니라 하늘도 돕지 않았습니다. 어려진魚麗陣을 펼치기도 전에 적의 매서운 선제공격을 받았습니다. (…) 유리한 지형을 가지고 있었거늘, 병사들이 앞 다투어 강물로 뛰어들기에 이르렀으니 대사를 이미 그르치고 말았습니다.

아아! 어디로 돌아가리? 나 홀로 무엇을 한단 말인가? (…) 하늘이 그렇게 정한 일이니 인간의 힘으로 어찌하겠습니까? 누구를 원망하고 누구를 탓하겠습니까?[56]

만고의 죄인이 된 신립의 무책임해 보이는 변명이다. 신립은 패배의 모든 책임을 자신에게 돌리지 않고, 명령에 따르지 않은 병사들의 비겁함을 질책하는 한편 전쟁의 패배가 사람의 힘으로 어찌할 수 없는 운명이었다고 했다. 긍정적인 호응은 얻지 못했으나, 작자는 신립의 하소연까지 들어 주어 그 원한을 풀어 주고자 했다.

이윽고 대장군, 곧 충무공忠武公 이순신과 임진왜란의 영웅들이 모여들었다. 이들은 병사들을 물러가게 한 뒤 자신들의 소회를 펴기로 했다. 파담자도 말석에 앉아 이들의 이야기를 들을 기회를 얻었다.

진주성 전투와 금산 전투에서 전사한 의병장 고종후高從厚 · 고인후高因厚 형제가 먼저 자신들의 사연을 말하고 시를 한 편씩 지었다. 그 뒤를 이어 상주 전투에서 전사한 병조좌랑 이경류李慶流, 서울 탈환 작전을 위해 내려오다가 경기도에서 전사한 경기도 관찰사 심대沈岱, 진주대첩의 김시민金時敏, 금산錦山 전투를 이끈 조헌趙憲, 동래성東萊城 전투에서 순사한 송상현宋象賢, 승장僧將 영규靈圭 등 27인이 차례로 죽음에 이른 사연을 토로하고 시를 지어 읊었다.

떳떳하게 충의를 다하다 전사한 인물들의 말과 행동은 기세가 있다. 조헌趙憲 · 고경명高敬命 등의 의병장이 대표적이고, 이순신 휘하에서 무공을 세운 인물들이 그러하다. 녹도鹿島 만호萬戶 정운鄭運의 예를 보자.

정만호鄭萬戶는 칼을 들고 일어나 춤을 추며 노래를 불렀다.

위급한 나라 걱정하며
나라에 사내다운 사내 없음을 꾸짖었네.
살아서 장군(이순신)과 함께 일했고
죽어서도 장군 곁에 머물렀네.
하늘을 우러러 무엇을 부끄리며
땅을 굽어보아 무엇을 부끄리리.

(…) 이 몸 죽어 뜻 이루지 못했지만
씩씩한 기운 토해 구름 끝에 닿았네.
대장부가 쩨쩨해선 안 되는 법
총탄 하나에 뭐 슬퍼하리![57]

한편 논란이 있는 인물에 대해서는 앞서 신립의 경우처럼 각자의 시각에서 자신의 처지를 변호하는 발언을 하게 했다. 남병사南兵使 신할申硈의 경우를 보자.

"군사를 거느리고 철령鐵嶺을 넘어 도원수를 만나 임진강에 진을 쳤습니다. 나라의 치욕을 씻고 형의 원수를 갚고자 군사를 재촉하여 강을 건넜지만, 맨손으로 호랑이를 때려잡고 맨몸으로 강을 건너는 무모한 용기에 불과하여 군사와 말을 모두 죽이고 말았으니, 이제 와 후회한들 무슨 소용이 있겠습니까!"

그러고는 노래를 불렀다.

(…) 누군들 형제가 없겠는가마는
왜 유독 우리 집안에만 가혹한가?
임진강 물고기 뱃속에
내 뼈를 묻었어라.[58]

신할은 신립의 아우이다. 도원수 김명원金命元과 함께 북상하는 왜군을 임진강에서 방어하는 임무를 맡았으나 적을 얕보고 성급하게 임진강을 건너 공격을 감행하다가 대패하고 그 자신 또한 전사하고 말았다. 임진왜란 초기 또 하나의 중요한 전투였으나 신할의 무모한 공격으로 조선의 위기는 가속화되었거니와, 전투를 지휘한 신할은 『징비록懲毖錄』을 비롯한 여러 문헌에서 비판받아 왔다. 그러나 「달천몽유록」은 신할의 잘못에 대해서도 따가운 질책을 하기보다는 그 자신의 하소연을 들어 주며 원혼을 위로하는 방식을 취했다.

반면 신할과 반대되는 입장에 선 인물의 시각도 균형 있게 제시했다. 전라좌수사 유극량劉克良이 그 역할을 맡았다.

> 영웅은 죽음을 아까워하는 게 아니라 헛된 죽음을 아까워하고, 훌륭한 장수는 신속한 용병을 귀하게 여기는 게 아니라 신묘한 용병을 귀하게 여깁니다. 생각건대 그날 어떤 이가 늙은 나더러 겁이 많다고 꾸짖으며 양처럼 약한 군사를 내몰아 맨몸으로 호랑이처럼 강한 왜군을 잡으라 했습니다. 나라의 은혜를 받은 두세 사람이야 죽어 마땅하지만, 몰살당한 수백 수천 병사들의 참혹한 사정을 어찌 차마 말할 수 있겠습니까? 활이 꺾여 주먹을 휘두르다 왜적의 칼날에 머리가 잘려 해골이 황량한 들판에 뒹굴고 슬픔이 큰 강물에 가득합니다.[59]

임진강 방어전에서 신할이 왜군의 수가 적다고 여겨 성급하게 강을 건너 공격하려 하자 유극량은 적의 속임수라며 극구 말렸다. 유극량은 이 일을 말함으로써 무능한 장수 탓에 헛되이 목숨을 잃은 수많은 병사들의 원한을 대변했다.

발언자들은 대개 관군의 지휘자나 의병장으로서 왜적을 맞아 온 힘을 다해 싸운 이들이다. 그런데 그중에는 백면서생 문신들로 의연하게 최후를 맞이한 이도 있었다.

회양淮陽은 험한 곳으로 본래 삼면이 막혀 있다고들 합니다만, 저는 당황해서 병사들을 단속하지 못했습니다. 오직 도망가지 않고 이 땅을 지키겠다는 생각으로 상에 기대앉아 죽음을 기다리며 인수印綬를 손에 쥔 채 조복朝服을 피로 적셨습니다.[60]

회양부사 김연광金鍊光은 왜군이 쳐들어와 관리와 군졸이 모두 달아나자 성문 앞에 홀로 정좌한 채 죽음을 맞았다. 그 자신이 반성한 대로 군사를 수습해 대응하지 못한 책임이 있으나 난국에 대처하는 인간의 품격을 보여 준다.

원주목사 김제갑金悌甲은 중과부적의 형세 속에 속수무책으로 무너져 내렸던 임진왜란 초기 전황을 전달했다. 전쟁에 대비하지 않은 국가와 직분을 다하지 못한 자신과 같은 관료 때문에 목숨을 잃은 가족에 대한 미안함을 토로한 것이 인상적이다.

사방 100리의 작은 고을로서 수만 명의 강한 적군을 당하려니 임기응변도 할 수 없었으며 재계하고 경서經書를 외고 있을 수도 없어, 물러나 치악산을 지키며 여전히 부절을 차고 소임을 다하려 했습니다. 산이 험해 왜적이 공격하기 어려울 줄 알았으나 흙이 무너지듯 쉽사리 패하여, 고립된 성은 적에게 유린당하고 온 집안이 창칼에 쓰러지고 말았습니다. 나라의 은혜를 입은 저는 만 번 죽어도 좋지만 처자식은 왜 함께 죽어야 한 건지![61]

전라도 병마절도사 이복남李福男은 정유재란 당시 남원성 전투에서 보인 명나라 군대의 소극적 대응을 비판했다.

왜적이 운봉雲峰을 대거 넘어왔을 때 명나라 장수 양원楊元이 남원을 지키고 있었습니다. 양원이 우리 병사를 지휘하여 진을 치고 지켜보고만 있기에 저는 나라의 수치를 민망히 여겨 단독으로 적진을 향해 내달았습니다. 제 수하의 병사는 30여 명뿐이었으나 성 밖의 적군은 100만이나 되었습니다. 아홉 번 공격해도 적은 끄떡없고 적의 한 번 공격에 우리는 무너지고 말았으니 얼마나 참혹했겠습니까? 두려움을 씻지 못한 채 들판에 쌓인 시체들이 썩어가고 있습니다.[62]

이처럼 다양한 형태로 전쟁의 참상과 지휘자의 무능이 고발되기도 하고, 영웅들의 떳떳한 죽음이 칭송되기도 하는 가운데 전쟁에 대한 평가가 이루어졌다. 뛰어난 활약을 펼친 이순신 휘하 장수들을 중심으로 간간이 활기찬 분위기가 조성되기도 하지만 발언자들의 어조는 대체로 비장하고 서글프다. 대개 자신의 위치에서 최선을 다했으나 중과부적으로 전사한 이들이기 때문이다. 그런데 패전의 책임을 냉정하게 물어 구체적인 잘잘못을 따지는 경우는 앞서 언급한 신립과 신할 형제에 국한되어 있다. 수많은 전투에서 패배한 원인은 '시운時運'에 있거나 중과부적의 형세에 있을 뿐 좀 더 근본적인 책임을 묻는 데까지는 나아가지 않았다. 진주성 전투에서 전사한 충청도 병마절도사 황진黃進의 발언은 다음과 같다.

하찮은 제가 부족한 재주로 고립된 진주성을 지키는 중책을 맡았습니다. 1만 깃발에 위엄 어린 바람을 일으켰으나 한 귀퉁이에 재앙의 비가 내려 왜적의 탄환을 이마에 맞으니 왜적이 어지러이 성 위로 올라왔습니다. 하늘이 우리를 망하게 한 것이지 우리가 전투를 잘못한 탓은 아니니, 이를 어찌하겠습니까?[63]

황진과 함께 진주성을 지키다 자결한 의병장 최경회崔慶會 역시 이렇게 말했다.

왜적을 물리치겠다는 적개심에 불탔으나 당랑거철螳螂拒轍에 불과하여, 성은 큰비에 무너지고 저는 촉석루 높은 누각에서 몸을 던졌습니다.

(…) 하늘이 돕지 않으니 어찌할까
우리 훌륭한 병사가 모두 쓰러졌네.
임금 계신 서쪽을 바라보며 통곡하고
손가락 잘라 옷자락에 혈서를 썼네.[64]

'하늘이 우리를 망하게 했다'거나 '하늘이 돕지 않았다'는 말이 구체적으로는 진주성 전투 당시 많은 비가 내려 성곽의 흙이 무너져 내린 일을 가리키지만, 그것이 근본적인 원인일 수는 없다. 심지어 신립의 탄금대 전투 또한 시운이 불리하여 패배했다는 인식이 표출되는데,[65] 동의하기 어려운 판단이다. 여기서 한 걸음 나아가 이처럼 급박하게 조선 전역이 '당랑거철'의 형세, 혹은 "한 오라기의 실로 일천 균鈞의 무게를 감당하는 형세"[66]에 놓였던 근본 원인과 대책에 대한 의문은 발견되지 않는다. 그 자리에 남은 것은 임금을 향한 충심뿐이었다.

파담자는 27인의 소회를 다 듣고 대장군 이순신의 명을 받아 화답하는 시를 지었다. 파담자가 이들의 위업을 기린 장시長詩에는 흥미롭게도 임진왜란 때 치명적인 실책을 범한 신립과 신할 형제의 과거 업적을 기리는 내용이 삽입되어 있다.[67]

파담자는 뛰어난 시를 지었다는 좌중의 칭찬과 함께 향후 무예를 겸비해야 한다는 충고를 듣고 물러나왔다.

파담자가 작별하고 내려오니, 긴 강가에 뭇 귀신들이 손뼉을 치며 웃고 있었다. 이유를 물으니 통제사統制使 원균元均을 기롱하는 것이었다. 원균은 살이 쪄서 배가 불룩하고 입은 비뚤어졌으며 얼굴은 흙빛이었다. 엉금엉금 기어 왔으나 배척 당해 모임에 참석하지 못하고, 강가에 두 다리를 펴고 앉아 팔뚝을 내뻗으며 탄식할 따름 이었다.

파담자가 껄껄 웃으며 원균을 조롱하고 기지개를 켜다가 깨어 보니 한바탕 꿈이 었다.[68]

「달천몽유록」에서 유일하게 조롱받은 인물은 원균이다. 꿈에서 깨어나기 직전 장면에서 원혼들은 원균을 비웃고 놀려댐으로써 분풀이를 했다. 전쟁의 모든 책임을 원균 한 사람이 지고 있는 듯한 설정이다.

작품은 꿈에서 깨어난 파담자가 27인의 영혼에 바치는 제문으로 마무리되었다. 제문의 서두에서 창작 의식의 일단을 찾아볼 수 있다.

저는 본래 서생으로서 반평생 방 안에서 역사를 읽으며 옛 사람의 충성심과 굳은 절개를 만날 때마다 책을 덮고 탄식했으나 만고의 역사에 겨우 한두 명의 대장부를 발견했을 뿐입니다. 성대한 중국에서도 이처럼 수가 적거늘 우리 삼한三韓은 동방예 의지국이라 하나 옛날의 동이東夷에 불과한데 위기에 닥쳐 굴하지 않고 어려움을 구 하기에 힘써 섬오랑캐를 물리친 선비가 스물일곱 분이나 됩니다. 아아! 뭇 임금께서 왕위를 이어 와 한없는 터전을 만들고 200년 동안 백성을 기르고 교화하여 이처

럼 많은 선비가 나왔습니다.[69]

충성심과 굳은 절개를 지닌 대장부는 중국의 성대한 역사에서도 한 두 사람 외에 찾아보기 힘든 형편인데, 임진왜란 중 조선에서는 27인의 충의지사가 출현했다는 것이 파담자의 생각이다. 비록 한 사람 한 사람의 업적을 논한 제문 내용에서는 큰 과오를 범한 신립과 신할을 힐난했으나,[70] 기본적으로 「달천몽유록」은 신립과 신할을 포함한 27인의 혼령을 위로하기 위해 창작된 것이다. 따라서 임진왜란의 참혹한 전투 현장을 그려내고 그 속에서 죽어간 이들의 원통함을 그리는 가운데 일정 부분 전쟁의 피해와 참상을 고발한 측면이 있으나, 작자의 기본 의식은 전쟁의 책임을 엄중히 따져 묻고 그 대책을 강구하는 데 있지 않다. 「달천몽유록」에 의하면 임진왜란은 분명 '실패한 전쟁'이고 전사자들의 원한 어린 목소리는 임진왜란이 결코 승전勝戰으로 평가될 수 없음을 알려준다. 그러나 파담자는 7년 전쟁 동안 중국사에서도 유례를 찾을 수 없는 27인의 충의지사가 일시에 나타난 일을 강조하며, 그 원인을 조선의 역대 임금들이 나라의 기틀을 잘 잡아 200년 동안 훌륭한 교화를 편 덕분이라 보았다. 집권층의 이해에 충실한 이러한 시각은 이 작품에서 가장 높이 숭상되는 이순신에 대한 평가에도 드러나 있다.

삼도수군통제사三道水軍統制使(이순신)는 실로 하늘이 내린 신성한 분으로서, 장군의 임무를 맡아 변경을 굳게 지키며 여섯 해 동안이나 한산도에서 바다를 장악하셨습니다. 장수를 바꾼 일은 본래 적의 음모에서 비롯된 것이지 장군께서 출정 시기를

17세기 한국 소설사

놓쳤기 때문이 아닙니다.[71]

'장수를 바꾼 일'이란 일본군이 이순신을 제거하기 위한 이간책으로 거짓 정보를 흘려 조선 수군의 출동을 재촉했을 때 이순신이 거짓 정보임을 파악하고 출병하지 않자 조정의 반대 세력 측에서 이순신의 판단착오로 왜군을 섬멸할 기회를 잃었다며 이순신을 투옥하고 원균으로 대체한 일을 말한다. 선조와 조정 신하들의 무능을 단적으로 보여 주는 사건이었으나 「달천몽유록」에서는 당시의 일이 일본의 음모에서 비롯된 것이었다는 피상적인 해석을 덧붙이는 데서 멈추었다.

「달천몽유록」은 임진왜란 때 왜군에 맞서 싸우다 전사한 조선의 장수와 문신들을 등장시켜 그들 자신의 목소리로 장수들의 공과를 논하게 했다. 가장 높이 평가된 인물은 이순신이고, 과오를 범한 인물로는 신립과 신할이 언급되었으며, 원균은 27인의 충의지사에 넣을 수 없는, 조롱받아 마땅한 인물로 설정되었다. 임진왜란 당시 주요 인물마다 특징적인 형상을 부여하여 그들의 공을 기리고 원한을 위로하며 전쟁의 공과를 비교적 객관적으로 서술한 점, 무명 병사들의 헛된 희생을 안타까워하며 지휘관의 무능을 비판한 점은 높이 평가할 만하다.

반면 임진왜란 때 참전한 주요 인물이 두루 등장했으나 반드시 들어가야 할 의병장들이 빠진 것은 이 작품의 약점으로 지적될 만하다. 역모죄로 희생되어 「달천몽유록」 창작 당시 복권되지 않았던 김덕령金德齡은 그렇다 하더라도 곽재우郭再祐가 전혀 거론되지 않은 점은 납득하기 어렵다. 의병장으로 대단한 활약을 펼쳤던 곽재우나 정인홍鄭仁弘은 모두

북인北人에 속하는 인물이다. 서인西人에 속한 작자 윤계선의 당파적 편견이 작용했을 가능성이 높아 보인다.

이보다 더 심각한 문제가 있다. 임진왜란 초기 실패의 원인을 장수 개인의 전술 착오에서 찾을 뿐 조정의 잘못된 대응이나 국가 제도의 근원적인 문제점을 냉정하게 평가하지 못한 점이다. 진혼鎭魂의 의도가 강하게 작용한 결과로 볼 수도 있으나 작자의 보수적 시각이 개입된 결과 선조와 조정 신하들에 대한 비판은 거의 찾기 어렵고, 실제 전투에서 실책을 범한 인물들에 대한 비판의 수위도 그리 높지 않다.[72] 결국 '실패한 전쟁'의 책임을 온전히 따지지 못하고 예기치 못한 강적의 침입과 불리한 시운을 한탄하는 가운데 그나마 27인의 충의지사가 일시에 배출된 것이 역대 임금들의 훌륭한 교화 덕분이었다는 인식에 머물고 말았다. 이는 전쟁의 책임을 모면하고자 하는 집권층의 시각을 대변한 데 지나지 않는다.

작자 미상의 「강도몽유록」은 병자호란의 희생자인 익명의 여성들을 등장시켜 전쟁의 참상과 전쟁 수행 과정에서 보여 준 위정자들의 무능한 행태를 신랄하게 고발한 작품이다. 이 작품의 작자가 알려지지 않은 것은 「달천몽유록」과 달리 조정 집권층에 대한 비판의 수위가 대단히 높기 때문이 아닐까 한다. 창작 시기는 김경징이 처형된 1637년 9월 이후, 작품에 김자점金自點과 심기원沈器遠이 영화를 누리는 데 대한 강한 반감이 피력된 것으로 보아 심기원이 역모죄로 죽은 1644년(인조 22) 이전으로 추정해 볼 수 있다.[73]

「강도몽유록」은 적멸사寂滅寺의 청허선사淸虛禪師가 '몽유자夢遊者'로 설정되어 있다. 「달천몽유록」의 몽유자가 바로 작자 자신이었던 반면 「강도몽유록」에서는 작자와 별개의 몽유자를 가설한 것으로 보인다. 청허선사의 대자대비한 마음을 언급한 뒤 서사의 초점은 병자호란과 그 참화를 당한 강도(강화도)로 이동한다.

> 아아! 나라가 불행하여 철마鐵馬가 천지를 뒤덮자 임금은 남한산성에 고립되고 슬프게도 우리 백성의 절반이 적의 칼날을 받았다. 저 강도는 더욱 심하게 짓밟혀 시내에 흐르는 것은 피요, 산에 쌓인 것은 뼈였지만 까마귀가 시신을 쪼아도 매장해 줄 사람이 없었다.[74]

청허선사는 주인 없는 시신을 수습해 줄 생각으로 관음보살이 중생의 병을 치유해 주는 버드나무 가지를 지니고 다니듯 버드나무 가지를 들고 강 건너 강화도로 갔다. 「강도몽유록」에서는 현실 공간에서 몽유 공간으로 이동하는 기점이 뚜렷하게 드러나 있다.

> 어느 날 밤 청허선사는 설핏 잠이 들어 꿈을 꾸었다. 하늘과 강이 모두 파란데 수심에 잠긴 구름은 모였다 흩어졌다 하고, 서글픈 바람은 불었다 그쳤다 하며, 밤기운이 처량한 게 심상치 않았다. 선사는 석장錫杖을 짚고 달빛을 밟으며 한가로이 거닐었다.[75]

몽유 공간으로 이동한 청허선사는 한밤중 바람결에 전해 오는 소리를 들었다. 웃고 울고 노래하는 소리를 따라가 보니 그곳에는 여성들이 모여 있었다.

어여쁜 얼굴이 시들고 백발인 사람이 있는가 하면 청춘이 아직 시들지 않아 검푸른 머리가 풍성한 사람도 있었다. 젊은 사람인지 늙은 사람인지 겉모습으로 분명히 알 수 있었지만 선후 없이 뒤섞여 앉아 성대한 모임을 가졌다. 그런데 이들 모두는 놀라고 두려워 허둥지둥하는 모습에 서글픈 기운을 띠고 있었다. 선사가 더 다가가서 자세히 보니 연약한 머리가 한 길 남짓한 밧줄에 묶이거나 한 자쯤 되는 칼날에 붙어 있는 이도 있고, 으스러진 뼈에서 피를 흘리는 이도 있고, 머리가 모두 부서진 이도 있고, 입과 배에 물을 머금고 있는 이도 있었다. 그 참혹하고 애처로운 모습을 차마 볼 수 없었고, 이루 다 기록할 수도 없었다.[76]

젊은 여인, 늙은 여인들의 성대한 모임이라 생각하고 가까이 다가간 청허선사는 여인들의 처참한 모습에 놀랐다. 여인들은 병자호란 당시 강화도에서 죽은 귀신들인 것이다. 여인들의 모임이다 보니 일반적인 몽유록과 달리 청허선사는 여인들의 좌담에 끼어들지 못하고 내내 숨어서 이들의 대화를 지켜보아야 했다.

여인들은 직접 자신의 정체를 밝히지 않았으나 대개의 경우 발언 내용으로 그 신원을 파악할 수 있다. 첫 발언자는 김류金瑬의 아내인 진주晉州 유씨柳氏이다.

나랏님이 피란했으니 그 처참함이야 말해 무엇 하겠습니까. 하지만 아아, 제가 운명을 달리한 건 하늘의 뜻입니까, 귀신의 뜻입니까? 그 이유를 찾으면 이르는 답이 있으니 바로 내 남편입니다. 그 이유가 무엇인지 아십니까? 남편(김류)은 재상의 지위에 있었고 체찰사體察使의 임무를 맡았거늘 공론公論을 살피지 않고 사사로운 정에 치우쳐서 강도江都의 막중한 임무를 사랑하는 아들(김경징)에게 맡겼습니다. 그 아

17세기 한국 소설사

이는 부귀에 빠져 아름다운 경치나 즐기며 앞날에 대한 계책이라고는 전혀 없었으니 군사 일에 대해 무슨 아는 것이 있었겠습니까? 강이 깊지 않은 게 아니요 성이 높지 않은 게 아니었건만, 대사를 그르치고 말았으니 죽임을 당한 것도 당연한 일입니다. 그러나 아비의 잘못으로 인한 일이니 그 아이에게 무슨 책임이 있겠습니까? 아아, 운명이 기박한 제가 기꺼이 자결한 것도 당연하니 그 일은 한스러울 게 없습니다. 다만 외아들이 살아서 나라에 보답하지 못하고 죽어서도 죄가 남았으니, 천 년 동안 남을 악명을 온 바다를 기울인들 어찌 씻을 수 있겠습니까? 쌓이고 쌓인 한이 옷깃에 가득하여 하루도 잊을 날이 없습니다.[77]

시작부터 신랄하기 그지없는 발언이다. 발언자 진주 유씨는 병자호란 때 아들 김경징을 따라 강화도로 피난했다가 강화도가 함락되자 자결했다. 진주 유씨는 자신의 죽음이 누구의 잘못 때문인지 물었다. 「달천몽유록」에서는 감당하기 어려운 적의 대군, 혹은 불리했던 시운時運이 실패의 원인이었다. 그러나 진주 유씨는 자신을 죽음으로 내몬 장본인이 바로 남편 김류라고 단언했다. 병자호란 당시 영의정이었던 김류는 군사 조직의 최고 통솔자에 해당하는 도체찰사都體察使를 겸임하고 있었다. 진주 유씨는 김류가 공론을 살피지 않고 사사로운 정에 치우쳐서 강화도를 지키는 막중한 임무를 아들 김경징에게 맡겼다고 했다. 김경징은 강도검찰사江都檢察使에 임명되어 강화도 수비의 중책을 맡았으나 수군이 없는 청나라가 강화도에 상륙할 수 없다며 무사안일로 일관하다 제대로 된 전투 한번 못 치른 채 패하고 말았다. 김경징 자신은 달아나 목숨을 건졌으나 훗날 강화도 수비에 실패했다는 탄핵을 받아 처형당했다. 진주 유씨는 아들 김경징이 죽어 마땅한 죄를 지었으나, 그 책임 또한 중책을 감당할 능력이 없는 김경징을 강도검찰사에 임명한 남편 김류에게 있다고 했다. 김류는 널리 알려진 대로 인조반정을 주도하여 반정 이후 최고의 권세를 누렸고, 병자호란 이후 잠시 사임했으나 재기용되어 누차 영의정을 지내며 권력의 핵심부에 있던 인물이다. 김류에 대한 가장 강도 높은 비판이 그 아내의 입을 빌려 이루어지고 있다는 것은 대단한 파격이다.

두 번째 발언자는 바로 김경징의 아내인 고령高靈 박씨이다.

서방님은 자기 재주를 헤아리지 못하고 홀로 중책을 맡아 천혜의 지형만 믿고 군사 일 돌보기를 게을리 했으니, 그 결과 방어에 실패한 것은 당연한 이치입니다. 온 강에 비바람이 몰아쳐 사직의 존폐가 한 귀퉁이 쇠잔한 성에 달려 있었거늘 전군이 무너져 임금이 성 밖으로 나와 항복하기에 이르렀습니다. 아아, 이 모든 일이 강도를 수비하지 못한 데 말미암은 것이니, 사형을 당한 것은 군법에 마땅한 일입니다.[78]

고령 박씨 또한 남편 김경징의 잘못을 한목소리로 비판했다. 실제로 남한산성에 고립되어 있던 인조는 청나라에 저항할 최후의 보루로 여겨졌던 강화도가 함락되었다는 보고를 받은 뒤 항전 의지를 완전히 잃고 말았다. 강화도 함락은 인조의 굴욕적인 항복을 앞당긴 중대한 사건이었으니, 잔치를 벌이며 안일한 대응을 하다 방어에 실패한 김경징의 막중한 죄는 그 아내로서도 두둔하기 어려운 것이었다.[79] 다만 고령 박씨는 이민구李敏求 · 김자점 · 심기원의 사례를 들어 처벌의 형평성 문제를 제기했다.

이민구는 같은 책임을 졌으면서 무슨 충의를 지녔다고 목숨을 보전하여 천수를 누린단 말입니까? 도원수 김자점은 나라 안의 모든 권세를 지니고 나라 안의 모든 병사를 거느렸으면서도 단 한 번의 전투도 벌이지 않았고 그 병사들은 한 방울의 피도 흘리지 않았습니다. 바위굴에 몸을 숨기고 목숨 부지하기만을 꾀하며 피난 중인 임금을 길 가는 사람 보듯 보았지만, 왕법王法이 시행되지 않고 도리어 은총이 더해 졌습니다. 가소로운 심기원은 임무를 담당할 그릇이 못 되고 앞날을 내다보는 계책이 없었거늘, 이런 자에게 막중한 임무를 맡겨 도성을 지키게 했습니다. 그러니 군신 간의 의리를 완전히 잊고 제 한 몸만 빼어 환난을 피하고는 스스로 지략이 있다 여기며 거북이처럼 목을 움츠리고 달팽이처럼 엎드려 지냈습니다. 이처럼 나라의 은혜를 저버렸건만 조정에서는 군법에 회부하지 않고 총애와 녹봉을 도리어 더해 주었습니다.[80]

이민구는 강도검찰부사江都檢察副使로서 김경징과 함께 강화도 방어의 임무를 맡았다. 그러나 청나라 예친왕睿親王 도르곤多爾袞이 이끄는 군대가 강화도 갑곶진에 상륙하자 그 즉시 김경징과 함께 달아났다.[81] 종전 이후 김경징은 거듭 탄핵을 받아 처형당했으나 이민구는 유배형에 그쳤고, 훗날 효종孝宗이 즉위한 뒤 거듭된 논란 끝에 재기용된 바 있다.

김자점은 병자호란 당시 도원수의 직위에 있었다. 토산兎山 전투에서 참패한 뒤 전의를 상실하고 소극적인 대응을 했으나 종전 이후 인조는 무수한 탄핵에도 불구하고 반정공신을 처벌하는 데 동의하지 않았다. 김자점은 결국 유배형을 받았으나 오래지 않아 풀려났고 1640년 강화유수로 복귀한 뒤 병조판서를 거쳐 영의정에 올랐다.

심기원은 병자호란 때 유도대장留都大將으로서 서울을 방위하는 책임을 맡고 곧이어 삼남·강원 도원수가 되었으나 전공戰功을 과장하는 보고를 올릴 뿐 상황을 관망하며 싸움에 나서지 않았다. 역시 유배형을 받았으나 김자점과 함께 복귀하여 병조판서를 거쳐 좌의정에 올랐다.

고령 박씨는 남편 김경징에 준하는 잘못을 범한 이들이 유배형에 그치거나 잠시 유배형을 받은 뒤 관직에 복귀하여 승승장구한 행태를 질책했다. 병자호란 과정에서 큰 과오를 범한 반정공신들을 재기용한 것은 병자호란의 책임을 준엄히 물을 수 없었던 인조 정권의 태생적 한계와 관련된 것이었다. 고령 박씨는 이러한 인조 조정의 모순과 약점을 정확히 짚어 냈다.

세 번째 발언자는 김진표金震標의 아내 진주晉州 정씨鄭氏이다. 김진표는 김류의 손자요 김경징의 아들이다. 병자호란 때 김류·김경징·김진표 3대의 아내가 모두 자결했는데, 『인조실록』에는 김진표가 이들에게 자결을 강요했다고 기록되어 있다.[82] 그러나 정작 당시 24세였던 김진표 자신은 살아남았고 훗날 문과에 급제하여 공조참의를 지냈으니 어이없는 반전이다.[83] 사정이 이러함에도 "붉은 입술을 살짝 열고 뺨 위로 눈물을 흘리는 모습이 마치 서왕모西王母의 연못가에 핀 꽃이 봄바람에게 말하는 듯, 항아姮娥의 월궁月宮에 있는 계수나무가 향기로운 이슬을 띤 듯"[84] 아름답기 그지없는 진주 정씨는 남편을 꾸짖기보다는 감싸 주려는 태도를 보였다.

뜻밖의 전란으로 가문이 참혹한 재앙을 입었으니 저처럼 운명이 기박한 사람이 또 누가 있겠습니까? (…) 다만 서방님은 인간세계에서 모진 비바람을 맞으며 홀로 외로이 살아남았지만 사리판단에 어두워 부모님을 영원히 잃고 말았으니, 그 망극

한마음과 고생하는 모습을 제 넋 또한 잊기 어렵습니다.[85]

김류 일가 3대의 여성은 자신들의 죽음이 강요된 자결임을 언급한
바 없다. 이 문제는 네 번째 발언자인 정백창鄭百昌의 아내 청주淸州 한
씨韓氏에 의해 제기되었다. 청주 한씨는 바로 김진표의 아내 진주 정씨
의 모친이고, 인조의 비妃 인열왕후仁烈王后의 언니이기도 하다.

> 아아, 제 죽음이 과연 다른 사람과 같다면 정렬貞烈이 스스로 드러나 넋 또한 빛이
> 날 것입니다. 그렇거늘 못난 제 자식은 일 처리가 그릇되어 적의 칼날이 닥치기도
> 전에 저의 죽음을 강요했습니다. 스스로 자결한 것이 아니거늘 어찌 남의 말이 없겠
> 습니까? 남이 권해서 이룬 정절을 세상이 모두 비웃고 욕하거늘, 하물며 오늘날 정
> 문旌門을 내리는 것이 무슨 소용입니까?[86]

'못난 제 자식'이란 청주 한씨의 아들 정선흥鄭善興을 말한다. 청주 한
씨에 따르면 자신의 죽음은 자발적인 자결이 아니라 아들의 강요에
의한 죽음이었다는 것이다.[87] 남편과 자식에 의해 무고한 여성들이 자
결을 강요당하는 기막힌 현실이 신랄하게 고발되었다.

다섯 번째 발언자는 윤방尹昉의 첩인데, 그 사연 또한 한심하기 그지없다.

> 강도가 함락되어 비바람이 몰아치니 꽃잎이 날리고 옥이 부서지듯 내 목숨이 스
> 러진들 조금도 가련할 것이 없습니다. 그러나 서방님은 은대銀臺(승정원)에서 임금
> 을 가까이 모시며 큰 은총을 거듭 받았으니, 오늘날 가장 총애 받은 신하가 서방님
> 이 아니고 누구겠습니까? 하늘 같은 군주가 서방님을 믿고 원손元孫·비빈妃嬪을 맡

겼으면 충성을 다해 큰일을 감당할 수 있어야 했거늘, 서방님은 그런 재목이 아니었
으니 꾸짖기에도 부족합니다. 다만 한스러운 것은 성문을 활짝 열고 오랑캐놈들을
끌어들여 두 손 모아 절하고 무릎을 꿇어 목숨을 구걸하기에 여념이 없었던 일이니,
최후의 결전을 벌일 생각을 어느 겨를에 했겠습니까?[88]

윤두수尹斗壽의 아들로 대를 이어 영의정을 지낸 윤방은 당시 묘사제
조廟社提調로서 종묘의 신주神主를 받들고 강화도로 피난했다가 청나라
군대가 성 밖에 이르자 달아났다. 그 뒤 청나라에서 화의를 청했을 때
는 의심 없이 성문을 열어 주어 청나라 군대가 봉림대군鳳林大君과 인
평대군麟坪大君을 붙잡아 남한산성으로 끌고 가게 하는 어리석음을 범
했다. 게다가 윤방의 첩은 윤방이 오랑캐 앞에 비굴하게 절하며 목숨
을 구걸하기에 급급했다고 하니, 이로써 언필칭 명나라에 대한 의리
를 들먹이며 청나라와의 관계 단절 및 결사항전을 외치던 조정 대신
의 위신이 땅에 떨어지고 말았다. 윤방의 첩은 염라대왕에게 그 절의
를 칭찬받았으나 윤방의 죄가 너무 큰 탓에 연좌죄를 입어 지옥에 떨
어지고 말았다고 했다.

이어서 등장한 강도유수江都留守 장신張紳, ?~1637의 며느리는 책임을 방
기하고 달아난 시아버지의 잘못을 비판하는 한편 갑곶에서 도하 중인
청나라 군대와 끝까지 맞서 싸우다 패한 충청수사 강진흔姜晉昕의 충정
을 기렸다.

장신의 모친이 아닐까 하는 노부인이 장신과 김경징을 비판하고,
강홍립의 아내가 정묘호란 전후 강홍립의 행적을 비판한 데 이어, 신
원을 추정하기 어려운 사족士族 여성이 등장하여 강화도 함락의 원인

17세기 한국 소설사

을 다음과 같이 짚었다.

울며 배를 타고 간신히 강도에 들어와 보니, 푸른 바다가 산봉우리를 둘렀고 성벽이 구름처럼 이어져 새도 지나가기 어려운데 오랑캐 기병이 어찌 넘어올 수 있겠습니까? 그러나 뜻밖에도 흉악한 오랑캐가 강도에 쳐들어와 백주에 강화성은 경동驚動하게 됐습니다. 산천이 험하지 않은 게 아니라, 임금과 신하의 지략이 부족했기 때문입니다. 어찌 시운 탓으로 돌릴 문제이겠습니까? 사람들의 대처가 잘못되었던 것입니다.[89]

열세 번째 발언자인 윤선거尹宣擧의 아내 공주公州 이씨는 패배의 원인을 좀 더 복합적으로 진단하며 도도한 논변을 펼쳤다.

나라에 훌륭한 장수가 없고 민심마저 잃었으니, 패망하여 어디로 달아난단 말입니까? 산하가 험준하기로 서촉西蜀보다 더한 곳이 없었지만 장수다운 장수가 없고 병사다운 병사가 없으니, 등애鄧艾가 한 번 쳐들어오자 유선劉禪은 눈물을 흘렸습니다. 백제의 수도 부여는 성이 높고 강물이 넓어 훌륭한 요해지였으나 가무를 일삼으며 군무軍務를 살피지 않았으니, 용이 백마白馬를 삼키자 나라가 멸망에 이르렀습니다.

그렇다면 망하게 하는 것은 하늘이요, 비추어 보는 것은 땅이요, 패하는 것은 사람입니다. 사람의 지략이 좋지 않으면 무쇠로 만든 성이라도 견고하다 할 수 없고 펄펄 끓는 물로 채운 해자도 험하다 할 수 없습니다. 더구나 저 강도江都는 바다 밖의 작은 섬에 불과해서 서촉에 비하면 산다운 산이 없고 백제에 비하면 강다운 강이 없습니다. 이런 산과 이런 강을 가리켜 천혜의 험준한 요새라 일컬으며 무기와 갑옷을 쓸모없는 도구 보듯 했으니, 위험이 닥친들 누가 방비하고 환란이 일어난들 누가 막아내겠습니까? 하루아침에 전란의 소용돌이가 일어 만백성이 유린당하고 말았으니, 저와 같이 연약한 여인의 목숨이야 어찌 보전할 길이 있겠습니까?[90]

「달천몽유록」에서는 임진왜란 실패의 원인을 차마 제대로 짚지 못했으나 「강도몽유록」에서는 병자호란 실패의 원인과 책임을 이처럼 정확히 진단했다.

지금까지의 발언이 무능하고 비겁한 신하들과 조정의 무책임을 비판하는 데 초점을 맞춘 반면 열 번째 발언자인 50세의 노부인은 비판의 시선을 다른 곳으로 돌렸다.

우리는 모두 절개를 위해 죽었으니 하늘과 땅 앞에 부끄러움이 없습니다. 그러나 인간 세상에 살아 영원히 빛을 잃은 사람은 내 동생입니다. 이름난 신하의 아내로서 죽음으로 절개를 지킬 줄 몰랐으니 참으로 한스럽습니다. 백발의 귓가에 추문이 어찌 이르겠습니까. 동생은 연지로 단장하고 비단옷을 차려입고 나귀에 올라타 손수 채찍질을 하며 해질녘 봄바람 속에 모래재를 넘어 오랑캐 땅으로 향했습니다. 소문이 자자하여 온 세상에 퍼졌으니, 살아 있는 것이 죽느니만 못한지라 저 역시 낯을 들지 못합니다.[91]

비난받는 여성이 누구인지 정확히 확증할 수 없으나 이와 유사한 사례로 가장 유명한 인물은 강도검찰부사 이민구의 아내인 해평海平 윤씨이다. 해평 윤씨는 도승지·형조판서를 지낸 윤휘尹暉의 딸로, 청나라 병사에게 사로잡혀 서울을 지나가다가 거리에서 이민구의 형 이성구李聖求를 만났으나 조금도 부끄러워하는 기색이 없었다고 했다.[92]

이 대목에서 한 가지 의심스러운 점은 청나라로 가는 여성을 "연지로 단장하고 비단옷을 차려입고 나귀에 올라타 손수 채찍질을 하며 해질녘 봄바람 속에" 마치 놀이라도 즐기러 가는 양 과장되게 묘사한 구절이다. 당시 포로로 잡혀간 수많은 여성 중 위의 여성 같은 인물이 대표 사례로 거론될 만큼 적지 않게 발견되었을지, 혹시 유사한 사례가 있다 한들 위의 묘사처럼 유람을 떠나듯 이역만리로 향한 여성이 존재했을지 의문인바, '남성중심적 시각'에서 능욕을 당하고도 목숨을 부지한 여성을 꾸짖는 한편 절개를 지키기 위해 자결한 여성을 더욱 기리고자 한 결과로 볼 여지가 있다.

'정절 강박증'이라 해도 좋을 시대적 분위기 탓인지 열두 번째 발언자인 여성은 혼인 몇 달 만에 전란을 맞아 정절을 지키기 위해 바다에 투신했음에도 오히려 남편의 의심을 풀지 못하는 것이 가장 큰 걱정이었다.

하늘이 알고 해가 알지만, 한 조각 곧은 마음을 서방님 홀로 알지 못하여 제가 살아서 오랑캐 땅으로 들어갔나 의심하기도 하고 피난길에 죽었을까 의심하기도 한답니다. 제 외로운 넋이 서방님의 꿈속으로 날아 들어가 원통한 마음을 하소연하고 싶지만, 구천은 아득하고 인간세계는 천 리 너머에 있으니, 이승과 저승에 나뉘어 꿈속에라도 만날 기약이 없습니다.[93]

총 14인의 여성이 등장하여 조정 최상층 관료들의 무능함과 비굴함을 꾸짖은 가운데 유일하게 칭송받은 인물이 한 사람 있다. 바로 공주 이씨(윤선거의 아내)의 시아버지인 윤황尹煌이다. 윤황은 염라대왕의 입을 빌려 이렇게 칭송되었다.

아름답구나, 이 사람! 맑은 바람처럼 깨끗하고 가을 서리처럼 매서웠으며, 천둥 번개를 피하지 않고 도끼를 우습게봤지. 갑자년(1624)의 변란(이괄李适의 난) 때에는 원훈 이귀李貴를 참형에 처할 것을 청했고, 정묘호란 때에는 앞장서서 화의를 배척했으며, 강도를 불사르기를 청하여 떨쳐 일어날 계책을 바치고 맑은 논의를 세워 조선과 후금이 맺은 형제의 동맹을 깨뜨렸으니, 충성심이 지극하고 선견지명이 있었던 게지. 목숨을 걸고 직언한 한나라 주운朱雲의 강직한 절개와 금金나라와 결사 항전할 것을 주장한 송나라 호인胡寅의 대의를 계승한 이가 이 사람이 아니고 누구겠나?[94]

윤황은 1624년 이괄의 난 때 권신 이귀가 임진강 전투에서 패한 죄를 탄핵했고, 정묘호란과 병자호란 때 후금과의 화의를 극력 배척했으며, 1637년 김상헌金尚憲과 정온鄭蘊이 척화신斥和臣으로 청나라 군영에 붙잡혀갈 때 함께 가기를 자청했다. 정묘호란 이래로 윤황의 정세 판단과 주장에 대해서는 여러 가지 반론이 있을 수 있으나 시종 강직하고 떳떳한 자세를 잃지 않은 보수파의 대표적 인물이었다는 점에는 이론의 여지가 없다.

여성 중에서도 가장 으뜸의 위치를 차지한 이는 윤황의 며느리인 공주 이씨이다. 옥황상제는 절의를 위해 목숨을 바친 여성들의 사적을 읽은 뒤 염라대왕에게 다음의 명령을 내렸다.

짐이 소중히 여기는 의리를 사람들이 실천했고, 짐이 귀하게 여기는 절개를 사람

17세기 한국 소설사

들이 지켰다. 절개를 지키고 의리를 실천한 자들은 천당으로 보내 안락을 누리게 하라. 그중에서도 특히 이씨는 부인으로서 의리를 실천하였으니 짐이 더욱 감탄하고 칭찬한다. 짐이 크게 기리고자 하니, 명부冥府에 두지 말고 옥허玉墟로 보내서 맑은 밤에는 월궁에서 항아와 노닐고 밝은 낮에는 은하수에서 직녀와 노닐게 한다면, 정절을 환히 밝히고자 하는 염라왕의 뜻과 절의를 존숭하는 짐의 뜻을 드러내기에 어떠하겠는가?[95]

공주 이씨는 결국 천상으로 올라가 신선이 되는 것으로 절의에 대한 보상을 받았다는 설정이다.

마지막 열네 번째 발언자는 앞의 열세 사람이 사대부가의 여성이었던 것과 달리 기녀 신분이다.

오늘밤의 이 훌륭한 모임은 제 분수 밖의 것인지라 저는 외람되이 곁에서 여러분의 절개를 우러르며 아름다운 말씀을 들었습니다. 여러분의 높은 절의와 아름다운 지조는 하늘이 반드시 감동할 것이요, 사람이 반드시 탄복할 것입니다. 그렇다면 죽어도 죽은 것이 아니니 무슨 한이 있겠습니까?

강도가 함락되고 남한산성이 위급해지자 임금이 어떠한 능욕을 당했습니까? 나라의 수치가 이처럼 컸지만 충성스러운 신하와 의로운 신하는 만에 하나도 없었습니다. 그러나 여기 계신 부인들은 영예로운 죽음을 택하셨으니 무슨 서글픔이 있겠습니까?[96]

급박한 위기에 처하자 그동안 영화를 누리던 신하들 중 진정으로 충의를 간직한 사람은 찾을 수 없었고, 오히려 절의를 지켜 영예로운 죽음을 택한 이들은 이 자리의 여성들이었다는 말이다. 상층 남성들로서는 정곡을 찌르는 뼈아픈 지적이 아닐 수 없다. 작품 전체를 총괄하는 마무리 감상과도 같은 이 말에 좌중의 여인들이 일시에 통곡했다. 청허선사는 숲속에 숨어 있다가 날이 밝은 뒤 물러나왔는데, 문득 놀라 깨어 보니 한바탕 꿈이었다.

「강도몽유록」에 등장한 14인의 여성 중 기녀를 제외한 13인은 모두 사대부가 여성으로 설정되어 있고, 신원을 확인할 수 있는 여성들은 모두 최상층 사대부가의 여성, 특히 병자호란 당시 전쟁 지휘의 최고 책임을 맡았던 인물들의 아내 혹은 며느리이다. 이들이 겪은 수난을 통해 병자호란이 하층민은 물론 상층의 인사들에게 얼마나 큰 충격과 공포를 던져 준 사건이었는지 알 수 있다.

이 작품은 최소한의 '서사'를 서두에 배치하고 오직 '의론議論'으로 일관하고 있지만, 여성들이 겪은 전란의 참혹한 경험과 지배층에 대한 준엄하고 논리적인 비판이 워낙 압도적이어서 서술상의 단조로움이 느껴지지 않는다.

「강도몽유록」의 작자는 상층 여성들의 입을 통해 병자호란 당시 조정 신하들의 무능하고 비겁하며 무책임한 행태, 전쟁 전후의 위선적인 태도를 신랄하게 비판했다. 전쟁에 대한 평가가 담긴 17세기의 모든 문헌을 대상으로 해도 이 작품의 수준에 필적하는 기록을 찾기 어렵다 할 만큼 비판의 수위가 높다. 「달천몽유록」에 비하면 비약적인 현실 진단이다. 다만 지극히 절망적인 분위기에 빠져서도 비판의 화살이 임금 인조를 향해 가는 경우는 결코 없다는 점에서 작자 역시 상층의 보수적 세계관 안에 놓여 있음을 짐작해 볼 수 있다.

한편 「강도몽유록」에서는 조정 신하들의 책임을 추궁하는 한편 사대부가 여성들에게는 절의를 요구했다. 절의를 지키지 않은 여성을 무능하고 비굴한 조정 신하에 준하여 꾸짖으며 '정절'을 최우선의 가치로 거듭 강조했다. 이 점 전후의 복구 과정에서 충·효·열을 사회 재편의 이념으로 거듭 내세워 '정절 이데올로기'를 강조한 흐름, 또 이 흐름이 장편소설의 형성에 끼친 지대한 영향에 비추어 볼 때 그 긍정적 의미와 부정적 의미를 함께 논해야 할 중요한 문제로 부각된다.

「강도몽유록」은 「달천몽유록」보다 한층 수위를 높여 전쟁 중 조선의 지배층이 벌인 무능한 행태를 비판하면서 조선 사회의 문제점을 진단했다. 반면 조선 사회가 겪은 혼란과 당면한 위기를 사회 제도적 차원의 문제로 넓혀 보지 못하고 실패의 원인을 무능하고 부패한 개인의 탓으로 돌린 점에서는 「달천몽유록」과 크게 다르지 않은 인식을 보여 주었다. 더욱이 실패를 초래한 지배층의 지배 담론 안에서 비판 기준을 마련한 결과 근본적인 문제 해결책을 모색하는 데에는 이르지 못했다.

(3) 현실 극복의 형식: 정신승리법

「임진록」은 임진왜란을 제재로 삼아 집필된 대표적인 서사문학 작품으로 꼽혀 왔다. 이 작품은 수많은 '이본異本'을 가지고 있는데, 이 이본들은 일반적인 이본의 개념, 다시 말해 일부 자구字句의 출입이 있거나 몇몇 화소話素가 추가 혹은 생략되어 있는 이본 관계로 포괄하기 어려울 만큼 큰 변이를 담고 있다. 현존하는 「임진록」 59종의 화소를 비교한 결과 다섯 계열의 '이본군異本群'이 정립되어 있는데, 그중 독립된 내용을 가진 원형에 해당하는 것은 '역사 계열', '최일영 계열', '관운장關雲長 계열'의 셋이다.[97]

「임진록」은 여러 계열의 이본군을 가진 데다 작품의 창작 시기와 해석에서 크게 상반되는 견해가 양립하고 있어 명료한 이해가 쉽지 않다. 우선 「임진록」의 창작 시기를 18세기 중엽 이후로 추정하는 견해와 임진왜란 직후로 추정하는 견해가 나란히 제기되어 있다.

'역사 계열', '최일영 계열', '관운장 계열' 모두 사실의 왜곡, 혹은 허구화가 확인된다. 「임진록」 전체 이본 중 가장 큰 비중을 차지하는 '최일영 계열'은 허구적 인물 최일영의 영웅 일대기를 바탕으로 임진왜란사를 재구성한 것이다 보니 허구화의 폭이 매우 클 수밖에 없다. 최일영은 20세에 좌의정이 되어 임진왜란을 예견하였으나 오히려 선조의 진노를 사 유배형을 받다가 재기용되어 대활약을 펼치고 영의정으로서 종전 이후의 수습까지 성공적으로 마무리한다. 최일영에 초점이 맞추어진 결과 '최일영 계열'의 대다수 이본에는 이순신이 등장하지 않는다. 김응서와 강홍립의 일본정벌담을 삽입한 점은 '최일영 계열'

의 형성 시기가 임진왜란은 물론 병자호란으로부터도 상당한 시간이 경과한 시점일 가능성을 시사한다. 강홍립은 임진왜란과는 전혀 무관하고 정묘호란 전후의 행적이 당대에 워낙 널리 알려진 상황인바, 시사와 역사에 어두운 하층 작자의 맥락 없는 상상이라고 보기는 곤란할 듯하다.[98] 한편 이여송에 대한 서술이 결말부에서는 조선의 혈맥을 끊는 부정적인 인물로 설정된 데 반하여 작품 전반에 걸쳐서는 조선을 구한 영웅으로 형상화되는 등 논리적 일관성을 갖추고 있지 못한 대목이 여럿 존재한다. 이 점은 기존에 전승되던 「임진록」 혹은 이여송 관련 전쟁 설화에 상반된 시각의 설화가 후대에 첨가되면서 발생한 모순으로 생각된다.

'관운장 계열' 역시 동일한 난점을 가지고 있다. '관운장 계열'은 선조의 꿈에 촉나라의 명장 관우關羽가 나타나 임진왜란이 일어날 것을 알려 주는 것으로 작품이 시작된다. 한문본의 경우 임진왜란이 일어나자 선조가 처음으로 소집하여 가장 큰 신임을 보낸 인물이 의병장 곽재우라는 점이 특이한 허구적 발상이고, 일부 부정적인 측면이 그려지기도 한 이여송이 의병장 김덕령을 발탁하여 최대 후원자가 된다는 설정, 이여송이 꿈에 나타난 관우의 계시에 의해 이순신을 중용하여 큰 업적을 이루게 한다는 설정, 이순신 사후에 조선과 명나라 연합군이 일본군에 대패하여 위기에 빠졌다가 결국 이여송의 활약으로 왜군을 궤멸시켰다는 설정 등에서 보듯 이여송과 명나라 군대, 그리고 그들을 돕는 관우의 역할을 강조한 것이 특징적이다. 한글본에는 이여송의 부정적 면모가 추가된 가운데 의병장의 활약을 강조하고 이순신 사후 곽재우의 활약을 대폭 확장하는 등 민족·민중의식의 투영으

로 해석되는 장면이 존재한다. 그러나 이여송에 반하여 조선의 자주
성을 지키고자 한 것으로 설정된 선조가 이여송이 조선의 혈맥을 끊
는 일을 후원한다거나 곽재우 역시 이여송의 혈맥 단절에 협조한다거
나 하는 내용이 들어 있는 등 허구화의 일관된 논리를 찾기 어렵다.[99]

가장 일관된 논리를 보여 주는 것은 '역사 계열'에 속하는 국립중앙
도서관 소장 한문본이다. 역사 계열 한문본은 『징비록』을 비롯한 임진
왜란 실기류의 기록을 골간으로 삼되 작자의 의도된 시각에 의해 허
구적 서사를 덧붙였다. 이 작품에 투영된 의식은 병자호란 이후 전란
복구 과정에서 보이는 지배층의 인식에 잘 대응되는 것으로 보인다.
한문본 「임진록」은 '전쟁의 시대'에서 '이념의 시대'로 접어드는 시대
정신의 한 측면을 잘 보여 준다(이는 「달천몽유록」과 「강도몽유록」에서
도 일부 감지되는 것이었다). 「임진록」 각 계열의 내용 차이가 매우 크
지만 그 저변에 놓인 의식 중 공통된 것이 많은바, 역사 계열 한문본
을 중심으로 논의를 펴기로 한다.[100]

「임진록」에 삽입된 삽화들은 임진왜란 때부터 형성된 것들이나, 역
사 계열 한문본의 성립 시기는 효종대孝宗代 이후로 보인다. 의주까지
피난 갔던 선조 일행이 평양에서 서울로 돌아오며 황해도 해주에 머
물던 시절을 자세히 기록한 뒤 삽입한 다음 단락 때문이다.

3년 뒤인 을미년(1595) 11월 2일 [해주에 머물던 비빈들이] 해주를 떠나 남성촌
娚城村에 머물렀다가 10일에 서울로 들어왔다. 이때 원종元宗(인조의 부친 정원군
定遠君)은 잠저潛邸 시절로 해주 백성 우명장禹命長의 집에 머물다 을미년 10월 7일 우
리 인조仁祖를 낳으셨다. 인헌왕후仁獻王后(인조의 모친)가 해산하기 직전 문득 붉은 빛

이 환히 비치고 기이한 향기가 방 안에 가득했으며, 인헌왕후의 모친 신씨申氏는 붉은 용이 인헌왕후의 곁에 있고 어떤 이가 병풍에 "귀자희득천추貴子喜得千秋"라고 쓰는 꿈을 꾸었다. 꿈에서 깨어 보니 인조가 이미 탄생하셨다. 성조聖朝의 중흥대업中興大業은 실로 이에서 비롯된 것이다.[101]

이 단락이 훗날의 가필加筆일 가능성을 완전히 배제할 수 없으나, 가필이 아니라면 「임진록」 한문본은 효종 즉위년인 1649년 이후 성립되었을 터이다.[102] 작품 전반적으로 명나라의 '재조지은再造之恩'을 강조하는 숭명의식崇明意識이 강하고 선조에서 인조로 이어지는 정통성을 강조한바, 재구성된 임진왜란사를 통해 병자호란의 치욕을 완화하거나 병자호란 전후의 대응에 대한 의문을 불식하며 인조반정 이후 국왕의 정통성을 옹호하고자 하는 의도가 읽힌다. 이러한 목표가 긍정적이든 부정적이든 사회적으로 큰 의미를 가질 수 있는 시대는 전란 이후의 복구 작업 이후 '북벌론北伐論'이 제기되고 이른바 '조선중화주의朝鮮中華主義'가 기세를 떨치기에 이르는 17세기 중후반으로 생각된다.

「임진록」은 일본에 대한 간단한 소개에 이어 흥미롭게도 도요토미 히데요시의 출생담으로 시작된다.[103]

황명皇明 가정嘉靖 연간에 왜적이 강남에서 항주로 들어오자 항주 사람 박세평朴世平이 난리 중에 죽었다. 그 아내 진씨陳氏는 자색이 천하 으뜸이었는데, 이 때문에 왜적에게 붙잡혀 살마도殺馬島로 가서 평신平神의 아내가 되었다. 박세평이 살아 있을 때 이미 임신 중이던 진씨는 해산할 날짜에 이르자 황룡黃龍이 품으로 들어오는 꿈을 꾸었다. 놀라 깨어 보니 기이한 향내가 방 안에 가득하고 누런 기운이 자욱하더니

곧이어 사내아이를 낳았다. 아이는 골격이 대단히 빼어나고 용의 머리에 호랑이의
입, 원숭이처럼 긴 팔에 제비턱을 가져 참으로 천하 귀인의 상이었다. 이름을 수길秀吉
(히데요시)이라 지으니, 실은 박씨의 후예였다.

수길은 세 살이 되자 배우지 않고도 재주를 이루었고, 병서兵書와 지모를 겸비했
다. 수길은 사방을 돌아보고자 하는 뜻이 있어 산천을 두루 유람하다가 관백關伯을
만났다. 관백은 수길의 기상을 보고 사랑하여 아들로 삼고는 함께 돌아와 국사를
의논했다. 그러자 일본 66주가 수길의 권위에 복종하고 바다 여러 나라들이 사방
에서 소문을 듣고 군웅들이 구름처럼 모여들었다. 마침내 수길은 일본의 임금 원
씨源氏를 폐하고 스스로 대황제大黃帝라 칭하며 연호를 천정天正이라 한 뒤 여러 섬을
병탄했다.[104]

도요토미 히데요시의 출생과 성장 과정은 '영웅 일대기' 구조에 부
합한다. 또 그의 부친은 명나라 항주 사람이라 거듭 강조되었다. 조선
침략의 원흉인 도요토미 히데요시를 중국 혈통에 '생이지지生而知之'에
가까운 능력을 가진 불세출의 영웅으로 그려 놓았다.

한편 임진왜란 당시의 일본 병력은 다음과 같이 과장되었다.

만력 임진년, 수길은 정예 병사 80만 기병을 뽑고 기요마사를 불러 말했다.

"너와 고니시 유키나가는 40만 군을 거느리고 부산으로부터 육로로 행군하여 삼
남三南을 습격하고 (…) 한양을 점령한 뒤 병력 일부를 보내 평양을 공격하라."

또 심안둔沈安屯과 마다시馬多時를 불러 말했다.

"너희들은 40만 군을 거느리고 수로로 행군하여 장산곶으로부터 거슬러 올라가
압록강으로 가서 북쪽 길을 가로막아라."

17세기 한국 소설사

(…) 그리하여 왜적 84만 병이 부산에 와 정박하니, 때는 임진년 4월 12일이었다.[105]

고니시 유키나가와 가토 기요마사加藤淸正가 육군 40만, 심안둔, 곧 시마즈 요시히로島津義弘와 마다시가 수군 40만을 거느려 총 84만의 대군이 조선 침략에 나선 것으로 기술되었다. 그러나 알려진 대로 임진왜란에 동원된 일본의 실제 병력은 대략 20만 명으로 추산된다. 당시 세계 최강 군대로 평가받기도 하는 일본의 20만 군사라면 대군임에 틀림없지만,「임진록」에서 "왜적 백만 대군의 기세가 태산과 같다"[106]는 등 수시로 80만 내지 100만으로 언급되는 것은 대단히 과장된 것이다.

일본 장수에 대한 서술도 긍정적인 경우가 많다. 가토 기요마사 관련 서술을 보기로 한다.

기요마사가 수은갑水銀甲을 입고 청총마靑驄馬를 타고 장풍검長風劍을 들고 큰소리로 꾸짖으며 나오자 마귀麻貴가 긴 창을 들고 기요마사를 맞아 싸웠다. 양호楊鎬가 몸소 대군을 이끌고 좌우에서 협공하자 적병은 더욱 궁하여 마침내 토도土島로 들어갔다. 명나라 군대가 진군하여 더욱 급박하게 포위하고 더욱 힘을 내 싸움을 독려하자 적병이 오랫동안 나오지 않았다. 명나라 군대가 괴이하게 여겨 섬을 조망하니 사방이 고즈넉하고 인적이 전혀 없었다. 명나라 군대가 섬 안으로 깊숙이 들어가자 적병이 대거 나와 일시에 총을 쏘니 명나라 군대의 전사자가 300여 명이었다.[107]

가토 기요마사의 군대가 조선과 명나라 연합군에 패하여 울산으로 밀려와 전투를 벌이는 장면인데, 가토 기요마사의 위용과 지략이 전

혀 부정적이지 않은 시선으로 그려졌다.[108]

이처럼 「임진록」은 임진왜란을 일으킨 주역들의 능력을 높이 평가하는 한편 일본의 전력을 한껏 과장하는 설정을 취했다. 평소 오랑캐로 멸시하던 일본의 침략에 속수무책이었던 조선으로서 상처받은 자존심을 조금이나마 회복하고자 도요토미 히데요시를 '중화中華' 혈통의 신이한 능력을 지닌 영웅호걸로 설정한 뒤, 더불어 일본 장수들의 지략과 무용을 강조하고 그 병력을 과대평가한 것으로 보인다. 「임진록」에 의하면 임진왜란은 도요토미 히데요시라는 일대의 영웅이 치밀한 계획 아래 고니시 유키나가와 가토 기요마사 같은 불세출의 명장을 앞세워 일으킨 전쟁이다. 따라서 조선은 애당초 "한 덩이 고기가 사나운 호랑이의 아가리 앞에 놓인 격"[109]이라 비유될 만큼 독자적인 힘으로 일본을 상대할 수 없었다.

도요토미 히데요시 출생담 이후로는 〈서애 유성룡이 경연經筵에서 양병책養兵策을 배척하다〉(西厓筵斥養兵), 〈왜적이 군사를 일으켜 바다를 건너다〉(倭賊擧兵越海) 등의 소제목을 달고 역사실기歷史實記의 기사처럼 사건을 서술했다. 각 조목 간에 특별한 연관 없이 시간순으로 기사를 배치하다 보니 주요 역사적 사건들의 흐름이 『징비록』의 전개와 유사하다.

한편 「임진록」에는 전란의 참상이 여러 곳에 서술되어 있다. "굶어 죽어 거리에 버려진 시신의 살을 도려내 살점이 성한 시체가 없을 뿐 아니라 산 사람을 도살하여 내장과 골수까지 먹는 일도 있습니다"[110]라는 『선조실록』의 기사만큼 충격적이지는 않으나 왜군의 악행과 그로 인한 참혹한 광경이 요소요소 배치되어 있다.

17세기 한국 소설사

경상도에서 적의 세력이 크게 일어나 인민들을 도살하니 시체가 산처럼 쌓였고, 피란하는 사람들이 또 서로 밟고 밟히면서 죽은 이들의 수가 억만을 헤아렸다.[111]

이여송이 평양성에 들어서니 인민들이 굶어죽어 집이 모두 비었고 살아남은 약간의 백성들은 몰골이 도깨비 같았다.[112]

각각 왜군이 부산·김해 일대를 유린하던 임진왜란 초의 상황, 이여송의 명나라 군대와 조선군이 평양성을 수복한 직후의 상황이다. 전란의 참상과 민중의 고통은 작품의 후반부로 갈수록 구체적으로 묘사된다.

사대수査大受가 마산현馬山峴을 넘는데 젖먹이 아이가 죽은 어미의 젖을 물고 응애응애 울고 있어 그 참혹한 광경을 차마 볼 수 없었다. 도성의 거리에는 시체가 산처럼 쌓였고, 어쩌다 살아남은 백성들은 적의 부림을 받느라 소리 높여 울부짖는 소리가 밤낮으로 이어졌다. 서울 주변의 백성들은 의지할 곳 없이 굶주리다 쓰러져 울음소리가 들판에 가득했다.[113]

명나라 부총병副總兵 사대수가 파주에서 서울을 향해 오며 목격한 광경이다. 엄마 잃은 젖먹이의 울음소리, 왜적에게 시달림 받고 굶주림에 죽어 가는 백성들의 신음 소리와 비명 소리가 사방에 가득하다. 서울 수복 직후의 다음 풍경에서는 시체 썩는 냄새가 서울 전역을 뒤덮고 있다.

이여송의 대군이 마침내 도성으로 들어왔다. 살아남은 백성들은 도탄에 빠져 귀신의 몰골을 하고 있었고, 방방곡곡마다 시체가 산처럼 쌓여 썩는 냄새가 코를 찔렀다. (…) 적병은 싸움에 지자 더욱 독기를 품어 만나는 사람마다 죽이고 보이는 무덤마다 파헤쳤으며 집을 불태우고 소와 말을 약탈했다.[114]

서울에서 밀려 내려가는 왜군의 악행도 구체적으로 언급되었다. 진주성 함락 당시의 모습이다.

적이 마침내 진주성에 들어가 인민을 도살하고 가옥을 다 불태웠다. 전후로 살해한 자가 도합 6만여 명이었는데, 장작 위에 시체를 쌓고 불태우니 그 냄새가 5~6리 밖까지 퍼졌다.[115]

전쟁의 참상이 드러났다면 문제의 근원을 찾아야 한다. 그런데 「임진록」은 왜군 장수들에 대해 부정적이기보다는 오히려 긍정적인 평가를 내리는 경우가 많다.[116] 「임진록」에서는 전쟁의 책임을 조정의 신하들에게 물었다.

왜국 사신이 처음 명나라로 가는 길을 빌려 달라고 했을 때 재상 윤두수는 조강朝講에서 "당장 명나라에 알리지 않으면 훗날 필시 사단이 생긴다"라고 극렬히 말했다. 그러나 재상 유성룡은 "일의 결말을 헤아리지 못하고 급히 명나라에 보고했다가는 훗날 필시 다툼이 있게 될 것이다"라고 말했다. 그러자 한 무리는 윤두수의 말을 주장하고, 다른 한 무리는 유성룡의 말을 주장하며 논쟁이 결판나지 않아 조강이 저녁 때 이르러서야 끝났다. 이처럼 대의大義가 분명한 일에 대해서도 사사로운 뜻으로 싸웠으니 그 밖의 다른 일에 대해서야 더 논할 것이 무엇 있겠는가!117

17세기 한국 소설사

임진왜란 발발 전 도요토미 히데요시의 전쟁 의사를 분명히 전달받은 직후 그 대책을 의논하는 조선 조정의 풍경이다. 「임진록」은 작자의 개입이 극히 제한적으로 이루어지는데, 이 대목에서만큼은 작자가 직접 목소리를 드러내 조정 신하들의 논쟁이 "사의私意에 의한 다툼"에 불과함을 엄중히 꾸짖었다.[118] 조정 신하들이 사사로운 뜻을 품고 당쟁黨爭을 벌임으로써 국론을 분열시켜 전쟁에 제대로 대응하지 못했다는 생각이다.

정유재란 직전에도 비슷한 일이 반복되었다. 명나라 심유경 등이 휴전 협상을 위해 일본에 갈 때 따라갔던 황신黃愼과 이봉춘李奉春이 돌아와 일본의 동정을 알렸다. 황신은 일본이 다시 전열을 갖추어 전쟁이 임박했다고 한 반면, 이봉춘은 일본 쪽에 별다른 전쟁 움직임이 없더라고 보고했다. 이에 대해 작자가 또 직접 나섰다.

재상 유성룡이 당시 화의和議를 주장했기에 김현성金玄成 무리는 화의가 어그러질까 걱정했고 조목趙穆의 무리는 화의를 송나라 진회秦檜가 나라를 팔아먹었던 일로 여겨 배척했으니, 이봉춘의 대답은 이 때문이었던 것이다. 그리하여 한 무리는 조목의 의견을 주장하고, 다른 한 무리는 유성룡의 의견을 주장하여 옳다느니 그르다느니 엎치락뒤치락 동서로 갈려 다투며 허송세월하는 동안 왜선 600척이 이미 남해에 들어 왔다. 이처럼 명백한 일에 대해서조차 사사로운 뜻으로 싸웠으니 그 밖의 다른 일에 대해서야 말해 무엇 하겠는가!

(…) 주상의 본심은 원래 화의에 있었으나 황제의 명령이 이처럼 지엄했기에 누차 화의를 배척하는 명령을 내렸다. 이로 말미암아 삼사三司가 번갈아 글을 올려 화의를 공격했으나, 동인東人은 우계牛溪 성혼成渾을 공격하는 데 뜻을 두었고, 서인西人

은 재상 유성룡을 공격하는 데 뜻을 두었다. 이런 전쟁 중에도 당론을 내세웠으니, 평상시 서로 배격한 일을 어찌 이루 다 말할 수 있겠는가![119]

「임진록」에서는 조선의 전쟁 대응 실패 원인을 사사로운 뜻에 의한 당쟁에서 찾았다. 똑같이 척화론斥和論을 주장한다 해도 동인과 서인의 공격 대상이 계파에 따라 달랐던 점을 꼬집으며 당쟁의 폐해를 비판하는 논리가 설득력이 있다.

또 「임진록」에서는 전쟁 초기 "적병이 가득했지만 막을 자가 없었고 조정에서는 전혀 소식을 듣지 못했다"[120]라거나 정유재란 발발시 "조정은 적의 세력이 매우 위급하다는 소식을 듣고 당황하여 허둥댈 뿐 아무런 방책도 내놓지 못했다"[121]라는 등 조정의 무능과 무기력을 줄곧 공박해 왔다. 그 극치는 이순신의 최후 장면이다.

　　이순신이 군사를 풀어 심안둔을 축출하니 그 나머지 주둔하고 있는 왜군은 근심거리가 되지 못했다. 그러자 이순신은 생각했다.
　　'우리나라에는 본래 간사한 사람이 많아 공이 있는 자를 해코지하고 재주 많은 자를 다치게 한다. 지금 왜적이 패주하고 시절이 평안해지면 장차 나를 해코지하고 나를 다치게 할 몇 사람의 원균이 있을지 알 수 없다. 차라리 싸움터에서 죽어 천 년 동안 나라의 제사를 받는 것이 유쾌하지 않겠는가!'
　　마침내 투구와 갑옷을 벗고 뱃머리에 서서 큰소리로 외치며 싸움을 독려하다가 문득 탄환에 맞았다. 장막 안에 누워 조카 이완李莞을 불러 왜군을 평정할 방책을 일러 주고는 군중에서 생을 마쳤다.[122]

작자는 이 단락의 제목을 〈이순신이 고의로 탄환에 맞다〉(李舜臣故中流丸)라고 붙였다. 이순신의 전사가 실은 자결이고, 임진왜란의 최고 영웅이 이러한 선택을 하게 만든 것은 원균과 같은 간인奸人의 음모와 이를 둘러싼 조정 신하들 간의 모함과 당쟁이라 본 것이다. 이순신을 누차 곤경에 빠뜨렸던 조정 신하들에 대한 대단한 불신이다.

임진왜란 초기에 조선은 일방적인 패배를 당했지만, 차츰 전열을 가다듬으며 치열한 저항을 벌였다. 「임진록」에서 가장 눈에 띄는 활약을 한 인물은 역시 이순신으로, 그 신출귀몰한 전술은 『삼국지연의三國志演義』의 제갈공명諸葛孔明 못지않다. 다음은 『삼국지연의』의 적벽대전赤壁大戰 장면을 염두에 두고 쓴 것이다.

이때 동남풍이 세게 불자 이순신이 깜짝 놀라 말했다.

"오늘밤 순풍이 부니 도적들이 필시 우리를 향해 화공火攻을 펼 것이다. 제군들은 전투 준비를 하라!"

그리고는 전선戰船 10여 척에 허수아비 수천 개를 싣고 청룡기青龍旗를 세운 뒤 북을 울리고 함성을 지르며 전진하여 어제 진을 쳤던 곳에 진을 쳤다. 이억기李億祺를 불러 말했다.

"자네는 전선 50척을 이끌고 자근도紫根島로 가서 매복했다가 적선賊船이 노량포老良浦를 지날 때 나와서 습격하게.'

원균을 불러 말했다.

"자네는 수군 3,000명을 이끌고 5리쯤 가서 동도東島 숲속에 매복했다가 적선이 이 섬을 지날 때 습격하게. 나는 군사를 이끌고 남쪽으로 나가서 적의 퇴로를 막고 있다가 급습하겠네."

이윽고 적병이 과연 바람을 타고 와서 대포를 쏘아 불을 지르고 화살과 돌을 어지러이 날렸다. 이순신 진영이 조금도 동요하지 않자 왜적이 괴이하게 여겨 자세히 보니 모두 허수아비였다. (…) 그때 조선군이 화포와 진천뢰震天雷와 편전片箭을 일제히 발사했다. 왜장 마득시馬得時는 맞서 싸우고 싶었으나 화살과 탄환을 허수아비에게 다 쏘아 버려 별다른 계책도 없고 힘도 다했다. 마득시와 군사 수백 명이 허둥지둥 남쪽으로 돌아가는데 문득 바다 위에 오리처럼 떠 있는 무수한 전선이 보였다. 전선의 앞에 큰 깃발을 세웠는데, 거기에는 '조선 수군대장 이순신'이라 써 있었다. 마득시가 몹시 놀랍고 두려워 주춤주춤 물러나려 하자 이순신이 왼손에 용검龍劍을 들고 오른손에 긴 창을 들고 적선으로 훌쩍 뛰어들어 고함을 치며 무찌르니 순식간에 적병이 남김없이 쓰러졌다.[123]

이순신은 제갈공명처럼 적병의 움직임을 정확히 예견한 뒤 치밀한 작전을 세워 적을 함정에 빠뜨렸다. 마득시는 제갈공명의 계책에 빠진 조조曹操의 모습이고, 적벽대전에서 관우가 맡았던 역할을 여기서는 이순신 자신이 맡아 싸움을 마무리했다.

이순신 외에 관군官軍 장수로는 이일·유극량劉克良·김응서金應瑞(김경서金景瑞)·정문부鄭文孚 등이 영웅으로 부각되었다. 특히 이일 관련 서술은 상당한 과장 내지 허구가 섞인 것이어서 흥미롭다. 이일이 탄금대 전투에서 패배한 뒤 달아나는 장면을 보자.

이일이 필마단기로 도주하자 적병이 가까이 추격해 왔다. 이일이 마침내 검을 휘둘러 좌충우돌하니 적병 100여 명이 죽었다. 적병이 감히 접근하지 못하고 주저하며 돌아서려 할 때 포성이 크게 일어났다. 이일의 말이 놀라 넘어지자 이일은 말에서 내려 도보로 달아났다. 그러자 적장이 날랜 말에 올라 창을 들고 이일을 추격했다. 이일은 급히 돌아서 창을 들어 적장의 가슴을 찌르고 그 말을 빼앗아 타고 말을 달려 부여현으로 들어갔다.[124]

신립의 잘못된 전술로 탄금대 전투에서 참패한 뒤 이일이 몸을 빼 달아나는 과정이 극적으로 그려졌다. 당대의 조선 무장 중 신립과 쌍벽을 이룬다던 이일이지만 홀로 달아나면서 왜군 100여 명을 죽였다거나 긴박한 상황에서 적장을 죽이고 그 말을 빼앗아 탈출에 성공했다는 이 대목의 서술은 허구로 보아야 할 것이다. 이일은 임진왜란 초기 관군의 주요 전장을 두루 옮겨다니며 패전을 목격했던 흥미로운 인물인데, 「임진록」의 작자는 이일이 이끌던 관군의 패배조차 이일로서 어찌할 수 없었던 일로 평가하고 이일의 무용을 기리는 등 시종 이일을 긍정적으로 묘사하다가[125] 급기야 위의 장면을 만들어 내기에 이르렀다.

「임진록」은 민중 영웅들의 활약과 일부 계열 이본에 투영된 민족·민중의식에 주목하여 하층의 언어와 세계관, 사회인식 등이 적극적으로 반영된 작품으로 평가되어 왔다. 그러나 최근에는 「임진록」 모든 계열이 강한 보수적 시각에 입각해 만들어진 것이라는 평가가 나란히 제기되어 있다. 한문본 「임진록」의 경우 보수적 시각을 견지하되 민중 영웅과 의병들의 활약도 의미 있게 그려냈다. 김덕령의 경우를 보자.

의병장 홍계남洪季男과 익호장군翼虎將軍 김덕령金德齡이 함께 삼가三嘉를 지키고 있는데, 왜장 조신調信이 들이닥친다는 소식을 들었다. 급히 병사들을 독려하여 산 위에 붉은 깃발과 흰 깃발을 세우고 허수아비들에게 창검을 들려 진두陣頭에 세운 다음 재인군才人軍에게는 색동옷을 입혀 그 뒤에 진을 치게 하는 한편 마상립군馬上立軍은 공중으로 몸을 날려 말 위에서 물구나무를 서며 신기한 모양을 보이게 했다. 그러자 왜적은 괴이하게 여겨 진을 견고하게 짜고 밖으로 나오지 못했다. (…) 적병이 일시에 총을 쏘자 마상립군은 총알을 피해 물구나무를 서서 말안장 뒤로 숨었다가 일시에 다시 일어나 말을 달려 쇄도하며 철퇴를 마구 휘둘러 쳤다. 그때 홍계남과 김덕령이 적진으로 곧장 들어가 적병을 죽이니 잠깐 사이에 적병의 태반이 죽었다. 왜적들은 크게 두려워하여 이렇게 의논했다.

"이들은 신병神兵이니 대적할 수 없다. 밤을 틈타 달아나는 게 최선이다."[126]

삼가 전투에서 김덕령이 이끄는 재인군의 활약을 활기찬 필치로 그린 대목이다.[127] 서커스를 하는 재인才人들로 이루어진 군대가 묘기를 부리며 왜군을 압박하는 광경을 통쾌하게 그렸다.[128]

그러나 이처럼 관군과 의병의 활약이 이어진다 해도 왜군을 격퇴하기에는 역부족이었다는 것이 「임진록」 작자의 판단이다.[129] 한극함韓克諴의 해정창海汀倉(지금의 함경북도 김책시) 전투 장면을 보자.

이때 기요마사는 임진강에서 80만 군사를 거느리고 함경도로 향하여 (…) 곡산에서 철령을 넘고 안변·덕원을 향하여 하루에 수백 리 길을 갔다. 깃발이 하늘을 뒤덮고 군악대의 북소리와 피리소리가 하늘에 울려 퍼져 일대 모든 길이 진동하니 고을 수령들이 도망쳤다.

북병사北兵使 한극함은 경원·경흥·회령·종성·온성·부령의 병사들을 징발하여 북영北營으로부터 나오다가 도중에 기요마사를 만나 서로 7~8리 거리를 두고 진을 쳤다. 한극함이 전군을 호령하여 기회를 타서 일제 공격에 나섰다. 북도北道의 병사들은 본래 말 타기와 활쏘기와 검술에 능하여 준마를 타고 날 듯이 적진을 유린하니 죽은 왜적이 2만여 명이었다. 기요마사가 대패하여 창평 들판으로 물러나 진을 치자 한극함이 승세를 타고 추격하니 기요마사는 대적하지 못하고 벽을 견고히 쌓은 뒤 나오지 않았고, 한극함도 군대를 물려 진을 쳤다.

이때 적장 경감로景監老가 40만 군사를 거느리고 명천을 함락한 뒤 안변으로 향하다가 기요마사가 대패했다는 소식을 듣고 급히 창평으로 와서 병력을 합해 공격했다. 한극함은 불의의 일을 맞아 당해내지 못하고 패하여 철령으로 물러났다. 그날 밤 초경初更에 군중에 영을 내려 저녁밥을 짓게 했는데, 적병이 어둠을 타고 고개를 넘어와 일시에 불을 지르며 함성을 질렀다. 한극함은 깜짝 놀라 급히 병사들을 재촉하여 불을 무릅쓰고 싸움을 독려했으나 기운이 다하고 힘이 다하여 병사들을 이끌고 남쪽으로 달아나다가 큰 늪에 빠졌다. 적군이 쇄도하여 썩은 풀 베듯 유린하니 순식간에 한극함의 병사들이 남김없이 전멸하고 말았다. 한극함은 탈출하여 동쪽으로 달아나며 추격하는 적병을 활로 쏘아 죽이고 마침내 함흥으로 들어갔다.[130]

왜군의 병력 규모, 초기 전투에서 조선군이 거둔 전과, 한극함의 대응과 무용 등 『선조실록』이나 『징비록』 등의 해당 기록에 비해 과장과 허구가 대단히 많지만,[131] 「임진록」에서 반복되는 전투 패턴을 집약적으로 보여 주는 장면이다. 관군과 의병이 곳곳에서 승전보를 전하지만 대승을 거둔 군대가 곧이어 중과부적으로 패배하는 것이 「임진록」에 서술된 주요 육지 전투의 공통된 과정이다.[132]

「임진록」의 작자는 최소한 육지전에서만큼은 조선의 힘으로 일본군을 막아낼 수 없었다고 판단했다. 조선 영토를 회복하기 위해서는 명나라의 구원이 필요했다.

　명나라의 구원만이 살 길이라는 생각은 「임진록」의 임진왜란 초기 장면부터 꾸준히 이어졌다. 임진왜란 직전 명나라에 일본의 움직임을 알려 명나라의 답변을 받자 "멸망하던 나라를 다시 살려 준 것은 실로 이 일로부터 비롯되었다"[133]라 했고, 선조가 피난길에 올라 동파역東坡驛에 이르렀을 때 선조와 이항복은 다음의 대화를 나누었다.

　　임금이 이항복을 불러 입시入侍하게 하고 또 대신들과 윤두수를 불러 계책을 묻자 이항복이 먼저 말했다.

　　"우리나라의 병력으로는 왜적을 당해낼 수 없으니, 오직 서쪽으로 가서 천조天朝에 구원을 청해야 할 뿐입니다."

　　임금이 말했다.

　　"내 생각도 본래 그러했다."[134]

　명나라가 참전을 결정하자 명나라의 파견 군사와 보급 군량 내역을 자세히 기술하고 명나라 신종神宗이 조선에 보낸 위유문慰諭文 전체를 장황하게 인용한 뒤 신종이 내린 각종 물품에 감격하기에 이르는 서술 모두가 명나라의 힘과 은혜를 강조하기 위함이다.[135]

　조선 구원의 열쇠를 가진 절대자가 명나라 황제라면 직접 전장에 나서 조선을 구할 구세주는 이여송이다. 이여송의 첫 등장 장면부터 전쟁에 승리하리라는 희망의 메시지를 주었다.

　　제독提督 이여송이 44만 군사를 거느리고 (…) 압록강에 이르자 백로 한 마리가 조선 쪽에서 날아왔다. 이여송은 즉시 말 위에서 화살을 뽑아들고 맹세했다.

"황제의 군대가 적을 토벌하고 승리를 거둔다면 저 백로를 맞힐 수 있으리라!"

마침내 화살을 쏘아 활시위가 울리자 하늘에 있던 백로가 문득 말 앞에 떨어졌다. 이여송은 매우 기뻐하며 군대를 재촉하여 강을 건넜다.[136]

평양성 전투 이후 고니시 유키나가는 이여송을 두고 "천하의 영웅이라 그 예봉을 당해낼 수 없다"[137]며 두려워했다. 이여송은 절륜한 무용을 지녔을 뿐 아니라 신통한 통찰력과 예지력까지 갖추었다.[138] 명나라에는 이여송뿐 아니라 유황상劉黃裳이나 마귀麻貴 같은 영웅과 막강한 병력도 있었다.[139]

선조가 서울로 돌아온 뒤 잔치를 벌이는 장면에서 이여송과 명나라 영웅들의 위상은 극도로 높아졌다.

훈련정訓鍊正 김응서金應瑞가 이여송에게 공손히 절하고 말했다.

"오늘 잔치에 유흥이 없으니 제가 검무를 추어 즐거움을 보태기를 청합니다."

이여송이 허락하자 김응서는 장검을 들고 궁전 뜰에 서서 빙글빙글 돌며 춤을 췄다. 문득 빛이 번득이더니 환한 해와 푸른 무지개가 하늘까지 뻗쳐 있는 모습만 보일 뿐 김응서의 몸은 어디에도 보이지 않았다. 중국의 장수들과 조선의 문신들이 감탄하며 칭찬해 마지않았다.

김응서가 장검을 내려놓고 두 번 절한 뒤 말했다.

"저의 재주가 옛날 관운장에 비해 어떠합니까?"

이여송이 비웃으며 꾸짖었다.

"네 말이 참으로 오활하구나! 너 같은 무리 열 사람이 낙상지駱尙志 한 사람을 당하지 못하고, 낙상지 열 사람이 나 한 사람을 당하지 못하며, 나 같은 이 열 사람이 상우춘常遇春 한 사람을 당하지 못하고, 상우춘 열 사람이 관운장 한 사람을 당하지 못해. 너는 적장 하나의 목을 베고 천하에 나를 대적할 자가 없다 여겨 이처럼 위험한 말을 하니 참으로 잘못되지 않았느냐!'

김응서는 몹시 부끄럽고 겸연쩍어하며 얼굴이 흙빛이 되어 나갔다.[140]

김응서는 앞서 빛나는 전과를 올린 것으로 서술된, 조선이 자랑하는 무신이었으나 이여송 앞에서는 우물 안 개구리에 불과하다. 이여송 휘하의 참장參將 낙상지, 명나라의 개국공신 상우춘이 거론되며 김응서의 무예는 결국 관우의 만분지일에 불과한 것으로 평가절하되었다.

관우 또한 「임진록」에서 빼놓을 수 없는 인물이다. 빼앗겼던 서울을 되찾은 것이 바로 관우의 도움으로 설정되어 있기 때문이다.

겐소玄蘇 등이 8만 군사를 거느리고 동대문을 나서는데 홀연 큰 바람이 모래를 일으키고 먹구름이 하늘을 뒤덮더니 하늘이 어두워 지척을 분간할 수 없었다. 그때 무수한 군사들이 창검을 들고는 바람을 타고 구름을 몰며 일제히 함성을 질러댔다. 그 중 한 사람이 적토마를 타고 삼각수三角鬚를 날리며 청룡언월도靑龍偃月刀를 들고 눈을 부릅뜬 채 큰소리로 꾸짖자 적병들은 그 위풍에 겁먹어 벌써 태반이 죽었다. 신병神兵이 날쌔게 달려들어 바람처럼 우레처럼 마구 베니 순식간에 8만 왜병이 한 사람도 남김없이 죽었다. (…)

유키나가가 그 소식을 듣고 매우 놀라 말했다.

"이는 옛날 관운장의 영령이다! (…) 지금 지체했다가는 관운장의 영령이 필시 다시 공격해 올 테니 장차 어찌 대적할 수 있겠느냐?'

마침내 군사들을 일일이 점검한 뒤 급히 성문을 빠져나가 한강을 건너 달아났다.[141]

임진왜란 중 명나라의 지휘 아래 서울과 안동·남원 등에 관왕묘關王廟
가 설치되고 관우 숭배를 퍼뜨리고자 했던 상황이 이해되는 대목이다.

명나라에 대한 감사 표현은 일본에 포로로 잡혀 있던 임해군臨海君과
순화군順和君 등이 화의 과정에서 풀려나 돌아왔을 때 절정에 이른다.

왕자와 여러 신하들이 임금을 뵙고 즉시 이여송에게 감사 인사를 했다.
"황제의 은덕과 장군의 위엄으로 강한 왜적을 물리치시어 죽어 가던 저희들의
목숨을 보전하여 고국으로 돌아와 다시 햇빛을 보게 되었습니다. 비록 저희가 그 은
혜를 가슴속에 새기고 온몸을 바친다 한들 재생再生의 은혜를 갚기에 부족합니다."[142]

「임진록」에서 조선을 구원한 근본적인 힘은 명나라 황제의 자비와
결단, 불세출의 영웅 이여송이 이끄는 강력한 명나라 군대, 관우의 신
병神兵이다. 실제 역사와는 모두 차이가 있는 내용이지만 '재조지은再造
之恩'이라는 말에 부합하는 사건 조합이다.

임진왜란은 승자도 패자도 없는 전쟁이라는 것이 오늘날 역사학계
의 일반적인 평가다. 특히 조선은 거의 전역이 전쟁터였기에 패배한
것은 아니지만 가장 큰 상처를 입었다. 조선 입장에서는 어떻게 보더
라도 '실패한 전쟁'이다. 「임진록」에서는 그 실패의 원인을 몇몇 장수
들의 실책과 조정 대신들의 오판과 사사로운 마음에 의한 당쟁에서
찾았다. 반면 모든 결정의 최고 책임자인 선조에 대해서는 최대한 변
호하려는 입장을 취했다. 고니시 유키나가의 계략을 간파하고 이순신

이 조정의 명령에 불응하며 병사를 움직이지 않다가 원균 등의 모함으로 곤경을 겪는 대목에서 선조의 처사를 보자.

원균이 현풍玄風 사람 박성朴惺을 시켜 이순신의 참형을 처하는 상소를 올리게 하자 삼사三司가 합계合啓하여 이순신을 잡아다 심문할 것을 청하기에 이르렀다. 임금은 이순신의 공로를 아껴서 차마 처벌하지 못하고, 사간司諫 남이신南以信으로 하여금 이순신 군대의 상황을 살피게 했다. 남이신이 명을 받고 한산도閑山島로 내려가니 남녀 막론 수많은 군민軍民이 남이신의 말을 가로막고 울며 말했다.

"사또(이순신)는 충심으로 백성을 구하는 은혜를 베푸신 분으로 천고제일입니다. 바라옵건대 선생께서는 전하께 이를 아뢰어 무죄가 되게 해주십시오. 사또께서 도적을 막아 주셔야 만백성이 평안합니다.'

남이신은 돌아와 이렇게 보고했다.

"한산도에 가서 군대의 상황을 자세히 살펴보니 이순신이 무도하게 행하지 않은 일이 없었습니다. 우선 형신刑訊을 가한 뒤 의금부에 내려야 합니다."[143]

구국의 영웅 이순신을 참형에 처할 뻔했던 사건이다. 「임진록」에서는 이 사건의 원흉으로 평소 이순신을 시기하여 해코지하고자 요로에 뇌물을 쓰며 청탁해 온 원균, 이순신의 실정을 살펴보고 거짓 보고를 했던 남이신을 지목했다. 선조는 어디까지나 이순신의 처벌을 면하게 하고자 신중을 기했으나, 신하들의 거짓말에 속았을 따름이다.

그러나 선조에 대한 비판이 전혀 없는 것은 아니다. 서울을 수복한 뒤 명나라 황제는 매우 기뻐하며 조선에 추가 지원병을 보내는 한편 선조에게 여러 물품을 보내고 다음의 조서詔書를 내렸다.

짐은 한양 땅이 금성탕지金城湯池요 강한 군대를 가지고 있다 들었거늘, 어찌하여 도성을 지키지 못해 왜적의 소유가 되게 했는가? 혹시 날마다 유람을 일삼으며 군정軍政을 다스리지 않아 그리 된 것이 아닌가? 앞으로는 어진 신하를 가까이하고 간사한 무리를 멀리하며 와신상담臥薪嘗膽하여 회계산會稽山의 치욕을 씻도록 하라.144

선조를 질책하고 힐난할 수 있는 유일한 존재는 바로 명나라 황제 신종이다. 명나라의 참전으로부터 화의 성립에 이르는 과정의 서술은 실제 역사를 정확히 반영한다고 보기 어렵다. 작자는 명나라의 '재조지은'을 강조하는 방향에서 임진왜란의 역사를 재구성하고 그 연장선 상에서 명나라 황제의 입을 빌려 선조의 실책을 넌지시 들춰냈다. 물론 선조에게 가장 큰 책임을 지울 생각은 없다. 앞서 살핀 대로 조선이 처했던 위기는 내부적으로는 선조의 무능보다 조정 신하들의 당쟁, 외부적으로는 강력한 일본의 힘에 있다는 판단 때문이다.

「임진록」의 작자는 선조를 명나라 황제에게 질책 받아도 좋은 인물로 설정했으나 그 점만 빼면 선조의 위상은 대단히 확고하다.

이여송이 국왕의 기상을 바라보니, 난리를 당해 피난하던 터에 용안龍顏이 어찌 수척하지 않을 수 있겠는가? 임금이 행궁行宮으로 돌아가자 이여송은 급히 이항복을 불러 매우 질책하여 말했다.

"조선 국왕에게 제왕의 기상이 없으니, 자네들은 어찌 간계를 부려 나를 시험하는가? 이처럼 나를 업신여겼으니 나는 자네들을 구해 줄 수 없다."

즉시 퇴군 명령을 내려 징을 울리게 했다. 조정의 모든 신하들과 성에 가득한 인민들이 일시에 목 놓아 울어 곡하는 소리가 진동했다. 이항복이 땅에 엎드려 크게 탄식하며 말했다.

"예의의 나라가 끝내 멸망하기에 이르렀으니, 이것이 하늘의 명인가! 이 어찌 사람의 일이겠는가!"

목 놓아 큰소리로 울자 임금의 마음을 감동시켜 임금 또한 목 놓아 우니 그 울음소리가 밖에까지 이르렀다. 이여송이 그 소리를 듣고 깜짝 놀라 말했다.

"누구의 울음소리인가?"

장수들이 대답했다.

"구원병이 돌아간다고 하자 조선 국왕이 곡하는 소리입니다."

이여송이 기뻐하며 말했다.

"이건 큰 바다에 몸을 숨기고 있는 용의 소리다! 조선은 망하지 않겠구나."[145]

「임진록」에서 이여송은 귀신 같은 통찰력과 예지력을 가진 인물이다. 이여송은 선조를 처음 만난 자리에서 피난 중에 수척한 선조의 얼굴을 보고 가짜 임금을 내세웠다며 화를 냈다. 선조의 얼굴에 제왕의 기상이 보이지 않았기 때문이다. 이여송이 자신을 능멸했다며 퇴군 명령을 내리자 이항복이 탄식하며 울고 선조 역시 목 놓아 우는데 그 울음소리를 듣고 이여송은 선조가 지닌 제왕의 기상을 알아차리고 조선이 멸망하지 않을 것임을 예견했다.[146] 아무리 나약하고 무기력해 보여도 선조는 엄연히 제왕의 기상을 가진 존귀한 인물이다. 선조가 있는 한 조선은 망할 수 없다. 영웅 이여송의 입을 통해 이 말이 선언되는 순간 선조의 지위는 움직일 수 없는 것이 되었다.

그 결과 「임진록」에서 임진왜란은 어떻게 끝을 맺었을까? 1594년에는 도요토미 히데요시가 명나라에 겐소를 보내 항서를 바침으로써 전

17세기 한국 소설사

쟁이 일차 끝났고,[147] 이후 명나라 육군과 이순신 수군의 활약으로 일본의 주력 부대를 격퇴한 뒤 히데요시의 죽음 이후 지위를 이은 소 요시토시宗義智가 일본인 500명을 번갈아 인질로 조선에 보내기로 하며 조선의 부용국附庸國이 됨으로써 전쟁이 완전히 종결되었다고 했다.[148] 실제 역사와는 너무도 거리가 먼 '정신승리법'이다.

「임진록」의 기저에 놓인 의식은 임진왜란 종전 이후 조정의 전쟁 평가와 유사한 흐름을 보여 주었다. 선조와 조정은 임진왜란을 '승리한 전쟁'으로 호도하고 공신을 책봉했다. 임진왜란을 승리로 이끈 1등공신은 명나라다. 따라서 조선 내부의 공로자는 명나라와의 외교관계를 원만하게 이끌어 구원병을 파견하게 만든 신하들이었다. 조선 내부의 근원적인 힘은 국왕 선조의 절대존엄에 있다. 따라서 선조를 호종하며 받든 신하들 역시 주요 공로자였다. 전투에서 크고 작은 승리를 거둔 지휘관들과 의병장 역시 공로가 있으나 근본적으로는 부차적인 역할에 만족해야 했다.[149]

전쟁 이후 조선 사회의 복구는 물질적인 손실을 충당해 나가는 것도 중요했지만 정신적 손상을 치유하는 일이 더욱 심각한 과제였다. 특히 조정과 지배계급의 입장에서는 일본과 청나라에 유린되는 과정에서 무너진 지배층의 권위를 다시 세우는 일이 급선무였다. '전쟁의 시대'는 이렇게 해서 '이념의 시대'로 이행해 가게 되는데, 「임진록」은 이행기 지배층의 정신적 흐름에 잘 대응된다.

비슷한 맥락에서 살필 수 있는 작품이 권칙權侙. 1599~1667의 「강로전」이다.[150] 작품 말미에 "숭정崇禎 경오년 가을"[151]에 썼다고 명시한바, 이 작품의 창작 시기는 1630년이다. 정묘호란으로부터 3년이 지났고 병자호란 6년 전인 시기이다. 「강로전」은 「달천몽유록」에서 임진왜란 중 가장 무능한 장수로 원균 한 사람을 조롱하던 지향, 「강도몽유록」에서 김류 부자를 비롯한 당대의 조정 권신들 개개인에게 전쟁의 책임을 묻던 지향을 극대화하여 정묘호란의 책임을 강홍립 한 사람에 전가했다. 그 저변에는 「임진록」처럼 강한 '숭명의식崇明意識'이 깔려 있다.

강홍립姜弘立, 1560-1627은 1619년(광해군 11)의 사르후 전투 때 명나라를 지원하기 위해 도원수로서 1만 5,000명의 조선군을 이끌고 심하로 갔으나 명과 후금의 전투를 관망하다가 후금에 투항했다. 1623년 인조반정 이후 조정은 '반정'의 명분 때문에라도 후금과 맞서 싸워 명나라의 '재조지은'에 보답해야 했다. 그러나 후금의 세력은 날로 커져서 후금이 명나라 내륙으로 들어서는 것은 시간문제였다. 후금은 명나라와의 결전에 앞서 후방의 위험 요소인 조선을 단속하고, 평안도 철산 반도 앞의 가도에 주둔하고 있던 명나라 모문룡 세력을 제거하고자 했다. 그리하여 1627년 정묘호란이 일어났다. 누르하치의 조카 아민이 이끄는 후금 군대는 심하 전투에서 후금에 투항했던 강홍립을 앞세워 내려왔고, 이후 화의 과정에서도 강홍립을 중재자로 내세웠다. 그 결과 후금과 조선은 형제의 나라가 되기로 했다. 얼마 뒤 벌어질 병자호란의 충격에는 비할 일도 아니었으나 당시 조선으로서는 후금이 형, 조선이 아우가 되기로 한 화약和約을 굴욕적으로 받아들였다.

「강로전」에서는 정묘호란을 일으킨 주모자가 강홍립인 것처럼 기술했다. 이괄의 난에 연루되어 후금으로 망명한 한윤韓潤이 인조반정 이후 정세가 바뀌면서 후금에 투항한 강홍립의 가문을 멸족했다고 하자 강홍립은 이렇게 말했다.

조선이 내게 불구대천의 원수가 되었구나. 옛날 오자서伍子胥가 오吳나라 군대를 이끌고 조국 초楚나라의 수도를 침략한 일을 나라고 못할 게 무언가? 주군(누르하치)께 군사를 달라고 요청하겠다!152

거짓 정보로 인해 복수심에 불탄 강홍립이 조선 침략을 획책하여 정묘호란이 일어났다는 것이다. 물론 실제 역사와는 거리가 먼 내용이다. 「강로전」에서는 강홍립을 우리 소설사에 보기 드문 '반영웅反英雄', 곧 영웅과는 정반대의 성향을 지닌 부정적 주인공으로 형상화하여 명나라를 숭배하고 청나라를 배척한다는 이른바 '숭명배호崇明排胡' 이데올로기를 구현하고자 했다. 강홍립을 '강로姜虜'라 칭하고 작품 첫 구절에서 이를 "'강姜'은 조선의 큰 성씨요, '로虜'는 오랑캐를 뜻한다"153라고 풀이했듯 강홍립을 향한 조롱과 멸시의 정서가 작품 전반에 가득하다. 강홍립의 부정적 면모를 드러내는 대표적 장면으로 우선 강홍립이 후금 군대에 투항하여 누르하치와 처음 만나는 대목을 꼽을 수 있다.

후금 군사들의 갑옷에서 나는 광채가 태양처럼 환하고 검에서 번득이는 기운이 천리에 뻗쳐 바람과 번개처럼 치달리니 강홍립의 눈이 어질어질하고 가슴이 두근거렸다. (…) 홍립은 당황하고 두려워 먼저 무릎을 꿇고 네 번 절했다.

(…) 누르하치가 물었다.

"너희 나라는 왜 까닭 없이 군대를 일으켰느냐?"

홍립이 엎드려 벌벌 떨며 대답했다.

"우리나라의 뜻이 아니오라 남조南朝(명나라)의 압박을 받아 어쩔 수 없이 그리 한 것입니다. 이 때문에 저희가 먼저 역관을 보내어 저희들의 사정을 아뢰었던 것인데 이미 알고 계실 줄 압니다."

누르하치가 말했다.

"(…) 너는 너희 임금에게 편지를 보내 강화를 이루도록 애쓰는 것이 좋겠다. 강화가 이루어지면 너는 아무 탈 없이 너희 나라로 돌아갈 수 있을 것이다."

홍립이 감사의 말을 했다.

"이미 목숨을 살려 주신 은혜를 입었는데, 살아서 돌아갈 수 있게까지 해주시다니 죽어서도 이 은혜를 다 갚을 수 없겠나이다."[154]

이후 강홍립이 누르하치에게 충성을 맹세하고 그 심복이 되어 가는 과정[155] 역시 강홍립의 비굴한 모습을 드러내기 위한 허구적 상상의 산물이다. 강홍립의 부정적 형상은 정묘호란의 참상을 기술한 대목에서 절정에 이른다.

정묘년(1627) 봄, 후금의 군대는 야밤에 의주를 습격하여 성벽을 넘어 쳐들어 갔다. 불의의 습격을 받고 보니 성 안의 사람들이 모두 놀라 흩어져 달아났다. 홍립이 급히 오랑캐 군사로 하여금 사방팔면을 포위하게 하고, 바람이 낙엽을 쓸듯 통발로 물고기를 잡듯, 성난 눈을 부릅뜨고 어금니를 깨물며 살육을 자행하게 하니, 수만 개 하얀 칼날이 난무하며 붉은 피가 뿜어져 날리고, 사람마다 고통을 못 이겨 목 놓아 울부짖었다. 또 말을 몰아 아기들을 낚아채 빈 항아리에 거꾸로 메다꽂자 컥컥 숨넘어가는 소리가 들리더니 잠시 후에 끊어졌다. 항아리가 다하자 물 담은 솥에다 아기들을 빠뜨려 놓았는데, 그런 것이 곳곳에 가득했다. 도로에 거꾸러진 시체들은 모두 나무못이 등에 박혀 땅을 관통했으니, 그 잔혹한 모습은 차마 말로 다할 수 없었다. 이날 성 안의 남자들은 노소를 불문하고 살아남은 이가 없었고 부녀와 재물은 모조리 능욕당하고 약탈당했다.

(…) 오랑캐 장수가 말했다.

"이미 많이 죽였는데 이제 그만두어도 되겠지요?"

홍립이 말했다.

"아직 멀었다!"[156]

정묘호란의 참상을 자세히 기술한 뒤 오히려 후금 장수의 만류에도 불구하고 강홍립의 의지에 의해 학살과 만행이 계속되었다고 했다. 정묘호란의 피해는 오직 강홍립 개인의 끝없는 복수심과 잔혹함 탓이라는 것이다. 작자의 반감은 후금에 투항한 강홍립뿐 아니라 후금에 대해 결사항전의 자세를 취하지 않은 광해군을 향하기도 했다.

홍립이 마침내 우리나라로 급히 편지를 보내 오랑캐 진영의 성대한 세력을 알리는 한편 강화를 맺어야지 결코 맞서 싸워서는 안 된다는 내용을 장황하게 말하여 우리나라 사람들을 현혹시키는 데 모든 힘을 기울였다. 비변사備邊司의 의견이나 사헌부와 사간원의 의론은, 목숨을 부지하기 위해 투항하고 임금과 백성을 미혹시킨 강홍립의 죄는 삼족을 멸하는 벌을 받아 마땅하므로 엄중히 처벌하여 법을 바로 세워야 한다는 것이었다. 그러나 광해군은 이렇게 말했다.

"힘이 모자라 강화를 맺은 것은 일의 형세가 그렇기 때문이요, 보고서를 올려 오랑캐의 형편을 알린 것은 그 직무를 다한 것일 뿐이다."

그리하여 강홍립에게 죄를 묻지 않았다.[157]

심하 전투에서 강홍립이 명나라를 돕지 않은 배후에 광해군이 있다는 인조반정 세력의 생각을 그대로 대변했다. 그렇다면 「강로전」의 작자는 당시 조선이 어떻게 대응해야 한다고 생각했을까. 심하 전투에서 사태를 관망하기만 하던 강홍립에게 명나라 측에서 싸움에 나설 것을 요구하자 강홍립은 후금에 밀서를 보냈다. 조선은 전투에 참여하지 않겠다며 강화하자는 내용이었다. 누르하치는 밀서를 읽고 하늘에 절하며 이렇게 말했다.

하늘이 도우시는구나! 남조의 군대가 길을 넷으로 나누어 오고 있지만 나의 근심은 세 곳에 있지 않고 오직 이 한곳 조선 군대에 있었다. 요동白遼東伯쯤이야 채찍으로 후려치면 그만이지만, 내가 두려워한 것은 조선이 저들을 돕는 일이었다. 옛날 요遼나라의 10만 정예부대가 의주 흥화진興化鎭까지 쳐들어간 적이 있었지만, 수레 한 대도 돌아오지 못했다. 들건대 조선은 병사들이 굳세고 무기가 훌륭하다 하니 대적하기가 어려웠을 것이다. 그런데 이제 저들이 자진해서 항복하는 글을 보냈으니, 이 어찌 하늘이 우리로 하여금 금金나라의 유업을 잇게 하고자 함이 아니겠느냐?[158]

강홍립이 방관하는 사이 명나라 군대는 심하의 부차성富車城 전투에서 전멸했다. 좌영장左營將 김응하金應河는 강홍립의 명령에 따르지 않고 독자적으로 휘하 군사들을 출전시켜 혈전을 벌였으나 중과부적으로 전사했다. 전투를 승리로 이끈 후금의 대장 귀영가貴永可, 곧 누르하치의 차남인 다이산代善은 이렇게 말했다.

내가 막북漠北을 누비고 다니며 가는 곳마다 적다운 적을 만난 적이 없건만, 조선

사람의 용맹이 이러할 줄은 꿈에도 몰랐다. 만일 산꼭대기에 있는 병사들이 모두 힘을 합해 싸웠더라면 우리가 앞뒤로 협공을 당해 한 명도 살아남지 못했을 것이다. 하늘이 이들을 우리 편으로 만들어, 먼저 항복하는 글을 보내어 수수방관하며 우리로 하여금 눈앞의 적에만 힘을 쏟게 만들어 승리할 수 있었으니, 우리 군주의 크나큰 복이 아닐 수 없다![159]

전투가 끝난 뒤에는 부원수副元帥 김경서金景瑞가 이런 계책을 내놓았다.

오랑캐 진을 살펴보니 전투를 벌인 뒤라 병사들이 지쳐 있고 부스럼을 앓는 자가 반이 넘었습니다. 또 말을 쇠사슬로 묶어 두고 사람은 가죽 침낭에 들어가 자는 것이 오랑캐들의 습속이니, 한밤중에 기습공격을 하면 이들을 손쉽게 제압할 수 있을 것입니다. 더구나 중국 군대 중에 도망간 자들 1만여 명이 가까운 산에 모여 있으니, 이들과 힘을 합쳐 싸우면 세력이 더욱 커질 테니 하늘도 우리를 도와 큰 공을 세우게 할 것입니다.[160]

강홍립은 어설픈 계책이라며 받아들이지 않았다. 조선군은 하늘이 내린 좋은 기회를 놓쳐 버리고 말았다는 것이 작자의 판단이다.

종합해 보면 「강로전」의 작자는 「강로전」을 창작한 1630년의 시점에서 1619년의 심하 전투 당시 조선군은 후금이 가장 두려워한 강병이었고, 만약 명나라 군대와 합세하여 전투를 벌였다면 충분히 이길 수 있었다고 판단했다. 그러나 심하 전투 이후 8년이 지난 1627년의 정묘호란에서는 조선이 왜 속수무책으로 후금에게 유린당했는지 그 원인에 대한 진단은 없다. 이 작품을 창작한 지 6년 뒤 벌어진 병자호란에서 조선이 굴욕적인 항복을 한 일에 대해 어떤 생각을 가졌을지 궁금해지는 대목이다. 요컨대 「강로전」은 심하 전투에서 정묘호란에 이르는 동북아시아의 국면 전환 과정을 냉정하게 분석하고 조선의 현실을 진단하여 앞날에 대한 대비책을 강구하는 대신 추상적 명분론에 입각한 또 하나의 '정신승리법'을 내놓는 데서 멈추고 말았다.

3° '문제적 개인'의 등장과 새로운 전망

'문제적 개인'은 근대 유럽의 리얼리즘 소설이 형성되는 과정을 논하는 가운데 나온 개념이다. 게오르크 루카치는 소설을 '문제적 개인이 자신을 찾아가는 여행'으로 정의하며, '문제적 개인'의 출발점을 개인과 세계 사이의 불일치 내지 불화에서 찾았다. 세계의 조화가 무너진 외부 세계와 조화로운 세계를 꿈꾸는 개인 사이의 모순과 괴리로부터 '문제적 개인'이 탄생한다. 문제적 개인은 존재하는 현실과 존재해야 하는 당위적 이상 사이의 괴리 속에 놓여 있다. 조화가 파괴된 '낯선 세계'에 던져진 문제적 개인은 자신의 개별성을 넘어 이상적인 세계와 관계를 맺을 때에만 삶의 의미를 찾을 수 있고, 이상적인 세계 또한 문제적 개인을 통해서만 그 실체를 드러내 보일 수 있다. 낯선 세계에서 현세적 삶을 사는 개인이 자신이 처한 삶의 조건 속에서 개별성을 넘어 진정한 가치를 추구할 때 세계사적 의미가 담긴 하나의 '전형典型'에 도달할 수 있다. 이러한 맥락에서 뤼시앙 골드망은 소설을 '보편적 가치가 사라진 허위의 세계 속에서 주인공이 세속적인 방식으로 진정한 가치를 추구하는 이야기'라고 했고, 따라서 소설은 '개인의 자서전인 동시에 사회적 역사'라고 했다.[1]

「최척전」과 「운영전」의 주인공을 '문제적 개인'의 관점에서 살펴보고자 한다. 여기서 17세기 한국 고전소설의 주인공을 철저히 근대 리얼리즘 소설의 관점에서 분석하고자 하는 것은 아니다. 다만 이 시기 우리 소설의 주인공들이 위에서 말한 '전형'에 매우 근접한 인물 형상을 보여 준다는 데 주목하려는 것이다. 17세기 소설의 주인공들은 구체적인 시대 속의 입체적인 인물로 뚜렷이 진화하고 있다. 시대와의 불화 속에 놓인 고독한 인간형은 애정전기 주인공의 보편적인 특징이었다. 「최척전」과 「운영전」에서는 이러한 보편적 특징을 지닌 주인공이 구체적인 역사의 흐름 속에서 자신의 개성을 발휘하면서 시대정신을 구현하기에 이른다.

17세기 전반에 우리 소설이 '문제적 개인'의 삶을 조명할 수 있었던 것은 임진왜란에서 병자호란에 이르기까지 개인의 삶이 곧 동아시아 세계 변동과 맞물렸던 상황에 기인하는 것이기도 하지만 근본적으로는 문제적 작가가 전쟁 이후 세계에 대한 환멸 속에서 인간 존재에 대한 근원적 질문을 던질 수 있었던 데서 원인을 찾아야 할 것이다. 「최척전」과 「운영전」의 성취는 시대의 모순을 체현한 인물의 삶을 높은 식견으로 포착하여 뛰어난 필치로 그려낼 수 있었기에 가능한 일이다.

(1) 역사 속의 인간 운명

「최척전」은 조위한(趙緯韓, 1567~1649)이 지은 작품이다.[2] 작자 조위한은
전(傳)의 형식에 입각하여 작품 말미에 논찬(論贊)을 붙였는데, 논찬의 후
반부에 「최척전」을 짓게 된 동기를 밝혔다.

> 내가 남원(南原) 주포(周浦)에 우거(寓居)하고 있을 때, 최척(崔陟)이 나를 찾아와 위와 같이
> 자신이 겪은 일을 말해 주고는 그 전말을 기록하여 사라지지 않게 해 달라고 청했
> 다. 최척의 요청을 사양하지 못하여 대략 그 줄거리만을 들어 기록했다.[3]

조위한은 벼슬에서 물러나 남원 근교의 주포에 머물던 중 「최척전」
의 주인공 최척을 직접 만나 최척 일가가 겪은 일을 듣고 최척의 요청
으로 이 글을 지었다고 했다. 논찬 뒤에 "천계(天啓) 원년 신유년(1621)
윤2월, 소옹(素翁)이 쓰다"[4]라는 기록이 있어 이 작품이 1621년(광해군
13) 윤2월에 창작된 것임을 분명히 알 수 있다.

「최척전」은 최척과 그 아내 이옥영(李玉英)이 결연하는 과정으로부터
시작해서 최척 가족이 동아시아 역사 변동의 소용돌이 속으로 휘말
려 들어가 두 차례의 전란을 겪으며 여러 나라로 흩어져 있다가 천신
만고 끝에 재회하는 과정을 그렸다. 30년 가까운 기간 동안 조선·중
국·일본·베트남의 동아시아 네 나라를 작품의 무대로 삼은 유례없
는 스케일부터가 독자의 흥미를 자극한다.

「최척전」은 작품 전체를 두 부분으로 나누어 볼 수 있다. 최척과 옥
영이 혼인에 이르는 과정을 그린 「최척전」의 전반부는 작품 전체의 3분

의 1 분량을 차지하는데, 그 자체로 한 편의 훌륭한 애정전기이다. 정유재란 이후의 후반부는 최척 일가가 전쟁으로 뿔뿔이 흩어졌다 다시 모이는 과정을 담았다. 후반부는 최척의 전傳이기도 하지만 '이옥영전李玉英傳'이라 불러도 좋을 만큼 여주인공 옥영의 활약이 매우 돋보인다. 전반부와 후반부는 각각 '전기소설'과 '전계소설'의 형식에 대응된다. 압도적인 경험 소재와 분량의 측면에서 볼 때 '전계소설'을 골간으로 삼고 남녀 주인공의 결연 대목을 애정전기의 필치로 대폭 확장했다고 볼 수 있다.

먼저 전반부 최척과 옥영의 결연 과정을 보자. 「최척전」은 최척의 신원 기술로 시작되는데, 일반적인 전傳의 서두와 흡사하다.

최척은 자字가 백승伯昇이고, 남원 사람이다. 어려서 어머니를 여의고 부친 숙叔과 단둘이 서문西門 밖 만복사萬福寺 동쪽에 살았다. 어려서부터 품은 뜻이 컸고 친구 사귀기를 좋아했으며, 약속을 신중하게 하여 반드시 지켰고 자잘한 예의범절에 얽매이지 않았다.[5]

최척은 뜻이 크고 작은 범절에 얽매이지 않는 호방한 인물, 신의를 중시하는 믿음직한 인물로 설정되었다. 친구들과 어울리기를 좋아하던 최척에게 그 부친 최숙崔淑은 이렇게 훈계했다.

지금처럼 나라에 전쟁이 나서 고을마다 무사들을 소집하고 있는 판에 사냥이나 하면서 늙은 애비에게 걱정만 끼치고 있으니 한심하구나. 머리 숙여 책을 읽으며 과거 공부에 힘쓴다면 비록 과거 급제는 못하더라도 전쟁터에 끌려가는 일은

면할 수 있을 게다.[6]

조선은 이미 임진왜란 중이었다. 다행히도 남원은 진주성 싸움과 수군의 활약 덕분에 임진왜란 초기에 피해를 입지 않았다. 최척의 부친은 친구들과 어울려 사냥을 다니는 최척이 혹시 전쟁에 징발될까 걱정하며 과거 공부에 전념하게 했다. 「주생전」과 유사하게 「최척전」에서도 역시 전쟁은 개인의 행복을 가로막는 장애물일 뿐이다. 당연한 것 같지만 후대 영웅소설의 주인공에게 전쟁이 자신의 능력을 만천하에 드러낼 기회로 여겨지는 것과 비교하면 천양지차의 인식이다.

최척은 부친의 친구 정상사鄭上舍를 스승으로 삼아 과거 공부를 시작했다. 두어 달 뒤 정상사의 집에서 인연이 시작됐다.

> 최척 홀로 앉아 책을 읽고 있었는데, 홀연 창문 틈으로 쪽지가 하나 떨어졌다. 최척이 쪽지를 주워 보니 시집 못 간 여자가 짝 구하는 마음을 노래한 시인 『시경詩經』「표유매摽有梅」의 마지막 장章이 적혀 있었다.
>
> 최척은 마음과 혼이 훨훨 날아오르는 듯 마음을 가라앉힐 수 없었다. 이슥한 밤에 여인의 방으로 뛰어들어 몰래 비연非煙을 껴안듯이 해볼까 하는 생각을 하다가 이내 뉘우치고 고려 때 김태현金台鉉의 고사를 떠올리며 스스로를 경계했다. 가만히 이런 저런 생각을 하자니 마음속에서 도덕과 욕망이 서로 싸우고 있었다.[7]

애정전기다운 장면이다. 어느 날 예기치 않게 창문 틈으로 들어온 쪽지에는 『시경』「표유매」의 마지막 장이 적혀 있었다. 그 노랫말은 다음과 같다.

떨어지는 매실

광주리 기울여 모두 담네.

나를 원하는 선비여

어서 말씀해 보세요.[8]

여성이 사랑의 마음을 전하는 쪽지임에 틀림없다. 최척은 정신이 아득해져 당나라의 전기傳奇 「비연전非煙傳」의 여주인공을 껴안는 상상을 하다가 금세 서당 선생의 딸인 청상과부가 연애시를 써서 던지자 다시는 그 서당에 가지 않았다는 고려시대 김태현의 고사를 떠올리며 마음을 다잡았다. 특별한 심리 묘사 없이도 마음속에서 선비가 지켜야 할 도덕과 본능적 욕망이 싸우는 모습을 솜씨 있게 그려냈다.

그날의 공부를 마치고 나오자 여종 하나가 따라와 쪽지를 보낸 사람을 밝혔다. 여주인공 이옥영李玉英이다. 옥영은 모친 심씨와 남대문 밖의 청파리靑坡里에 살던 중 1년 전 임진왜란이 일어나자 강화도로 피난했다가 다시 배를 타고 전라도 나주 서쪽의 회진會津에 이른 뒤 심씨의 친척인 정상사 집에 와서 살고 있었다. 최척은 여종 춘생春生을 통해 옥영의 마음을 확인하고 편지를 썼다.

아침에 받은 낭자의 편지가 실로 내 마음을 사로잡았습니다. 기쁜 소식을 전하는 신선 세계의 새를 만난 것처럼 기쁨을 이길 수 없었습니다. 짝 잃은 새가 거울에 비친 제 모습을 보고 슬피 울듯이, 남편이 죽은 아내의 그림을 보며 간절히 만나보고 싶어 하듯이, 저 또한 제 짝을 만나고 싶은 마음 한량없었지요.

옛날 한漢나라의 사마상여司馬相女란 이가 거문고를 연주해서 탁문군卓文君이란 여

17세기 한국 소설사

인을 유혹하고, 진晉나라의 가오賈午라는 여인이 자기 아버지가 임금께 하사받은 귀한 향香을 연인인 한수韓壽에게 몰래 주었던 것처럼 남녀가 사사로이 정을 통하던 일을 모르진 않지만, 신선이 사는 봉래산蓬萊山의 첩첩 봉우리를 넘고 신선 세계로 통하는 약수弱水의 험한 물결을 건너는 것처럼 낭자를 직접 뵙는 일이 참으로 어렵군요, 어떻게 하면 만날 수 있을까 이런저런 궁리를 하노라니 얼굴이 노래지고 목이 홀쭉해졌습니다.

이제 초楚나라 회왕懷王이 양대陽臺에서 낮잠을 자다가 꿈에 무산巫山의 신녀神女를 만나고, 서왕모西王母가 소식을 전해왔으니, 두 집안이 진진지호秦晉之好를 맺고, 우리 두 사람이 월하노인月下老人의 실로 엮인다면 삼생三生의 소원이 이루어져 백년해로의 맹세를 지킬 수 있을 것입니다.[9]

화려한 변려체駢儷體로 이루어진 최척의 편지에는 사마상여와 탁문군, 한수와 가오, 초나라 회왕과 무산 신녀의 고사를 포함하여 애정전기에서 늘 애용되는 전고典故가 망라되어 있다.

옥영도 최척의 편지를 받고 기뻐하며 답장을 보냈다. 최척의 편지만큼은 아니지만 역시 변려체가 섞인 정갈한 문장이다. 옥영은 홀어머니를 모시고 사는 외동딸임을 알리고 자신의 뜻을 당당히 밝혔다.

제 나이 열다섯이오나 아직 혼인하지 못하였습니다. 그래서 전쟁의 와중에 도적들이 횡행하니 제 몸을 잘 지킬 수 있을까, 포악한 자의 손에 몸을 더럽히지나 않을까, 늘 걱정이지요. (…) 하지만 저의 더 큰 근심은 어찌하면 훌륭한 남편을 만날까 하는 것이랍니다. 저의 백년 기쁨과 괴로움이 남편에게 달려 있으니, 만일 마땅한 사람이 아니라면 제가 어찌 그 사람을 우러르며 제 일생을 맡길 수 있겠습니까?

요사이 낭군을 뵈니 말씀하시는 기운이 온화하고, 행동거지가 한가롭고도 고아하며, 정성스럽고 믿음직한 빛이 얼굴에 가득하시더군요. 그러니 어진 남편을 구하고자 한다면 낭군을 빼고 어디서 찾겠습니까? 다른 사람의 아내가 되느니 차라리 낭군의 첩이 되는 것이 나을 것입니다.

(…) 낭군께 시를 던지는 아름답지 못한 행실을 제가 먼저 했고, 또한 직접 나서서 혼인을 청하는 추악한 일을 저질렀으며, 게다가 사사로이 편지를 주고받기까지 해서 여자의 그윽한 정조를 더욱 잃고 말았습니다. (…) 지금 이후로는 반드시 매파媒婆를 통해서 혼사를 의논하도록 해주시고, 제가 부정하게 외간 남자와 놀아난다는 조롱을 받지 않게 마음 써주신다면 참으로 다행이겠습니다.[10]

임진왜란을 피해 남원으로 피난 온 옥영 역시 전쟁의 두려움을 가지고 있었다. 서둘러 혼인을 해야 할 형편이나 보다 중요한 일은 마음에 맞는, 일생을 맡길 만한 사람을 찾는 것이었다. 그러던 옥영은 최척을 멀리서 눈여겨보고 남편감으로 여겨 다른 사람의 아내가 되느니 최척의 첩이 되겠노라 했다. 옥영은 자신이 먼저 나서 결연을 청한 잘못을 부끄러워하고 있으나 시종일관 조신하면서도 당당한 태도를 잃지 않았다. 애정전기의 여주인공이 남주인공에 비해 적극적인 경우가 많지만, 「최척전」의 옥영은 전반부의 결연 과정만 놓고 보더라도 가장 적극적이고 능동적인 여성 형상에 해당한다.

최척은 부친을 설득해 옥영과의 혼사를 추진하게 했다. 그러나 부친이 걱정했던 대로 최척은 남원의 빈한한 가문 출신에 워낙 가난했고, 옥영은 서울의 훌륭한 가문 출신이라 옥영의 모친 심씨의 반대에 부딪쳤다. 타향에 와 의탁할 곳 없던 심씨는 노골적으로 "가난한 집

자제라면 아무리 똑똑하다고 해도 딸을 주고 싶지 않네요"[11]라며 청혼을 거절했다.

애정소설이나 후대의 한글 장편소설에 늘 나오는 '혼사 장애'다. 대개의 여주인공들은 「주생전」의 선화처럼 속으로만 끙끙 앓고 속마음을 토로하지 못하다가 병들어 가지만, 옥영은 그날 밤으로 심씨에게 자신의 진심을 다 털어놓았다. 최척의 사람됨이 중요하지 가난은 문제될 것이 없다며 시집갈 수 있게 해달라고 단호히 말했다. 자신의 혼사 문제를 자신이 직접 결정하겠다고 당당히 발언하는, 유례없는 여성상이다. 그러다 보니 옥영의 정당성을 보충해 줄 논리가 필요했다.

제가 직접 나서서 말할 일이 아닌 줄 알지만 워낙 중대한 문제다 보니 부끄러워하며 말을 삼가는 태도를 보일 수 없었어요. 묵묵히 입 다물고 있다가 끝내 용렬한 사람에게 시집가서 일생을 망친다면 어쩌겠어요. 깨진 시루는 다시 붙일 수 없고, 한 번 물들인 실은 다시 하얗게 할 수 없으니, 울어 봐야 소용없고 후회해도 돌이킬 수 없는 일이지요. 더욱이 제 처지는 다른 사람과 달라서 집에는 엄한 아버지가 안 계시고 도적떼가 지척에 있으니 진실하고 믿음직한 사람이 아니고서야 어찌 우리 모자의 몸을 의지할 수 있겠어요? 그러니 저는 시집가기를 청하면서 스스로 배필 고르는 일을 피하지 않으렵니다. 깊은 규방에 숨어 남의 입이나 바라보고 있다가 제 몸을 위태로운 지경에 빠뜨릴 수는 없어요.[12]

흠잡을 데 없는 도도한 논변이다. 중세 사대부가의 여성으로서 대단히 파격적인 생각을 이처럼 설득력 있게 전달한 작품을 찾기는 쉽지 않다. 「최척전」은 이 대목까지 형성된 여주인공의 형상만으로도 17세기 소설사에서 중요한 성취를 이룬 작품으로 평가된다.

결국 최척과 옥영의 혼약이 이루어져 최척은 손가락을 꼽으며 9월 보름날의 혼례식을 기다렸다. 그때 2차 '혼사 장애'가 발생했다. 피할 수 없는 참전이었다. 의병장 변사정邊士貞이 의병을 규합하며 활쏘기와 말 타기에 능한 최척을 차출해 가자 최척은 늘 근심에 빠져 있다가 병이 들기에 이르렀다. 「주생전」의 주생과 같은 상황이다. 최척은 혼례식 날이 다가오자 휴가를 청했으나 거절당하고 말았다.

혼례일이 지난 뒤 3차 혼사 장애가 발생했다. 이웃의 부자 양씨梁氏가 최척이 돌아오지 못하는 틈을 타 옥영을 아내로 맞이하고자 했던 것이다. 혼인 날짜까지 정해졌지만, 옥영은 모친을 설득하는 데 실패하자 자살을 기도함으로써 마지막 장애를 극복했다. 최척은 뒤늦게 부친의 편지로 저간의 사정을 파악한 뒤 병이 더욱 위독해졌고 결국 고향으로 돌아왔다. 주생이 기대하기 힘들었던 행복한 결말이다. 최척은 집에 돌아온 지 며칠 만에 병이 다 나았으니 애정전기의 주인공다운 면모다. 애정전기의 주인공은 인생 유일의 목표가 사랑이다. 사랑이 없으면 목숨을 잃고 사랑을 찾으면 생기를 얻는다. 본래 약속했던 혼례일로부터 두 달이 채 안 된 1592년 11월 1일, 드디어 최척과 옥영은 혼례식을 올렸다.

청춘남녀의 사랑을 다루는 애정전기는 대개 여기서 마무리되지만, 「최척전」은 최척과 옥영이 가정을 이룬 뒤의 일을 덧붙였다. 그 과정에서 향후 서사 전개의 고비마다 역할을 하는 장륙불丈六佛을 등장시키는 한편 두 사람의 지음知音 관계에 대한 서술을 보충했다.

혼인 이후 최척과 옥영의 유일한 걱정은 자식이 생기지 않는 것이었다. 최척 부부는 「만복사저포기」의 무대였던 만복사에 가서 불공을 드렸고, 1594년 정월 초하루에 옥영의 꿈에 만복사의 부처라는 장륙불이 나타나 아들을 점지해 주더니 임신이 되어 장남 몽석夢釋을 낳았다.

한편 애정전기의 남녀 주인공은 지음 관계를 맺는 경우가 허다한데, 첫 만남부터 문학과 예술을 매개로 교감을 가지는 경우가 대부분이다. 「최척전」 역시 『시경』의 한 구절로부터 촉발되어 전기소설의 전고를 망라한 편지를 주고받는 과정에서 서로의 마음을 확인한 것으로 볼 수 있으나, 지음 관계가 분명해진 것은 장남의 출생 이후 다음 장면에서다.

때는 늦은 봄날의 맑은 밤이었다. 산들바람이 건듯 불고 새하얀 달빛은 환한데, 꽃잎이 흩날려 옷을 때리고 은은한 향기가 코를 스쳤다. 최척이 항아리에서 술을 떠다 잔 가득 따라 마시고 책상에 기대 앉아 두어 곡조 퉁소를 부니 소리의 여운이 길게 이어졌다.[13]

최척은 퉁소 연주에 뛰어났다. 봄밤의 아름다운 풍경 아래 최척의 운치 있는 연주를 듣자 옥영이 시흥을 참지 못해 시를 지어 읊었다.

왕자교王子喬 퉁소 불 때 달은 나지막하고
바닷빛 파란 하늘엔 이슬이 자욱하네.
푸른 난새 함께 타고 날아가리니
봉래산 안개 속에서도 길 잃지 않으리.[14]

최척의 통소 소리를 중국 고대의 신선으로 통소의 대가라는 왕자교의 통소에 빗대어 기린 뒤 두 사람의 변함없는 사랑을 맹세한 시이다. 이 시는 「최척전」의 이후 전개에서 매우 중요한 의미를 지닌다. 훗날 이 시가 바로 두 사람의 재회를 가능케 하는 장치로 활용되기 때문이다. 한편 마지막 구절은 사랑의 굳은 맹세로도 읽히지만 두 사람의 험난한 앞날을 암시하기도 한다. 최척은 옥영의 시를 처음 접하고 그 빼어난 재주에 놀라 화답시를 지었다. 최척의 시를 듣고 옥영은 매우 기뻐하다가 기쁨의 정점에 이르러 문득 서글픈 감상에 젖었다. 두 사람은 서로의 마음을 위로하고 이해한 뒤 서로를 지음이라 여겼다.

이로써 한 편의 애정소설이 완결되었다. 「최척전」의 제1부에 해당하는 지금까지의 서술은 전체 분량의 삼분지일을 차지한다. 남원을 공간 배경으로 삼아 두 사람이 결연하여 가정을 이룬 이 시기는 2년 남짓에 불과하다. 이후 제2부의 시간은 1597년 정유재란으로부터 시작해서 가족 모두가 고향 남원에 모이는 1620년까지 20여 년의 기간이고, 공간적으로는 중국의 절강성浙江省·복건성福建省에서 일본의 나고야名古屋, 베트남, 후금의 만주에 이르기까지 동아시아 네 나라에 걸쳐 서사가 진행된다. 시공간적 배경은 물론 다루고 있는 제재까지 감안할 때 제2부에 비해 제1부의 비중은 지나치게 크다. 최척과 옥영의 결연 과정을 한 편의 애정전기로 만들려는 의도에서 화려한 문장을 자랑하며 갈등을 거듭 배치하고 서술을 곡진하게 한 데 원인이 있다. 반면 제2부의 서사 진행은 대단히 급박하고 문체도 매우 속도감이 있다. 제1부의 확대는 한 편의 소설로 볼 때 다소 균형을 잃게 만들었다는 부정적 평가도 가능하지만, 제2부의 전개에 긍정적으로 작용한 측면도 분명히 있다. 제1부에서 최척과 옥영의 사랑과 조화로운 관계가 자상히 서술된 덕분에 제2부에서 이별의 슬픔이 극대화되고 재회를 향한 강한 열망이 한층 설득력 있게 전달되기 때문이다.

「최척전」의 문제적인 서사는 이제부터 시작이다. 최척과 옥영이 가정을 이룬 뒤 동아시아 격동기의 일대 사건들이 최척 가족에게 들이닥쳤다. 1597년 1월에 정유재란이 일어났고 8월에 남원이 함락되었다. 최척 일가는 마을 사람들과 함께 지리산 연곡燕谷으로 피신했다. 최척은 만일의 사태에 대비해 옥영을 남장男裝하게 했다. 그러나 최척이 식량을 구하러 산을 내려온 사이에 왜군이 연곡 전역을 노략질하며 가족이 모두 사라졌다.

연곡에 들어서니 시체가 쌓여 길에 널브러져 있고 흐르는 피가 강을 이루고 있었다. 숲 속에서는 들릴락 말락 울부짖는 소리가 아득히 들려왔다.[15]

정유재란 때 왜군이 남원 일대에 입힌 피해는 매우 심각했다. 사상자도 많았지만 포로로 잡혀간 사람도 부지기수였다. 시체더미 속에서 여종 춘생을 찾았으나 춘생은 최척의 아들 몽석을 업고 달아나다 왜군의 칼에 쓰러져 죽었고 몽석의 소재는 알 수 없었다. 최척은 가족이 모두 죽은 줄로만 알고 자결을 결심할 만큼 깊은 절망에 빠졌다.

사흘 밤낮을 쉬지 않고 걸어 고향집에 이르렀다. 담장은 모두 무너졌고 깨진 기왓장이 굴러다녔다. 아직도 타다 남은 불이 있었고, 곳곳에 쌓인 시체가 언덕을 이루어 발 디딜 틈이 없었다.[16]

최척 가족에게 닥친 정유재란의 참상이다.

삶의 의욕을 잃은 최척은 우연히 만난 명나라 장수 여유문余有文을 따라 절강성 요흥姚興으로 떠났다. 최척의 이런 태도는 「주생전」과 「남궁선생전」에 투영된 환멸의 정서 및 피세避世 지향과 상통하는 바가 있다.

그런데 최척의 생각과는 달리 최척의 가족은 모두 운좋게 목숨을 건졌다. 따라서 「최척전」의 초점은 최척 외에 옥영을 비롯한 다른 가족들에게도 골고루 맞춰져야 했다. 다른 공간 배경에 놓인 복수의 주인공이 탄생한 것이다. 이제 둘 이상의 주인공이 독립적인 서사를 병렬 진행하는 방식이 요구된다. 이는 「최척전」 이래의 후대 소설에서 거듭 활용된 것으로, 같은 시각, 다른 장소에 있는 복수 주인공의 이야기를 전개하기 위해 필수적인 서술 방식이다. 각각의 주인공을 교차 조망해야 하므로 '시간 역전'이 일어나는 것은 불가피한 일이다.

최척이 가족을 찾아 헤매던 중 최척의 부친 최숙과 옥영의 모친 심씨는 연곡사燕谷寺로 몸을 피했고 그곳에서 손자 몽석을 찾았다. 한편 같은 시각 옥영은 왜군의 포로가 되어 왜인 돈우頓于의 손에 넘어갔다. 돈우는 배를 타고 중국과 베트남 등지를 돌며 장사를 하다 수군으로 차출되어 온 인물로, 남장한 옥영을 남자로만 여겼다. 옥영이 자신의 정체를 속였다고는 하나 사대부가 여성으로서 목숨을 부지해 왜군을 따라간다는 것은 중세 예법상 받아들이기 힘든 설정이다. 이 때문에 옥영은 자결을 결심했고, 그 시점에서 만복사의 장륙불이 다시 등장해야 했다.

어느 날 밤 옥영의 꿈에 장륙불이 나타나 이렇게 말했다.

"나는 만복사 부처다. 죽어서는 안 된다! 훗날 반드시 기쁜 일이 있을 것이다."

옥영이 꿈에서 깨어 그 꿈을 가만 생각해 보니 그런 일이 전혀 없으란 법도 없을 것 같았다. 이에 억지로 먹으며 목숨을 부지했다.[17]

옥영은 돈우를 따라 나고야로 갔다. 옥영은 왜소하고 병약한 남자 행세를 했다. 돈우는 영민한 옥영을 아껴 '사우沙于'라는 이름을 붙여 주고 항해장航海長으로 삼아 함께 중국의 동남 해안을 돌아다니며 장사를 했다. 처음 연곡으로 피난하던 시절 최척은 옥영을 남장시켜 만일의 사태에 대비했었다. 옥영이 포로가 되어 일본으로 간 뒤 돈우는 늘 옥영을 곁에 두었으나 돈우는 옥영이 여성이라는 점을 끝내 알아차리지 못했다. 실제 사건을 토대로 만든 「최척전」에서 리얼리티를 의심케 하는 유일한 대목이다. 실제라면 옥영의 '정절'을 지키는 성공적인 수단이고, 허구라면 옥영의 정절을 지켜주기 위한 소설적 장치이다.

이야기의 초점은 다시 최척으로 옮겨 간다. 최척은 여유문이 병으로 죽은 뒤 의탁할 곳을 잃고 중국의 명승지를 유람하다가 속세를 떠나 신선술을 배우고자 했으니, 여기에도 역시 전란 중의 '피세 지향'이 거듭 드러나 있다. 그러나 최척의 지기知己가 된 항주杭州 사람 송우宋佑가 신선술의 부질없음을 말하며 함께 장삿배를 타자고 하자 최척은 그 제안을 받아들였다.

임진왜란이 이미 끝난 1600년 봄이 되도록 최척과 옥영은 서로 생사를 모르는 채 각각 중국과 일본에 떨어져 살았다. 최척은 송우를 따라 장사에 나서 베트남의 한 포구에 정박했다. 이곳에서 뜻밖의 일이 벌어졌다.

최척은 홀로 선창(船窓)에 기대 자신의 신세를 생각하다가 짐 꾸러미 안에서 퉁소를 꺼내어 슬픈 곡조의 음악을 한 곡 불며 가슴속에 맺힌 슬픔과 원망을 풀어 보려 했다. 최척의 퉁소 소리에 바다와 하늘이 애처로운 빛을 띠고 구름과 안개도 수심에 잠긴 듯했다. 뱃사람들도 그 소리에 놀라 일어나 모두들 서글픈 표정을 지었다. 그때 문득 일본 배에서 염불하던 소리가 뚝 그쳤다. 조금 있다 조선말로 시를 읊는 소리가 들렸다.[18]

바로 최척 부부가 행복하던 시절 옥영이 지어 읊은, 두 사람 외에는 누구도 알 수 없는 시였다. 옥영이 귀에 익은 퉁소 소리를 듣고 혹시나 싶어 예전의 시를 읊어 보았던 것이다. 제1부의 장치가 빛을 발하는 순간이다. 이역만리 베트남에서 아내의 시를 들은 최척의 반응은 다음과 같다.

최척은 시 읊는 소리를 듣고 깜짝 놀라 꼭 얼이 빠진 사람 같았다. 저도 모르는 새 퉁소를 땅에 떨어뜨리고 마치 죽은 사람처럼 멍하니 서 있었다.[19]

이제 눈물의 부부 상봉 장면이 이어진다.

최척과 옥영은 마주보고 소리치며 얼싸안고 모래밭 속에 뒹굴었다. 기가 막혀 입에서 말이 나오지 않았다. 눈물이 다하자 피눈물이 나왔으며 눈에 아무것도 보이지 않았다.

두 나라의 뱃사람들이 이들 주위를 빙 둘러서 구경하고 있었는데, 처음에는 두 사람이 친척이거나 친구인가 보다 여기고 있었다. 한참 뒤 이들이 부부 사이임을 알고는 모두들 놀라 "신기하구나, 신기해!"라며 감탄했다.[20]

간결한 필치이지만 지음 관계의 부부가 다시 만난 감격의 순간과 구경꾼들이 최척과 옥영의 관계를 눈치 채고 놀라게 되는 과정이 극적으로 표현되었다.

이어지는 장면도 「최척전」의 후반부에서 간결한 서술을 통해 인물의 개성을 집약적으로 드러내는 탁월한 수법을 잘 보여 준다.

두 사람이 마주보고 통곡하자 보는 이들 모두가 코끝이 찡했다. 송우가 돈우에게 백금 3정錠으로 옥영의 몸값을 치르고 데려가고 싶다고 청했다. 그러자 돈우가 발끈 성을 내며 말했다.

"내가 이 사람을 얻은 지 4년이 되었습니다. 그동안 이 사람의 단정한 모습과 성실한 성품을 좋아해 친형제 대하듯이 지냈지요. 함께 밥 먹고 함께 잠자며 떨어져 지낸 적이 없건만 이 사람이 여자인 줄은 꿈에도 몰랐습니다. 이제 두 사람의 일을 내 눈으로 직접 보니 천지 귀신도 감동하지 않을 수 없겠습니다. 내 비록 어리석다 하나 목석은 아니니, 어찌 이 사람의 몸값을 받을 수 있겠습니까?"

그러고는 돈주머니에서 은 10냥을 꺼내어 옥영에게 주며 말했다.

"4년을 함께 지내다가 하루아침에 헤어지게 되니 나로서는 서글픈 마음 간절하구나. 그러나 온갖 죽을 고비를 겪고서 배필을 다시 만난 일은 세상에 없던 일이니, 내가 만일 쩨쩨하게 군다면 하늘이 천벌을 내리시겠지. 잘 가라, 사우야! 몸조심, 몸조심하고!"[21]

하나의 장면 안에서 이 작품의 조연에 해당하는 매개적 인물 송우와 돈우의 인물 형상을 효과적으로 그려냈다. 「최척전」은 '전기소설의 중편화' 현상을 논할 때 늘 거론될 만큼 전대의 전기소설에 비해 작품 분량이 대폭 확대되어 있다. 분량 확대의 주된 요인은 상당한 편폭을 요하는 작품의 소재 자체에 있고, 또 하나의 요인은 전반부에서 곡진한 서술로 애정 서사를 확대한 데 있다. 더불어 '존재의 독자성'을 갖는 매개적 인물이 여럿 등장하면서 이들에 대한 세심한 형상화가 이루어진 것도 분량 확대에 일부 기여한 바가 있다. 지금까지의 진행에서 최척 가족과 함께 여유문·돈우·송우 등의 매개 인물이 등장했는데, 이들은 잠시 등장하는 장면에서도 상당한 생기를 보여 주었다. 그러나 매개 인물의 형상화는 자상한 서술을 통해 서사 전개를 더디게 하는 방식을 취하지 않고, 위의 장면처럼 간결한 서술 속에서 인물의 개성을 집약적으로 보여 주는 방식을 취했다. 간단한 행동과 짧은 몇마디 말 속에 송우와 돈우의 의인義人다운 면모가 여실히 드러나 있다. 송우와 돈우는 주요 매개 인물에 속하지만, 이 대목을 제외하고는 인상적인 장면을 찾을 수 없다. 인물의 성격이나 주변 정황 등의 세부 묘사에 의존하지 않고 인물의 성격을 인상적으로 부각시키고 있기 때문이다.[22] 서사의 박진감을 유지하면서 간결한 필치로 인물의 개성을 묘파하여 매개 인물의 형상을 뚜렷이 전달한, 성공적인 서술로 평가된다.

정유재란으로 가족을 잃었던 최척은 뜻밖에 베트남 땅에서 아내를 다시 만나는 기쁨을 누렸다. 그러나 '조화롭고 행복했던 시절'은 아직 되찾지 못했다. 최척 부부는 중국 항주에 정착해 살며 차남 몽선夢仙을 얻고 몽선이 장성한 뒤에는 중국 여성 진홍도陳紅桃를 며느리로 맞았다. 그러나 최척은 부친과 장남 생각에 한시도 고국을 잊지 못했고, 따라서 최척의 여행은 계속되어야 했다.

최척과 옥영이 재회한 1600년으로부터 시간이 훌쩍 지나 이제 1619년의 시점으로 작품 배경이 이동된다. 후금後金의 누르하치가 세력을 떨쳐 명나라와 자웅을 겨루던 시기다. 명나라는 대군을 일으켜 만주의 요양遼陽으로 향했고, 최척은 무장 오세영吳世英의 서기書記로 발탁되어 원정에 나서게 되었다. 전쟁으로 인한 2차 이별이다. 옥영은 남편을 영영 잃을 것이라 여겨 통곡했다.

최척이 참전한 전투는 바로 명나라와 후금의 쟁패에서 분수령이 된 사건인 1619년의 사르후 전투였다. 최척이 소속된 명나라 군대는 이 전투에서 전멸했다. 후금은 명나라 군사들을 남김없이 죽인 반면 강홍립을 도원수로 삼아 파견된 조선군 1만여 명은 살상하지 않았다. 최척은 조선군 진영으로 숨어들어가 홀로 죽음을 면했다. 그러나 곧이어 강홍립이 후금에 투항하면서 최척 역시 조선 병사들과 함께 후금 군대의 포로가 되어 감옥에 갇혔다. 여기서 또 뜻밖의 상봉이 이루어졌다. 최척의 장남 몽석이 바로 강홍립 군대에 차출되어 만주로 출정했다가 최척과 한곳에 갇혔던 것이다.

헤어진 지 25년이 흘렀으니 부자가 마주하고도 누구인지 알아보지 못하는 것이 당연했다. 몽석은 최척의 조선말이 어설픈 것을 보고는 최척을 의심했고, 최척은 명나라 군사라는 게 들통 날까 싶어 자신의 정체를 숨겼다.

며칠 지내는 동안 두 사람이 차츰 친해지게 되면서 서로의 처지를 가련히 여기며 의심하는 마음이 사라지게 되었다. 최척은 자신이 겪어온 일을 사실대로 몽석에게 말해 주었다. 몽석은 최척의 말을 들으면서 안색이 바뀌고 속으로 놀라며 반신반의하는 상태에서 최척의 죽은 아들 나이가 몇이며 신체상의 특징이 있는지 물었다. 최척이 이렇게 대답했다.

"갑오년(1594) 10월에 태어나 정유년(1597) 8월에 죽었소. 등에 아이 손바닥 만한 붉은 점이 있었다오."

몽석이 놀라 말을 못하더니 웃통을 벗고 제 등을 가리키며 말했다.

"제가 바로 그 아들이옵니다!"

최척은 그제야 눈앞에 있는 청년이 자기 아들임을 알아차렸다. 두 사람은 각각 자기 부모의 안부를 물은 뒤 서로 부둥켜안고 엉엉 울었다. 말을 주고받다가는 껴안고 울기를 며칠 동안이나 계속했다.[23]

베트남에서의 부부 상봉 못지않은 기막힌 부자 상봉 장면이다. 만남의 기쁨만큼 전쟁으로 인한 긴 이별의 슬픔과 억울함이 되살아난다. 이런 장면들의 배치 때문에 「최척전」은 전쟁의 소용돌이 속에 휘말려 들어간 평범한 개인의 상처와 슬픔을 감동적으로 형상화한 최고 작품의 반열에 올릴 만하다.

이때 뜻밖의 의인義人이 또 등장한다. 후금의 무관으로 포로들을 감시하던 노인이다. 노인은 최척 부자의 사연을 알고 동정하며 자신이 본래 조선 사람이라며 후금으로 넘어와 벼슬하게 된 이유를 다음과 같이 밝혔다.

나는 본래 평안도 삭주朔州의 병졸이었네. 고을 부사府使의 가렴주구가 너무 괴로워 온 가족이 오랑캐 땅에 들어와 산 지 벌써 10년이지. 와 보니 이곳 사람들은 성품이 정직하고 가렴주구도 일삼지 않더군. 인생이란 아침 이슬처럼 덧없는 것인데 벼슬아치들의 매질에 시달리며 움츠리고 살 이유가 뭐 있겠나?[24]

오랑캐라고 멸시하던 후금에서의 삶이 가렴주구를 일삼으며 하층민을 가혹하게 부리는 조선보다 훨씬 낫다고 했으니, 조선 지배층의 민중 수탈에 대한 매서운 질책이다. 노인은 최척 부자를 몰래 놓아주었다. 작품에서 '노호老胡(오랑캐 노인)'라고 불린 이 노인의 성격화 역시 앞서의 돈우와 동일한 방식으로 이루어졌다.

최척은 장남 몽석과 함께 22년 만에 고국 땅을 밟았다. 도중에 등창이 나서 위독한 상태에 이르렀으나 정유재란에 참전했다가 탈영한 중국인 진위경陳偉慶의 치료로 목숨을 건졌다. 진위경은 바로 둘째며느리 홍도의 부친이었으니, 기막힌 우연의 연속이다. 천신만고 끝에 살아 돌아온 최척은 부친·장모와 또 한 번 눈물의 상봉을 했다.

아직 옥영과 몽선 부부가 중국에 남아 있다. 명나라와 후금이 전쟁 중인 상황이라 최척이 다시 중국으로 돌아갈 길도 막연했다. 서사의 초점은 다시 항주의 옥영 쪽으로 옮겨 간다. 이후 작품의 마무리 전개는 오직 옥영 홀로 이끌어 가니 '이옥영전'이라 부르는 것이 합당해 보인다.

옥영은 명나라 군대의 전멸 소식을 듣고 최척이 죽었다고 여겨 다시 자결을 결심했다. 이때 또 한 번 장륙불이 꿈에 나타나 희망의 계시를 주었다. 옥영은 최척이 혹 살아 있을지 모른다 생각하고 조선으로 돌아갈 계책을 강구했다. 3,000리 뱃길을 가겠다니 무모해 보이는 계획이다. 아들 몽선이 완강하게 반대했지만 옥영은 조선으로 가서 부친의 원혼을 달래고자 했던 며느리 홍도의 지원을 받으며 자신의 풍부한 항해 경험을 들어 몽선을 설득했다. 드디어 옥영은 항해 준비에 나서는데, 그 과정이 대단히 치밀했다.

옥영은 즉시 조선과 일본, 두 나라의 옷을 만들고, 날마다 아들과 며느리에게 두 나라의 말을 가르쳤다. 그리고는 몽선에게 다음과 같이 일렀다.

"항해는 오로지 돛대와 노에 의지하는 것이니, 반드시 견고하게 만들어야 한다. 또 하나 없어서는 안 되는 것이 나침반이다. 좋은 날을 가려 배를 띄울 테니 내 뜻을 어김이 없도록 해라."[25]

단호한 의지, 탁월한 지략, 자신감 넘치는 행동 등 여성 영웅의 형상이다. 옥영이 조선과 일본의 옷을 짓고 아들과 며느리에게 조선말과 일본말을 가르친 이유는 곧 드러난다.

1620년 2월 1일 옥영은 마침내 배를 띄웠다. 명나라의 경비선을 만나자 옥영은 중국말로 항주 사람이라며 산동으로 차茶를 팔러 간다고 해서 무사히 통과했다. 하루 뒤에는 일본 배가 다가왔다.

옥영은 재빨리 일본 옷으로 갈아입고 아들 앞에 나섰다. 일본인이 이렇게 물었다.

"어디서 오는가?"

옥영이 일본말로 대답했다.

"고기잡이하러 바다로 나왔다가 바람에 표류하다 배를 잃고 말아 항주 배를 빌려 돌아가는 중입니다."[26]

앞서 일본 옷을 지었던 것은 일본인으로 가장하여 혹시 있을 위험을 방비하기 위함이었다. 옥영의 기지로 또 한 번의 위기를 넘겼다.

거센 풍랑을 만나 부서진 배를 수리하려고 정박한 섬에서 중국 해적을 만나자 옥영은 중국말로 애걸하여 목숨을 건졌다. 그러나 배를

       17세기 한국 소설사

빼앗겨 오도 가도 못할 신세가 되었다. 이틀 뒤 뜻밖에 조선 배가 나타나자 옥영은 조선 옷으로 갈아입고 구원을 요청했다. 다행히도 조선 삼도수군통제사 관할의 무역선이었다. 옥영 역시 천신만고 끝에 1620년 4월 순천에 이르렀고, 먼 길을 걸어 남원 집에 도착했다. 정유재란이 일어난 1597년 뿔뿔이 흩어졌던 가족이 23년 만에 비로소 다시 모였다. 「최척전」의 최종 결말은 다음과 같다.

> 최척과 옥영은 위로 부모님을 봉양하고 아래로 아들과 며느리를 거느리며 남원 서문 밖의 옛 집에 살고 있다.[27]

최척 일가는 마침내 지난날의 행복을 되찾았다. 그러나 가난한 최척 가족이 그 뒤로 그 행복을 잃지 않고 살았을지는 자신할 수 없다. 17세기 후반에 창작된 것으로 추정되는 홍세태洪世泰, 1653~1725의 「김영철전金英哲傳」 역시 최척전의 후반부와 비슷한 제재를 가졌는데, 그 결말이 대단히 씁쓸하기 때문이다. 무반武班 가문의 주인공 김영철은 강홍립 군대를 따라 심하 전투에 출정하여 후금의 포로가 되었다가 명나라로 망명하고 다시 천신만고 끝에 조선으로 돌아왔다. 한 평범한 병사가 전쟁의 소용돌이 속에서 기구한 인생역정을 겪으며 후금의 건주建州와 명나라의 등주登州에서 각각 처자식을 두고 살았음에도 고향 땅을 잊지 못해 돌아왔으나 고국에 돌아와 남은 것은 결국 가난과 한숨뿐이었다는 것이 「김영철전」의 결말이다.

> 영철은 가난 속에 하릴없이 늙어가며 가슴속에 불평하는 마음이 일어날 때마다

성 위에 올라가 북쪽으로 건주를, 서쪽으로 등주를 바라보았다. 그리고 있노라면 서글픈 생각에 잠겨 눈물이 떨어져 옷깃을 적셨다. (…) 영철은 20여 년간 성을 지키다가 84세 되던 해에 죽었다.[28]

이 때문에 비록 사족士族이기는 하나 가난하기 짝이 없던 최척 가족의 앞날이 희망적으로만 보이지는 않는다.

최척과 옥영은 임진왜란 초에 결혼한 뒤 지극한 행복을 맛보았다. 그러나 그 행복하던 삶은 5년이 채 못 되어 1597년의 정유재란으로 산산조각 났다. 온 가족이 뿔뿔이 흩어진 것이다. 3년 뒤인 1600년 최척과 옥영은 베트남에서 극적으로 해후했다. 명나라 항주에 정착해 살았지만 이들의 삶은 행복할 수 없었다. 생사를 알 수 없는 가족이 있기에 조선으로 돌아가야 했다. 다시 19년이 지나 1619년 명과 후금이 중국 왕조 교체의 명운이 걸린 사르후 전투를 벌이자 최척은 또 한 번 전쟁의 소용돌이 속으로 들어갔다. 결혼 전에 의병으로 차출되었던 것까지 더하면 전쟁으로 인한 이별을 세 번이나 겪었다. 최척과 옥영은 본의 아니게 16세기 말에서 17세기 초 사이에 잇달아 일어난 동아시아의 일대 격변을 모두 겪었다. 그 과정에서 이들이 느낀 슬픔과 환멸, 잃어버린 사랑과 가족을 되찾으려는 의지와 희망이 생생한 형상을 지닌 광대한 모험담 속에 녹아들었다. 그리하여 「최척전」은 전쟁 속에 던져진 평범한 인간의 눈물겨운 분투기가 되었다.

(2) 새로운 시대정신

「운영전」은 우리 고전소설을 대표하는 걸작의 하나다. 그러나 이 작품의 작자와 창작 시기는 아직 밝혀지지 않았다. 또 다른 걸작 『금오신화』와 『구운몽』 같은 작품의 경우 작자가 당대부터 비교적 널리 알려져 있었던 반면 「운영전」은 기이하게도 작자에 대한 정보가 전혀 전하지 않는다. 창작 시기 또한 17세기 전반에 창작된 것으로 추정될 뿐 정확한 시기를 알 수 없다.

『삼방록三芳錄』이라는 애정소설집에 「상사동기相思洞記(영영전英英傳)」·「왕경룡전王慶龍傳」과 함께 실린 「운영전」의 표제 옆에 "대명천계이십일년大明天啓二十一年"이라는 다른 필체의 기록이 보이는데, '천계天啓 21년'은 사실 존재하지 않으나[29] 환산해 보면 1641년(인조 19)이다. 명·청 교체기의 특수 상황을 감안한다면 당시에 '천계'라는 연호를 썼을 가능성도 있는바, 이 작품은 1641년 이전에 성립한 것으로 볼 수 있다. 또 1626년 이후 17세기 전반에 성립한 한문소설집 『화몽집花夢集』에 「주생전」·「달천몽유록」·「강로전」 등과 함께 이 작품이 실려 있기에 17세기 전반에 창작되었다는 점은 의심할 바 없다. 작품 내부의 단서는 '몽유자夢遊者' 유영柳泳이 운영을 만난 날짜가 "만력萬曆 신축년 3월 16일"[30]로 명시된 점이다. '만력 신축년'은 곧 1601년(선조 34)이다. 「달천몽유록」과 같은 몽유록의 전통에서 볼 때 이 날짜는 창작 시기와 그리 멀지 않은 때일 가능성이 커 보인다. 「운영전」 서두의 폐허가 된 서울 풍경에 비추어 작품의 창작 시기를 이 무렵으로 보는 적극적인 해석이 가능하다.

「운영전」은 애정전기의 전통을 훌륭히 계승하되 '수성궁몽유록^{壽聖}^{宮夢遊錄}'이라는 제목으로도 전승된 데서 알 수 있듯 '몽유록' 형식을 차용했다. 서사 축조와 형상화 방식, 적재적소에 삽입된 빼어난 문체 등 대단한 문학적 기량을 가진 작가의 필치로 이루어져 있어 당대의 유명 문인의 손에서 나온 작품이 아닐까 추측된다. 비슷한 시기의 명편^{名篇}으로 꼽는 「주생전」과 「최척전」이 각각 당대에 손꼽히는 문인인 권필^{權韠}과 조위한^{趙緯韓}의 작품이라는 점, 「달천몽유록」의 작자 윤계선까지 포함하여 이들이 모두 「남궁선생전」의 작자 허균의 친밀한 교유 범위 안에 있다는 점은 향후 「운영전」의 작자를 밝히는 데 하나의 실마리를 던져주지 않을까 한다.[31]

작품의 출발점은 임진왜란으로 폐허가 된 서울의 중심지이다. 그 중에서도 굳이 '수성궁^{壽成宮}'이어야 했던 이유는 무엇보다도 이곳이 작품 속에서 남주인공 김진사 이상으로 비중 있게 그려진 안평대군^{安平大君}의 사궁^{私宮}이었다는 역사적 배경 때문이다.

작품의 중심적인 공간 배경은 내내 '수성궁'이지만 시간적 배경은 둘로 설정되어 있다. 하나는 '몽유자' 유영이 수성궁에 가서 운영과 김진사를 만나 두 남녀에게 과거 이야기를 듣는 현재 시간이다.

만력 신축년(1601) 3월 16일, 유영이 막걸리 한 병을 사서는 아이종도 친구도 하나 없이 혼자 술병을 차고 궁궐(수성궁) 문을 들어서니 보는 사람마다 모두 돌아보며 손가락질하고 비웃었다. 유영은 창피하고 무안하여 후원^{後園}으로 들어갔다.[32]

유영이 수성궁에 간 현재 시각은 1601년 3월 16일이다. 유영이 외로

이 술을 마시고 잠들었다 깨어났을 때, 바람을 타고 누군가의 목소리가 들려왔다. 목소리의 주인은 바로 운영과 김진사이다. 유영이 통성명을 하자고 하자 김진사는 자신들이 안평대군 시절의 사람이라고 말했다. 안평대군(1418~1453)의 생몰연대로 추정해 볼 때 운영과 김진사는 유영보다 150년가량 앞선 시대에 살던 인물들이다. 그런데 자기 앞의 두 청춘남녀가 안평대군 시절의 사람이라는 말에 유영은 대뜸 이렇게 말했다.

안평대군 시절의 성대했던 일들과 진사가 상심한 까닭을 소상히 들어 볼 수 있겠습니까?[33]

유영은 150년 전의 인물을 향하여 전혀 동요하는 기색 없이 '안평대군 시절의 성대했던 일'을 물었다. 임진왜란 직후 폐허가 된 서울에 살던 유영은 평소 안평대군 시절을 '좋았던 옛날'로 여겨왔던 것이다.

「운영전」에서 안평대군은 세종대왕의 여덟 대군 중 가장 총명하여 세종의 총애를 제일 많이 받았던 인물로 그려졌다. 서예에도 뛰어나서 맏형인 문종文宗은 안평대군의 필법이 조맹부趙孟頫에 뒤지지 않을 것이라고 극찬했다. 수성궁으로 독립해 나간 이후의 사적은 다음과 같이 기술되었다.

안평대군은 선비의 학업을 자임하여 밤에는 독서하고 낮에는 시를 짓거나 서예를 하며 잠시도 헛되이 시간을 보낸 적이 없었습니다. 당대의 문인이며 재주 많은 선비들이 모두 대군의 문하에 모여 서로 기량을 겨루며 새벽닭이 울 때까지 열심히

토론을 벌이기도 했지요.[34]

　당대의 뛰어난 문장가들이 모두 맹시단盟詩壇에 모였습니다. 그중 문장으로는 성
삼문成三問이 으뜸이요, 서예로는 최흥효崔興孝가 으뜸이었으나, 모두 안평대군의 재
주에는 미치지 못했습니다.[35]

　'안평대군 시절의 성대한 일'이 집약적으로 드러나 있다. 당대의 일
급 문인과 재사才士들이 안평대군의 문하에 모여 기량을 겨루며 밤새
워 토론을 벌였고, 그 중심에는 그 누구보다도 뛰어난 재주를 가지고
끊임없이 노력하는 안평대군이 있었다. 유영은 이 점에서 문화적으로
가장 융성했던 시절, '좋았던 옛날'을 대표하는 인물로 안평대군을 꼽
아 흠모했던 듯하다. 그런데 유영이 지금 처한 곳은 임진왜란 이후 폐
허가 된 서울이다. '수성궁'은 '좋았던 옛날'과 '암울한 지금'이 명확한
대조를 이루는 곳이었다.

　「운영전」의 안평대군이라는 존재를 이해하기 위해서는 작품 속에
드러나지 않은, 이후의 실제 역사 전개를 함께 고려해야 한다. 「운영
전」의 배경을 안평대군의 전성기라 할 1450년 전후로 볼 때 당시 안
평대군은 20대 후반 혹은 30대 초반의 청년이었다. 그러나 불과 몇 년
뒤인 1453년 안평대군은 수양대군首陽大君이 일으킨 계유정난癸酉靖難으
로 처형당했다. 안평대군의 문하에 모여들었다는 선비들 역시 비극적
최후를 맞이했다. 안평대군은 찬란한 문화를 꽃피우던 시절의 최고
예술가이자 최대 후원자였으나 정쟁政爭 속에 죽은 비극적인 인물이었
으니, 「운영전」에서 묘사되는 안평대군의 모습에 어두운 그림자가 엿

보이는 큰 이유는 여기에 있다. 「운영전」의 작자는 이러한 안평대군의 운명에 깊은 동정심을 가지고 있었기에 애초부터 안평대군의 형상을 긍정적인 방향에서 만들려 했다. 그 결과 운영을 둘러싼 애정 갈등에서 통상적인 애정소설의 설정에서라면 악역惡役 내지 적대적 인물의 위치에 놓여야 할 안평대군은 긍정적 측면과 부정적 측면을 동시에 지녀 복합적인 해석이 가해져야 할 캐릭터가 되었다.

김시습의 「이생규장전」으로부터 조위한의 「최척전」에 이르기까지 애정전기의 명편들은 적극적이고 주체적인 여주인공의 형상을 만들어 왔다. 그러나 이들 주체적 의식을 가진 여주인공이 전반적인 서사 흐름을 이끌거나 조망하는 위치에 서는 경우는 몹시 드물었다. 그런데 「운영전」의 운영은 작품 대부분의 내용을 전달하는 화자話者로서 과거 시간을 배경으로 하는 작품의 액자 내부에서 사실상의 서술자 역할을 맡았다. 여성의 목소리는 「강도몽유록」에서도 전면적으로 등장하지만, 「운영전」에서 여성을 주인공으로 한 복합적인 서사를 여성의 목소리로 전달하도록 설정한 일은 우리 고전소설사 초유의 문제적인 사건이다.

1인칭 주인공 시점은 주인공의 내면을 남김없이 드러내기에 가장 적합한 방식이다.[36] 특히 애정소설에서의 1인칭 주인공 시점은 필연적으로 '고백의 형식'과 맞닿게 된다. 이제 여성 서술자의 등장으로 인하여 여성 내면의 세밀한 탐색과 여성 공간에 대한 본격적인 조명이 가능해졌다.

「운영전」이 제기하는 중요한 문제는 여기서 출발한다. 1인칭 주인공 시점을 취하면서 「운영전」은 여성의 내밀한 고민과 소망이 담긴 내면세계를 거의 전면적으로 조명하게 되었다. 「운영전」은 자유로운 삶을 갈망하는 운영의 내면세계와 그 변화를 차근차근 추적했다. 1인칭 시점 특유의 '고백 형식' 덕택에 독자는 여성 화자가 조심스레 털어놓는 은밀한 이야기를 경청하며 차츰 그 진실성에 감동하게 되고 마침내 감정이입의 단계에 이른다.

제 고향은 남쪽 지방이랍니다. 부모님은 여러 자식 중에서도 유독 저를 사랑하셔서 집 밖에서 장난하며 놀 때에도 저 하고 싶은 대로 놓아 두셨더랬어요. 그래서 동산 수풀이며 물가에서, 또 매화나무랑 대나무랑 귤나무랑 유자나무가 우거진 그늘에서 날마다 놀이를 일삼았지요. 이끼 낀 물가 바위에서 고기잡이하던 아이들, 나무하고 소 치며 피리 불던 아이들이 아침저녁으로 눈에 선하고, 그 말고도 산과 들의 모습이며 시골집의 흥겨운 풍경을 일일이 손꼽기 어렵네요. (⋯) 열세 살에 주군의 부르심을 받게 되었기에 저는 부모님과 헤어지고 형제들과 떨어져 궁중으로 들어오게 되었습니다. 고향을 그리는 정을 금할 수 없었기에 보는 사람들이 천하게 여겨서 저를 내보내도록 만들려고 날마다 봉두난발에 꾀죄죄한 얼굴로 남루한 옷을 입은 채 뜰에 엎드려 울었어요.[37]

운영이 김진사에게 보낸 편지의 서두다. 운영이 말하는 자신의 어린 시절은 사랑 가득한 가정에서, 또 정다운 벗들 사이에서 자유를 만끽했던 것으로 그려졌다. 어떤 경로로 궁녀가 되었는지 알 수 없지만 궁녀 운영은 자신의 처지를 받아들이지 못했다.

운영은 안평대군의 각별한 대우를 받으며 궁궐 생활에 적응해 갔지만 다시 절망에 빠졌다.

학문에 나아간 뒤로 자못 의리를 알고 음률에 정통하게 되었으며 (…) 서궁으로 옮긴 뒤로는 거문고와 서예에 전념하여 더욱 조예가 깊어졌으니, 손님들이 지은 시는 하나도 눈에 차는 것이 없었어요. (…) 남자의 몸으로 태어나지 못해 당세에 이름을 날리지도 못하고 운명이 기구하여 어린 나이에 부질없이 깊은 궁궐에 갇혀 끝내 말라죽게 된 제 처지가 한스러울 따름이었습니다. 사람이 태어나 한 번 죽고 나면 누가 알아주겠습니까? 이 때문에 마음속 굽이굽이 한이 맺히고 가슴속 바다에는 원통함이 가득 쌓여, 자수 놓던 것을 문득 등불에 태우기도 했고 베를 짜다 말곤 북을 던지고 베틀 앞을 떠나기도 했으며 비단 휘장을 찢기도 하고 옥비녀를 부러뜨리기도 했어요. 잠시 술 한 잔에 흥이 오르면 맨발로 산보를 하다가 섬돌 곁에 핀 꽃잎을 떼어내기도 하고 뜰에 난 풀을 꺾기도 하며 바보인듯 미치광이인듯 정을 억누르지 못했어요.[38]

궁녀가 된 것이 모든 비극의 출발점이라면 또 다른 비극의 출발점은 안평대군의 교육이었다. 운영은 그 덕분에 자신의 재능에 대한 드높은 자부심을 가지게 되었지만 궁녀라는 자신의 처지로 인한 거대한 괴리를 인식하면서 새로운 절망에 빠졌다. 이때 운영이 벌였다는 파괴적이거나 넋 나간 행동의 묘사는 여성의 정한情恨을 다룬 어떤 작품에서도 찾기 힘든 생동함을 가지고 있다.

그러던 차에 운영은 조선 제일의 선비 김진사를 우연히 만나 사랑에 빠졌다. 김진사의 편지를 받고 그 역시 자신을 사랑하고 있다는 사실을 확인한 운영의 반응이다.

다 읽고 나서 저는 소리가 끊기고 기가 막혔습니다. 아무 말도 할 수 없었고 눈물이 흐르다 흐르다 피가 되어 떨어졌어요. 남들이 알까 두려워 병풍 뒤로 몸을 숨겼습니다. 그 후 잠시도 잊지 못하고 바보처럼 미치광이처럼 지내다가 속마음을 말과 얼굴빛에 드러내고야 말았으니, 대군의 의심을 받고 다른 궁녀들의 입에 오르내린 일은 실로 근거가 없지 않았어요.[39]

고독한 존재가 비로소 제 짝을 만나게 되었을 때의 기쁨과 슬픔이 뒤섞인 묘한 감정, 그러나 곧 자신의 처지를 자각하며 느끼는 금지된 사랑에 대한 두려움, 그럼에도 억제할 수 없는 사랑의 감정 등 내면의 미세한 움직임이 섬세하게 포착되어 있다. 결국 운영의 사랑은 이 작품에서 자주 주요한 장치로 활용되는 시詩를 통해 조금씩 드러났고, 운영의 마음에 뭔가 변화가 있음을 눈치 챈 안평대군은 얼마 뒤 궁녀들을 갈라놓는 조치를 취했다.

하루는 대군이 비취를 불러 이렇게 말했습니다.
"너희 열 사람이 함께 한곳에 있어 공부에 전념하지 못하니 다섯 사람을 갈라 서궁西宮에 두는 것이 마땅하겠다."
저는 자란紫鸞·은섬銀蟾·옥녀玉女·비취翡翠와 함께 그날로 처소를 옮겼습니다. 서궁에 와서 옥녀는 이렇게 말했어요.
"그윽한 꽃과 가녀린 풀, 흐르는 물이며 향기로운 수풀이 있으니 꼭 산속의 집 같기도 하고 들판의 별장 같기도 하구나. 참으로 글공부하는 집이라 할 만해."
저는 이렇게 대꾸했지요.
"궁궐의 벼슬아치도 아니요 승려도 아니건만 이 깊은 궁궐에 갇혀 있으니, 여기는 참으로 장신궁長信宮이라 할 만하구나."

17세기 한국 소설사

이 말에 다들 한탄하고 말았습니다.[40]

옥녀의 목소리는 본심을 감춘 안평대군의 목소리를 앵무새처럼 따라하는 것이지만 자유가 억압된 자신의 처지를 인정하고 싶지 않은 '자기합리화'의 목소리이기도 할 것이다. 그러나 곧 궁녀라는 자신들의 처지를 분명하게 재확인시키는 운영의 목소리에 나머지 궁녀들 모두가 압도되어 버렸다. 이 시점에 이르러 운영에 완전히 감정을 이입한 독자는 운영의 사랑이 이루어지기를 빌며 운영의 사랑을 가로막는 장애물 안평대군에 반감을 가지게 되었다.

「운영전」의 작자는 1인칭 시점으로 철저히 운영의 입장에서 '자유' 혹은 '자유연애'라는 작품의 주요 테마를 다루었다. 운영의 내면 흐름을 생생하게 묘사한 결과 운영의 입장에 동의하지 않는 독자라 할지라도 최초 설정된 운영의 캐릭터가 확대 전개되는 과정에 이의를 제기하기 어렵다.

그런데 문제는 운영이 '궁녀'라는 점이다. 자신이 섬기는 주군에게 철저히 예속된 궁녀가 주군이 아닌 다른 사람을 사랑하고 자유로운 삶을 꿈꾼다는 '모순적 상황'에 처해 있는 것이다.[41] 운영의 소망에 공감할수록 '궁녀 운영'의 현실적 처지와 '자유인 운영'의 이상적 갈망 사이의 큰 괴리가 뚜렷이 드러난다.

궁녀 운영은 자유로운 삶을 꿈꾸더니 자신의 주인이 아닌 다른 사람을 사랑하여 궁궐 밖에서 밀회를 했고 급기야는 궁궐 안에서 밤마다 사랑을 나누기에 이르렀다. 이에 대한 조선의 형법刑法 규정은 다음과 같다.

궁녀로서 외인外人과 간통한 자는 남녀 모두 때를 기다리지 않고 즉시 참형斬刑에
처한다.[42]

조선시대에는 추분秋分에서 춘분春分 사이의 기간에만 사형을 집행하
는 것이 원칙이었다. 그런데 여기서는 "때를 기다리지 않고 즉시 참형
에 처한다"라고 했으니, 이 규정은 역모逆謀와 같은 가장 무거운 죄에
한하여 적용되는 매우 이례적인 것이다. 궁녀의 '간통'은 이처럼 엄중
한 처벌을 받게 되어 있었다. 따라서 운영과 김진사 역시 발각될 경우
참형을 피할 수 없다. 궁녀 운영 앞에는 많은 애정전기의 주인공들에
게 장애가 되었던, 자유연애를 금지한 중세 예법뿐 아니라 궁녀의 사
랑을 금지하는 엄중한 법률까지 이중의 장애물이 가로놓여 있었다.
「운영전」은 조선시대 애정소설을 통틀어 가장 위험한 사랑을 제재로
삼았다.

운영의 자유와 사랑을 가로막는 눈앞의 존재는 안평대군이다. 안평
대군과 운영의 관계는 안평대군의 혁신적인 생각에서 비롯되었다.

하늘이 재주를 내리시매 어찌 남자에게만 넉넉하고 여자에게는 인색하게 하셨
을 리 있겠느냐?[43]

안평대군은 여성도 남성과 마찬가지의 재주를 가지고 있고, 교육
받을 자격이 있다고 했다. 더구나 교육 대상으로 택한 이들이 궁녀 신
분이니, 사람의 재주에는 남녀의 구별도 귀천의 차이도 있을 수 없다
는 파격적인 생각이다. 「운영전」이 창작된 17세기 전반까지 이러한 생

각은 매우 희귀한 것이다.[44]

안평대군은 열 사람의 궁녀를 뽑아 유학 경서經書와 당시唐詩 등을 5년 동안 가르쳤다. 현실 속의 궁녀와 비교해 볼 때 이들 열 사람의 궁녀는 궁중의 가사노동 내지 온갖 허드렛일로부터 벗어나 오직 문학·예술 교육을 받는 특혜를 누린 셈이다. 결국 궁녀들은 안평대군의 기대에 부응하여 성당盛唐 시인에 필적하는 경지에 이르렀다. 여기까지의 안평대군은 혁신적이고 개방적인 사고를 가진 훌륭한 교육자이자 후원자의 모습이었다.

대군은 열 사람 모두를 매우 아껴서 항상 궁중에 가두어 기르며 다른 사람과는 마주하여 말하지 못하게 했습니다. 날마다 선비들과 술을 마시고 기예를 겨룰 때조차 저희들을 한 번도 가까이 있게 한 적이 없습니다. 외부인들이 혹 저희들의 존재를 알까 염려했기 때문이지요. 이런 명을 내린 적도 있으니까요.

"궁녀가 한 번이라도 궁문을 나서면 그 죄는 죽음에 당한다. 외부인이 궁녀의 이름을 알게 되면 그 죄 또한 죽음에 당한다."[45]

안평대군이 가진 또 하나의 면모다. 안평대군은 '절대권력자'로서 궁녀들을 외부로부터 철저히 차단하여 그 존재 자체를 은폐하려 했다. 물론 안평대군의 이러한 조치는 당대 규범으로 볼 때 이상할 것이 없는, 상식적인 내용이다. 한번 궁궐 안으로 들어온 궁녀는 마음대로 궁궐을 벗어날 수 없고, 제한적인 가족 면회 외에 외부인과의 접촉은 일절 금지되었기 때문이다. 그러나 운영에게 안평대군의 이러한 조치는 '가두어 기르는' 것으로 인식되고, 안평대군의 명은 부당하고 가혹한 것으로 여겨졌다.

안평대군은 궁녀에 대하여 이중적인 시각을 가졌다. 하나는 타고난 재능에 남녀·귀천의 차이가 없다는 생각 아래 궁녀들의 '존재'를 인정하는 것이다. 다른 하나는 당대의 법령에 입각하여 자신의 소유물인 궁녀는 자신 이외의 누구와도 접촉해서는 안 된다며 궁녀들의 '존재'를 부인하는 것이다. 두 시각은 모순적이다.

외부에 자신의 존재를 은폐해야만 하는 운영으로서는 수련의 결과 당대 최고의 문인이 된다는 것이 무슨 의미가 있을지 회의할 수밖에 없었다. 안평대군의 사랑과 시혜란 궁녀 개개인의 '존재 증명' 내지 '자아실현'을 위한 것이라기보다는 안평대군 자신의 욕망을 채우기 위한 것으로 귀결되기 때문이다. 그러나 이 점을 들어 안평대군을 '적대적 인물'로 몰아가는 것도 온당한 태도는 아니다. 당대의 시각에서라면 안평대군이 운영을 위시한 궁녀들에게 나름의 '은혜'를 베푼 것 자체를 인정하지 않을 수도 없는 데다, 더욱이 지금 운영이 처한 상황은 안평대군 개인의 선의나 악의에 의해 해결될 차원의 문제가 아니기 때문이다.

궁녀들이 푸른 연기를 제재로 삼아 시를 지었을 때부터 운영을 보는 안평대군의 시선에 변화가 왔다. 안평대군은 궁녀들의 시가 사대부 문인을 능가한다고 감탄하다가 이윽고 운영의 시에서 불길한 조짐을 감지했다.

"유독 운영의 시만은 서글피 누군가를 그리워하는 마음이 보이거늘 그리는 사람이 누군지 모르겠구나. 준엄히 캐물을 일이지만 그 재주가 아까워 그냥 덮어 두기로 한다."

(…) 대군이 저를 사사로이 가까이한 적은 없지만 궁중 사람들은 모두 대군의 마음이 제게 있다는 걸 알고 있었습니다.[46]

운영이 자기 아닌 누군가를 그리는 마음을 품었다는 점에 안평대군은 실망하고 분노했겠지만 더 이상 문제 삼지 않았는데, 그 이유는 안평대군이 운영에게 유독 각별한 마음을 가지고 있었기 때문이다. 궁녀 금련金蓮은 이렇게 말했다.

운영은 용모와 자태가 인간세계 사람이 아닌 듯해서 주군이 마음을 쏟은 지 이미 오래였지. 그랬지만 운영이 죽기로 거절하던 이유는 다른 게 아니라 부인의 은혜를 차마 저버릴 수 없었기 때문이야. 주군은 그 명령이 지엄하여 [모든 궁녀가 따르지 않을 수 없으나] 운영의 몸이 상할까 저어하여 함부로 가까이하지 않으셨어.[47]

안평대군은 운영을 사랑했지만, 운영은 안평대군의 사랑을 완강히 거부했다. 안평대군 부인의 은혜를 저버릴 수 없다는 거절의 이유가 진실일지는 의문이다. 문제는 이에 대한 안평대군의 반응이다. 안평대군은 운영의 생사여탈권을 가진 존재임에도 억지로 사랑을 강요했다가는 운영이 자결할 수도 있겠다고 여겨 운영을 함부로 대하지 않았다. 모든 궁녀들은 이미 안평대군이 운영을 깊이 사랑하고 있음을 잘 알고 있었다.

자신의 궁녀이자 진실한 사랑의 대상인 운영이 다른 사람을 사랑하는 사태가 벌어졌다. 안평대군이 '적대적 인물'의 역할에 충실하려면 분노에 차서 즉각적인 심문과 징벌로 대응해 마땅하다. 그러나 안평대군은 운영을 비롯한 다섯 궁녀를 좀 더 외떨어진 서궁西宮으로 옮기는 조치를 취할 뿐이었다.

얼마 뒤 안평대군은 운영이 그리던 존재가 김진사임을 깨닫고 서궁 궁녀들의 시를 품평하는 자리에서 단도직입적으로 물었다.

네가 따르고자 하는 자가 대체 누구냐? 얼마 전 김진사가 지은 글에 이상한 글귀가 있어 의심스럽던데, 너는 김진사를 사사로이 대한 게냐?[48]

궁지에 몰린 운영은 자살을 기도했다. 이때 「운영전」의 매력적인 조연인 궁녀 자란이 대단히 당돌한 말을 했다.

현명하신 주군께서 죄 없는 시녀를 자결케 하신다면 이후 저희들은 결코 붓을 잡지 않겠나이다.[49]

안평대군은 운영을 아끼는 마음에서, 또 한편으로는 서궁 궁녀들의 '동맹휴업' 압박에 밀려 운영의 목숨을 구하게 한 뒤 궁녀들의 시가 훌륭하다는 이유로 상을 내리기까지 했다. 당대의 상식에 비추어 보자면 안평대군의 처사는 파격적이다. 김진사의 궁궐 출입을 금지했을 뿐, 궁궐 밖의 남성과 사랑에 빠진 궁녀, 주군에게 항거 의사를 밝힌 궁녀에 대하여 아무런 조치를 취하지 않았다.

그러나 운영이 김진사와 사통私通했고 그 과정에서 운영의 금은보화가 궁궐 밖으로 나갔다는 소문이 퍼지자 안평대군의 인내심은 한계점에 도달했다.

대군은 서궁 시녀 다섯 사람을 뜰로 붙잡아 와 곤장이며 형벌 기구를 눈앞에 벌여 두고 명을 내렸습니다.

"이 다섯 사람을 죽여 다른 사람들에게 경각심을 주도록 하라!"

또 곤장 든 자들에게 명을 내렸습니다.

"곤장 숫자를 세지 말고 죽을 때까지 쳐라!"[50]

죽음을 눈앞에 둔 다섯 궁녀들이 저마다 소회를 토로하는 글을 지어 바쳤다. 그중 은섬과 자란의 목소리에 작품의 주요 메시지가 담겨 있다.

남녀의 정욕情欲은 음양의 이치로부터 품부 받아 귀천을 가릴 것 없이 사람이라면 누구나 가지고 있습니다. (…) 저희가 꾀꼬리를 향해 매실을 던져 쌍쌍이 날지 못하게 하고 주렴 위의 제비집에 암수가 함께 둥지를 틀지 못하게 하는 이유는 다른 것이 아닙니다. 몹시 부러운 마음과 질투하는 정을 이기지 못해서일 따름입니다. 궁궐 담장을 넘기만 하면 인간 세상의 즐거움을 알 수 있건만 그렇게 못한 것은 그럴 만한 힘이 없고 그러고 싶은 마음이 없어서였겠습니까? 오직 주군의 위엄이 두려워 이 마음을 단단히 다잡고 궁궐 안에서 말라죽으리라 생각했기 때문입니다.[51]

저희들은 모두 서민 집안의 천한 계집들로, 아비는 순舜임금이 아니요, 어미는 아황娥皇과 여영女英이 아니니 남녀의 정욕이 어찌 없을 수 있겠습니까? (…) 그렇건만 주군은 어찌하여 운영에게만 유독 사랑하는 마음을 갖지 못하게 하십니까? 김진사처럼 빼어난 인물을 내당^{內堂}으로 끌어들인 것은 주군께서 하신 일이며, 운영에게 벼루 시중을 들게 한 것 또한 주군께서 내리신 명령입니다. (…) 운영이 하룻밤 사이에 아침 이슬처럼 홀연히 스러지고 나면 주군이 비록 측은해하는 마음을 가지신들 무슨 이로움이 있겠습니까? 제 어리석은 생각입니다만 김진사와 운영을 한 번 만나보게 하여 두 사람의 맺힌 원한을 풀어 주신다면 주군의 적선하심이 이보다 클 수는 없을 것입니다.[52]

은섬과 자란의 메시지는 명확하다. 누구나 타고난 남녀의 정욕을 궁녀인 자신들 역시 가지고 있음을 인정해 달라는 것이다. 은섬의 말중 꾀꼬리와 제비에게마저 심술을 부리는 궁녀들의 안타까운 심정을 표현한 대목도 인상적이거니와, 자신들이 안평대군의 권력 때문에 억압으로부터 탈출하고자 하는 욕망을 억눌러 왔다는 데서 '자유에의 외침'은 절정에 달했다. 사태가 이 지경에 이르렀음에도 안평대군은 자란의 진술서를 재차 읽은 뒤 노기를 누그러뜨리더니 결국 운영을 별당에 가두고 나머지 궁녀들은 모두 풀어 주었다.

안평대군은 운영을 사랑하는 마음, 혹은 소유하려는 욕망을 버릴 수 없는 데다 근본적으로는 당대의 규율과 상식에서 벗어날 수 없었기에 운영을 김진사에게 보내지 않았다. 반면 운영을 아끼는 마음을 가졌고 자신들 또한 정욕을 가진 존재라는 은섬과 자란의 항변에 설득당한 바 있기에 운영에게 가혹한 형벌을 가할 수도 없었다. 금방이라도 무참한 살육이 벌어질 것 같았지만, 결국 안평대군은 궁녀의 간통 사건을 흐지부지 덮어 버렸다. 이 과정의 안평대군은 일방적인 '절대권력자'의 모습보다는 사랑을 얻지 못해 어쩔 줄 모르고 허둥대는 패배자의 모습에 가깝다.

그러나 안평대군의 유예 판결에도 불구하고 운영은 그날 밤 자살하고 말았다. 운영은 자유를 포기한 채 궁녀의 '본분'을 받아들일 수도, 김진사와 함께 위험천만한 도피의 길을 떠날 수도 없었다. 안평대군에게 발각되기 전 운영은 사랑의 도피를 꿈꾸기도 했으나 이에 대해서는 이미 자란이 조목조목 그 부당함을 짚어 준 바 있었다.

한두 달 사귀었으면 만족할 만하건만 담장을 넘어 달아나겠다니 이게 사람이 차마 할 짓이니? 주군께서 네게 마음을 쏟은 지 이미 오래인 점이 떠나서는 안 될 첫째 이유요, 부인의 자상한 보살핌이 떠나서는 안 될 둘째 이유요, 재앙이 네 부모님께 미치리라는 점이 떠나서는 안 될 셋째 이유요, 네 죄가 서궁에까지 미치리라는 점이 떠나서는 안 될 넷째 이유야. 더구나 천지가 하나의 그물 안에 들어 있으니 하늘 위로 오르고 땅 속으로 들어가지 않고서야 어디로 달아날 수 있겠니? 만일 잡히면 그 재앙이 네 몸에만 그치겠어?[53]

나이 들어 안평대군의 사랑이 식은 뒤 궁궐 밖으로 방출되기를 기다리라는 것이 자란의 이성적인 제안이었으나[54] 운영은 더 이상 하루도 자유 없는 삶을 살 수 없다고 여겼기에 죽음을 택했다.

운영의 사랑과 자유를 가로막은 존재가 표면적으로는 안평대군처럼 보인다. 그러나 안평대군의 고민을 읽는다면 이 모든 문제가 안평대군 한 사람의 책임으로 귀결될 성격이 아님을 알 수 있다. 궁녀 제도, 나아가 신분제도를 포함한 중세 지배 체제 일체가 장애물이다. 안평대군을 '적대적 인물'로 설정하지 않은 덕분에 오히려 특정 인물이 아닌 사회 체제가 갈등의 핵심 원인으로 부각되었다. 절대권력자로서도 어쩔 수 없는 일개 궁녀의 '마음'에서 출발한 「운영전」이 최종적으로 제기하고 있는 것은 '권력과 자유'라는 문제다. 운영의 마음을 따라간 여정의 끝에는 권력과 체제의 억압에도 불구하고 포기할 수 없는 자유를 향한 외침이 남았다.

작품 결말부 유영의 태도도 같은 맥락에서 볼 때 잘 이해된다. 운영의 사랑 이야기를 다 듣고 난 유영은 마치 연인을 잃은 애정전기의 주인공처럼 세상에 뜻을 잃고 끝내 종적을 감추었다.[55] 비극적인 사랑의 당사자가 아닌, 한낱 관찰자에 불과한 유영이 왜 이런 극단적인 행동에 이르렀을지 얼른 납득이 되지 않는다. 유영은 '안평대군의 성대했던 시절'을 갈망해 왔고 운영을 통해 그 시절의 생생한 이야기를 들었다. 안평대군은 대체로 어두운 그림자 속에 있는 것처럼 보이지만, 궁녀들의 시를 성삼문에게 내보이고 평가를 듣는 장면, 김진사와 당시唐詩를 주제로 토론하는 장면 등에서 안평대군이 당대의 문인과 재사들을 진심으로 아끼고 후원했던 모습이 활기 있게 그려졌다.

그러나 그 성대했던 시절은 운영의 내면 움직임을 읽는 순간 빛을 잃고 말았다. 운영의 사랑과 그 좌절의 과정 속에서 유영은 자신이 갈망해 마지않던 그 시절조차 '진정眞情'이 통하지 않는 체제에 불과했다는 점을 깨닫게 되었다. '좋았던 옛날'이든 '황폐한 지금'이든 이 세계는 '사랑'으로 대표되는 인간의 순수한 마음을 인정하지 않는다. '진정'을 억압하는 압도적인 주체는 특정 개인이 아니라 조선의 사회 체제다. 운영의 목소리에 완전히 설득당한 유영은 운영의 문제가 '자유를 향한 열망'과 '자유를 허락하지 않는 권력'의 충돌에서 야기된 것임을 분명히 인식했다. 그러나 개인의 자유를 억압하는 '체제의 횡포'는 개인의 차원에서, 더구나 현실세계의 초라한 선비 유영으로서는 어찌해볼 수 없는 문제다. 유영은 이 점에 절망하여 무력감에 빠진 채 세상에 완전히 뜻을 잃고 말았을 터이다.

'자유연애'라는 애정전기의 오랜 테마에서 출발한 「운영전」은 이제 모순과 갈등의 출발점이 '자유'라는 근원적 가치에 놓여 있음을 드러냈다. 우리 고전소설사에서 「운영전」만큼 시종일관 '자유'의 문제를 첨예한 방식으로 제기한 작품은 없다. 「운영전」은 작품이 다루고 있는 문제의 성격과 그 문제 제기 방식만으로도 이미 우리 고전소설사에서 기념비적인 위치에 서 있다.

그런데 「운영전」의 문제 제기는 당대 사회에서 대단히 불온한 생각을 담았다. 이를 상쇄할 장치가 필요하다. 걸작 「운영전」의 '사족蛇足'처럼 느껴지는 '특特'이라는 인물이 그 장치다.[56] 특은 처음 김진사와 운영의 밀회를 돕는 '조력자'로 등장했다. 특이 김진사에게 궁궐 담장을 넘을 사다리를 만들어 주는 장면은 당나라 전기 「곤륜노崑崙奴」의 한 장면에서 따온 것이니,[57] 특 또한 곤륜노 마륵磨勒처럼 남녀 주인공의 만남을 돕는 선에서 자신의 역할을 마칠 수도 있었다. 그러나 이후 특은 전형적인 악인의 형상을 부여받아 주인공의 사랑을 파탄으로 몰아넣었다. 결말부에서는 악역惡役의 비중이 매우 높아서 서사의 주도권이 특에게 있는 것처럼 여겨질 정도다. 물론 대담무쌍한 악인으로 창조된 특의 형상이나 특이 주도하는 서사 갈등은 그것대로 흥미가 있다. 그러나 특의 등장과 함께 「운영전」은 저마다 사랑의 근거를 가진 인물들이 진지한 방식으로 자신의 의지를 펼쳐 가던 다층적인 서사에서 악인의 파렴치한 행동과 그로 인한 주인공의 시련을 그리는 선악 구도의 단순 서사로 돌변했다. 특이 주도하는 서사는 악인에 대한 즉자적인 분노를 자아내는 효과를 얻는 데 그칠 따름이어서, 특 등장 이전 각자의 '진정'에 충실한 인물들 사이의 긴장된 분위기 속에서 진지하게 전개되던 서사와는 대단히 이질적이다. 작품의 전체적인 완성도와 문제의식의 측면에서 특은 오히려 역기능을 하고 있는 것으로 보인다.

그렇다면 걸작 「운영전」을 창작한 주도면밀한 작자가 '특'이라는 악역을 굳이 내세운 이유는 무엇일까. 작자는 사랑과 자유를 꿈꾸는 궁녀 운영, 역시 사랑을 갈망하지만 강압적으로 애정 상대의 의지를 꺾고 싶지는 않은 절대권력자 안평대군의 마음을 그들의 처지에서 그려나가는 데 충실했다. 그 과정에서 자유를 향한 운영의 열망과 안평대군의 권력이 충돌하는 것은 필연적인 일이었다. 이때 안평대군의 긍정적 성격은 작품 안의 충돌과 모순이 개인과 개인의 문제가 아니라 개인과 사회 체제의 문제임을 보다 분명히 부각시켰다. 작자가 출발점부터 이 문제의 심각성을 완벽하게 인식하고 있었는지는 알 수 없다. 그러나 등장인물 각자의 캐릭터에 충실한 서사 전개를 끝까지 밀고 나가 운영과 김진사의 밀애가 발각될 시점에는 최소한 지금까지 제기했던 '억압적인 체제와 금지된 사랑' 혹은 '자유와 권력'이라는 문제의 심각성을, 또 이 첨예한 문제를 유연하게 해결할 수 있는 방법이 없다는 점을 잘 알고 있었을 것이다. 이 거대한 주제, 당대로서는 대단히 불온한 문제를 제기한 데서 오는 부담감이 바로 '특'이라는 장치를 만들어 낸 것으로 보인다. 악인의 등장으로 인해 안평대군의 존재와 행위가 사라지는 것도, 지금까지 제기된 갈등의 근본 요인이 사라지는 것도 아니다. 그러나 악인이 주도하는 서사 진행을 따라가는 가운데, 그동안 '진정'을 가진 인물들 사이의 대립과 긴장 속에서 제기되었던 작품의 핵심 문제가 망각된다. 그 자리에는 사랑의 방해자인 탐욕스러운 악인을 향한 즉자적 분노만 남는다.

「운영전」의 몇 가지 복잡한 설정 역시 같은 목적에서 고안된 일종의 완화 장치라는 측면에서 살필 필요가 있다. 「운영전」은 근대소설을 방불케 하는 중층重層의 액자구조로 이루어졌다. 작품 전체를 감싼 액자는 3인칭 전지적 작가 시점을 취했고, 액자 내부의 서사는 대개 서술자 운영의 1인칭 서술로 이루어져 있다. 그러나 액자 내부에서 서술자가 아닌 주인공 운영, 혹은 다른 등장인물의 진술을 통해 사건을 보여주는 방식이 거듭 발견된다. 다층적인 시점을 활용한 것인데, 이 또한 우리 고전소설사 초유의 사례에 해당한다. 이러한 장치를 통해 서사 내용이 직설적으로 전달되는 것이 아니라 겹겹의 막을 뚫고 전달되는 듯한 느낌을 준다.

'적강謫降 모티프'의 활용 역시 작품의 비극성을 얼마간 약화하며 문제의 심각성을 희석하는 효과를 준다. 작품 말미에서 김진사는 이렇게 말했다.

우리 두 사람은 본래 천상의 신선으로, 오랫동안 옥황상제를 곁에서 모시고 있었지요. 그러던 어느 날 옥황상제께서 태청궁太清宮에 납시어 내게 동산의 과실을 따오라는 명을 내리셨습니다. 나는 신선 세계에 나는 과일인 반도蟠桃와 경실瓊實과 금련자金蓮子를 많이 따서 사사로이 운영에게 몇 개를 주었다가 발각되고 말았습니다. 이 때문에 속세로 유배 와서 인간 세상의 고통을 두루 겪는 벌을 받았지요.

(…) 바닷물이 마르고 바위가 문드러져도 가슴속 정은 사라지지 않을 것이요, 천지가 다해도 품은 한은 사라지지 않을 것입니다.[58]

김진사는 운영과 자신이 본래 천상의 신선으로서 인간세계에 잠시 유배 왔던 것이라고 했다. 이른바 '적강 모티프'를 취한 것인데, 이 또한 작품이 던진 메시지의 심각성과 작품 전반에 깔린 비극성을 다소나마 상쇄할 목적에서 고안된 것으로 보인다. 현실세계에서 이루지 못한 사랑을 천상계에서 이루어 주는 한편, 이들이 겪은 시련은 본래 천상계 존재가 인간세계로 유배 와서 겪도록 예정된 고난일 뿐이라는 설정에 의해 이 작품에서 제기하고 있는 문제의 핵심으로부터 독자의 초점을 분산하는 효과를 노리고 있는 것이다. 물론 인간세계에서 겪은 일 때문에 영원히 사라지지 않을 상처와 원한을 가지고 있다고 했으니, 작품의 비극성이 완전히 지워지지는 않았다.

「운영전」은 운영과 김진사의 이루지 못한 사랑을 근간으로 삼아 궁녀로 대표되는, 억압된 여성의 꿈과 슬픔을 그려냈다. 여주인공 운영은 물론 조역에 해당하는 자란 등의 궁녀들에 대해서도 세심한 성격화에 성공하는 등 인물의 개성을 축조하는 솜씨가 굉장하다. 복잡하고 세련된 구조, 플롯의 긴장감, 등장인물이 읊조리는 시와 스토리 사이의 긴밀한 연관, 작품 도처에 보이는 풍성한 세부묘사, 여성의 이야기를 여성의 목소리로 말하게 한 발상 등 「운영전」은 17세기 소설은 물론 한국 고전소설 전체를 대표할 만큼 빼어난 성취를 보여 준다.

「운영전」에서 무엇보다 주목할 점은 애정전기의 오랜 테마였던 사랑의 감정을 끝까지 첨예하게 밀고 나가 '자유와 억압'이라는 의미심장한 문제를 제기하기에 이르렀다는 것이다. 출발점은 운영의 개인적인 욕망, 곧 궁궐의 속박에서 벗어나 자유로이 살고 싶다는, 좋아하는 사람을 마음껏 사랑하고 싶다는 단순한 욕망이었다. 그런데 그 욕망의 실현과 좌절 과정을 따라가는 동안 출발점의 개인적인 욕망은 이제 개인의 차원을 넘어섰다. 궁녀 운영이 꿈꾼 자유로운 사랑, 사회 속에서의 자기 실현은 이제 '자유를 향한 열망'으로 귀결된다. 운영의 참다운 사랑과 자유를 불가능하게 만든 것은 안평대군 개인의 책임이 아니라 궁녀 제도, 나아가 신분제도를 포함한 중세 지배 체제 전체다. 중세 사회를 궁녀의 시각에서 바라봄으로써 하층민과 여성 일반을 억압하는 중세 체제 일체가 의심의 대상이 되었다. 「운영전」은 이 점에서 시대를 한참 앞서간 혁신적인 작품이다. 궁녀의 금지된 사랑이라는 유서 깊은 애정 모티프가 '가장 자유롭지 못한 존재의 자유'라는 의미심장한 사회적 주제로 전화轉化한, 동아시아 소설사의 역사적 순간이다. 전란 직후 폐허가 된 서울에서 '아름답고 조화롭던 옛날'을 꿈꾸다가 한 여성의 사랑을 따라간 결과 일그러진 현실을 깨닫고 좌절했으나 그 과정에서 새로운 시대에 실현해야 할 가치가 떠올랐다.

제2부

이념의 시대

사회 재편의 두 갈래 길과
소설의 재발견

임진왜란과 병자호란을 잇달아 겪은 조선 사회는 전후 수습에 나섰다. 우선 폐허가 된 도성을 비롯해 무너진 가옥을 다시 지어야 했고, 농지 복구를 통해 국가의 경제적 토대를 재건해야 했다. 이반된 민심을 수습하는 일 또한 급선무였다. 거의 무너질 뻔한 위기를 겪은 왕조였기에 전후 복구는 국가의 명운이 달린 과제였다.

두 차례 전쟁으로 조선 지배층의 권위는 땅에 떨어졌다. 무너진 권위를 세우고 국가를 정상 궤도로 올려놓기 위해 택할 수 있는 길은 두 갈래였다. 하나는 전쟁 실패의 책임을 인정하고 그 원인을 분석하여 잘잘못을 따진 뒤 실패한 지배층의 기득권을 포기하고 민심에 부합하는 정치·경제·사회 혁신을 이루는 길이다. 다른 하나는 전쟁의 의미를 호도하여 책임 소재를 불분명하게 만든 뒤 전쟁 이전의 기본 질서에 입각하여 지배층의 기득권을 강화하고 하층민에 대한 통제를 강화하는 길이다.

임진왜란이 끝난 뒤 선조와 조정은 의욕적으로 전후 수습에 나섰다. 우선 민심 수습을 위해 거듭 암행어사를 파견하는 등 지방관의 수탈을 막으려는 노력을 보였다. 충주 달천에 다녀와 「달천몽유록」을 쓴 윤계선이 바로 그 목적으로 파견된 인물이었다. 전쟁 중 이루 말할 수 없는 인적·물적 피해가 발생한 만큼 호적戶籍과 양안量案(토지대장)을 다시 작성하는 일도 시급한 일이었다. 전쟁 이후의 상황을 정확히 파악하는 가운데 민생을 안정시키고 경작지를 늘려 국가의 경제 기반을 마련하는 것이 전후 복구의 핵심 과제였다. 임진왜란 중인 1592년 겨울부터 1594년 사이에는 대기근까지 겹쳐 상하층을 막론하고 조선 전체가 생사의 기로에 놓여 있었으나, 다행히도 1599년부터는 풍작이 이어져 수습의 기본 여건이 갖추어졌다. 문제는 호적과 양안 작성, 경작지 증대 등의 농업 장려 사업이 지방관의 감독 아래 각 지방의 유력 사족士族을 주체로 삼아 시행되었다는 것이다. 조정에서는 지방관과 지방 사족의 긴밀한 협조 아래 지역별 복구 사업이 자율적으로 이루어질 것을 기대했다.[1] 그러나 전후 복구 사업은 전혀 다른 방향으로 진행되었다.

임진왜란 직전의 농경지 면적이 170만 결이었으나 임진왜란 종전 후인 1604년의 조사에서는 34만 결로 80%나 감소했고, 1611년의 조사를 보면 7년 동안 상당한 복구가 이루어졌음에도 불구하고 전쟁 전과 비교하면 아직 3분의 1에도 못 미치는 수준이다. 1604년과 1611년의 토지 상황은 전쟁의 극심한 피해를 잘 보여 준다. 그러나 그 뒤

구분	전결 수
1450년대	163만
16세기 말(임진왜란 이전)	170만
1604년(선조 37)	34만
1611년(광해군 3)	54만
1788년(정조 12)	142만
1807년(순조 7)	145만

[표 2] 조선시대 토지 전결田結 수(단위: 결)[2]

200년이 지난 1807년에 이르러서도 임진왜란 전의 수준을 회복하지 못한 점은 의아하다. 임진왜란 이후의 조사에 평안도와 함경도 지역이 빠져 있었다고는 하나 그 원인을 전쟁의 피해나 양안 사업의 부실에서만 찾기에는 18세기 이후의 상황이 이상하다.

사실 1610년 전후의 시점에서는 각 지방의 경작지 확대가 비교적 순조롭게 진행된 것으로 알려져 있다. 임진왜란 종전 10년 뒤인 1608년에 이르면 지방 사족의 소비 수준이 전쟁 전의 수준을 회복한 것으로 추정할 수 있는 기록도 남아 있다. 그런데 위의 표에 드러난 상황은 그러한 사정과 거리가 멀다. 그 원인의 일단은 전후 복구 사업이 지방관과 지방 사족의 협조 아래 '자율적인 방식'으로 이루어졌다는 데 있다. 지방관과 지방 사족이 결탁하여 양안과 호적을 실제에 비해 터무니없이 낮은 수치로 보고했다. 지방 사족들은 관청의 영농 지원을 받아 토지를 확장했고, 지역의 토지개간권을 독점하여 개간 사업을 주도했다. 기존 토지와 개간지가 누락되면서 탈세가 이루어졌고, 심지어는 지방 사족이 자신들에게 부과된 세금을 집단적으로 거부한 뒤 지방 행정을 마비시켜 법을 집행하려던 지방관을 축출한 사례까지 있었다. 사족들이 피해 복구를 넘어 부를 축적한 결과 그들의 탈세로 인한 부담은 상민常民에게 넘어갔다. 상민들은 가중된 부담을 견디지 못해 '자진해서' 사족의 노비가 되는 길을 택했다. 이른바 '투탁양인投托良人'이 된 것이다. 당시 상민의 50퍼센트가량이 노비로 전락한 것으로 추정할 수 있는 기록도 존재한다.[3]

조선은 병자호란으로 또 한 번 호된 시련을 맞았다. 그러나 그 이후에도 큰 변화의 조짐은 보이지 않았다. 이번에는 장편소설 창작·향유의 중심지인 17세기 서울에 초점을 맞추어 당시의 사회·경제 상황을 검토해 보기로 한다. 17세기 중반부터 18세기 후반까지 서울의 호수戶數와 인구 변화를 표로 보면 다음과 같다.

구분	호수(호)	서울 인구(명)	전국 인구(명)
1648년(인조 26)	10,066	95,569	1,793,701
1657년(효종 8)	15,760	80,572	2,201,098
1669년(현종 10)	23,899	194,030	5,018,744
1678년(숙종 4)	22,740	167,406	5,872,217
1717년(숙종 43)	28,356	185,872	6,839,771
1723년(경종 3)	31,859	199,018	6,863,403
1732년(영조 8)	35,768	207,733	7,273,446
1762년(영조 38)	39,926	183,782	6,981,598

[표 3] 17세기 중반~18세기 전반 서울 5부 및 전국 호수와 인구[4]

1428년(세종 10) 서울 5부部의 호수가 16,921호(인구 103,328명)였고, 임진왜란 이후 채 10년이 지나지 않은 1606년(선조 39)의 호수가 12,965호였던 것과 비교할 때, 1648년의 수치는 1636년의 병자호란 이후 서울이 아직 제대로 복구되지 못한 상태임을 알려 준다. 10년 가까이 지난 1657년에는 인구가 오히려 약간 줄었으나 호수가 크게 늘어 외형상으로는 전후 복구가 원활히 진행 중인 것처럼 보인다.

문제는 그다음 시기인 1669년이다. 불과 10년 사이에 호수가 1.5배, 인구는 2배 이상 비약적으로 증가했다. 서울 인구 증가의 원인으로 서울 인근 지역이 서울로 편입된 점을 들 수 있으나, 전국적으로 전후 복구 사업이 일단락되면서 인구 조사가 엄격하게 실시되고 급격한 출생 증가, 대규모 인구 유입 등이 있었던 것으로 추측된다.[5] 그러나 이 기간의 『조선왕조실록』 기사를 검토해 보면 추정과는 다른 실상이 드러난다.

태평 시절의 세입稅入은 항상 30여만 석에 이르렀으나 다만 관료의 녹봉을 나누어주었을 뿐 양병養兵의 비용은 일절 없었으므로 창고가 넘치고 노적가리가 썩어 들어갔습니다. 지금은 1년 세입이 10만에 불과하되 태반이 장교와 병졸의 급료로 돌아가니, 비록 수재나 가뭄이 없다 해도 참으로 지탱할 형편이 못 됩니다. 하물며 근래 연이어 흉년이 들어 세입은 날로 줄어들고 비용은 날로 늘어만 가니, 어찌 나라가 나라꼴이 아닌 지경에 이르지 않겠습니까?[6]

1671년(현종 12) 윤계尹堦의 상소 내용 일부이다. '태평 시절'이란 임진왜란 이전의 시기를 가리키므로, 이에 따르면 현종顯宗 시절의 세입은 전란 이전에 비해 3분의 1로 줄어들었다. 더욱이 효종孝宗 이후 숙종肅宗 초중기 연간, 대략 1650년 이후 50여 년간은 가뭄이나 수재로 인한 극심한 흉년이 거의 해마다 이어졌다.[7] 실록에는 당대의 궁핍한 민생에 관한 기록이 헤아릴 수 없을 정도로 많다.

수재와 가뭄의 재앙에 해마다 흉년이 들어 굶어 죽는 참상이 작년에 이르러 극에 달하였습니다. 게다가 돌림병이 크게 유행하여 쪽박을 들고 구걸하며 죽소粥所(음식 배급소)를 우러러 얻어먹던 무리들은 진휼이 멈춘 뒤 모두 죽고 말았습니다. 토착 농민 중 굶주림과 돌림병으로 죽은 이를 전국적으로 합하여 계산하면 그 수가 거의 100만에 이르며, 심지어는 한 마을 사람이 모두 죽은 경우도 여럿 있습니다. 임진왜란의 혹독함이라도 이보다 더하지는 않았을 듯합니다.[8]

1671년 윤경교尹敬教의 상소 중 한 대목이다. 1669년의 전국 인구를 500만 명 정도로 볼 때 기근과 역병으로 20퍼센트가량이 목숨을 잃었다는 것이니 당시의 상황이 얼마나 처참했는지 충분히 짐작할 수 있다. 이와는 대조적으로 같은 시기의 실록 기사에는 궁가宮家와 이른바 '벌열가閥閱家'를 중심으로 한 상층의 사치 풍조에 대한 언급이 무수히 등장한다.

지금의 궁중과 외척에 비록 권세의 성대함은 없다 하나 저택과 누대는 오히려 태평 시절의 기상을 닮아 도성 안의 물 좋고 산 좋은 곳에 멋지고 화려한 집이 으리으리하게 연달아 있습니다. (⋯) 아아! 병자호란의 참상이 어떠했는데 갑자기 이 지경에 이르렀단 말입니까? 그 비용을 헤아리자면 평균 잡아 열 집의 재산을 훨씬 넘을 것입니다.

아래로는 더욱 심합니다. 토목공사가 풍습처럼 되어 곳곳마다 집을 짓고 누가 더 사치스럽고 크게 짓는지 경쟁하느라 목재와 기와 값이 날로 오르니, 재물을 허비하고 백성을 해침이 이보다 심할 수 있겠습니까?

산과 숲이며 시내와 연못가에 빈 터라곤 일체 없고 논밭과 동산을 간혹 제멋대로 점유하는 병이 있으되, 나라에서는 금한다 하면서도 자세히 살피지 않고 하층민은 하소연해 본들 그 원통함을 펴지 못합니다.[9]

서울은 왕화王化의 근본이거늘 사치가 더욱 심하여 상하귀천이 서로 부러워하고 본받아 시정의 상민과 천민까지 비단옷을 입기에 이르고 서리의 천첩賤妾도 주옥으로 몸을 꾸밉니다.[10]

1654년(효종 5) 영돈녕부사 이경석李景奭과 1650년 예조참판 민응형閔應亨의 상소다. 1650년을 전후한 시기에 상층이 누렸던 부의 규모와 상층가의 몰염치한 재산 축적 양상을 짐작해 볼 수 있다. 이러한 상층의 재산 축적과 사치 풍조는 현종·숙종대를 거치면서 더욱 확산되었던 것으로 보인다. 『하멜 표류기』로 유명한 네덜란드인 헨드릭 하멜Hendrik Hamel, ?~1692은 1660년부터 1662년까지의 기록적인 가뭄으로 인해 수천 명이 굶어죽은 반면 일부 양반들은 2,000~3,000명의 노비를 거느리고 있었다고 했다.[11]

한편 임진왜란 이후 궁가宮家에서는 법률적으로 주인이 없을 뿐 실질적으로는 농민이 소유하고 있던 땅을 합법적으로 탈취했고, 면세·면역 혜택을 내세워 땅을 소유한 농민의 '자발적인' 귀속을 유도했다.

1623년에 궁방전 하나의 규모가 수백 결結이던 것이 1695년(숙종 21)
에는 7,000여 결에 이르렀다.[12]

사대부의 경우 역시 궁가와 다를 바 없었다. 1669년(효종 10) 정언
이익李翊의 상소다.

궁가에서만 그리하는 것이 아니라 비록 사대부의 집이라도 약간의 형세만 있으
면 또한 백성의 땅을 함부로 점유하는 일이 많으니, 백성이 살 곳을 잃는 것이 참으
로 당연합니다.[13]

지방의 사족 역시 중앙 관계官界와 꾸준히 연관을 맺으면서 재산 증
식에 골몰했다.[14]

요컨대 대다수 하층민의 형편은 전란 이후 전혀 호전되지 않고 정
체 상태에 빠지거나 오히려 고통이 심화되는 방향으로 나아간 반면
소수 상층의 부는 날로 늘어간 것이 17세기 두 차례의 전쟁 이후 조선
의 경제 상황이다.

물질적 차원의 전후 복구는 철저히 상층의 기득권을 강화하는 방향
에서 이루어졌다. 그런데 또 하나의 과제가 남아 있다. 임진왜란과 병
자호란 이후 실추된 지배층의 권위를 회복하는 일이다.

임진왜란의 경우 전쟁을 승리의 역사로 바꾸고 '숭명의식崇明意識'
을 고양하며 선조의 정통성을 굳건히 하는 것이 그 출발점이었다. 선
조가 주도했던 공신 책봉의 과정이 그에 해당한다. 지방관의 수탈을
막기 위해 암행어사를 거듭 파견하여 민심을 달래는 한편, 충신·효
자·열녀를 선양하고 삼강오륜을 위반한 죄를 엄벌함으로써 성리학

17세기 한국 소설사

에 입각한 위계질서와 예교禮敎를 강조하고, 향약鄕約을 통해 하층민에 대한 사족의 통제를 강화해 나간 것도 지배질서를 굳건히 하기 위한 방책이었다.[15]

보다 심각한 문제는 병자호란이었다. 인조반정 세력은 광해군 정권의 대표적 잘못으로 오랑캐와 화친하고 명나라를 배척한 일을 꼽았다. 그러던 인조 정권이 '오랑캐' 청나라 앞에 무릎을 꿇고 굴욕적인 항복을 하고 말았다. 인조 정권은 태생상의 한계 때문에라도 '명분론'을 버릴 수 없었다. 인조반정 이후 '숭명의식'은 '숭명배청崇明排淸'의 이데올로기로 확립되고, 이는 다시 청나라에 대한 '복수론'인 '북벌론北伐論'으로 발현했다. 그러나 북벌론이 현실적 힘을 상실하면서 '숭명배청론'은 사실상 '재조지은'을 베푼 명나라에 대한 '의리론'으로 축소되었다. 북벌론은 이미 시효가 지난 상황이었으나 '정신적 배청'까지 포기할 수는 없었다. 이런 맥락에서 등장한 것이 바로 조선이 '중화中華'의 유일한 계승자라는 '조선중화주의'였다. 결국 숙종 때인 1704년 임진왜란의 '구원자'인 명나라 신종과 명나라의 마지막 황제 의종毅宗을 제사지내는 대보단大報壇을 설치하면서 조선중화주의는 정점에 이르렀다.[16] 그런데 이 대보단은 국왕의 행차가 간편하며 청나라에 누설되지 않도록 해야 한다는 요건을 충족시키기 위해 창덕궁昌德宮 안에 설립되었다. 조선중화주의는 대보단의 존재처럼 조선 안에서만 '은밀하게 천명'되어야 했다.

조선중화주의는 '문화적 화이론華夷論'에 입각한 것이었다. 지역적·종족적으로 이적夷狄인 조선이 문화적 노력에 의해 '중화'가 될 수 있지만, 같은 이적인 청나라는 결코 '중화'일 수 없다는 것이 송시열宋時烈을 중심으로 형성된 조선중화주의의 논리였다. 그러나 수많은 '이적' 중 유독 조선만이 중화의 계승자가 될 수 있다는 생각은 그 자체로 논리적 결함을 지닌다. 더욱이 18세기 초의 동아시아 상황에서 현실적으로 조선이 청나라보다 문화적 우월을 주장할 수 있는 근거가 무엇인지도 의문이다. 이에 대한 해명이 결여된 상황에서 '숭명의식'에서 '북벌론'을 거쳐 '조선중화주의'에 이르는 과정은 또 하나의 '정신승리법'에 다름 아니다.

두 차례의 전쟁 이후 조선의 지배층은 혁신 대신 기득권을 강화하는 길을 택했다. 실추된 권위를 회복함과 동시에 상하층의 균열을 봉합하여 지배 질서를 효과적으로 유지해야 했다. 그러기 위해서는 이념적 교화가 필요했다. 이때 사회 통합의 메시지, 혹은 지배 이념을 유포하기에 적합한 형식으로 소설이 재발견되었다. 이미 17세기 전반의 중단편소설 「임진록」·「강로전」 같은 작품에 드러나듯 소설은 형상을 통해 자연스럽게 이념을 전달할 수 있는 장치로 활용될 충분한 가능성을 지니고 있었다. 16세기 이래로 풍속 교화라는 명목 아래 『소학小學』·『삼강행실도三綱行實圖』·『열녀전列女傳』·『여칙女則』·『여계女戒』 등의 책이 연이어 한글로 번역되었으나,[17] 교훈서의 감응력이 소설의 흡인력과 호소력을 넘어서기는 어려운 법이다.

물론 17세기 전반의 중단편소설은 대개 동호인으로 묶일 수 있는 소수 지식인들에 의해 창작되었고, 그 향유 방식 역시 개별적으로 소설을 입수·필사하여 소수의 인물끼리 돌려 보는 데 머물렀다. 현재 전하는 17세기 전반의 소설이 모두 필사본筆寫本인 것은 이 때문일 것이다.[18]

17세기 후반에 이르러도 소설의 향유 방식은 크게 바뀌지 않았다.

17세기 한국 소설사

역시 개인 간의 비상업적인 대여와 필사가 주종을 이루었다. 전후 복구가 이루어졌다고는 하나 서울과 주요 도시의 물적 토대와 독서 인구의 규모는 중국과 일본의 대도시에 비해 현저히 작았던 것으로 보인다.[19] 그럼에도 서울에 국한된 일이었을 가능성이 높긴 하나 17세기 후반에는 기존의 사대부 독자 외에 왕실과 사족 여성을 중심으로 장편소설 독서 열풍이 일기 시작했다. 그 장편소설은 대개 연의소설演義小說을 중심으로 한 중국 소설의 번역서였다. 효종의 비이자 장유張維의 딸인 인선왕후仁宣王后, 1618~1674와 숙명공주淑明公主는 1652년에서 1674년 사이에 『수호전水滸傳』을 읽었고,[20] 『소현성록』을 필사한, 권섭權燮, 1671~1759의 모친 용인龍仁 이씨李氏, 1652~1712는 어려서부터 한글 필사에 능하여 인선왕후에게 칭찬받은 적이 있다고 했다.[21] 조태억趙泰億의 모친 남원南原 윤씨尹氏, 1647~1698는 손수 『서주연의西周演義』, 곧 『봉신연의封神演義』를 필사했고, 이 필사본은 중인층으로 추정되는 여항 여성도 빌려 보았다.[22] 임영林泳, 1649~1696은 소년 시절이던 1656년 누이들에게 한글소설을 읽어 달라고 했다.[23] 1672년 청나라 사신이 『서한연의西漢演義』의 한글 번역본을 구해 달라고 요구하자 조선 관원들은 어려움 없이 응대했다.[24] 한편 당대를 대표하는 학자였던 졸수재拙修齋 조성기趙聖期, 1638~1689는 연로한 모친을 위해 신작 소설을 구하느라 애쓰다가 나중에는 직접 창작에 나서기까지 했다.

대부인(조성기의 모친)께서 만년에는 누워서 소설 듣기를 좋아하시어 이로써 잠을 쫓고 근심을 떨치셨는데, 이어지는 읽을거리가 없는 것을 늘 아쉬워하셨다. 숙부(조성기)께서는 남의 집에 못 읽어 본 책이 있다는 소문을 들으면 그때마다 구하기에 힘써서 반드시 책을 얻고야 마셨다. 또 손수 옛이야기를 토대로 이야기를 새로 꾸며 몇 책을 만들어 올리기도 하셨다.[25]

기록을 남긴 사대부들은 한 권 짝이 빠진『봉신연의』전질을 채우려던 어머니의 노력을 회고하기도 했고, 노모에게 읽을거리를 끊임없이 대기 위해 갖은 노력을 다하다가 아예 직접 소설 창작에 나서기도 했으며, 어머니가 손수 필사한 장편소설을 소중한 유품으로 받들어 자녀들에게 물려주기도 했다. 서울 사대부가 사이에서 장편소설은 하나의 유행으로 번져 갔다. 아직 전국적이지는 않으나 최소한 서울 상층을 중심으로 소설의 파급력은 무시할 수 없는 수준에 도달했다. 이러한 분위기 속에서 그 자신이 소설의 대단한 애독자였던 서포西浦 김만중金萬重, 1637~1692은 급기야 어머니의 근심을 위로한다는 명목으로 최초의 고전장편소설『구운몽』을 창작하기에 이르렀다.

17세기 후반 드디어 우리 고전소설사에 장편소설이 등장했다.『구운몽』, 그리고 그에 뒤이은『창선감의록』·『소현성록』이 그것이다. 한국 고전장편소설의 초기작이자 대표작인 이 작품들의 작자, 혹은 작자로 거론되는 인물은 모두 사대부 계급 중에서도 당대 최상층에 속한다.『구운몽』의 작자는 김만중이다.『창선감의록』의 작자는 확실치 않지만 가장 유력하게 지목되어 온 인물은 졸수재 조성기이다.『소현성록』은 작자를 알 수 없으나 당대 최상층 가문에서 소중하게 전승되던 작품이다.[26]

17세기 후반 조선의 최상층 인물이 직접 장편소설의 창작에 뛰어들었다. 분석적인 독자가 아니라도 장편소설, 나아가 대하소설을 읽으려는 독자의 마음가짐은 짧막한 단편소설을 읽을 때와 크게 다르다. 창작자의 입장은 더 말할 것도 없다. 장편소설을 창작하는 행위는 중단편소설을 창작하는 것과는 차원이 다른 문제다. 예술성이나 작품의 성취도와는 무관하지만 한 편의 장편소설을 창작하기 위해서는 중단편에 비해 몇 배의 물리적 시간을 들여야 하고, 다수의 등장인물을 내세워 복잡한 구조를 설정할 경우 치밀한 계획 아래 상당한 공력을 쏟아야 한다. 이제 당대 최상층의 인물, 심지어는 정치·문학·학술의 대표자로 꼽히던 인물이 장편소설의 창작에 나섰다. 이 시기가 지나고 나면 더 이상 최상층의 인물이 장편소설의 창작에 나서는 일은 벌어지지 않는다. 그래서 17세기 후반 고전장편소설의 성립은 의미심장하다.

2° 사대부 중심의 통합 논리

『구운몽』은 서포 김만중이 1687년부터 1688년 사이에 평안도 선천宣川에서 창작한 작품이다.[1] 김만중은 노론 계열을 대표하는 관료로서 숙종이 반대파인 남인을 중용하려는 시도에 반대하며 장희빈張禧嬪 일가를 혹독히 비판하다가 1687년(숙종 13) 9월 14일 유배형 처분을 받고 유배지인 선천으로 떠났다. 당시 김만중의 나이는 51세였고, 김만중이 『구운몽』을 지어 보내 이 작품의 최초 독자가 된 모친 해평海平 윤씨尹氏, 1617~1689는 71세였다.

일찍이 이재李縡, 1680~1746는 김만중이 어머니의 근심을 위로하기 위해 『구운몽』을 지었다고 했다.

> 소설 중에 『구운몽』이라는 것이 있는데, 서포가 지은 것이다. 그 대강의 뜻은 공

명과 부귀가 일장춘몽으로 귀결된다는 것으로, 모친의 근심을 위로하기 위해 지었다. 이 책은 규방 여성들 사이에 몹시 유행했다. 나는 어린 시절 그 이야기를 익히 들었는데, 대개는 불교적인 의미의 우언寓言이고 그 가운데 『이소離騷』의 뜻이 많이 담겨 있다.[2]

김만중 후손이 작성한 『서포연보西浦年譜』에는 다음의 기사가 보인다.

부군府君(김만중)께서 유배지(선천)에 도착하신 뒤 윤부인尹夫人의 생신을 맞아 이런 시를 지으셨다.

어머니는 멀리서 두 아들 생각에 눈물 흘리시겠지
하나는 죽어 이별 또 하나는 생이별.

부군은 또 모친께 책을 지어 보내 소일거리로 삼게 하셨는데, 그 뜻은 일체의 부귀영화가 모두 꿈이요 허깨비라는 것으로, 마음을 넉넉히 하고 슬픔을 위로하기 위한 것이었다.[3]

김만중이 모친에게 지어 보낸 책이 바로 『구운몽』임은 의심의 여지가 없다.

한편 19세기의 박학가 이규경李圭景, 1788~?은 세상에 전하는 말이라며 "서포가 유배 시절에 어머니의 근심을 풀어드리고자 하룻밤 사이에 지었다"[4]라고 했다. 그러나 '하룻밤 사이'는 『구운몽』 한 편을 다 베껴 쓰기에도 부족한 시간이다. 매우 짧은 시간을 과장해서 말한 것이겠으나 그렇다 하더라도 『구운몽』처럼 작품의 세부를 세밀하게 분석할수록 그 치밀함이 돋보이는, 대단히 정교하고 완성도 높은 장편소설을 단기간에 창작하는 것은 거의 불가능에 가깝다. 대문장가 김만중의 역량과 축적된 소설 독서 경험을 바탕으로 삼아 작품에 대한 구상이 이미 숙성 단계에 이르렀다 해도 실제 창작에는 적지 않은 시일이 필요했을 것이다.

그런데 당시의 정세는 정파 간의 권력 투쟁 과정에서 상대 정파의 대표자를 극형에 처하는 일이 반복되는 상황이었다. 국왕의 면전에서 극언을 퍼붓다가 평안도 선천으로 유배 간 김만중 또한 자신의 안위를 장담할 수 없는 심각한 위기에 처해 있었다. 김만중이 이처럼 엄혹한 유배 시절에 상당한 시간과 공력을 들여 『구운몽』을 지은 이유를 오직 죽음을 몇 해 앞둔 노모를 위로하기 위한 목적에서만 찾기는 어렵다. 김만중이 널리 알리고 싶었던 메시지와 그 저변에 놓인 '이념'을 추출해 내는 것이 '이념의 시대' 최초의 장편소설에서 찾을 과제다.

『구운몽』이 『금오신화』·「운영전」과 더불어 우리 고전소설의 최고봉에 해당하는 작품으로 꼽히는 이유는 물론 다른 데 있다. 『구운몽』은 그 주제의 깊이와 서사의 흥미는 물론 치밀한 구조, 인물의 개성적인 형상화, 충실한 세부 묘사, 등장인물의 재기발랄한 대화를 비롯하여 작품 도처에 배어 있는 교양미 등 고전장편소설의 전범이 될 만한 요소를 두루 갖추었다. 『구운몽』의 높은 성취를 가능케 한 몇 가지 혁신 요소들을 살핀 뒤 작품에 깃든 이념을 탐색해 보기로 한다.

(1) 장편소설의 탄생: 서사 전통의 혁신

『구운몽』은 이야기 안에 이야기를 담고 있는 '액자 소설'의 형식을 취했다. 성진性眞을 주인공으로 삼은 '외부 이야기'가 양소유楊少遊와 여덟 여성의 '내부 이야기'를 감싸 안은 구조다. 『구운몽』은 주인공이 꿈 속에서 다채로운 세상 체험을 하다가 꿈에서 깨어나 깨달음에 이르는 구도를 취했다. 작품의 도입부에서 꿈을 꾸고 결말부에 이르러 꿈에서 깨어나는 구조를 '환몽구조幻夢構造'라 부르고, 세상 속으로 뛰어든 주인공이 길을 떠나 이런저런 인물을 만나며 세상사를 섭렵해 가는 구조를 '편력구조遍歷構造'라 부른다.

『구운몽』은 '환몽구조'와 '편력구조'를 결합한 수많은 소설들 중 두 구조를 가장 솜씨 있게 한데 얽은 작품이다. '외부 이야기'와 '내부 이야기'가 이상적이라 할 만큼 긴밀하게 잘 얽혀 있기 때문이다. '내부 이야기'에 양소유의 세계 체험이 존재하기에 성진의 깨달음은 깊이를 더하고, '외부 이야기'에 성진의 지향점이 존재하므로 양소유의 반성이 시작되었다.

'외부 이야기'와 관련된 환몽구조는 동아시아 소설 전통에서는 유구한 것이어서 당나라의 「침중기枕中記」와 「남가태수전南柯太守傳」, 『삼국유사』에 실린 「조신전調信傳」 등을 이른 시기의 작품으로 꼽을 수 있으며, 『구운몽』과 동시대의 중국 통속소설에서도 널리 이용되었다.

한편 환몽구조에서 꿈의 요소를 제거하여 작품 속의 모든 사건이 현실세계 안에서 벌어지되 다채로운 체험 이후 출발점으로 되돌아오는 형식은 '환원구조還元構造'라 명명할 수 있는데, 이러한 환원구조와 편력구조의 결합은 중국과 유럽의 중세소설에서 자주 이용되었다. 17세기 중국의 통속소설『육포단肉蒲團』의 주인공 미앙생未央生, 몰리에르Molière 의 회곡『돈 후안Don Juan』(1665)을 비롯하여 유럽에 널리 퍼졌던 '돈 후안 서사'의 주인공 돈 후안, 『내 삶의 이야기Histoire de ma vie』의 작자 이자 주인공인 카사노바Casanova 등의 호색한이 여성 편력을 벌이고 결 말부에서 반성과 깨달음에 이르는 구조가 대표적이다.

『구운몽』은 '성진'이라는 인물을 소개하면서 시작된다. '성진'은 '참 된 본성', '본래의 참된 나'를 뜻하니, 앞으로의 전개가 주인공의 이 름에 이미 암시되어 있다. 성진은 중국의 5대 명산 중 남쪽을 대표하 는 형산衡山의 연화봉蓮花峰에 사는 젊은 승려였다. 인도에서 중국으로 와 연화도량蓮花道場을 세운 육관대사六觀大師는 중국의 유명한 신선인 위 부인衛夫人과 인사를 주고받고 동정호洞庭湖의 용왕이 그의 설법을 들으 러 오기도 하는, 신이한 존재다. 육관대사의 수제자 성진은 대사의 명 으로 동정호의 용왕을 방문하고 돌아오다가 위부인의 제자인 여덟 선 녀를 만나 잠시 말장난을 했다. 그날 밤 성진은 불도 수행修行에 회의 를 느끼며 인간 세상의 재미와 부귀영화를 꿈꾸었다. 바로 그때 성진 은 육관대사의 급작스러운 호출을 받고 용궁에서 술 마신 일, 여덟 선 녀와 수작을 벌인 일, 인간세상의 부귀영화에 마음을 빼앗긴 일을 질 책 받았다. 성진은 결국 염라대왕에게 끌려가서 인간 세상에 환생하 는 벌을 받았다.

성진이 저승사자를 따라 바람에 날려 정처 없이 떠돌다가 한 곳에 이르자 바람이 그치며 발이 땅에 닿았다. (…) 사자가 성진을 인도해 한 집에 이르더니 성진더러 문밖에 서 있으라 하고 혼자 안으로 들어갔다. (…) 사자가 나와 손짓해 부르며 말했다.

"여기는 당나라 회남도淮南道 수주壽州 땅이고, 너의 부친은 양처사楊處士요, 모친은 류씨柳氏다. 전생의 인연 때문에 이 집에 태어나게 되었으니, 어서 들어가 길한 때를 놓치지 말라."

(…) 사자가 방에 들어가라고 재촉하자 성진은 의심스러운 마음에 머뭇거리며 걸음을 떼지 못했다. 사자가 뒤에서 밀치자 성진은 공중에 엎어졌다. 정신이 아득하며 천지가 뒤집히는 듯하여 '나를 구하라! 나를 구하라!'라고 소리를 질렀지만 말이 이루어지지 못하고 그 소리가 목구멍에서 나오면서 아기 울음소리가 되었다.[5]

성진은 저승사자에게 억지로 등을 떠밀려 양소유의 몸으로 인간 세상에 태어났다. 성진이 안간힘을 쓰며 외치는 "나를 구하라! 나를 구하라!"의 한문 원문은 '救我! 救我!'이다. 그런데 그 우리말 음 '구아구아'는 '응애응애' 아기의 울음소리를 표현한 것이다. 성진의 살려 달라는 외침을 양소유의 울음소리로 바꾸며 '외부 이야기'에서 '내부 이야기'로, 현실에서 꿈으로 옮겨 가는 계산된 수법이 참으로 교묘하다. 현실과 꿈의 경계를 기술했던 수많은 몽유록 계열 작품에서 미처 착상하지 못한 기법이다.

양소유가 태어난 곳은 당나라 남방의 회남淮南 수주壽州이니, 지금의 안휘성安徽省에 속하는 곳이다. 전국시대에는 초楚나라 땅이었기에, 양소유는 자신을 변방의 '초楚 사람'이라 자칭했다. 『구운몽』은 작품 배경을 당나라로 삼았는데, 우리 고전장편소설의 공간 배경을 중국으로 이끈 것도 『구운몽』의 영향일 가능성이 높다. 『구운몽』 이전 소설의 경우 「최고운전崔孤雲傳」·「주생전」·「최척전」처럼 제재의 특이성에 연유하여 중국을 무대로 삼은 경우는 있었으나 『구운몽』처럼 오직 과거의 중국을 배경으로 허구적 서사를 이끌어 낸 사례는 찾기 어렵다.[6]

양소유는 쉰 살이 되도록 자식이 없던 양처사와 유부인의 아들로 태어났다. 부모의 성이 각각 '양楊'과 '류柳'인 것 역시 「양류사楊柳詞」라는 시를 매개로 첫사랑 진채봉秦彩鳳과 만나는 장면을 생각해 본다면 잘 계산된 설정이다. 수양버들은 예로부터 '춘정春情'의 상징이었으니, '이 세상에서 잠시 노닌다'는 뜻의 '소유少遊'라는 이름과도 잘 어울린다.

열 살 무렵 아버지 양처사가 푸른 학을 타고 집을 떠나자 양소유는 아버지 없는 소년 가장이 되어 가문을 일으킬 책임을 떠맡았다. 아버지는 본래 신선인데, 아내와의 속세 인연 때문에 잠시 세상에 머물렀다는 것이었다. '아버지의 부재'는 작자 김만중이 태어날 때부터 겪은 실제 상황이었다. 김만중의 부친 김익겸金益兼은 사계沙溪 김장생金長生의 손자로, 21세에 생원시生員試에 수석 합격하는 등 장래가 촉망되는 인물이었다. 그러나 1637년 정묘호란 때 강화도에서 후금後金 군대에 맞서다 불과 23세의 나이로 순절하고 말았다. 김만중은 유복자로 태어나 아버지의 얼굴을 보지 못했다. 양소유의 부친이 문득 자신이 본래 신선임을 밝힌 뒤 학을 타고 하늘로 날아간다는 설정은 『구운몽』의 전개상 다소 뜬금없어 보이기도 하지만, 여기에는 김만중의 실제 처지와 부친을 그리는 마음이 담겨 있다. 최초의 독자인 어머니 윤부인 역시 이런 대목에서 위안을 느꼈을 듯하다.

양소유는 중국 남쪽 변방의 내세울 것 없는 집안 출신이었으나 오직 자신의 실력 하나로 16세에 장원급제했다. 이후 나라를 위기에서 구하고 20세 이래로 30여 년간 승상丞相을 지내며 평생 부귀영화를 누렸다. 그런데 이 과정에서 양소유의 행위를 추동한 가장 근본적인 힘은 충성심이나 국가 재건을 향한 의지도 아니고 출세욕이나 명예욕도 아닌, '애정 성취 욕망'이다. 이제 여덟 선녀의 화신化身으로 당나라 도처에 흩어져 태어난 여덟 여성을 만나기 위한 양소유의 긴 여정이 시작된다.

동서양을 막론하고 중세의 걸작 소설은 당대까지의 소설 전통을 충분히 숙지한 가운데 자기 시대의 문제를 새로운 시각으로 드러냈다. 『금병매金瓶梅』·「운영전」·『돈키호테』 등이 그 좋은 예다. 『구운몽』 역시 멀게는 당나라 이래의 전기소설, 가까이는 거의 동시대라 할 명말청초明末清初의 재자가인소설才子佳人小說과 통속소설通俗小說의 전통 위에 성립한 작품이다. 양소유의 연애담은 하나하나 중세 동아시아 소설의 전통 속에서 이루어졌다.

15세가 된 양소유는 과거를 보러 가기 위해 당나라의 수도 장안長安으로 길을 떠났다. 도중에 들른 화주華州 화음현華陰縣에서 만난 첫사랑이 바로 진채봉이다. 양소유는 진채봉 집 앞의 아름다운 버드나무를 보고는 「양류사楊柳詞」를 읊었고, 우연히 그 시 읊는 소리를 들은 진채봉이 화답시를 지어 보내면서 두 사람의 사랑이 시작되었다. 양소유가 노래한 「양류사」 2수 중 나중 것을 옮기면 다음과 같다.

푸르디푸른 버들이여
긴 가지가 아름다운 기둥에 떨쳤네.
그대는 함부로 꺾지 마오
이 나무가 가장 정이 많으니.[7]

이에 대해 진채봉이 화답한 「양류사」는 다음과 같다.

    누각 앞에 버들을 심은 건

    낭군의 말을 매어 머물게 하려는 뜻.

    낭군은 왜 그 가지 꺾어 채찍 삼고

    장대章臺 길 재촉해 가시는지?[8]

    양소유는 진채봉 집 앞의 버드나무를 보고 춘정春情을 가득 담은 버드나무를 꺾지 말고 잘 보존하라는 노래를 했다. 이에 대한 진채봉의 화답이 재미있다. 자신의 집 앞에 버들을 심은 것은 양소유 같은 배필감이 오기를 기다렸기 때문이라고 했다. 그러고는 양소유가 버드나무를 꺾어 채찍으로 삼고 장대章臺, 곧 기방妓房이 밀집된 장안長安의 유흥가로 달려가지 않기를 바라는 마음을 드러냈다. 재치 있는 시를 통해 진채봉의 구애가 이루어졌다. 이 시는 훗날에도 중요한 장치로 활용된다.

    그런데 「양류사」의 수창 대목은 당나라의 전기傳奇 「유씨전柳氏傳」에서 연유한 것이다. 「유씨전」의 여주인공 유씨柳氏는 다른 이의 희첩姬妾이었다가 가난한 선비 한익韓翊과 인연을 맺고 함께 살았는데, 한익이 잠시 고향에 간 사이 안록산安祿山의 난을 만나자 절로 피신했다. 반란이 진압된 뒤 한익이 사람을 보내 유씨의 행방을 찾으면서 지어 보낸 시가 바로 「양류사」다.

    장대章臺의 버들이여, 장대의 버들이여!

지난날의 푸르름 지금도 여전한지?

긴 가지 예전처럼 늘어졌다 해도

남의 손에 이미 꺾였을 테지.[9]

한익은 이 시를 통해 유씨의 안위를 염려하는 한편, 난리통에 유씨
가 이미 다른 이에게 의탁했을 것이라는 체념을 표현했다. 이 시를 받
아본 유씨는 흐느껴 울며 이별의 정한을 담은 서글픈 답시를 지어 보
냈다. 「유씨전」에서 대단히 애상적인 분위기를 자아냈던 「양류사」가
『구운몽』에서는 조심스럽게 사랑의 마음을 표현하는 구애의 시로 바
뀌면서 정감 있고 흐뭇한 정경을 연출하기에 이르렀다.

급작스레 난리가 일어나는 바람에 양소유는 첫사랑을 이루지 못하
고 귀향했다가 이듬해 봄에 다시 과거를 보러 장안으로 가는 도중 낙
양洛陽에서 계섬월桂蟾月을 만났다. 여기서는 낙양 귀공자들의 모임 장
면에서 성당盛唐 시인 왕지환王之渙이 당대의 문사들과 모여 기녀들이
누구의 시를 노래로 부르는가에 따라 고하高下를 가렸다는 고사[10]가 흥
미롭게 변용되었다. 모임의 승자는 당연히 양소유였고, 양소유는 계
섬월과 인연을 맺어 훗날 다시 만날 것을 기약했다.

장안에 도착해서는 훗날 양소유의 제1부인이 되는 정경패鄭瓊貝를
만났다. 양소유는 과거 날짜가 다가왔지만 공부에는 마음을 두지 않
고, 오직 천하제일의 여성으로 소문난 정경패를 직접 보는 것이 유일
한 소원이었다. 그러나 일생 중문中門 밖을 나온 적이 없는, 재상 댁의
요조숙녀 정경패를 만날 길이 없었다. 양소유는 정경패 모녀가 좋아
하는 거문고 연주를 들려준다는 구실로 여장女裝을 하고 정사도鄭司徒의

저택 안채로 들어갔다.

양생楊生(양소유)이 여도사女道士의 옷차림으로 거문고를 안고 나와 서니 초탈한 모습이 마치 마고선자麻姑仙子와 사자연謝自然 같아서, 정부鄭府(정사도 집)에서 온 사람 중에 칭찬하지 않는 이가 없었다.

(…) 양녀楊女(양소유)가 대청 아래에서 머리를 조아려 인사하자 부인은 대청 위로 올라와 앉게 했다.

(…) 향기로운 바람에 일어나는 패옥佩玉 소리와 함께 소저가 나와 부인 곁에 옆으로 비껴 앉았다. 양생이 인사하고 눈길을 모아 바라보니 태양이 아침에 솟는 듯 연꽃이 물 위에 뜬 듯하여 눈이 부시고 정신이 어지러워 아득하기만 했다. 양생은 멀리 떨어져 앉은 게 불만스러워 가까이서 보고 싶어 부인에게 청했다.

"빈도貧道가 소저의 가르침을 청하고자 하는데, 대청이 넓어 자세히 듣지 못하실까 염려됩니다."

부인이 여종에게 명하여 연사鍊師(도사, 곧 양소유)의 자리를 앞으로 다가오게 하자 여종이 자리를 옮겨 부인 가까이로 옮겼다. 이렇게 되고 보니 소저의 자리에서 멀지 않되 도리어 소저의 옆모습을 보게 되어 오히려 멀리서 바라볼 때만 못했다. 양생은 몹시 한스러웠지만 감히 다시 청하지 못했다.[11]

양소유가 정경패 앞에서 거문고 연주를 하기 직전의 장면이다. 이 대목은 소설의 세부까지 꼼꼼히 읽는 독자들이 느낄 수 있는 묘미가 있다. 여장한 양소유를 '양녀(양씨 여인)'라고 부르는 것부터 재미있다. 이어서 정경패를 조금이라도 더 가까이서 보고 싶어 안달하는 양소유의 태도, 그러나 자신의 청으로 정경패의 자리를 옮긴 뒤 오히려

17세기 한국 소설사

더 보이지 않게 되자 실망하는 마음 등을 세밀하게 묘사했다.

『구운몽』에서는 양소유의 여장을 단지 성당의 시인 왕유王維가 고종高宗의 딸인 태평공주太平公主의 집에 가서 악공인 척 꾸미고 악공의 무리에 섞여 비파를 연주했다는 고사와 관련지었을 뿐이나, 실은 동시대 중국 통속소설의 '여장 모티프'를 변용한 것으로 보인다. 영향을 준 특정한 작품을 꼽기는 어려우나 『오강설吳江雪』·『옥루춘玉樓春』·『공공환空空幻』 같은 명말청초의 통속소설이 유사한 지향을 담았다. 특히 『오강설』의 주인공 강조江潮가 여주인공 오원吳娩을 만나기 위해 절박한 심정에서 마지못해 여장을 한 데 반해 『공공환』의 주인공 화춘花春은 오로지 절세가인으로 소문난 복자형濮紫荊을 직접 볼 욕심에서 매파梅婆의 제안을 흔쾌히 받아들인바, 두연사杜鍊師의 여장 제안을 주저 없이 받아들인 양소유와 흡사하다. 화춘이 여장을 하고 여성 예인藝人의 무리에 섞여 들어가 복자형 모녀 앞에서 『서상기西廂記』를 공연하는 설정도 유사하다. 다만 화춘은 여성 예인이 남장男裝을 하고 남주인공 역할을 하는 양 『서상기』의 주인공 장군서張君瑞 역할을 한 뒤 따로 복자형의 부름을 받는데, 이 자리에서 결국 자신의 정체를 드러내고 복자형과 동침하기에 이르렀다.[12] 『공공환』 등의 통속소설과 비교하면 『구운몽』은 '여장 모티프'의 흥미 요소만 가져오고 외설성 내지 음란성은 배제하는 방식을 취했다.

양소유는 이후 과거에 장원급제하여 자연스럽게 정경패와 혼약을 맺고, 정경패와 일심동체처럼 지내온 가춘운賈春雲마저 소실로 삼았다. 가춘운과 인연을 맺는 과정에서는 당나라 이래로 『금오신화』에 이르기까지 애정전기에 자주 등장했던 남주인공과 여귀女鬼의 사랑, 이른

바 '인귀교환人鬼交驩 모티프'가 패러디되었다.

『구운몽』에서 가장 재미있는 장면 중 하나로 꼽힐 가춘운의 '귀신놀음'은 정경패가 꾸민 일종의 복수극이었다. 정경패는 여장한 양소유에게 속은 데 복수하고자 자신의 몸종이자 친구인 가춘운을 귀신으로 꾸며 양소유를 유혹하게 했다. 가춘운은 요절한 절세가인 장여랑張女郎의 귀신으로 가장하여 밤마다 양소유와 사랑을 나누었다.[13] 양소유는 속임수에 빠져 처음에는 장여랑(가춘운)이 선녀인 줄 알았다가 나중에야 귀신임을 눈치 챈 뒤 장여랑의 무덤에 술을 뿌리며 말했다.

> 이승과 저승이 비록 다르지만 마음에는 차이가 없으니, 꽃다운 영혼은 나의 정성을 살펴 오늘밤 만나기를 바라오.[14]

그날 밤 양소유 앞에 나타난 가춘운은 자신이 귀신임을 밝힌 뒤 더 이상 인간 양소유와 가까이 할 수 없다고 했다. 이에 대한 양소유의 반응이다.

> 귀신을 꺼리는 자는 세속의 어리석은 사람이오, 사람이 귀신이 되고 귀신이 또 사람이 되는 법이니, 피차를 어찌 분변하겠소? 내 마음이 이러한데 그대는 왜 나를 버리려 하오?[15]

이 대목의 서술은 현실계와 초월계, 혹은 이승과 저승 사이에 놓인 경계 때문에 이별할 수밖에 없는 비극적 애정전기의 한 대목이라 해도 어색할 것이 없다. 양소유는 여기서 『금오신화』의 주인공들에게서 확인되던 고독과 비감을 그대로 보여 준다. 애정전기의 '인귀교환 모티프'는 「만복사저포기」나 「이생규장전」에서 명확히 드러나듯 신세 모순의 투영으로 여겨지던, 대단히 비극적인 성격을 내포한 것이었다. 그러나 지금 양소유가 처한 실상을 파악하고 보면 양소유는 귀신 놀음에 빠진 줄 모른 채 욕정을 채우는 데만 급급한 어릿광대에 불과하다. 비극적 애정전기의 인귀교환 모티프가 '속임수' 장치를 매개로 전혀 다른 문맥 속에 활용되면서 비련의 주인공 역할을 충실히 수행한 양소유는 오히려 유쾌한 조롱의 대상이 되었다. 이렇게 해서 인귀교환 모티프에 내장되어 있던 비극과 환멸의 정서는 희극적인 것으로 탈바꿈했다. 표면적으로는 호색에 열중한 양소유가 조롱의 대상이지만, 정작 여기서 조롱당한 것은 인귀교환 모티프의 비극성이다.

등장인물 일동의 한바탕 웃음으로 귀신 놀음이 마무리된 뒤 양소유는 자신의 영웅적 능력을 처음 시험받게 되었다. 반란을 일으킨 연燕나라를 복속시키고자 출정하게 된 것인데, 실은 이 또한 적경홍狄驚鴻을 만나고 계섬월을 다시 만나기 위한 계기일 뿐이었다. 연나라는 양소유의 위용에 놀라 싸움 한 번 하지 않고 복종했다. 개선하는 중에 만난 적경홍이 남장을 하고 양소유를 속인 일은 양소유가 여장하고 정경패를 속인 일과 잘 호응한다. 적경홍이 양소유에게 의탁하는 과정은 양소유의 언급대로 당나라의 전기 「규염객전虯髯客傳」에서 권력자 양소楊素의 시녀인 홍불기紅拂妓가 젊은 선비 이정李靖에게 마음이 끌려 탈출했던 일을 취한 것이다.[16]

다시 조정으로 돌아온 양소유는 난양공주蘭陽公主의 배필로 뽑혔다. 양소유와 난양공주가 하늘이 맺어준 좋은 짝이라는 설정에는 역시 애정전기에서 거듭 활용되는 소사蕭史와 농옥弄玉의 고사가 쓰였다. 그러나 양소유는 이미 정경패와 정혼한 상태이므로, 황제의 혼인 요구를 받아들일 수 없었다. 급기야 양소유는 혼인 요구를 거부하다가 하옥되는데, 때마침 토번국吐蕃國(티베트)이 당나라를 침략해 주었다. 이에 맞설 영웅은 양소유뿐이었으니, 국가적인 위기가 양소유 개인으로서는 오히려 곤경에서 벗어날 고마운 기회였다. 다만 후대의 영웅소설에서 외적의 침입은 주인공이 무공을 세워 입신양명할 수 있는 계기로 작용하는 데 반해, 『구운몽』에서는 이미 입신양명한 양소유의 '혼사 장애'를 해소하는 한편 새로운 사랑을 만나는 계기로 작용한다. 이점은 『구운몽』의 핵심이 양소유의 끝없는 애정 욕구에 놓여 있음을 잘 알려준다.

토번 공격에 나선 양소유는 새로운 연인 심요연沈裊烟을 만났다. 양소유가 군막軍幕에서 병서를 읽고 있던 중 홀연 공중에서 자객이 내려와 양소유의 목을 내놓으라고 했다. 토번 군주가 보낸 자객 심요연이었다. 양소유에게 심요연은 당나라 호협전기 「홍선전紅線傳」의 여협객 홍선紅線처럼 보였다. 심요연의 잠입 장면 역시 「홍선전」을 차용한 것이다.[17] 그런데 『구운몽』에서 「홍선전」의 차용은 약간 다른 문맥에서 이루어졌다. 심요연의 스승은 세 여성에게 검술을 가르쳐 모두 검술의 달인이 되게 했는데, 복수를 위해 사람을 살상할 때마다 심요연을 제외한 두 여성만 보냈다. 심요연이 보내 주기를 청하자 스승은 이렇게 말했다.

너는 본래 우리 무리가 아니다. 훗날 마땅히 정도正道를 얻을 터이니 내 소관이 아니지. 지금 만일 두 사람과 함께 사람의 목숨을 해치면 너의 앞길에 해로울 것이니 이 때문에 너를 시키지 않는 게야. (…) 너의 전생 인연이 당나라에 있는데, 그 사람은 큰 귀인이다. 네 몸은 외국에 있어 서로 만날 길이 없기에 내가 네게 검술을 가르쳐서 이에 기대어 귀인을 만날 길로 삼은 게야. 훗날 백만 군대의 창검 가운데로 가서 아름다운 인연을 이룰 게다.[18]

호협전기의 복수·보은의 테마가 『구운몽』에 이르러서는 전생의 인연을 성취하기 위한 장치로 탈바꿈했다.

양소유가 반사곡盤蛇谷에서 위기에 처하는 장면은 『삼국지연의三國志演義』에서 제갈공명諸葛孔明이 남방을 공격하던 대목을 염두에 두고 만든 것인데, 여기서도 양소유는 동정洞庭(동정호) 용왕龍王의 딸인 백능파白凌波와 결연에 성공했다. 이 백능파의 언니가 바로 당나라 전기 「유의전柳毅傳」에 등장한 동정 용왕의 딸이다. 양소유는 백능파를 위기에서 구해준 뒤 용궁의 환대를 받는 자리에서 천연스레 자신의 손위 동서가 되는 유의柳毅를 만나 보고 싶다고 했다. 유의가 위기에 처한 용왕의 딸을 구해 주고 용궁의 환대를 받았던 것과 똑같은 일이 양소유에게 일어났다는 설정이다.[19]

양소유는 결국 백능파의 도움을 받아 결국 전투다운 전투 한 번 벌이지 않은 채 토번을 복속시킨 뒤 개선했다. 양소유가 나가 있는 동안 난양공주와의 혼사 문제가 풀리고 헤어졌던 진채봉도 다시 만나게 되어 양소유는 여덟 여성을 모두 처첩으로 거느리기에 이르렀다.

『구운몽』은 이처럼 여덟 여성 각각을 주인공으로 한 여덟 편의 단편소설을 솜씨 있게 엮은 작품이다. 각각의 단편소설에 공통적으로 포함된 요소는 남주인공 양소유뿐이다. 양소유에 초점을 맞추면 『구운몽』은 양소유가 여덟 여인을 차례로 만나며 부귀영화를 누리는 편력구조로 이루어진 작품이다. 반면에 여덟 여성 각각을 중심으로 하는 단편소설의 결합이라는 기능적 측면에서 본다면 양소유는 개별 단편의 서로 다른 주인공과 스토리를 매개하는 도구의 역할을 한다.

주인공 1인의 다채로운 경험을 서술하는 편력구조는 동서양을 막론하고 초기 장편소설에서 손쉽게 이용할 수 있는 장편화 방식이었다. 유럽의 경우 16~17세기에 성행했던 '기사騎士 소설'[20]이나 '피카레스크 소설'[21]에 이르러 주인공이 겪는 사건 하나하나에 대응되는 단편소설을 길게 늘여 붙임으로써 확대된 분량의 장편소설에 도달하는 형식이 확립되었다. 이런 형식은 14세기 보카치오Boccaccio의 『데카메론 Decameron』이 그랬듯이 다수의 인물이 등장하여 각각의 특이한 경험을 차례대로 이야기하게 함으로써 여러 단편소설을 하나로 묶어 제시하는 형식에 비해 크게 발전된 것이다. 『데카메론』의 경우 다수의 등장인물(작중 화자)이 동일 시공간에 함께 있다는 점, 작중 화자들의 합의를 빙자하여 인위적으로 이야기의 공통 주제를 설정한다는 점에서 간신히 전체적인 통일성을 확보했다. 반면 기사 소설이나 피카레스크 소설은 단일 주인공을 내세워 서사 전개의 통일성을 확보하는 한편 독립적인 사건들이 느슨하게나마 결말부의 단일한 목표를 향하도록 설정함으로써 완결된 구조를 가질 수 있었다. 유럽 장편소설의 초기 걸작으로 늘 거론되는 『돈키호테』 역시 피카레스크 소설의 형식을 빌려 기사소설의 전통을 패러디한 작품이다.

유럽 초기 장편소설의 대표적 형식인 피카레스크 소설 양식은 전반적으로 순차적인 시간의 흐름을 따라 플롯이 전개된다는 점에서 후대 소설에 비해서는 단순하지만, 단편의 결합을 통해 장편으로 이행하는 형식 전환의 측면에서는 퍽 발전된 형태라 할 수 있다. 피카레스크 양식과 영향 관계가 없는『구운몽』역시 비슷한 형식을 취한 점은 동서양 초기 장편소설 형식의 보편성을 확인할 수 있는 좋은 사례다.

물론『구운몽』과 피카레스크 소설의 형식이 동일한 성격을 지닌 것은 아니다.『구운몽』의 '양소유 일대기'는 피카레스크 소설과 유사한 형식을 취하되 좀 더 복잡한 구성을 꾀함으로써 더욱 진일보한 장편소설 양식을 창출했다. 양소유가 진채봉(제2회)·계섬월(제3회)·정경패(제4회)·가춘운(제5회)·적경홍(제6회)·난양공주(제7회)·심요연(제8회)·백능파(제9회)와 차례로 만나는 중반부까지의 서사 전개는 순차적인 시간의 흐름을 따르고 있어 피카레스크 형식에 부합한다. 그러나 매회 하나의 작은 사건이 완결되며 개별 스토리를 마무리하는 방식이 결말부까지 이어지는 것이 전형적인 피카레스크 형식인데 반해『구운몽』의 구성 방식은 꽤 복잡하다.

『구운몽』에서 여덟 여성을 각각의 주인공으로 삼는 여덟 개의 스토리 중 여주인공이 등장한 시점에서 곧바로 완결되어 독립적인 단편을 이루는 것은 계섬월·가춘운·적경홍·심요연·백능파가 주도한 다섯 개의 스토리이다. 반면 진채봉·정경패·난양공주가 주도한 스토리는 첫 등장 이후 곧바로 완결되지 않고 스토리가 지속되다가 작품 후반부인 제13회에 이르러서야 일단락된다. 이 세 사람은 공교롭게도 최상층 출신의 여성으로서 양소유와 정식 혼례를 치르도록 설정되어 있어 다른 다섯 여인과는 결연 양태가 다르다. 정경패(영양공주)와 난양공주는 모두 공주 신분으로 양소유의 정실이 되었다. 진채봉은 본래 어사의 딸로서 적몰籍沒되는 수난을 겪고 궁녀로 전락하는 등 『구운 몽』에서 가장 많은 곡절을 겪는 까닭에 양소유의 각별한 사랑을 받았 다. 상층의 세 여주인공은 자신을 중심으로 하는 독립적인 스토리를 이끈다는 점에서도 다른 여성들과 구별된다.

진채봉은 제2회에서 양소유와 인연을 맺은 뒤 소식이 끊겼다가 제7회 에 재등장하여 궁녀로서 예부상서 양소유를 다시 만났다. 양소유가 입궐하여 궁녀 진채봉의 부채에 '환선시紈扇詩'를 적어 주지만, 양소유 는 예전의 연인을 알아보지 못하고 단지 그 자리에 늘어선 여러 궁녀 들 중 한 사람으로만 여길 뿐이었다. 정경패는 제4회에서 양소유와의 혼사가 결정되었으나, 제7회에서 돌연 황실에서 양소유를 사위로 삼 으려 함에 따라 혼사 장애를 겪었다. 제8회에서 양소유가 황실의 혼인 요구에 불응한 죄로 하옥되면서 사정이 악화일로로 치닫자 정경패와 가춘운은 속세를 떠나 여승이 될 각오까지 하게 되었다. 양소유가 제 8회 후반부터 제10회 전반까지 국가를 위기에서 구함과 동시에 심요 연·백능파와 새로운 결연을 맺는 사이, 제10회 후반부터 제12회까지 난양공주가 서사 진행을 주도하는 가운데 정경패와 진채봉을 양소유 와 맺어 주는 시혜를 베풀면서 양소유를 둘러싼 여성 간의 갈등 관계 가 모두 해소되기에 이르렀다.

종합해 보면 『구운몽』은 제7회의 중반부까지 양소유 1인의 동선動線 을 따라 시간순으로 진행되다가 진채봉의 재등장 장면부터 서사의 흐 름이 여러 갈래로 나뉘어 나란히 전개되었다. 양소유·진채봉·정경 패·난양공주가 동시에 각각의 스토리를 이끌며 독립적인 서사가 병렬 진행되었다. 이런 방식은 「최척전」 이래로 같은 시각, 다른 장소에 있는 복수 주인공의 이야기를 전개하기 위해 필수적으로 요구되는 형식이다. 복수의 여주인공이 남주인공 1인을 두고 벌이는 삼각관계의 양상은 「주생전」에서 이미 나타났는데, 「주생전」에서 충분히 격화된 형태로 진행되지 못했던 갈등이 『구운몽』에서는 상층 여성의 배려와 시혜에 의해 아예 무화되는 양상으로 변했다. 양소유를 둘러싼 세 여주인공의 개별적인 이야기가 '늑혼勒婚(억지 혼인) 모티프'로 인해 하나로 얽히고, 다시 두 갈래의 독립적인 서사, 즉 양소유가 애정 갈등의 공간에서 이탈하여 새로운 애정 관계를 맺는 독립 서사와 난양공주의 주도 아래 세 여주인공이 흥미로운 속임수와 여유로운 배려로 갈등을 봉합하는 과정을 담은 또 하나의 독립 서사로 나뉘었다가, 양소유가 돌아오면서 다시 하나로 모이는 과정이 매우 솜씨 있게 그려졌다. 제7회부터 제12회까지의 전체적인 스토리 구도는 단순하고 선명해 보이지만, 당대까지의 단편 결합 양식을 총동원하여 매우 정교하게 구성한 결과다.

형식적인 측면 외에도 중요한 차이가 있다. 피카레스크 소설에서 주인공을 추동하는 힘은 가난, 좀 더 구체적으로 말하면 '굶주림'이다. 피카레스크 소설의 효시격인 16세기 스페인 소설 『라사리요 데 토르메스의 삶La vida de Lazarillo de Tormes』(1554)의 주인공 라사리요는 맹인 스승의 말을 순진하게 믿고 따르다가 속임수에 당해 큰 고통을 겪었다. 라사리요는 교묘한 사기 수법으로 부를 추구하는 구두쇠 스승을 통해 세상의 어두운 면을 배운 뒤 거꾸로 스승을 속이며 쾌감을 얻었는데, 라사리요가 스승을 속인 근본적인 이유는 먹을 것을 얻어 최소한의 생존을 영위하기 위해서였다.[22] 1599년에 출판된 스페인 피카레스크 소설의 대표작『구스만 데 알파라체Guzmn de Alfarache』제1부 역시 작품 전체의 3분의 1 분량을 할애하여 주인공의 지긋지긋한 굶주림과 냉혹한 세태를 묘사했는데, 이 때문에 주인공이 굶주림에서 벗어나기 위해 악동으로 변모해 가는 과정이 설득력 있게 전달되었다.[23] 피카레스크 소설의 주인공은 적대적인 세계 속에서 경멸 받는 존재다. 이들은 굶주림을 동력으로 삼아 나름의 능력을 발휘해서 적대자를 속이고 조롱하며 그 과정에서 세상의 거짓과 위선을 고발했다. 그러나 긴 여정의 끝에서 주인공은 아무 이룬 것이 없고 의미 있는 존재가 되지 못했다.[24]

『구운몽』의 양소유는 피카레스크 소설의 주인공과 전혀 다르다. 청빈한 처사의 아들로 태어난 양소유는 아버지가 집을 떠난 뒤 가문을 일으켜야 한다는 책임감을 가졌다.

아버지가 하늘로 돌아가실 때 우리 가문을 제게 맡기셨거늘, 지금 집이 가난해서 어머니가 힘들게 일하고 계십니다. 제가 집 지키는 개가 되어 공명功名을 구하지 않는 것은 아버지가 기대하시던 뜻이 아닙니다. 지금 서울에서 과거를 베풀어 선비를 뽑는다고 하니, 제가 잠깐 어머니 슬하를 떠나 한 번 서쪽에 가보고 싶습니다.[25]

양소유는 공명을 이루겠다며 과거를 보러 길을 떠났으니, 최초의 추동력은 가난에서 벗어나 부귀와 명예를 얻고자 하는 욕망이다. 양소유의 출발점에는 '아버지의 부재'에서 연유하는 '아버지 되기', 곧 '가문 세우기'라는 뚜렷한 목표가 있었다. 그러나 이후 양소유의 편력을 실질적으로 추동한 힘은 끝없는 애정 욕구다. 양소유는 전혀 가난을 의식하지 않았고, 성공을 향한 욕망을 드러낼 필요도 없었다. 양소유는 늘 자신만만해서 단 한 번도 자신의 성공을 의심한 적이 없다. 15세 무렵 서울에 처음 과거를 보러 왔을 때조차 시험에는 관심이 없고 오직 정경패를 만날 생각만 하면서 "제 자랑이 아니라 올봄의 과거는 제 주머니 안에 들어 있습니다"[26]라고 호언장담했다. 물론 양소유는 장원급제했고, 이후 나라를 위기에서 구하며 출세가도를 달려 20세부터 30여 년간 승상을 지내며 세상에서 가장 빼어난 여덟 여성과 함께 평생 부귀영화를 누렸다. 긴 여정의 끝에서 피카레스크 소설의 주인공은 아무 이룬 것이 없었으나, 양소유는 모든 것을 이루었다.

그렇게 양소유와 여덟 여성의 행복한 나날이 이어졌다. 그런데 뜻밖에도 50여 년 부귀영화를 누리고 행복의 절정에 서 있던 양소유는 무엇으로도 채워지지 않는 공허감을 토로하며 불가에 귀의하고자 하는 마음을 내보였다. 양소유의 공허감은 죽음 앞에 선 인간의 무상감無常感으로 해석할 수도 있고, 평생 끝없이 '욕망'을 추구하고 이루었으나 그럼에도 불구하고 채워지지 않는 욕망과 그로 인한 결핍감 같은 것으로 해석해 볼 수도 있다. 그 순간 육관대사가 양소유의 앞에 나타나면서 양소유의 긴 여정이 끝났다. 어느새 육관대사 앞에 서게 된 성진은 자신이 누렸던 양소유의 삶이 모두 한바탕 꿈이었음을 깨달았다. 성진은 양소유의 삶이 허망한 거짓임을 비로소 알겠다고 말하며 하룻밤 꿈으로 인간 세상을 향한 자신의 욕망이 부질없는 것임을 깨우쳐 준 육관대사에게 감사했다. 이에 대한 육관대사의 대답이 이 작품의 마지막 깨우침이다.

네가 흥을 타고 갔다가 흥이 다해 돌아온 게지 내 무슨 관여함이 있었을까. 너는 또 "인간 세상에 윤회하는 꿈을 꾸었다"고 하는데, 이는 인간 세상과 꿈을 다르다 함이니 너는 아직도 꿈에서 채 깨어나지 못했구나. 장주莊周가 꿈에 나비가 되었다가 나비가 장주가 되니, 어느 것이 거짓이고 어느 것이 참인지 분변하지 못하거늘, 이제 성진과 양소유 중 어느 것이 꿈이고 어느 것이 꿈이 아니냐?[27]

성진이 꿈에 양소유가 된 것인가, 양소유가 꿈에 성진이 된 것인가? '색즉시공色即是空, 공즉시색空即是色'의 세계다. 더구나 작품 속의 현실인 성진의 삶이 오히려 비현실적이고 초월적인 데 반해, 성진의 꿈속 양소유의 삶은 오히려 지극히 현실적이다. 그러다 보니 『구운몽』의 마무리는 '참'과 '거짓', '있음'과 '없음'의 경계가 허물어지며 '환몽구조'를 취한 기존의 어떤 작품에도 나타난 적이 없는 몽환적인 충격을 주는 동시에 오묘한 깨달음을 선사한다. 육관대사가 서천西天으로 간 뒤 성진은 연화도량을 이어받아 불법을 베풀고, 성진과 성진의 제자가 된 여덟 선녀 역시 결국 불도를 얻어 극락세계로 가면서 작품은 마무리된다.

(2) 보편주의와 공존의 논리

『구운몽』에 교묘하게 투영된 이념은 등장인물 간의 관계에서 드러난다. 『구운몽』의 후반부는 한 남성을 중심에 둔 여러 여성의 조화로운 관계를 구현해 보이고자 한 것인데, 이 문제로부터 출발해 보자.

『구운몽』에서 양소유와 여덟 여성이 벌이는 힘겨루기는 그 자체로 대단한 흥미를 자아낸다. 양소유는 번번이 싸움에 졌고, 그때마다 여성들의 놀림감이 되었다. 양소유가 가장 조롱받은 일은 가춘운의 귀신 놀음에 속은 것이었다. 정경패는 여장한 양소유에게 속은 데 복수하고자 가춘운을 귀신으로 꾸며 양소유를 감쪽같이 속였다. 귀신 행세를 하던 가춘운이 자신이 귀신임을 알고도 계속 가까이 할 수 있겠느냐고 묻자 양소유는 세속의 어리석은 사람들이나 귀신을 꺼리는 것이라며 귀신과의 사랑이라 할지라도 멈출 생각이 없다고 했다. 양소유는 이 말 때문에 훗날 두고두고 여성들의 조롱감이 되고 말았다.

한편 양소유가 공주와의 혼인을 거부한 죄로 옥에 갇혀 있다가 토번 정벌을 위해 출정한 동안 난양공주가 신분을 감추고 정경패를 만난 데 이어 난양공주의 배려와 황태후의 결단으로 정경패가 영양공주英陽公主에 봉해졌다. 이제 양소유는 두 공주와 진채봉을 함께 아내로 맞이하게 되어 있었다. 양소유가 이런 사실을 까맣게 모르고 있는 사이에, 황태후는 자신의 명을 거스른 양소유를 골려 주겠노라며 새로운 속임수를 구상했다. 정경패를 죽은 것으로 위장하여 양소유를 조롱하려는 것이었다.

전공戰功을 세우고 돌아온 양소유는 정경패가 죽었다는 소식에 슬퍼하다가 결국 두 공주 및 진채봉과 혼례를 치렀다. 혼례 후 양소유와 세 부인이 한자리에 앉으면서 여인들의 속임수 놀이가 본격적으로 시작되었다. 양소유는 영양공주의 모습이 정경패와 흡사함을 깨닫고 깜짝 놀랐다. 정경패 생각에 양소유의 안색이 어두워지자 영양공주(정경패)는 짐짓 슬퍼하는 까닭을 물었고, 양소유는 고지식하게도 정경패를 그리는 마음을 털어놓았다. 영양공주는 자신을 정경패와 견주었다는 이유로 낯을 붉히며 자리를 떴다. 영양공주를 달래 보겠다고 나섰던 난양공주가 돌아와서 전하는 영양공주의 말이 양소유로서는 참을 수 없는 모욕이었다. 영양공주는 정경패의 음탕한 행실을 꾸짖고(실상은 정경패가 정경패 자신을 꾸짖는 형국이어서 묘미가 있다), 이어서 양소유의 행동을 다음과 같이 질책했다.

옛날 노魯나라 추호秋胡가 뽕 따는 여자를 황금으로 희롱하자 추호의 아내가 물에 빠져 죽었으니 이는 진실로 행실 없는 사람의 아내가 된 것을 부끄러워해서입니다. 상공相公이 이미 정소저의 용모와 목소리를 아시니, 이는 필시 거문고로 집적이고 향香을 훔치는 음탕한 일이 있었던 것이니, 그 비천한 행실이 추호보다 심합니다. 저는 비록 옛사람이 강물에 투신한 일은 본받지 못하나 깊은 궁궐에서 늙기로 맹세했습니다.[28]

영양공주는 양소유가 거문고를 연주하며 정경패를 본 일을 혼전 사통으로 매도했다. 양소유는 정경패와 자신이 함께 매도당한 데 분노하면서도 억지로 화를 참아야 했다. 공주가 황실의 권위를 빌려 남편에게 위세를 부리는 갈등 상황이 속임수 장치를 통해 희극적인 상황으로 바뀌어 있다. 영양공주의 말을 전한 난양공주 역시 언니와 사생 고락을 함께 하겠다며 양소유를 떠나자 두 공주에게 버림받은 양소유는 진채봉에게 눈길을 보냈다. 진채봉은 양소유를 자기 방으로 데려가 이부자리를 펴준 뒤 이렇게 말했다.

저는 비록 천한 사람이지만, 『예기禮記』에 "정실正室이 부재중일 때라도 아내가 모실 차례인 밤에 첩이 감히 대신 모셔서는 안 된다"라는 구절이 있다고 들었습니다. 상공께서는 홀로 편안히 계셔요, 저는 물러갑니다.[29]

양소유를 자기 방으로 데려간 뒤 양소유 홀로 남겨 두고 방을 나가 버린 진채봉의 대응은 더욱 양소유의 약을 올리는 것이었다. 바로 이 때가 『구운몽』 전편을 통해 양소유가 가장 큰 고통을 느낀 순간이다.

세 여인으로부터 따돌림을 당한 양소유는 이윽고 여인들의 대화를 엿듣고 모든 계교를 눈치챘다. 그러나 그들의 대화에서도 양소유는 또 놀림감이 되었다. 양소유를 따돌린 세 여인과 가춘운이 의기양양 쌍륙 놀이를 즐기며 대화를 나누던 중에 문득 가춘운의 귀신 놀음이 화제가 되었다. 과연 양소유가 속더냐는 난양공주의 물음에 정경패는 이렇게 대답했다.

왜 속지 않았겠어? 겁내는 꼴이나 보려 했을 뿐이었는데, 어리석고 무디기 그지없어 귀신 꺼릴 줄도 모르더군. 여색 밝히는 사람을 '색중아귀色中餓鬼'라 한다더니 허튼 말이 아니었어. 귀신이 어찌 귀신을 두려워하겠어?[30]

양소유는 귀신을 쫓아내지 않으면 목숨이 위태로울 것이라는 도사의 말을 듣고도 귀신과의 사랑을 포기하지 않았다. 정경패는 그 이유가 양소유 자신이 바로 '색중아귀', 곧 '여색에 굶주린 귀신'이기 때문이라고 했다. 양소유 자신이 귀신이니 같은 귀신을 두려워할 까닭이 없다는 말이다. 당대 조선 사회에서 보자면 남편을 향한 아내의 조롱으로 대단히 수위가 높은 발언이다. 양소유의 화려한 여성 편력을 보는 여성의 시각이 뼈 있는 농담 속에 드러났다. 여성들이 자신을 놀림감으로 삼아 유쾌하게 웃지만 양소유는 결코 불쾌해하지 않았다. 양소유 역시 꾀를 부려 영양공주 스스로 자신이 정경패임을 실토하게 한 뒤에는 터져나오는 웃음을 참지 못했다.

『구운몽』에서 여성들의 대화는 이처럼 늘 유쾌한 분위기로 진행된다. 함께 양소유를 조롱하는 자리, 월왕越王과의 경쟁을 준비하는 자리, 양소유 가문의 번영을 축하하는 자리 등 여성들은 언제 어디서나, 『금병매金瓶梅』 같은 작품에서는 상상할 수 없는, 일체감과 연대의식을 가지고 있다. 「운영전」과 「강도몽유록」의 여성들에게도 일체감과 연대의식이 확인되지만, 『구운몽』과 비교하면 그 분위기가 천양지차다.

『구운몽』에서 양소유는 항상 여성들보다 낮은 자리에 있으며, 여성들의 놀림감 되기를 싫어하지 않는다. 문무를 겸비한 데다 못하는 것이 없는 만능 재주꾼이요, 호탕하고 너그러우며 유머 감각까지 지녔고 다정다감한 성격에 여성을 배려하는 세심한 마음 씀씀이를 갖춘 양소유를 여성들은 사랑하지 않을 수 없다. 여성들은 양소유와의 관계에서 늘 주도권을 쥔 것 같지만 실은 마음 깊이 양소유에 순종한다.

정경패는 양소유의 속임수에 아직 앙갚음을 하기도 전에 가춘운을 양소유의 소실로 삼는 데 동의했다. 그 논리는 이러했다.

> 양생은 서울에서 멀리 떨어진 시골 출신의 16세 서생書生 주제에 석 자 거문고를 들고 재상 댁 깊고 깊은 중당中堂에 들어와 규중처자를 내앉히고 거문고 곡조로 희롱했으니, 이런 기상으로 어찌 한 여자의 손에 늙겠습니까? 훗날 승상부丞相府를 차지하고 나면 몇 사람의 춘운春雲을 거느리게 될지 어찌 알겠습니까?[31]

시골 한미한 가문 출신의 나이 어린 양소유가 벌써부터 대담한 방식으로 재상 댁 외동딸을 넘보고 있으니, 훗날 승상의 지위에 오르고 나면 가춘운 같은 소실을 몇 명이나 거느리게 될지 알 만하다는 말이다.

훗날 양소유가 처첩을 늘려 나가 결국 심요연과 백능파까지 맞이하기에 이르렀을 때 난양공주는 웃으며 이렇게 말했다.

> 우리 궁중에 바야흐로 화색花色이 가득하니, 승상은 당신의 풍채를 따라왔다 여기시지만 이 모두 우리 자매의 공이라는 걸 아셔야 합니다.[32]

정경패와 난양공주 모두 겉으로는 양소유를 넌지시 비꼬거나 조롱하는 것처럼 보이지만, 실은 첩에 대해 일체의 투기가 없는 정실부인의 모습을 견지했다. 정실부인이 이러하니 첩들은 더 말할 것도 없다. 계섬월은 양소유와 운우의 정을 나눈 뒤 자신이 기녀로 전락하게 된 사연을 말하며 양소유에게 일생을 의탁하고자 했다. 그런데 「주생전」의 배도裴桃가 훗날 버려질 것을 두려워하여 주생에게 다짐을 받으려던 것이나 이후 남주인공의 배신에 원한과 투기심을 표출했던 것과 비교할 때 계섬월의 태도는 전혀 다르다.

지금 천하의 재주 많은 사람 중에 서방님보다 나은 이가 없을 것이니 이번 과거시험의 장원은 말할 것도 없거니와 승상의 인수印綬와 대장의 절월節鉞이 오래지 않아 이를 것이거늘, 천하의 미인 중에 누가 서방님을 따르고자 하지 않겠습니까? 제가 서방님의 사랑을 독차지할 마음을 털끝만큼이라도 품겠습니까? 서방님께서는 높은 가문에서 어진 부인을 맞아들이신 뒤에 천첩賤妾을 버리지 말아 주시기를 바랍니다.[33]

기녀 계섬월의 등장으로 인해 「곽소옥전」이나 「주생전」에서 그러했던 것처럼 애정 갈등 상황이 연출되기는커녕, 계섬월은 오히려 양소유가 앞으로 배필로 맞이하게 될 적경홍과 정경패를 천거했다. 마치 『삼국지연의』에서 유비劉備를 떠나는 서서徐庶가 제갈공명과 방통龐統을 추천하는 형국이다.

『구운몽』은 한 남성을 중심에 둔 여러 여성의 조화로운 관계를 구현해 보이고자 했다. 『구운몽』에는 남성의 폭압이나 변심도, 여성들 사이의 시샘도, 그 어떤 갈등의 씨앗도 존재하지 않는다. 양소유는 가춘운의 귀신 놀음에 속았지만 정경패와 가춘운을 동시에 처첩으로 맞이했고, 황태후와 정경패가 주도한 속임수에 당했지만 두 공주와 진채봉을 동시에 얻었다. 양소유는 늘 여성에게 졌지만 결과적으로 승리자가 되었다. 여성 주도의 속임수 놀이가 실은 남성 가부장의 굳건한 지위를 확립해 주기 위한 여성들의 '자발적' 동의 과정이 된 셈이다.

『구운몽』의 핵심 이념은 군신 관계와 여성 관계에 투영되어 있다.

17세기 한국 소설사

우선 주목할 것은 양소유와 난양공주의 결연 과정에 등장하는 '늑혼 모티프'이다. 황제는 황태후의 뜻을 받들어 양소유를 자신의 누이 난양공주와 혼인하게 하려 했다. 그러나 양소유는 이미 정경패와 정혼한 사이라며 황제의 명령을 거부했다. 『형차기荊釵記』를 비롯한 다수의 중국 희곡에서 그러했듯, 또 후대의 영웅소설이나 가문소설家門小說에서 그러하듯, 황제 혹은 권세가의 혼인 요구를 거부한 남주인공은 심각한 시련을 맞게 된다. 『구운몽』의 양소유 역시 황태후의 노여움을 사 하옥되기에 이르는데, 그에 앞서 황제와 양소유가 난양공주와의 혼사 문제를 두고 벌인 논란이 자세하게 묘사되어 있다. 황제는 온화한 태도로 예부상서 양소유를 설득하려 했다.

예전 시대의 제왕은 부마를 뽑을 때 전처前妻를 내보내게 했기에 왕헌지王獻之는 종신토록 후회했고, 송홍宋弘 같은 이는 임금의 명을 따르지 않았지만, 짐의 생각은 옛날의 제왕과 다르네. 짐이 천하 사람들의 군부君父로서 어찌 아랫사람을 잘못 가르칠 리 있겠나? 지금 경卿이 정씨 집의 혼인을 물리면 정사도의 딸은 자연 돌아갈 곳이 있으리니, 경은 조강지처를 쫓아내는 혐의가 없거늘 무슨 인륜에 구애될 일이 있겠나?[34]

황제는 양소유가 아직 정경패와 혼인하지 않았으니, 옛날 동진東晉의 간문제簡文帝와 후한後漢 광무제光武帝가 신하로 하여금 조강지처를 쫓아내고 공주를 아내로 맞이하게 하려던 일과는 전혀 경우가 다르다고 했다. 일리 있는 말이다. 그러나 양소유는 자신이 이미 정경패 집에 폐백을 바쳤고, 여장한 상태로 거문고 연주를 하며 정경패를 잠시

대면한 것뿐이라고는 하나 남녀가 서로 만난 것이라 할 수 있으므로, 혼례만 올리지 않았을 뿐 이미 부부의 연을 맺은 것이라고 했다. 이런 상태에서 파혼한다면 정경패는 다른 곳으로 시집갈 리가 없다는 말도 덧붙였다. 양소유의 말 역시 일리가 있다. 이에 대해 황제는 양소유의 생각을 이해하면서도 혼사를 추진할 수밖에 없는 자신의 처지를 말했다.

> 이제 경과 혼인을 맺으려는 것은 짐이 경을 중히 여겨 형제가 되고자 할 뿐 아니라 태후太后께서 경의 재주와 덕을 들으시고 힘써 주장하시기 때문이네. 경이 이처럼 고집하면 태후께서 필시 진노하실 테니 짐 또한 마음대로 할 수 없네.[35]

황제의 말에는 양소유에 대한 깊은 신뢰와 애정이 담겨 있다. 또 황태후의 뜻 때문에 신하에게 구차해 보일 정도로 거듭 혼사 요청을 해야 하는 자신의 처지를 하소연하는 듯한 느낌마저 준다. 양소유가 극력 사양하자 황제는 진노하는 대신 훗날을 기다려 보자며 양소유와 느긋이 바둑을 두며 소일했다.

'늑혼 모티프'를 채택한 대다수의 작품에서 황제나 권력자의 횡포를 드러내는 데 초점이 맞추어졌던 것에 반하여 『구운몽』에서는 양쪽의 입장이 나름대로 타당성을 갖추고 있다는 점을 보여 주려 애썼다. 흥미로운 것은 황제와 양소유가 거의 대등한 관계에서 나름의 논리를 펼쳐 보였다는 점이다. 숙종에게 극렬한 간언을 했다가 유배 간 김만중이 『구운몽』에서 꿈꾼 이상적인 군신 관계라 할 것이다.

한편 정경패와 난양공주의 대화는 다른 각도에서 군신 관계를 조명했다. 난양공주는 『구운몽』에서 가장 존귀한 여성이다. 황태후의 외동

딸이요, 두 오빠는 『구운몽』에서 양소유보다 지위가 높은 단 두 사람, 곧 황제와 월왕越王이다. 이에 비하면 정경패는 몇 대에 걸쳐 재상을 배출한 가문이라고는 하나 사대부가 여성에 불과하다. 양소유를 사이에 두고 난양공주와 정경패가 경쟁을 벌인다면 승자는 마땅히 난양공주여야 한다. 그런데 황태후의 혼인 강요로 양소유가 하옥되고 정경패 집에서 양소유의 폐백을 돌려주는 심각한 상황이 발생했을 때 먼저 해결의 실마리를 구한 쪽은 난양공주였다. 난양공주는 자신 때문에 파혼당할 처지에 놓인 정경패를 동정하여 직접 정경패를 만나본 뒤 갈등의 해결책을 찾겠다고 했다. 신분을 숨기고 정경패와 교유한 난양공주의 결정은 두 사람이 함께 양소유에게 시집가는 것이었다. 그러나 공주와 사대부가의 여성이 동등한 입장에서 동시에 정실부인이 된다는 것은 가당찮은 일이다. 난양공주의 간청으로 마음을 돌린 황태후는 정경패를 직접 부른 뒤 정경패와 난양공주를 함께 양소유의 정실부인으로 삼겠다고 했다. 이에 대한 정경패의 대답이다.

저는 신하의 딸이니 어찌 감히 공주와 자리를 나란히 할 수 있겠습니까? 제가 비록 순종하려 한들 제 부모가 죽음을 무릅쓰고 명을 받들지 않을 것입니다. (…) 신하가 군주를 섬기는 것은 만물이 천명에 순종하는 것과 같으니, 첩이 되든 노비가 되든 오직 명하시는 대로 따를 뿐 신첩臣妾이 어찌 감히 조금이라도 한스러워하겠습니까? 여염의 여자가 공주를 섬기게 된다면 이 또한 영화로운 일이 아니겠습니까? 다만 어려운 형편이 있으니, 정실부인을 첩으로 삼는 일은 『춘추春秋』에서 경계한 바여서 양소유가 하려 들지 않을 듯합니다.[36]

정경패는 우선 사대부가 여성인 자신이 황제의 누이인 난양공주와 나란히 정실부인의 자리에 오르는 것은 마땅치 않은 일이라고 했다. 그렇다면 정경패는 첩이 되어야 옳다. 정경패 자신이 난양공주를 섬기는 첩이 되는 것을 영광으로 여긴다고 말한 것은 그 당연한 귀결이다. 그러나 정경패가 정작 하고 싶은 말은 그 뒤에 있다. 정실부인의 자리에 있던 사람을 첩의 자리로 내리는 것은 예법에 맞지 않는 일이어서 양소유가 받아들일 리 없다는 것이다. 첩이 되어 마땅하다는 말은 의례적인 것이고 첩이 되는 것은 부당하다는 것이 정경패의 본의다. 앞서 황제에게 양소유가 그랬던 것처럼 정경패 역시 황태후 앞에서 대등한 관계라 할 정도로 굽힘 없이 자신의 의견을 개진했다.

유일한 해결책은 정경패가 난양공주와 동등한 자격을 획득하는 것뿐인데, 그러자면 정경패 역시 공주가 되어야 한다. 이 불가능해 보이는 일이 황태후의 배려로 현실이 되었다. 황태후는 느닷없이 예전에 죽은 딸을 떠올리며 정경패를 양녀로 삼아 영양공주에 봉함으로써 모든 문제를 해결했다. 더욱이 정경패는 난양공주보다 한 살이 더 많다는 이유로 영양공주의 언니가 되어 윗자리에 앉았다.

이처럼 무리를 범하면서까지 정경패를 공주로 만든 것은 오직 한 가지, 정경패를 모든 여성의 중심에 놓으려는 의도 때문이다.

장남의 이름은 대경大卿이니 정부인鄭夫人의 아들로 예부상서禮部尙書가 되었다. 차남은 차경次卿이니 적씨狄氏 소생으로 경조윤京兆尹이 되었고, 삼남은 숙경叔卿이니 가씨賈氏 소생으로 어사중승御史中丞이 되었고, 사남은 계경季卿이니 난양공주의 아들로 이부시랑吏部侍郎이 되었다.[37]

17세기 한국 소설사

양소유의 6남 2녀 중 적장자嫡長子 양대경楊大卿은 정경패의 아들이다. 난양공주의 아들은 적경홍과 가춘운 소생에 이은 넷째아들에 불과하다. 여덟 여성을 아내로 맞이한 뒤의 처소 배치에서도 정경패의 처소인 연희당燕喜堂이 저택 안채의 중심부에 놓이게 했다.[38]

양소유가 결연에 가장 노심초사했던 여성도 정경패였다. 다른 여성들이 자연스러운 이야기의 흐름 속에서 양소유의 주체적인 노력과 무관하게 결연에 이른 반면 정경패만은 양소유가 여장을 불사하며 대담한 행동을 한 뒤에야 다가갈 수 있었다. 그 이유는 정경패가 엄격하게 지킨 사대부가 여성의 예법 때문이었다.

재상 댁 높은 문이 다섯 층이요, 화원花園의 담장 높이가 두어 길仞이니 엿볼 길이 없고, 정소저가 책을 읽고 예禮를 익혀서 일거일동이 구차하지 않은바 도관道觀과 절에 분향하지 않고, 상원일上元日에 관등놀이를 하지 않으며, 삼월삼짇날 곡강曲江에서 노닐지 않으니, 외간 사람이 어찌 만나볼 길이 있겠나?[39]

『구운몽』에서 양소유를 놀림감으로 삼아 마음껏 조롱을 퍼부은 여성 또한 정경패가 유일했다. '귀신 놀음'을 계획해서 양소유를 웃음거리로 만든 장본인도, 훗날 여성들이 모여 담소하는 자리에서 양소유를 '색중아귀'라 조롱한 사람도 정경패였다. 정경패는 낙유원樂遊原 사냥 모임을 앞둔 자리에서도 양소유를 면전에서 조롱했다.

계섬월이 승상에게 말했다.

"홍랑紅娘(적경홍)의 자기 자랑이 심하니 제가 홍랑의 단점을 아뢰지요. 홍랑이 처음 승상을 따라오던 때 연왕燕王의 천리마를 타고 한단邯鄲 소년인 체하여 승상을 속였으니, 얼마나 날씬하고 아리따운 몸매기에 남자로 보셨겠습니까?"

(…) 정부인(정경패)이 말했다.

"홍랑의 가녀린 몸매에 부족함이 있는 게 아니라 승상의 두 눈이 본디 청명하지 못한 탓이니 이 때문에 홍랑의 값이 떨어지지는 않을 거야. 하지만 섬랑蟾娘(계섬월)의 말 또한 확론確論이로군. 여자가 남자로 꾸며 남을 속인다면 필시 여인의 자태가 부족할 터이고, 남자가 여자로 꾸며 남을 속인다면 필시 장부의 기골이 없는 자일 게야."

승상이 웃으며 말했다.

"부인이 나를 조롱하는 말을 하지만, 이 또한 부인의 두 눈이 청명하지 못한 소치요. 부인은 내 용모가 잔약하다 나무라나 능연각凌烟閣은 나무라지 않더이다."

모두들 깔깔 웃었다.[40]

계섬월은 적경홍과의 입씨름 끝에 예전 적경홍이 남장했던 일을 거론하며 적경홍이 얼마나 여성스럽지 않으면 양소유가 속았겠느냐고 적경홍을 비난했다. 『금병매』 같은 작품이라면 처첩 간 시샘과 갈등의 단초가 될 수 있는 장면이다. 그러나 계섬월의 말에 정경패는 적경홍을 두둔하면서 비난의 화살을 양소유에게 돌렸다. 정경패는 적경홍의 남장을 알아채지 못한 양소유의 흐린 눈을 탓하는 한편 감쪽같이 여장을 했던 양소유를 두고 '장부의 기골이 없는 자'라고 조롱했다. 여성 사이에 갈등이 벌어질 소지가 있는 대목이 양소유라는 '공동의 적'에 대한 조롱을 통해 오히려 여성들이 단합하는 대목으로 바뀌었다. 그 과정에서 여성 간의 갈등은 무화되고 여성 대 남성의 대립 구도가 새로 생겨났다. 이 장면에서 양소유는 『구운몽』에서 유일하게 정경패에 맞서 정경패의 말을 되돌려 주었다. 자신의 여장을 못 알아본 정경패의 눈 역시 흐리기는 마찬가지라며 자신은 엄연히 능연각에 역대 당나라 공신功臣들과 함께 초상화를 건 대장부라고 했다. 양소유의 농담에 여성 일동이 큰 웃음으로 화답하며 하나의 장면을 마무리하니, 이 자리에는 어떤 갈등도 남아 있지 않다.

정경패는 양소유와 대등하거나 우월한 위치에 서서 난양공주 이하 처첩들을 이끄는 존재로 부각되어 있다. 정경패가 여성들 중 가장 윗자리를 차지해야 했던 이유는 무엇인가? 정경패가 사대부가 여성이기 때문이다. 같은 출신의 진채봉은 부친의 역모죄로 흠결이 있었기에 정경패의 역할을 맡지 못한 대신 양소유의 가장 큰 사랑과 위로를 받았다. 사대부가 여성 중 완전무결한 존재인 정경패만이 중심에 설수 있었다. 여기에 비추어 보면 양소유가 낙유원의 세력 대결에서 월왕을 압도하게 한 설정[41]도, 양소유가 황제 이상의 예술인 집단을 거느렸다는 설정[42]도 당연하다. 『구운몽』에서 세상의 중심은 사대부다. 세계는 군주도, 왕족도 아닌 사대부가 주도해야 한다는 '사대부중심주의'의 선언이다.

이런 생각은 당대 집권세력이었던 서인西人의 발상과 통한다. 두 차례에 걸친 예송禮訟을 통해 드러난 대로, 국왕의 지위에 대한 서인과 남인南人의 관점은 뚜렷이 대비되었다. '예송'이란 널리 알려진 대로 효종과 인선왕후仁宣王后의 상에 대하여 자의대비慈懿大妃의 복상服喪 기간을 어떻게 정할 것인가 하는 문제를 두고 서인과 남인이 벌인 '상복 논쟁'이었다.[43] 문제의 핵심은 예禮의 두 축인 '친친親親(부자 관계)'과 '존존

尊尊(군신 관계)' 중 어느 쪽을 근본적인 것으로 보느냐는 점이고, 이는 곧 국왕의 위상에 대한 인식 차이로 이어졌다. 서인은 '친친'을 중심에 두어 누구든 동일한 예를 따라야 한다는 '천하동례天下同禮(천하의 모든 사람이 같은 예를 따라야 한다)'를 주장했고, 남인은 '존존'을 중심에 두어 군주는 사대부나 일반 백성과 달리 특별한 예를 적용받는다는 '왕자례부동사서王者禮不同士庶(군주의 예는 사대부나 일반 백성과 다르다)'를 주장했다. 서인에 의하면 효종은 엄연히 인조仁祖의 차남이고, 남인에 의하면 효종은 군주의 적통을 이었으니 인조의 장남으로 보아야 했다. 서인의 입장은 국왕을 포함한 세상의 모든 존재가 동일한 규정을 따라야 한다는 '보편주의'에 가깝다. 반면 남인의 입장은 국왕에 대해서는 여타의 존재와 달리 특별한 대우를 해야 한다는 것이었다. 서인 혹은 노론의 대표 주자 중 한 사람이었던 김만중은 예송의 이론가로 나서지는 않았지만 전자의 노선을 지지하고 있었다.[44]

이러한 생각 아래 『구운몽』 여성들의 위계를 재조명해 보면 국왕과 사대부 사이의 '차등'이 교묘한 방식으로 허물어져 있음을 알 수 있다. 난양공주와 정경패에게 '보편주의'를 적용하여 평등한 관계를 이루도록 한 것이 그 1차적 결과다. 이제 황태후·황제·월왕·난양공주 등 황실의 배려 혹은 시혜의 형식을 빌려 양소유와 정경패가 대표하는 사대부 계급은 국왕과 대등한 위치에 올라서고, 이후에는 그 이상의 위치에 올라 세상의 중심에 사대부가 놓여 있다고 선언하기에 이르렀다. 그런데 난양공주와 정경패만 '보편주의'의 적용을 받아 평등한 관계를 이루고, 나머지 여섯 여성들에 대해 '차등의 질서'를 강조하는 것은 불합리하다. 수미일관 '보편주의'를 적용해야 옳다. 정경패가 선두에 서서 여덟 여성의 신분 차이를 허물어뜨리고 모두 같은 근본을 가진 평등한 존재임을 선언하는 장면은 이 때문에 반드시 필요했다.

하루는 두 부인(정경패와 난양공주)이 의논하여 말했다.

"옛날에는 여러 자매가 한 나라로 시집가서 그중에 처도 있고 첩도 있었지. 이제 우리 2처와 6첩이 비록 저마다 성씨는 다르지만 마땅히 형제가 되어 서로 자매라 불러야겠네."

여섯 사람은 모두 감당할 수 없다고 했고, 가춘운·적경홍·계섬월은 더욱 굳게 사양했다.[45]

『구운몽』에서 양소유와 여덟 여성이 조화로운 삶을 이룰 수 있었던 데에는 양소유의 매력과 다정다감한 마음도 한 원인이 되었으나, 근본적 요인은 상층 여성의 배려와 시혜였다. 정경패와 진채봉은 황태후와 난양공주의 은혜를 입었고, 가춘운은 정경패의 은혜를 입었으며, 나머지 여성들은 정경패와 난양공주의 은혜를 입어 모두 양소유에게 의탁할 수 있었다. 급기야 정경패와 난양공주 두 부인은 여섯 첩에게 자매의 연을 맺자고 제안했다. 그동안 싹터 온 여성 간의 '연대의식'이 정점에 선 순간이다. 그러나 여종과 기녀 신분인 가춘운·적경홍·계섬월의 입장에서 두 부인과 동렬에 선다는 것은 외람하기 짝이 없는 상황인지라 고사할 수밖에 없다.

정부인鄭夫人은 말했다.

"(…) 야수耶輸 부인은 부처님의 아내이고 등가녀登伽女는 음란한 창녀였지만 함께 부처님의 제자가 되어 마침내 정과正果를 얻었으니, 애초의 미천한 신분 때문에 거리낌이 있어서야 되겠나?"

두 부인이 여섯 낭자를 거느리고 관음상觀音像 앞에 나아가 분향하고 아뢰었다.

"(…) 제자 여덟 사람이 비록 각자의 집에서 태어났으나 한 사람을 길이 섬겨 정이 합일하고 기운이 같습니다. 비유컨대 한 나무에서 핀 꽃이 바람에 휘날려 혹은 구중궁궐에 떨어지고 혹은 규방에 떨어지고 혹은 시골집에 떨어지고 혹은 거리에 떨어지고 혹은 변방에 떨어지고 혹은 강호에 떨어진 것과 같으니, 그 근본을 따진다면 어찌 다름이 있겠습니까? 오늘부터 형제가 되어 사생고락을 함께할 것을 맹세하나니, 혹시 다른 마음을 품은 자가 있거든 하늘과 땅이 용납하지 않을 것입니다."[46]

여덟 사람의 평등한 관계를 주창한 사람은 정경패였다. 중세 계급 사회에서 하층 여성을 동등한 관계로 인정한다는 발상은 참으로 희귀한 것이다. 「운영전」에서 궁녀의 자유를 인정해 달라던 것만큼이나 해괴하게 여겨졌을 법한 생각이다. 이 시점에서 모든 인간 존재는 마음속에 부처를 품었기에 평등하다는 불교의 논리가 동원되었다. 세상의 모든 존재는 부처 앞에 평등하다. 가장 고귀한 여성이나 가장 천한 여성이나 부처의 제자가 되어 도를 얻었다면 이전의 신분 차이는 무의미하다. 더욱이 여덟 여성은 모두 팔선녀의 화신이라는 장치가 전제되어 있다. 부처의 눈으로 보든, 팔선녀의 화신이라는 관점에서 보든 이들은 근본적으로 "한 나무에서 핀 꽃"이다. 바람에 휘날려 우연히 세상의 이곳저곳에 떨어졌고, 그 우연히 떨어진 곳에 따라 신분의 차이가 발생했다. 그러니 근본을 따진다면 우열을 따질 수 없는 대등한 존재다. 이 때문에 사대부가의 여성이 공주와 대등하거나 우월한 위치에 서는 것도, 하층 여성이 상층 여성과 평등한 존재로 인정받는 것도 모두 가능한 일이 되었다. 하층 여성을 동등한 관계로 인정함으로써, 다시 말해 하층 여성에게서 '동질성'을 발견함으로써 조화로운 공존에 이를 수 있다는 '보편주의'의 발상 속에 『구운몽』에서 제시한 사회 통합의 새로운 원리가 깃들어 있다.

물론 이런 생각이 끝까지 관철되지는 못했다. 강고한 중세적 신분제 속에서 '평등 지향적 사고'가 현실적인 힘을 지니기는 어렵기 때문이다.

> 이후 여섯 사람은 각자의 분수를 지켜 감히 형제라 부르지 못했지만 두 부인은 항상 자매라 부르며 은혜로운 뜻이 더욱 극진했다.[47]

결국 『구운몽』의 '보편주의'는 상층의 배려 형식에 머물렀다. 상층은 하층을 배려하여 은혜를 베풀고, 하층은 자신의 '본분'을 지켜 상하의 위계질서를 기꺼이 수용하는 것이 『구운몽』에서 도달한 '조화로운 공존'의 형식이다.

『구운몽』에서 말하는 '보편주의'의 중심에는 양소유와 정경패로 대표되는 사대부가 서 있다. 이들이 내건 보편주의, 곧 평등 지향의 사고는 그 주체와 의미 내용은 전혀 다르지만 중세에서 근대로의 이행기 유럽에서 '평등'을 주장하며 새로운 사회를 여는 대표 계급으로 부상한 부르주아지를 연상시킬 만큼 당대 사회로서는 획기적인 것이었을 터이다. 『구운몽』에서 사대부는 국왕과 대등하거나 오히려 우월한 위치에 설 수 있다는 자신감으로 충만해 있고, 그 자신감에 근거하여 하층에 대한 배려를 통한 '조화로운 공존'을 주장하며 사대부가 주도하는 사회 통합의 논리를 제시했다. 결국 '평등 지향'은 '배려의 형식'으로 귀결되고 말아 상층의 배려와 시혜를 내세워 차등의 질서를 요구한 것으로 비판받을 소지가 다분하다. 그러나『구운몽』에서 그 '남성중심주의'의 한계에도 불구하고 17세기 후반의 조선 사회에 통용되던 강압적인 규율과 통제 대신 인간의 '동질성'에 입각한 통합과 공존의 논리를 제기한 점은 충분히 가치 있는 일로 평가받아 마땅하다. 바로 이 점이 형식적 완성도 이상으로 주목해야 할『구운몽』의 성취다.

17세기 한국 소설사

배타적인 사족중심주의

『창선감의록』은 『구운몽』에 뒤이어 나온 장편소설로 추정되나, 작자와 창작 시기가 모두 확실치 않다. 작자로 가장 유력하게 지목되어 온 인물은 졸수재拙修齋 조성기趙聖期, 1638~1689이다. 그 근거는 조재삼趙在三, 1808~1866의 『송남잡지松南雜識』 중 다음 기록이다.

나의 선조 졸수공拙修公(조성기)의 행장行狀에 다음의 기록이 있다.

"대부인(조성기의 모친 심부인沈夫人)께서는 고금의 역사서와 전기傳奇에 대해 널리 듣고 익히 알지 못하는 것이 없었으며, 만년에는 또 누워서 소설 듣는 것을 좋아하셨다. 그래서 소일거리에 보탬이 되도록 공께서 옛이야기를 가져다 부연하여 몇 책을 만들어 올리셨다."

세상에 전하는 『창선감의록創善感義錄』·『장승상전張丞相傳』등의 책이 바로 그것이다.[1]

조성기와 조재삼의 생존 시기가 150년가량 차이가 나기는 하나 조재삼이 그 후손인 만큼 가문 내에서 전해 오던 신빙할 만한 이야기일 가능성이 있다. 그러나 위에서 "세상에 전하는"으로 번역된 "世傳"[2]은 '세상 사람들이 전하여 말하기를'이라는 의미로 해석될 수 있다. 그렇다면 "세상 사람들이 전하기를 『창선감의록』·『장승상전』 등의 책이 바로 그것이라 한다"라고 번역될 수 있는바, 『송남잡지』의 기록은 조재삼 역시 다른 사람들로부터 전해 들은 풍문을 전한 것일 수 있다. 이 때문에 『창선감의록』의 작자를 조성기로 확정하는 일은 아직 조심스럽다.

한편 현재 고본古本이자 가장 오류가 적은 선본善本으로 꼽히는 것은 국립중앙도서관 소장의 한문 필사본이다. 그런데 이 한문본은 한글본 『원감록』의 번역이라는 기록이 『창선감의록』의 서두에 실려 있다.

나는 근래 담병을 앓아서 요양하느라 가만히 누워 부녀자들더러 여항의 한글소설을 읽게 하고 들었다. 그중 이른바 『원감록寃感錄』이라는 것이 있었는데, 원한에 따른 보복이 뼈저리게 참혹했으나, 선을 행한 자는 반드시 창성하고 악을 행한 자는 반드시 패망해서 족히 사람을 감동시켜 권선징악하는 바가 있었다.[3]

여항에 유행하던 한글소설 『원감록』이 존재하는 상태에서 작자가 이 이야기를 듣고 윤색을 가하여 다시 한문으로 개작한 것이 오늘날의 한문본 『창선감의록』이라고 해석하는 것이 타당해 보인다. 국문본 『원감록』이 최초의 원작인지 다른 한문본 원작의 번역인지에 대해서도 확실한 증거는 아직 없다. 이런 문제가 남아 있기에 『창선감의록』

에 대한 논의는 현재 전하는 한문본이 『창선감의록』 혹은 『원감록』 원작으로부터 대대적인 개편을 거치지 않았으리라는 불확실한 단서 아래 이루어질 수밖에 없다는 제약이 있다. 다만 『창선감의록』은 『구운몽』과 「남정기南征記」의 영향을 받아 성립했을 가능성이 매우 높고, 『소현성록』을 비롯한 후대의 한글 장편소설에 큰 영향을 끼친바, 17세기 말에서 18세기 초 사이에 창작되었으리라는 것은 논의의 전제로 삼을 수 있다.

(1) 선과 악의 대결: 극단적 갈등의 시작

『창선감의록』은 정치적인 대립, 가정 내 갈등, 애정 장애의 문제가 복잡하게 얽혀 있는 작품이다. 정치적인 대립은 주로 16 · 17세기 중국의 역사소설, 연의소설과 정치소설,[4] 애정 장애는 명말청초 재자가인소설의 구도와 유사하다. 역사소설과 재자가인소설은 당대 중국 소설의 주류 형식에 속하는 것이었는데, 이 두 형식의 결합은『창선감의록』에 이르러 본격화되었다. 그 결과『창선감의록』은 명말청초의 재자가인소설에 비하여 역사적 배경을 더 철저하게 재구하면서 사실성을 강화하는 한편, 정치적 대립을 주요 추동력의 하나로 채택함으로써 서사 전개에 박진감을 더하는 효과를 얻었다. 『창선감의록』은 다시 여기에 '가문소설'의 형식을 효과적으로 결합시켰다. 가정 내 갈등과 그 해결 과정을 주요 제재로 삼는 가문소설은 정치적 대립을 다루는 역사소설의 형식과 결합하면서 한층 일관되고 첨예한 갈등 구조를 만들어 냈다. 이러한 방식은 「남정기」에서 시도된 것이었으나,『창선감의록』에 이르러 가정 갈등의 면모가 다양해졌고 정치적 대립 역시 더욱 구체적인 형태를 갖추게 되었다. 이로써『창선감의록』은 역사소설 · 애정소설 · 가문소설이 결합된 새로운 장편소설 형식을 선보였다.『창선감의록』의 작자는 대단히 뛰어난 기량을 발휘해 정교하게 만들어진 시간축 위에서 복잡하게 얽힌 겹겹의 서사를 착종 없이 진행하는 데 성공했다.

『구운몽』이래의 한국 고전장편소설은 대개 중국을 작품 배경으로 삼았다.『구운몽』은 당나라 문종文宗 때 환관으로서 정권을 농단했던 구사량九士良의 반란이 잠깐 언급된바, 9세기 전반 당나라 문종과 무종武宗 재위기를 배경으로 삼았음을 알 수 있다. 그러나 작품의 서사가 실제 역사 전개와 관련을 맺지 않고 역사적 실존 인물도 등장하지 않으므로 작품의 시대적 배경과 서사 전개 사이의 관계를 찾기 어렵다. 반면 『창선감의록』의 경우 역사상의 실제 인물이 조역으로 대거 등장해서 주인공의 주요 적대자 역할을 떠맡거나 주인공과 협력 관계를 맺는 등 작품의 서사 전개와 실제 역사적 배경이 매우 밀접한 관련을 가진다.[5] 이 점이 연의소설과 흡사하지만 『창선감의록』과 연의소설의 결정적인 차이는 핵심 주인공이 모두 허구적 인물인 점이다. 이를테면 남주인공 화진花珍과 그 부친 화욱花郁은 명나라의 개국공신 화운花雲의 후손으로 설정했지만 실은 허구적 인물이다.

화운의 7대손인 병부상서 여양후汝陽侯 화욱은 세종世宗 황제를 섬겨 가정嘉靖 14년 (1535)에 과거 급제하고 거듭 승진하여 벼슬이 형부시랑 내각판사內閣辦事에 이르렀다.[6]

또 다른 주인공 유성희兪聖禧 역시 허구적인 인물인데, 실존 인물인 명나라 개국공신 유통해兪通海의 후손으로 설정되었다. 조역 중에는 화춘花瑃(화욱의 장남)의 아내 임소저와 하춘해夏春海가 각각 명나라 세종 때의 실존 인물 임윤林閏의 누이, 하언夏言의 아들로 설정되었다. 윤여옥尹汝玉 · 윤옥화尹玉花 · 남채봉南彩鳳 · 진채경陳彩瓊 등의 주역들과 조녀趙女 · 범한范漢 · 장평張平 등의 주요 악역들은 완전히 허구적 인물이다. 반면 실존 인물로는 서계徐階 · 해서海瑞 · 곽박郭朴 · 척계광戚繼光 등이 군자당君子黨의 일원 내지 선인으로, 엄숭嚴嵩 · 엄세번嚴世蕃 · 언무경鄢懋卿 · 풍보馮保 등이 권력의 정점에 선 소인小人 내지 적대 세력으로 등장한다. 명나라 세종 때를 배경으로 삼아 실존 인물의 후예로 설정된 허구적 인물, 당대에 활동했던 실존 인물, 완전히 허구적인 인물을 배치하고, 역사적 시공간을 무대로 삼아 당대의 정세를 반영한 실제의 역사 전개는 그것대로 배경을 이루면서 역사상의 정치 대립과 순전히 허구적인 서사 갈등을 함께 풀어 나가는 방식을 취했다. 현대소설의 개념과는 다소 차이가 있으나 일종의 '대체역사代替歷史'다. 후대의 대다수 장편소설이 대개 『창선감의록』의 예를 따라 역사상의 한 시기를 작품 배경으로 설정하고 허구적 인물의 활동 반경에 실존 인물과 실제 사건을 적절히 포치하는 방식을 거듭 채택했으니, 『창선감의록』에서 설정한 '대체역사' 수법은 우리 고전장편소설의 창작 방법 발전에 큰 영향을 끼친 것으로 평가된다.

『창선감의록』은 「남정기」와 많은 공통점을 지니고 있는데, 명나라 세종 재위기(1522~1566)를 배경으로 삼은 점부터가 그렇다. 실존 인물 엄숭嚴嵩, 1480~1569을 등장시켜 엄숭 일파의 득세와 몰락의 시기를 주인공의 시련과 승리의 시기에 중첩시킨 점, 「남정기」의 여주인공 사정옥謝貞玉과 『창선감의록』의 여주인공 남채봉의 예정된 시련을 주요 사건의 시간적 배경으로 삼은 점, 두 가문의 가부장이 죽으면서 가문의 위기가 발생한 점, 두 작품에서 남주인공의 고모인 두부인杜夫人과 성부인成夫人을 가문의 '임시 관리자'로 내세워 가문의 위기가 잠시 지연된 점, 교채란喬彩鸞과 조녀라는 악녀를 내세워 가정 내 갈등을 극대화한 점, 각각 동청董靑과 냉진冷振, 범한과 장평이라는 악인을 내세워 작품의 중반부를 악인의 음모에 의해 진행시킨 점, 가문을 위기 상태에 빠뜨리는 악인이 권력자 엄숭 일파와 연관을 맺은 점, 결말부에서 상층의 악인이나 우인愚人은 개과천선하고 하층의 악인은 엄격한 징벌을 받은 점 등이 「남정기」와 『창선감의록』의 공통점이다. 이런 점에서 두 작품은 영향 관계를 맺고 있을 것으로 추정된다. 선후 관계를 단정하기는 어려우나 「남정기」를 '목적소설'로 보는 입장에 서면 특정한 창작 목표 아래 좀 더 간명한 구도를 취한 「남정기」가 앞서 창작되었을 가능성이 크다고 본다.

흔히 「사씨남정기」로 불리는 「남정기」[7]는 서포 김만중이 한글로 창작한 원작을 김춘택金春澤, 1670~1717이 제주도 유배 시절인 1709년에 한역漢譯한 작품으로 알려져 있다. 그 유일한 근거는 김춘택이 「남정기」 한역본漢譯本에 붙인 서문이다.[8] 김춘택은 이 서문에서 「남정기」의 주인공 사정옥이 임금에게 버림받은 충신이자 이상적인 열녀의 전형으로 형상화된 것임을 시사했다. 이런 관점에서 본다면 남주인공 유연수劉延壽가 교채란을 내치고 사정옥을 다시 맞이하는 과정은 임금이 과오를 깨닫고 충신을 다시 맞이하는 일에 대응되고, 사정옥과 교채란은 각각 충신과 간신의 전형이 된다. 그러나 사정옥과 교채란의 관계는 일반적인 충신과 간신의 대립보다는 인현왕후와 장희빈의 대립 관계에 부합한다. 이 때문에 「남정기」는 숙종 때 인현왕후의 폐위로부터 복위에 이르는 현실 정치 사건에 적극적으로 대응하여 개입하고자 창작한 '목적소설'로 보인다.

「남정기」를 목적소설로 보는 또 다른 중요한 근거는 「남정기」의 핵심 사건인 교채란의 정실 승격 문제에 있다. 첩이 정실의 지위를 차지하는 「남정기」의 설정은 일반적인 처첩 갈등과 다른 차원의, 대단히 특수한 문제다. 조선 사회는 정실과 첩의 관계에 대한 엄격한 법령을 이미 가지고 있었다. 첩을 정실로 삼거나 두 명의 정실을 동시에 거느리는 행위는 90도度의 장형杖刑을 받는 중죄에 해당했다.[9] 임금의 경우 또한 다르지 않았다. 중종 때 후궁을 왕비로 삼을 수 있는가에 대한 논란이 벌어졌는데, 중종은 조정 중신들의 논리를 받아들여 계비繼妃를 후궁 중에서 뽑지 않았다.[10] 이후 계비를 세워야 할 경우 기존의 후궁을 계비 후보자에서 제외하는 것이 하나의 규례가 되었으나, 숙종 때 장희빈의 등장으로 이 문제가 다시 제기되었던 것이다. 처첩 간의 일반적인 갈등에 국한된 것이 아니라 첩이 정실의 지위에 오르는 일이라면 조선 사회에서 보편적인 공감대를 형성할 만한 현실적인 사안이 아니다. 어차피 첩이 정실의 지위를 차지하는 사례는 현실 속에서 존재하기 어려운, 매우 희귀한 사례였을 것이기 때문이다. 그러나 숙종 때 장희빈을 둘러싼 문제를 염두에 두고 보면 「남정기」의 설정은 대단히 현실적이다.

더욱이 「남정기」는 첩의 정실 승격 문제에 또 하나의 특수한 상황을 중첩시켰다. 「남정기」에서 유연수가 교채란을 첩으로 들인 이유는 가문의 대를 잇기 위한 것이었다. 사정옥은 혼인한 지 10년이 되어 가도록 자식을 얻지 못하자 남편 유연수에게 첩을 들이도록 권했다.[11] 그렇게 첩으로 들어온 교채란은 임신한 뒤 점쟁이에게 태아의 성별을 물었는데, 점쟁이가 딸이라고 하자 경악을 금치 못하며 이렇게 말했다.

17세기 한국 소설사

한림翰林(유연수)께서 나를 여기 두신 건 오직 집안의 대를 잇기 위해서야. 지금 딸을 낳는 건 낳지 않느니만 못해![12]

사대부 가문에서 대를 이을 목적으로 일부러 첩을 들이고 이렇게 들어온 첩이 처음부터 정실의 지위를 탐내며 자신의 자식에게 적장자嫡長子의 지위를 주고자 하는 일은 비현실적이다. 첩이 정실이 될 수도, 첩의 아들인 서얼이 정실의 아들과 대등한 사회적 대우를 받는 일도 불가능하기 때문이다. 따라서 대를 잇기 위해 맞이한 첩이 정실을 몰아내고 정실의 지위를 차지한다거나 첩의 아들이 가문의 적통을 이어받을 수 있다는 「남정기」의 특수한 설정은 왕가王家를 배경으로 해야만 현실성이 확보된다. 결국 「남정기」의 특수한 설정은 임금이 왕자를 낳지 못한 왕비를 폐하고 왕자를 낳은 후궁을 왕비에 봉한 숙종 때의 특수한 사건으로부터 연유한다고 보는 편이 자연스럽다. 결국 「남정기」는 당대 왕실의 특수한 문제로부터 출발하여 한국 고전소설사상 최초로 처첩 갈등을 작품의 주요 제재로 삼았던 것으로 보인다.

「남정기」에서 사대부 유연수가 처첩을 두는 설정을 취한 것과 달리 『창선감의록』에서는 화욱이 제후로서 세 사람의 정실부인을 두는 설정을 취했다. 이는 『구운몽』에서 "제후는 세 부인을 둔다"[13]라는 『예기』 주석을 인용해 양소유가 두 부인을 두는 근거로 삼았던 데 착안한 것이 아닐까 한다. 한편 「남정기」의 처첩 갈등을 그대로 가져와 화춘이 조녀를 첩으로 맞은 뒤 정실부인 임소저를 내쫓고 조녀를 정실로 삼는 구도도 함께 취했다. 「남정기」의 처첩 갈등이 왕실의 특수한 사정 속에서 현실성이 인정되는 것이었던 반면 『창선감의록』은 「남정기」의 처첩 갈등 외에 복수의 정실부인을 내세워 처첩 갈등(부인 간 갈등)과 계후繼後 갈등(가문의 계승자 자리를 놓고 벌어지는 갈등)을 전개함으로써 갈등이 왕실의 범위를 넘어 좀 더 보편적인 수준에서 이해될 수 있게 만들었다.[14] 그 밖의 갈등도 더욱 격화하는 방향으로 확대 변개되었다. 이를테면, 「남정기」에서 이미 엄숭이 악인 그룹의 한 사람으로 등장한 바 있는데, 『창선감의록』에서는 엄숭 일파와 그 반대파의 정치적 대립을 더욱 치열하게 만들어 주요한 갈등의 축으로 삼았다.

『창선감의록』은 정치적 대립을 먼 배경의 갈등 구도로 잡고, 정치적 대립과 관련된 가족 갈등 및 애정 장애 쪽에 무게중심을 두어 재자가인에 해당하는 선인善人 집단이 가문 안팎의 악인들을 이겨내고 행복에 이르는 과정을 서사의 뼈대로 삼았다. 이 작품에는 당대까지의 대표적인 소설에 한 번씩 등장했던, 당대 사회에 있을 법한 모든 갈등 관계가 집대성되어 있다. 가족 내에서 벌어지는 부자 갈등, 형제 갈등, 처첩 갈등, 계모와 전처 소생의 갈등, 동서 갈등이 모두 나타나 있고, 국가적으로는 충신과 간신의 정치적 대립, 외적(거란)과의 대립이 설정되어 있다. 게다가 선인과 악인의 대립이 가족 갈등과 정치적 갈등 양자에 개입하여 매개 역할을 했다. '정치소설'의 핵심 요소인 충신과 간신의 정치적 대립, '재자가인소설'에 자주 활용되는 남녀 주인공과 그들의 결연을 방해하는 인물의 선악 대립은 개별적으로는 낯설지 않은 설정이다. 그러나 선악 대립을 가정 안으로 끌어들여 가정 안팎의 갈등이 서로 호응하게 만든 것이 새로운 발상이다. 가정 내 갈등을 다루면서 가정 밖의 악인이 가정 내의 악인과 합세해 위기 상황을 만든 것은 「남정기」의 창안으로 보인다. 『창선감의록』은 이를 발전

17세기 한국 소설사

시켜 정치적 대립은 물론 외적과의 대립에 이르기까지 갈등의 범위를 최대한 확장하고 가정 안팎의 모든 갈등을 한층 복잡하고도 정교하게 만들었다.

『창선감의록』의 최초 갈등은 '군자당君子黨'과 '소인당小人黨'의 정치적 대립이다. 엄숭의 전횡으로 화욱의 동지 남표南標(남채봉의 부친)가 유배형을 받은 사건이 갈등의 시발점이다.

> 황상皇上께서 자애롭고 신실하고 인자하고 밝으시나 엄숭이 정사政事를 주도한 뒤로 나랏일이 날로 잘못되었습니다. 어사御史 남표南標가 홀로 상소하여 다투었으나 간언이 채택되지 못하고 도리어 유배 가게 되었어요. 언로言路는 나라의 눈과 귀이거늘, 눈과 귀가 막히고도 망하지 않는 일은 드문 법이지요.[15]

화욱은 이렇게 개탄하다가 아홉 살 된 아들 화진의 권유로 벼슬을 버리고 은거할 것을 결심했다. 이처럼 주인공의 아버지 세대인 화욱 · 남표 · 윤혁尹爀(윤옥화 · 윤여옥의 부친) · 진형수陳衡秀(진채경의 부친) 등 '군자당'의 인물과 엄숭 이하 '소인당' 인물 사이의 갈등이 아직 격화되지 않은 상태로 작품 저변에 배치되었다.

곧이어 가정 내 갈등의 시발점이 되는 사건이 발생했다. 고향 소흥에 은거하던 화욱이 두 아들과 조카 성준成儁을 데리고 상춘정賞春亭에서 노닐다가 시를 짓게 했는데, 이때 장남 화춘이 지은 시가 문제였다.

> 화욱은 화춘의 시를 보고는 별안간 소스라치게 놀라 시가 적힌 종이를 내던지며 말했다.

"어린 녀석이 이리 무도하니 우리 가문이 망했구나! (…) 약빠르고 경박하며 경솔하고 음란한 태가 시에 넘쳐나니, 우리 가문을 어지럽힐 것이다."

화욱은 눈썹을 찌푸린 채 한참 동안 불쾌한 기색이었다. 이윽고 화진의 시를 보았다. 턱이 빠지도록 기뻐하는 화욱의 온화한 기운이 봄처럼 따뜻했다.

(…) 화욱은 말했다.

"(…) 우리 가문을 망하게 할 자는 춘^椿이요, 우리 가문을 흥하게 할 자는 진^珍이다!"

다시 정색을 하고 화춘을 꾸짖었다.

"(…) 앞으로는 모름지기 마음을 고치고 행실을 닦아 모든 행동 하나하나를 모두 네 아우에게 배워서 화씨의 종사^{宗祀}가 네 손에서 엎어지지 않게 해라!"

화춘은 부끄러워하며 물러갔다.[16]

이른바 '상춘정 시회^{詩會}' 장면이다. 화욱의 편애와 차별 때문에 부자 갈등이 발생했다. 부자 갈등은 작품의 출발점부터 예고된 것이었다.

화욱은 세 부인을 두었는데, 제1부인 심씨^{沈氏}는 (…) 언변이 좋고 미모가 있었으나 속마음은 매우 시기심이 많고 음험했다. 심씨의 아들 춘은 품격이 용렬해서 화욱이 사랑하지 않았다. 정부인^{鄭夫人}(제3부인)은 단정하고 조용해서 정숙한 덕이 있었다. 요부인^{姚夫人}(제2부인)은 불행히 일찍 세상을 떴는데, 임종할 때 자신의 외동딸을 정부인에게 부탁했다. 그 뒤로 정부인은 요부인의 딸을 보호하고 가르치기를 친자식과 다름없이 했다. 화욱은 이 때문에 정부인을 각별히 공경하고 중히 여겼다. 정부인이 아들(화진)을 낳으니 얼굴이 빼어나고 울음소리가 우렁차고 맑았다. 화욱은 이 아들을 크게 기특히 여겨 사랑했다.[17]

생존한 두 부인과 그 소생의 선악이 뚜렷하게 대비되어 화욱은 선인 정부인과 화진을 사랑하고, 악인 내지 우인愚人인 심씨와 화춘을 멀리했다. 상춘정에서 화욱이 두 아들에게 보인 대조적 태도는 그 연장선상에 있는 것이었다. 화춘과 심씨는 화욱과 정부인 모자에 대해 원망과 미움을 품었으나, 화욱과 정부인의 돌연한 죽음으로 부자 갈등과 부부 갈등은 더 이상 전개되지 못했다. 화욱에 대한 심씨와 화춘의 원망은 화욱의 사랑을 독차지한 화진에게 옮겨 가서 '모자 갈등'과 '형제 갈등'을 낳았다. 이 두 가지는 가문 내의 핵심 갈등으로 작품의 후반부까지 이어진다.

한편 화춘은 아내 임소저와 갈등을 빚었는데, 이들의 '부부 갈등' 역시 혼인 초부터 예정된 것이었다.

이해에 화욱은 맏아들 화춘의 혼례를 치러 병부상서 임준林俊의 손녀를 며느리로 맞았다. 임소저는 자색이 썩 빼어나지는 않았지만 자못 덕성이 있어 화욱은 기뻐했으나 화춘은 몹시 불쾌히 여겼다.[18]

화춘과 임소저의 부부 갈등은 '형제 갈등'과 '모자 갈등'과 결합되어 더욱 격해졌다. 심씨와 화춘이 정부인과 화진을 헐뜯자 임소저가 화춘을 나무라면서 본격적인 부부 갈등이 시작되었다.

화춘이 아내의 간곡한 충고에도 여전히 잘못을 고치지 않자 그 뒤로 임소저는 자신의 기박한 운명을 한스러워하고 무도한 남편을 통탄하며, 마침내 자신의 몸을 깨끗이 지켜 화춘과 은근한 정을 나누지 않았다. 이 때문에 오래도록 자식이 생기지

않자 화춘은 크게 성이 났다.[19]

　화부花府(화씨 가문)의 가족구성원을 소개하며 갈등을 배치한 뒤 이
야기의 초점은 여주인공 남채봉으로 옮겨간다. 남채봉은 『창선감의
록』의 여주인공들 중에서도 핵심 인물이다. 다른 여주인공 윤옥화·
진채경과 미모와 덕성, 문재 등이 서로 우열을 가릴 수 없다고 했으나,
윤여옥은 남채봉이 "하는 일마다 신이해서 본래 이 세상 사람이 아니
다"[20]라며 윤옥화와 진채경의 윗자리에 두었고, 진채경의 여종 운섬은
"천향天香이 스스로 발동하고 온갖 아름다움이 넘쳐흘러 사람이 생긴
이래로 있지 않던 바"[21]라며 남채봉을 윤옥화의 윗자리에 두었다.
　『창선감의록』에서 남채봉은 수난의 여성상이다. 남채봉의 수난은
처음부터 예정된 것이었다. 남채봉의 집에 관음보살 화상畵像을 부탁
하러 온 여승 청원淸遠은 아홉 살 난 채봉의 관상에서 앞날의 운명을
읽고 경악했다. 결국 그해에 부친 남표가 엄숭을 탄핵하다가 가족 모
두가 유배길에 오르면서 남채봉의 1차 수난이 시작되었다.

　동정호洞庭湖에 안개가 희미하고 군산君山에 달이 떠올랐다. 붉은 두건을 쓴 장정
여덟아홉 명이 작은 배 한 척을 타고 남표 일행이 탄 배의 꽁무니를 빙빙 맴돌았다.
남표가 의심스러워하는데, 과연 그 자들이 고함을 지르며 남표의 배에 뛰어오르니
검광劍光이 별처럼 번득였다. 남표는 엄숭이 보낸 자객임을 알아채고 필시 화를 면
할 수 없으리라 여겨 마침내 한부인과 함께 호수에 몸을 던졌다. 아아, 소인이 일으
킨 재앙이 결국 이 지경에 이르렀다!
　이때 함께 가던 남표의 하인들이 모두 자객의 칼에 죽고, 어린 몸종 계앵季鶯이 홀

로 채봉을 안고 하늘을 향해 울부짖었다. 자객들은 이들을 가련히 여겨 강가에 던져 두고 떠났다.[22]

남표 일가가 유배지를 향해 배를 타고 동정호를 건너던 중 엄숭이 보낸 자객을 만나 남채봉과 몸종 계앵만 간신히 목숨을 건졌다. 서두의 정치적 대립이 이제 남채봉 가문의 불행과 직접적인 관계를 맺게 되었다.

그런데 남채봉이 겪는 모든 시련은 전생의 원업寃業으로 인한 것이었다. 남채봉이 졸지에 부모를 잃고 절망에 빠져 있을 때 선녀가 나타나 남채봉의 앞날을 예언했다.

부인은 전생의 원업으로 한때 액운을 겪게 되어 있으나 10년 뒤에는 부모와 상봉하여 영화와 안락이 무궁할 것입니다.[23]

남채봉은 선녀의 말을 반신반의하는 가운데 의탁할 곳을 찾아 떠났다.

채봉과 계앵은 머리를 풀어헤쳐 얼굴을 가리고 산속의 작은 시내를 따라 길을 나섰다. 아아! 채봉은 화려한 규방에서 조금의 고생도 해본 적이 없거늘, 무너질 듯한 벼랑과 깎아지른 산기슭에 우뚝하고 거친 바위를 여리디 여린 몸으로 어찌 헤쳐 나갈 것인가! 10리를 못 가서 가녀린 다리에 힘이 다 빠지고 보드라운 발등이 벗겨졌다. 주인과 노비는 숲속에서 마주보고 울었다.[24]

남채봉은 흡사 전쟁 통의 고아처럼 위험을 피해 유리걸식하는 신세가 되었다. 그러나 극한 고통과 절망의 순간마다 천상계의 존재, 혹은 천상계의 계시를 받은 인물이 나타나 남채봉에게 구원의 손길을 내밀었다. 남채봉의 고난과 구원은 17세기 후반에 창작된 것으로 추정되는 한글 중편소설 「숙향전」의 숙향을 떠올리게 하는데, 이 점은 뒤에서 다시 살피기로 한다. 남채봉은 선녀의 현신인 노파의 도움으로 진형수의 집에 의탁하고 곧이어 윤혁의 양녀가 되었다.

한편 남채봉이 윤혁의 집에서 잠시 평온한 일상을 보내던 시점에 또 한 사람의 여주인공 진채경이 위기에 처했다. 엄숭의 양자인 조문화趙文華가 윤여옥의 정혼녀인 진채경을 며느리로 삼으려 진채경의 부친 진형수를 핍박했던 것이다. 진형수는 조문화의 혼인 요구를 거절했다가 엄숭 일파의 흉계에 걸려 사형수 신세가 되었다. 진채경은 거짓으로 조문화의 요구를 받아들여 진형수의 처벌을 유배형으로 감하게 한 뒤 한밤중에 몰래 남장을 한 채 도피 길에 올랐다. 진채경은 부친이 결코 사면받을 수 없으리라 여겨 윤여옥과의 혼인을 깨끗이 단념하고 부친의 유배지에서 부모의 여생을 함께하다가 부모가 죽고 나면 자결하겠다고 결심했다. 남채봉과 마찬가지로 정치적 대립이 진채경 가문의 불행으로 이어졌다.

진채경은 조문화의 추격을 피해 숙부와 오빠가 있는 운모산雲母山을 향해 가다가 신진 관리인 백경白瓊을 우연히 만났다. 남장한 진채경은 백경의 누이동생 백소저가 윤여옥의 배필이 될 만하다고 여겨 윤여옥 행세를 하며 윤여옥과 백소저의 혼약을 대신 맺었다.

화욱이 죽고 삼년상을 치른 뒤 화진은 윤옥화와 남채봉을 아내로 맞이했다. 작품의 초점이 다시 화부花府로 옮겨 가며 새로운 가정 내 갈등이 예고되는 순간이다. 결혼 이듬해에 화진은 성준·유성양柳聖讓(화진의 누이 빙선娉仙의 남편)과 함께 과거에 응해 장원급제했다. 급제자들이 모두 승상 엄숭을 찾아가 절했으나 화진 홀로 가지 않자 엄숭이 앙심을 품었다. 화진 역시 정치적 대립의 희생자가 되리라는 복선伏線이다.

화욱 사후에 '가모장家母長'의 역할을 하던 화욱의 누이 성부인이 과거 급제하여 임지로 떠나는 아들 성준과 함께 화부를 떠나면서 그동안 잠복해 있던 가정 내 갈등이 발현되었다. 우선 화춘은 화진에게 벼슬을 그만두게 했다. 예전에 부친 화욱이 은거를 결심하게 만들었던 화진이 여전히 혼탁한 조정에서 벼슬하는 것은 부당하다는 논리였다. 화진이 형의 뜻에 따라 벼슬에서 물러나자 화춘과 심씨의 핍박이 이어지며 모자 갈등과 형제 갈등이 본격적으로 전개되기 시작했다.

한편 임소저와 멀어진 화춘이 심씨와 범한范漢의 주관 아래 사족 출신의 조녀趙女를 소실로 들이면서 '처첩 갈등'이 벌어졌다. 조녀의 참소에 혹한 화춘이 임소저를 내쫓고 조녀를 정실로 삼으려 했으나, 심씨가 선뜻 동의하지 않자 악인의 음모가 펼쳐졌다.

조녀는 몸종 난수蘭秀를 시켜서 범한과 내통해 음모를 꾸미게 하고, 계향桂香 등과 결탁해서 심씨의 처소에 흉한 물건을 많이 묻은 다음 계향을 시켜 임소저가 한 짓이라고 알리게 했다. 심씨가 크게 노하여 임소저를 꾸짖고 내쫓으려 했다.[25]

화진의 반대에도 불구하고 결국 임소저는 화부에서 쫓겨났고, 조녀가 화춘의 정실부인 자리를 차지했다.

「남정기」에서는 교채란이 동청 · 냉진과 결탁하여 음모를 꾸미고 사정옥을 축출하기에 이르는 과정을 3회에 걸쳐 자세히 서술한 반면 『창선감의록』은 처첩 갈등을 더 이상 전개하지 않고 임소저의 즉각적인 축출로 마무리했다. 그런데 이 대목은 「남정기」와 『창선감의록』의 관계를 추론할 실마리에 해당한다. 『창선감의록』은 「남정기」와 달리 화춘과 임소저의 부부 갈등, 임소저와 조녀의 처첩 갈등을 충분히 발전시키지 않았다. 『창선감의록』의 작자는 「남정기」의 남주인공 유연수가 지닌 '우인愚人'의 성격을 남주인공에게 부여하고 싶지 않았기에 유연수의 역할을 화진과 화춘으로 나누어 '처첩 갈등'을 어리석은 형 화춘의 문제로 만들었다. 한편 「남정기」의 여주인공 사정옥이 보여 준 '성녀聖女' 형상을 핵심 여주인공에게 부여하기 위해 사정옥이 겪었던 시련을 화춘의 아내 임소저가 아닌 남채봉과 윤옥화가 겪도록 변용한 것으로 보인다. 『창선감의록』은 이처럼 「남정기」와 다른 설정을 취했기에 대단히 흥미로운 소재인 부부 갈등과 처첩 갈등을 충분히 전개하지 못했다.

임소저와 조녀의 처첩 갈등을 대체한 것은 화춘의 정실부인이 된 조녀와 화진의 두 아내 윤옥화 · 남채봉 사이의 '동서 갈등'이다. 조녀가 정실이 되어 위세를 부릴 수 있었던 것은 어리석은 화춘을 쥐락펴락하는 재주가 있었기 때문이다.

마침내 조녀를 정실로 삼았다. 그 뒤로 조녀는 의기양양하여 움직임이 질풍 같고 치마 끝에서는 바람이 일었다. 어리석은 남편을 농락하며 교태와 성깔을 번갈아 부리니, 화춘은 조녀의 명을 받들기에 분주해서 꽁무니를 땅에 댈 새가 없었다.[26]

17세기 한국 소설사

악녀 형상을 간결하면서도 솜씨 있게 드러냈다. 조녀는 역시 「남정기」의 교채란을 떠올리게 하고, 화춘은 어리석은 유연수의 모습이다.

조녀는 정실의 자리에 오르자 윤옥화와 남채봉에게 달려가 이들이 화욱에게 약혼 신물信物로 물려받은 화부의 가보 홍옥천紅玉釧(홍옥 팔찌)과 청옥패靑玉佩(청옥 노리개)를 내놓으라고 했다. 종부宗婦인 자신이 정당한 임자라는 이유였다.

> 옥화는 그 말을 듣고 좋은 낯빛으로 웃으며 말했다.
> "원래 그런 일인 줄 우리가 알지 못했어요."
> (…) 옥화는 당장 금으로 만든 상자를 열어 홍옥천을 내주었다. (…) 조녀가 재삼 만지작거리며 기쁜 빛이 얼굴에 가득했다. 그러나 채봉은 정색을 하고 단정히 앉아 아무 말이 없었다. 옥화가 채봉을 향해 여러 번 눈짓을 했으나 채봉은 끝내 내줄 기색이 없었다. 조녀는 불쾌해서 성을 내며 돌아갔다.[27]

사려 깊고 온화한 윤옥화와 올곧고 준엄한 남채봉의 성격을 대비하며 남채봉의 2차 수난을 예고한 장면이다. 남채봉은 화진의 허락 없이 신물을 내줄 수 없다는 생각에 조녀의 부당한 요구를 거부했고, 윤옥화는 심씨와 화춘의 핍박을 받고 있는 화진이 두 아내까지 염려하게 해서는 안 된다는 생각에 순순히 홍옥천을 내주었다.

이제 「남정기」에서 사정옥이 교채란과 동청·냉진에게 모해받던 내용이 고스란히 옮겨와 조녀와 범한의 음모에 의해 남채봉과 윤옥화가 차례로 위기에 빠졌다. 여기에 심씨와 윤옥화·남채봉의 '고부 갈등'이 중첩되기도 하지만, '선악 갈등'의 구도를 만들어 서사를 이끌어 간 것은 범한·장평·조녀의 악인 집단이다. 조녀가 가정 내 갈등을 부추겼다면 화춘의 친구인 핵심 악역 범한과 장평은 화부의 가정 내 갈등을 정치 대립과 연계하여 갈등의 규모와 강도를 더욱 증폭시켰다.

우선 조녀와 합세한 범한이 엄숭 일파인 언무경에게 뇌물을 바치고 화진과 남채봉을 모함하게 했다. 화진의 불효를 명목으로 삼았으나 화진은 엄숭과 구원䜋怨이 있었고, 남채봉 역시 엄숭의 정적 남표의 딸이기에 엄숭이 언무경을 배후 지원했다. 결국 화진과 남채봉은 평민의 신분으로 강등되기에 이르렀다. 범한과 엄숭 일파가 결탁하면서 군자당과 소인당 사이의 '정치 대립'과 화진과 악인 집단 사이의 '선악 갈등'이 중첩되었다.

그 뒤로 조녀의 앙갚음이 시작되었다. 조녀는 남채봉에게 여종의 옷을 입혀 심씨의 시중을 들게 하는 한편 모진 매질로 원한을 풀었고, 심씨는 화진을 방에 가두어 햇빛을 못 보게 하고 종종 음식을 끊어 곤욕을 주었다. 급기야 남채봉은 조녀가 독약을 넣어 건네준 죽을 받고 모든 사태를 알면서도 죽음을 택했다.

대담무쌍한 악인 범한은 곧이어 남채봉의 필적을 위조해 남채봉과 화진이 심씨를 살해하고자 모의한 것처럼 꾸민 뒤 자객을 시켜 심씨를 살해하고 화진과 남채봉에게 누명을 씌우려는 음모를 꾸몄다.

그날 새벽 어스름에 집안이 온통 떠들썩하더니 이런 소리가 들렸다.

"어젯밤 정당에 자객이 들었다!"

화진은 소스라치게 놀라 쓰러졌다. 화춘이 옷을 걸치고 허둥지둥 들어가 보니, 심씨는 넋이 나가 눈을 휘둥그레 뜨고 있었다.

　　　　　　　　　　　　　　17세기 한국 소설사

심씨의 침상 앞에 난향蘭香의 시체가 거꾸러져 있는데, 입가에 피가 흐르고 잘린 혀가 입술에 걸려 있으며 비수가 뇌를 꿰뚫었다. 화춘이 이 광경을 보며 경악을 금치 못하고 있을 때, 계향이 문간에서 비단으로 만든 주머니를 하나 주웠다. 화춘이 가져다 보니 주머니 속에 쪽지가 들어 있었다. 바로 채봉과 화진이 함께 심씨를 살해할 것을 모의한 편지였는데, 내용이 교묘하고도 참혹했다.[28]

애초의 계획과 달리 심씨 대신 여종 난향이 죽었으나 결국 범한의 계략대로 화진은 옥에 갇혀 처형의 위기에 놓였다. 악인의 음모에 따라 전개되는 이 과정에서 가장 돋보이는 것은 범한의 용의주도하고 대담무쌍한 면모이다. 전대의 어떤 소설에서도 도달하지 못했다고 할 만큼 생생한 악인의 형상이 창조되었다.

조녀의 몸종 난수가 이미 범한과 사통하고 있던 터에 조녀 또한 범한을 끌어들여 사통했다. 화춘이 병든 뒤로는 범한이 거리낌 없이 조녀의 방에 들어와 자고 가니, 하인들 중에 왕왕이 사실을 아는 자들이 있었으나 감히 발설하지 못했다.
하루는 조녀가 범한의 배를 살살 어루만지며 말했다.
"이 뱃속에서 만 가지 계교가 출몰하니 이처럼 큰 게 당연하겠지."
범한이 웃으며 말했다.
"계교야 뱃속에 있는 게 아니라 내 마음속에 있지. 나는 옛날 진평陳平처럼 여섯 가지 기묘한 계책이 있는데, 이미 쓴 게 세 가지고 아직 쓰지 않은 게 또 세 가지야."
(…) 조녀가 웃으며 말했다.
"아직 쓰지 않은 계책도 들어 봅시다."
범한이 말했다.

"하나는 화진을 죽이는 것이요, 둘은 화춘을 죽이는 것이요, 셋은 이 집의 금은보화를 모두 가지고 당신과 함께 오호五湖에 배를 띄우고 노는 거야."

조녀가 화난 척 범한의 배를 찰싹 때리며 말했다.

"어쩌면 그리도 심하우! 헌데 화진 형제를 어떻게 죽이려는지 한 번 들어나 볼까?"29

살해를 교사한 범한이 태연하게 조녀를 안고 누워 자신이 세운 가공할 음모를 털어놓는 장면이다. 『창선감의록』의 작자는 선인 집단에 대해서는 대단히 엄격한 예법을 지키도록 하며 교훈적 메시지를 전달하려 애쓴 반면, 악인에 대해서는 상상 이상의 파격을 허용하여 생동하는 악인 형상을 창조함으로써 선악의 대립을 극대화함과 동시에 서사 전개에 재미와 박진감을 더했다.

범한의 종횡무진 활약으로 이제 화부의 가정 내 갈등은 더 이상 서사의 추동력이 되지 못한다. 이후에는 선인과 악인의 대결이 작품의 핵심적인 갈등으로 부상했다. 범한이 활약하는 대목의 플롯 진행은 철저히 악인의 음모에 따라 이루어졌다. 악인의 음모가 하나의 플롯을 이루는 형태는 「운영전」의 후반부에 잠시 나타났고, 「남정기」에서 한층 발전된 형식을 보인 바 있다. 『창선감의록』은 선악 갈등에 정치 대립을 중첩하여 음모 플롯을 보다 다채롭게 하는 한편 빼어난 필치로 악인의 형상을 생생하게 창조했다는 점에서 더욱 발전된 면모를 보여 주었다.

범한에 이어 장평이 윤옥화를 엄숭의 아들 엄세번에게 바치려는 계략을 꾸미는 대목에서 매력적인 남주인공 윤여옥이 등장한다. 『창선감의록』의 핵심 주인공 화진이 경직된 도덕군자형 인물이라면 윤여옥은 양소유처럼 다정다감하고 유쾌한 호남형 인물이다. 지금까지는 악인의 계교가 철저히 관철되었으나 윤여옥이 서사를 주도하면서 반전이 일어났다. 윤여옥은 장평의 음모를 오히려 역이용하여 악인을 조롱하고 위기에 처한 주인공들을 구해내는 계기로 삼았다. 장평의 음모를 간파한 윤여옥은 여장女裝하여 쌍둥이 누이 윤옥화로 가장하고 누이 대신 자신이 엄세번에게 가기로 했다. 양소유가 오직 재상 댁 규수를 가까이서 보고 싶다는 욕망으로 여장을 한 것과 비교하면 한층 설득력 있는 파격이다. 여장한 윤여옥이 엄세번의 집으로 가기에 앞서 화부에 들어간 장면이 대단히 흥미롭다. 엄세번의 아내가 될 몸이니 윤옥화(실은 윤여옥)의 기세가 조녀를 압도한다.

심씨가 경박하게도 조녀에게 [윤옥화를 엄세번의 아내로 보내려는] 장평의 모략을 누설하자 조녀는 몹시 두려워했다. 옥화가 엄승의 집에 들어가면 필시 자신과 범한에게 원수를 갚을 것이라 여겼기 때문이다. 그리하여 조녀는 비춘당에 가서 먼저 옥화에게 잘못을 고하고 처분을 받고자 했다. 여옥은 그 요사스럽고 알랑거리는 태도를 보고 이 자가 필시 조녀라고 생각하고는 베개에 기대앉은 채 꼼짝 않고 있었다. 그러자 조녀가 발끈 화를 내며 말했다.

"부인은 장차 엄태상嚴太常(엄세번)의 여자가 됩네 하고 이처럼 교만하게 구는 거요?"

여옥이 깜짝 놀라 화를 내는 체하며 조녀의 손을 잡고 말했다.

"필부의 천한 첩인 네가 감히 재상가의 정실을 능욕하는 게냐?"

조녀가 소매를 뿌리치며 발악하자 여옥이 조녀의 목을 붙잡아 앞으로 당기며 손바닥으로 뺨을 후려치니 대나무 쪼개지는 소리가 났다. 조녀는 뭔가 지껄이려 했지만 말소리를 낼 수 없었다. 마치 복어가 독을 품은 것처럼 조녀의 배와 등이 부풀어올랐다. 여옥은 속으로 근질근질 터져 나오려는 웃음을 참으며 말했다.

"이는 작은 일이 아니니 어머님께 아뢰어 처치해야겠다!"

그러고는 조녀의 목을 틀어쥐고 정당 북쪽 계단으로 끌고 가니 조녀가 매우 다급해져 애걸했다. 여옥이 틀어쥐었던 손을 놓으며 내던지자 조녀가 개구리처럼 땅바닥에 엎어졌다. 여옥이 통쾌히 웃고 침실로 돌아갔다. 여종들이 놀란 눈으로 그 광경을 지켜보았다.[30]

『창선감의록』을 읽는 독자들이 가장 통쾌해할 대목이다. 결국 윤여옥은 엄세번을 감쪽같이 속인 뒤 오히려 엄세번의 누이동생 월화月華와 새로운 인연을 맺고 돌아왔다.

압도적이었던 악인 집단의 힘이 윤여옥의 등장 이후 쇠락의 조짐을 보이면서 지금까지 급박한 위기로만 치닫던 갈등 구조도 서서히 와해의 기미를 보인다. 결정적인 계기는 전쟁이다. 1년 넘게 유배지인 사천성四川省 성도成都에 있던 화진은 당나라 말 오대五代 때의 신선이라는 은진인殷眞人을 만나 병법서인 『육도六韜』를 전수받고 자세한 지형을 담은 지도와 태상노군太上老君(노자老子를 신격화한 도교 최고의 신)이 요괴를 제압할 때 쓰는 부적을 받았다.[31] 이는 영웅소설이나 무협소설의 주인공이 결전에 앞서 명검이나 명마, 혹은 비급祕笈을 획득하는 과정에 해당한다.

화진의 출정 준비가 마무리되자 때마침 서산해徐山海가 명나라 변방을 침공해서 나라를 위기에 빠뜨렸다. 서산해는 『창선감의록』의 배경인 16세기 중반 명나라 세종世宗 때 동남해안을 노략질하던 해적 두목 서해徐海를 염두에 두고 만든 인물이다. 서산해가 중국 남방의 여러 고을을 장악하고 스스로 '만화천왕萬化天王'이라 칭한 뒤 세력을 넓혀 가자 명나라 조정에서는 난국을 타개할 인물을 찾았고, 그 적임자가 바로 화진이었다. 가정 내 갈등과 정치적 갈등의 중첩으로 고통받던 화진은 외적과의 대립이라는 국가 위기 상황에서 비로소 갈등 해소의 실마리를 찾았다.

화진은 아무런 전투 경험이 없는 백면서생이었으나 독자의 기대대로 신출귀몰하는 전략을 펼쳤다. 화진의 주도면밀한 전투 지휘는 『삼국지연의』의 제갈공명을 방불케 한다.

화진은 유성희로 하여금 정예 병사 2,000명을 거느려 모두 검은 깃발을 들고 검은 옷을 입게 한 뒤 나뭇조각을 입에 물려 소리를 내지 못하게 하고 한밤중에 몰래 성을 빠져나가 먼저 미당구郿唐口에 매복하게 했다. 또 중군장中軍將 위립韋立으로 하여금 몰래 병사를 이끌고 방랑해구磅硠海口로 나가 깃발과 갑옷을 안남安南(베트남) 군대처럼 차리고 안남에서 온 원병援兵이라고 자칭하며 중류中流에 배들을 결속해 두게 했다. 또 군사들에게 영을 내려 수십 곳에 땅굴을 파고, 날랜 군사 3,000명을 뽑아 붉은 깃발을 들고 붉은 갑옷을 입고 횃불과 북을 든 채 땅굴 안에 들어가 있도록 한 뒤 명령했다.

"함성이 들리면 밖으로 나와라!"

한편 조공수에게는 죽음을 두려워하지 않는 용사 1,200 기병을 거느려 곤봉과 도끼와 날카로운 창을 들고 앞에서 싸우게 했다. 척계광에게는 후퇴를 모르는 강한 정예 병사 2,400명을 거느려 장갑차와 쇠뇌와 큰 깃발과 긴 창으로 무장하고 좌우에서 협공하게 했다. 부장部將 여덟 사람은 나머지 군사 4,000명을 거느리고 후위에 서서 징을 울리고 쇠북을 치고 피리를 불며 병사들의 용기를 북돋게 했다.

3경이 되었다. 성문이 활짝 열리며 세 부대가 날듯이 튀어나오니, 별이 떨어지고 벼락이 떨어지는 듯했다. 화진이 왕겸·유이숙과 함께 성 위에 올라가 바라보니 적 군은 극심한 혼란에 빠져 머리와 꽁무니를 서로 부딪치며 어쩔 줄 몰랐다. 함성이 크게 울리며 무수한 횃불과 북이 땅 밑에서 튀어 오르더니 붉은 갑옷을 입은 병사들 이 순식간에 나와 정신을 아득하게 하며 동쪽에서 찌르고 서쪽에서 몰아치자 적군 은 놀란 듯 미친 듯 혼비백산했다. 철기군이 곧장 돌격하고 양쪽에서 쇠뇌를 발사하 는데 징소리와 북소리가 천지를 뒤흔들었다.

서산해가 다급해서 황급히 요술을 부리자 갑자기 광풍이 불며 폭우가 내렸다. 그 러나 화진이 곧바로 은진인이 준 부적을 꺼내 장대에 붙여 휘두르니 비바람이 절로 그쳤다. 관군이 피를 밟고 시체를 넘으며 곳곳을 샅샅이 유린하니, 서산해는 급히 남은 군사를 수습해 육로로 달아났다. 미당구에 이르자 유성희가 길목을 막고 있다 가 패잔병들을 죽였다. 그리하여 서산해 홀로 필마로 몸을 피해야 했다. 한편 서산 해의 수군 역시 후퇴해서 방랑해구에 이르니 멀리 안남 군대의 깃발이 보였다. 수군 이 의심하지 않고 배 위에서 전투에 패한 사실을 알리자 안남 수군으로 위장했던 위 립의 군대가 바다에서 공격을 개시해 서산해의 수군 대부분을 몰살시켰다.[32]

전투의 모든 과정이 화진의 예상대로 진행되었다. 애초에 계산되 지 않은 일은 마치 『봉신연의』의 한 장면처럼 서산해가 전투 중에 요 술을 부려 비바람을 일으킨 것뿐이었는데, 화진은 이 또한 은진인이 준 부적으로 무난히 대처했다. 『창선감의록』에 앞서 우리 고전소설에 서 이와 비슷한 서술이 이루어진 예로 거론할 만한 것은 「임진록」에서 이순신이 주도하는 전투 장면 정도이다.[33] 『구운몽』 또한 제갈공명의 남만南蠻 공략을 부분적으로 차용한 바 있으나, 위와 같은 전술 지시 및 전투 장면은 묘사된 바 없다. 『창선감의록』의 이후 전개에서도 한층 자세한 전투 장면을 2회에 걸쳐 서술한바,[34] 군담軍談의 디테일과 박진감이라는 측면에서 『창선감의록』은 17세기 소설 작품을 통틀어 가장 뛰어난 성취를 보인 것으로 평가된다.

결국 화진은 하룻밤 전투로 수십만의 적군을 격파한 뒤 곧이어 벌어진 두 차례의 전투에서 서산해의 목숨을 끊고 그 군대를 완전히 굴복시켰다.

화진이 나라를 위기에서 구하고 국가적 영웅으로 등극하면서 그동안 중첩되었던 모든 갈등이 일사천리로 해결되었다. 악인 집단은 자승자박의 계교를 꾸미다가 내분이 일어나 서로를 향해 칼끝을 겨누기에 이르렀다. 그 과정에서 범한은 자신의 사주를 받아 화진과 심씨를 살해하려 했던 자객 누급樓級의 손에 죽었고, 조녀·장평·누급이 모두 옥에 갇혀 엄중한 신문을 받았다. 화춘 역시 옥에 갇혀 처벌을 기다리는 신세가 되었다. 화진은 병부상서 겸 제후의 지위에 올랐고, 죽은 줄 알았던 남채봉은 여승 청원의 구원으로 목숨을 건져 부모와 재회한 뒤 윤옥화·진채봉과 한자리에 모여 감격의 눈물을 흘렸다. 조녀와 장평을 비롯한 악인들은 모두 처형되었고, 엄숭은 조정에서 쫓겨났다. 돌연 지난날의 과오를 뉘우친 화춘은 화진 덕분에 사면되어 임소저를 다시 맞아들였고, 역시 개과천선한 심씨는 화부로 돌아온 임소저·윤옥화·남채봉 앞에 고개 숙여 사과하며 참회의 눈물을 흘렸다. 황제가 심씨의 장수를 축원하기 위해 베푼 성대한 잔치에 성부인을 비롯한 화진의 모든 친인척, 하춘해를 비롯한 문무백관이 참석하면서 작품은 사실상 대단원의 막을 내렸다.

『창선감의록』은 앞선 중장편소설『구운몽』·「남정기」와 비교할 수 없을 정도로 많은 등장인물을 등장시켜 가정 내 갈등, 정치적 갈등, 외적과의 대립 등 존재하는 거의 모든 갈등을 한 편의 작품 안에 담아냈다. 핵심적인 남녀 주인공 화진과 남채봉, 이들에 크게 뒤떨어지지 않는 비중을 가진 주역 윤여옥·유성희·윤옥화·진채경, 주요 악역인 화춘·범한·장평·조녀, 그 밖의 수많은 조역이 요소요소에 배치되었고, 거명된 인물들은 모두 독립적인 스토리를 이끌 수 있을 만큼 저마다의 개성과 드라마틱한 스토리를 가졌다. 다수의 주역이 등장하여 저마다의 사연을 펼치다 보니 작품 편폭이 크게 확대되는 것이 당연하다. 그러나『창선감의록』의 실제 분량은「남정기」의 2배,『구운몽』의 1.5배 정도여서 주요 등장인물의 수를 감안하면 작품 분량이 크게 늘어났다고 할 수 없다. 이렇게 된 원인은 개별 인물들의 이야기를 효율적으로 결합한 데서 찾을 수 있다.『구운몽』은 양소유와 여덟 여성의 이야기를 하나하나 이어 붙이는 형식을 주로 취한 반면『창선감의록』은 6인 이상의 주역이 저마다 주도하는 스토리를 동시에 펼쳐 나가되 갈등의 전이와 파생, 중첩을 통한 복합적인 갈등 구도 설계를 통해 최소한의 서사 분량으로 짜임새 있게 스토리를 전개했다.

화욱과 화춘의 부자 갈등이 심씨와 화진의 모자 갈등 및 화춘과 화진의 형제 갈등을 낳고, 화춘과 임소저의 부부 갈등이 임소저와 조녀의 처첩 갈등으로 옮겨갔다. 애초의 설정에서부터 친인척 관계 또는 정치적 동지 관계로 묶여 있던 선인 집단은 엄숭을 대표자로 삼는 악인 집단과 정치적으로 대립하며 목숨을 위협받을 만큼 극단적 갈등 상황에 놓였다. 하나의 갈등이 또 하나의 갈등으로 옮겨 가는 과정이 반복되면서 기존의 갈등과 새로 파생된 갈등이 동시에 진행되었다. 가정 내 갈등이든 정치 대립이든 가장 극단적인 형태의 갈등 상황이 만들어졌다. 서사 전개 내내 선악의 갈등 구도 아래 여러 악인들이 다양한 방식으로 치열한 공세를 펼쳤고, 선인들은 뚜렷한 대응책을 찾지 못한 채 수세에 몰렸다. 작품의 후반부에 이르면 나란히 진행되던 몇 갈래의 갈등이 범한·장평 등의 악인을 매개 장치로 삼아 통합되면서 화진과 엄숭을 각각의 정점으로 하는 선악의 대립으로 갈등 구조가 단일화되었다. 가정 내 갈등과 정치 갈등이 자연스럽게 결합된 것이다. 다수의 주역 인물이 이끄는 개별 스토리를 갈등으로 엮고, 갈등의 파생과 중첩을 통해 개별 서사를 동시에 진행하다가 갈등 구조를 통합하는 방식이 대단히 매끄럽고 효율적이다.

분위기 반전은 작품의 후반부로 접어드는 시점에 윤여옥이 기지를 발휘하면서 이루어졌다. 이어서 외적과의 대립이라는 새로운 차원의 갈등 상황이 발생하여 전반부의 갈등이 차례로 해결되기 시작했다. 화진이 국가적 영웅의 지위를 확고히 함에 따라 화진에게 적대적이었던 악인 집단의 힘은 급속히 쇠락해 갔다. 국가적 위기를 해결한 화진이 절대 우위의 지위에 오르면서 극단으로 치달았던 정치 대립과 가정 내 갈등이 모두 해소되기에 이르렀다.

『창선감의록』의 작자는 역사적 시공간을 배경으로 등장인물 개개인의 시간을 정밀하게 계산하고 서사 공간의 이동까지 정교하게 고려하면서 복잡하게 포치한 갈등을 극단까지 전개시킨 뒤 한 치의 착종도 없이 작품을 마무리했다. 여기에 악인의 음모에 의거한 흥미진진한 플롯 구성이며 생기 있는 인물 형상화, 특히 생생한 악인의 형상 창조까지 성공적으로 이루었으니, 『구운몽』과는 또 다른 차원에서 서사 전개에 대단한 역량을 지닌 작가의 솜씨다.

(3) '규범적 인간'과 포용의 기준

『창선감의록』은 '충忠 · 효孝 · 열烈'의 지배 이념, 그중에서도 특히 '효'를 선양하고자 하는 교설적 메시지를 매우 강하게 담았다. 작자는 효과적인 목표 달성을 위해 성인聖人과 성녀聖女의 형상을 만들었다. 『창선감의록』에서는 거의 모든 갈등이 첨예하게 극단까지 치닫도록 설계되어 있어 선인 주인공이 몇 차례나 죽음의 문턱에 서야 했다. 그럼에도 남녀 주인공들은 악인의 모해를 받는 과정 내내 유가儒家 경전이나 윤리 교과서에만 존재할 것 같은 성인 · 성녀의 언행으로 일관했다. 성녀형 여주인공은 「남정기」의 사정옥이 선구적이라 할 만하지만, 성인형 남주인공은 『창선감의록』에 처음 등장했다.

『창선감의록』에서 '선善'의 덕목 중 가장 보편적이고 근본적인 가치는 '효'이다. 효의 덕목 아래 핵심 주인공인 화진과 윤옥화 · 남채봉은 심씨 모자가 주는 온갖 혹독한 시련을 묵묵히 견뎌냈다. 여기에 그치지 않고 남녀의 애정에 초점을 두어 서사를 진행하는 중에도 효를 부각시켰다. 『구운몽』이나 중국의 재자가인소설이 서사의 초점을 남녀의 애정 관계에 맞춘 반면, 『창선감의록』은 비슷한 설정을 취하면서도 애정 관계 혹은 부부 관계보다 부자 관계가 '오륜五倫의 핵심'이라는 생각을 거듭 강조해 드러냈다. 이를테면 진채경은 부친 진형수가 조문화의 혼인 요구를 거부하다 미움을 사 유배가게 되자 윤여옥과의 결혼을 단념하며 이렇게 생각했다.

나는 박명薄命한 여자로서 부모님께 화를 끼쳐 부모 잃은 슬픔을 안고 살 뻔했으니, 천하의 죄인이 되었구나! (…) 앞으로는 부모님 슬하에 머물며 나를 보살펴 길러 주신 은혜에 조금이나마 보답하고 부모님이 세상을 떠나시는 날에 나 또한 목숨을 끊어 함께 지하로 돌아가야겠다. 그렇게 하면 내 죄를 씻고 내 소원도 다 이루어지는 게야. 부부의 도리가 비록 큰 인륜이라 하나 부모에 비하면 오히려 가벼운 게 아닌가.[35]

이처럼 진채경은 부자 관계를 부부 관계의 위에 두었다. 애정 관계를 가장 중요한 가치로 삼는 애정전기나 일반적인 재자가인소설과는 전혀 다른 발상이다.

진채경 이상으로 '효'를 체현한 인물은 화진이다. 도덕군자 화진은 효의 실천을 통해 부자 관계라는 가장 원초적인 상하 관계의 모범을 보이고자 했다. 심씨와 화춘의 모진 박해를 입다가 결국 불효의 누명을 쓰고 유배지에 도착한 화진의 모습을 보자.

화진의 인仁과 효성은 하늘로부터 나온 것이고, 형제에 대한 우애는 마음 깊이 뿌리박힌 것이어서, 밥상을 앞에 두면 어머니(심씨)가 생각나고 경치를 보면 형이 그리워 (…) 눈물을 삼키고 크게 한숨 쉬며 말했다.

"내가 만일 어머니와 형에게 하루라도 환심을 살 수 있다면 그날 죽더라도 여한이 없다! 그 밖의 부귀영화며 처자식과 누릴 즐거움은 모두 가을 구름이나 부평초처럼 부질없을 따름이다."

이 때문에 화진은 촉蜀 땅에 있은 지 1년이 되었으나 남채봉에게 생각이 미칠 겨를이 없었다.[36]

17세기 한국 소설사

화진은 아내 남채봉이 죽은 줄로만 알고 있다가 유배지로 떠나기 직전에야 비로소 남채봉이 목숨을 건져 사천성^{四川省} 어딘가에 머물고 있다는 소식을 들었다. 그러나 화진은 유배지인 사천성의 성도^{成都}에 머무는 1년 동안 남채봉을 생각할 겨를이 없었다. 자신의 생명을 위협했던 심씨와 화춘을 향한 그리움 때문이었다. 이런 비상식적인 설정을 취한 것 역시 부자 관계 앞에서 부부 관계는 하찮은 것이라는 생각을 강조하기 위함이다.

이에 앞서 화진은 심씨 모자와 범한 일당의 모해를 입어 사형에 처할 위기에 놓였다. 평소 화진의 사람됨을 잘 알고 있던 소흥^{紹興} 지부^{知府} 최형^{崔衡}은 화진이 악인의 모략에 빠졌음을 간파했다. 이때 화진이 한마디 말로 자신의 결백을 주장했다면 무죄방면될 수 있는 상황이었다. 그럼에도 화진은 끝내 함구한 채 거짓으로 자신의 죄를 인정했다. 자신을 모해한 심씨와 화춘이 거꾸로 난처한 상황에 빠져서는 안 된다는 생각에서였다. 효성과 우애 앞에서는 그 어떤 진실이나 정의도 설 자리가 없다. 훗날 윤여옥은 심씨 모자의 혹독한 괴롭힘을 묵묵히 참아낸 화진을 이렇게 칭찬했다.

> 비록 순임금이 다시 살아나고 유하혜^{柳下惠}가 살아 있다 한들 화진을 크게 능가할 수는 없을 것입니다.[37]

결말부에 이르러 화진이 심씨와 화춘의 마음을 돌려 개과천선하게 하자 임소저는 화진을 또 이렇게 칭송했다.

서방님은 순임금 이후의 한 분이시군요!¹³⁸

전대 소설에서 특별히 강조된 바 없던 '효'의 덕목을 작품의 중심부에 두기 위해 『창선감의록』에서 끌어온 모범이 바로 순舜임금이다. 화진은 순임금의 현신現身과도 같은 존재이니, 순임금의 고사를 그대로 적용해 보면 심씨와 화춘은 각각 순임금을 죽이려 했던 아버지 고수瞽瞍와 아우 상象에 대응된다. 화진의 아내를 둘로 설정한 것도 당연하다. 두 아내 윤옥화와 남채봉은 아황娥皇과 여영女英에 대응된다. 「운영전」의 절정 대목에서 궁녀 자란이 안평대군을 향해 "저희들은 모두 서민 집안의 천한 계집들로, 아비는 순임금이 아니요, 어미는 아황과 여영이 아니니 남녀의 정욕이 어찌 없을 수 있겠습니까?"³⁹라고 했던 말을 반대로 뒤집은 것이 『창선감의록』의 기본 인물 설정이다. 화진과 윤옥화·남채봉은 순임금과 아황·여영의 후신後身이니, 이들은 남녀 간의 정욕을 초월한 인간형이다.

그런데 순임금과 아황·여영의 고사를 끌어온 데서 다시 '일부다처'의 문제가 제기된다. 『창선감의록』에서 화진의 두 아내 윤옥화와 남채봉은 지음 관계를 맺고 있는데, 『구운몽』에서는 정경패와 가춘운, 계섬월과 적경홍, 정경패와 난양공주의 관계가 이와 유사하다. 『구운몽』에서는 여주인공들을 지음 관계로 묶어 이들이 '자발적으로' 양소유한 사람에게 시집가는 것으로 설정했다. 기녀를 제외한 나머지 여성들은 여성 사이의 '자발적인' 합의가 먼저 이루어진 뒤 가부장 정사도와 가모장家母長 황태후에 의해 추후 승인되는 형식을 취했다. 반면 『창선감의록』의 윤옥화와 남채봉은 처음부터 가부장 윤혁의 뜻에 순종한 결과 일부다처를 받아들였다.

윤혁은 서울과 지방의 벗들을 만날 때마다 좋은 신랑감이 어디 있는지 묻곤 하였
으나 끝내 마땅한 사람이 없자 탄식하며 말했다.

"내 두 딸의 (…) 그윽한 자태며 정숙한 덕성이 어찌 옛사람만 못할까! 하늘이 이
처럼 현숙한 사람을 냈다면 결코 평범한 선비와 짝을 맺게 하지는 않을 거야. 필시
덕과 인을 쌓은 집에 한 사람의 큰 군자를 내고, 우리 두 딸도 그에 상응해 태어나
도록 했을 게야."

조부인이 곁에 있다가 물었다.

"상공의 말씀을 듣고 보니 아황과 여영의 고사를 본받고자 하시는 건가요? 두 아
름다운 아이에게 당연히 두 사람의 좋은 낭군을 얻어 주어 쌍쌍이 노닐며 재미를 보
게 해야 하지 않겠습니까?"[40]

윤혁은 친딸인 윤옥화와 양녀인 남채봉을 한 사람에게 시집보내고
자 하는 생각을 품었다. 윤혁의 아내 조부인은 대번에 순임금과 아
황·여영을 떠올리고, 사랑하는 두 딸에게 각각 훌륭한 남편을 얻어
주는 것이 당연하지 않냐고 물었다. 이에 대한 윤혁의 답변은 다음과
같다.

대현군자大賢君子라면 세상에 두 사람이 나란히 나올 수 없는 법이오, 이제 만일 채
봉이만 짝지어 주고 우리 딸(윤옥화)을 버린다면 이는 인정에 가깝지 않은 일이고,
우리 딸만 짝지어 주고 채봉이를 버려둔다면 이는 죽은 내 벗을 저버리는 일이 아니
겠소?[41]

세상에는 순임금 같은 성인이 한 사람밖에 나올 수 없으므로 두 딸을 한 사람에게 시집보내야 한다는 논리다.[42] 앞서 지당한 반문을 했던 조부인은 오히려 큰 깨달음을 얻고 윤혁을 칭찬하며 그 일부다처 논리를 수용했다. 사실 윤혁의 발상은 지음 관계의 여성이 자발적인 합의에 의해 한 사람에게 시집간다는 설정에 비해서도 궁색한 것이지만 작품 안에서는 화진과 윤옥화·남채봉을 순임금과 아황·여영의 후신으로 설정했기에 그 맹점이 크게 부각되지 않는다.

한편 진채경이 조문화의 핍박을 피해 남장을 하고 길을 떠났다가 백련교에서 백경 남매를 만나는 장면도 흥미롭다. 진채경은 정혼한 윤여옥 행세를 하며 윤여옥과 백소저의 혼약을 맺었다.[43] 권세가의 핍박을 받아 쫓기는 신세가 된 자신의 처지에서 윤여옥과의 혼인이 불가능하다고 생각하고는 자신의 정혼자에게 좋은 배필을 찾아주고자 한 것이다. 여성이 '자발적으로' 자기 대신 다른 여성을 연인의 배필로 천거하는, 새로운 일부다처 합리화 방식이다. 앞서 『구운몽』의 기녀 계섬월과 적경홍이 천거의 형식을 취한 바 있으나 『창선감의록』은 상층가의 규수가 남장을 하고 정혼자 행세를 하며 자신을 대신할 배필을 찾아준다는 좀 더 복잡하고 흥미로운 설정을 만들었다.

진채경은 백소저가 윤여옥의 배필감이라 여기고 "선비는 본디 자기를 알아주는 사람을 위하여 죽는 법"[44]이라며 윤여옥의 혼약을 대신 맺었다. 훗날 윤옥화와 남채봉은 진채경의 이런 결정을 『삼국지연의』에 빗대어 "필시 서서徐庶가 와룡(제갈공명)을 천거한 뜻"[45]이라고 해석했다. 이 대목에서 남녀 관계, 혹은 부부 관계가 군신 관계로 치환되었다. 남녀의 애정을 제재로 한 고전소설 전통에서 이런 발상은 대단

17세기 한국 소설사

히 낯선 것이다. 남녀 관계를 주군과 신하의 관계로 파악하는 순간 일부다처는 하등 이상할 것이 없게 되었다.

다시 화진으로 돌아가 보자. 화진은 한국 고전소설사상 최초의 도덕군자형 남주인공이다. 화진의 모든 생각과 언행은 전설적인 성인의 현신이라 할 만큼 규범적이다. 화진은 『구운몽』의 양소유에게서 영웅적인 능력과 다재다능함만 그대로 물려받았을 뿐 다정다감하고 유머러스한 성격과 끝없는 애정 욕구는 계승하지 않았으니, 양소유의 자유분방한 파격에 대한 반동으로 만들어진 형상이다. 그러나 『창선감의록』의 작자가 화진과 대조적인 양소유의 성격을 완전히 부정한 것은 아니다. 양소유의 다정하고 유쾌한 성격은 윤여옥이 물려받았다. 도덕군자 화진이 등장하는 장면에서 엄중하고 심각한 분위기 속에서 교훈적 메시지가 강조된 반면, 자유분방한 호걸형 인간인 윤여옥이 등장하는 장면에는 생기발랄한 분위기에서 빚어지는 아기자기한 재미와 통쾌함이 가득하다.

여주인공들은 『구운몽』과 비교할 때 규범적인 성격이 한층 강화되었다. 인고忍苦의 상징이라 할 윤옥화를 맏언니 자리에 두어 예교禮敎의 모범으로 삼는 한편, 강직한 남채봉에게는 오랜 수난 속에서 차츰 단련되어 가는 성녀의 형상을 부여했다. 적극적이고 진취적인 성격의 진채경 역시 시아버지가 될 윤혁이나 남편이 될 윤여옥 앞에서 보이는 모습은 정숙하고 조신한 요조숙녀의 전형이다. 재치 있고 발랄한 면모가 일부 부각되기도 하지만, 여주인공들은 기본적으로 '충·효·열'의 지배 이념과 유교 예법을 완벽히 구현하는 규범적 인간형의 범주 안에 놓여 있다. 『구운몽』에서처럼 정경패와 난양공주가 주도하여 남편을 농락하거나 여주인공들이 자유로운 분위기 속에서 재치를 자랑하며 남편마저 조롱의 대상으로 삼는 일은 상상조차 할 수 없다.

『창선감의록』의 여주인공 중 가장 중심에 놓인 인물은 남채봉이다. 세 여주인공 모두 큰 시련을 겪지만 특히 남채봉은 가장 극단적인 수난을 겪으며 성녀의 지위에 올랐다. 남채봉이 이끄는 '여성 수난 구도'는 「숙향전」에서 이미 확인된다. 「숙향전」은 17세기 후반에 창작된 것으로 추정되는 한글 중편소설이다. 「운영전」의 두 배 가까운 분량이어서 중편소설 치고도 서사의 편폭이 꽤 큰 편이다. 한글본과 한문본이 모두 전하는데, 현전하는 이본을 비교 검토한 결과 한글본이 앞선 것으로 추정된다. 18세기 초에 이미 일본인의 한국어 학습 교재로 쓰였고, 후대에 크고 작은 변개를 거치며 수많은 이본을 남길 정도로 널리 유통되었으니 창작 이후 폭넓은 인기를 누린 작품이다. 17세기 후반에 창작된 중편소설 「숙향전」은 후대 장편소설의 성립에 중요한 영향을 끼친 것으로 보인다. 특히 주목할 것은 여성 수난을 서사 추동력으로 삼는 후대 중장편소설의 구도를 선구적으로 보여 준 점이다.

「숙향전」의 숙향은 월궁 선녀 항아의 동생인 소아素娥의 후신後身이다. 항아는 본래 요임금 때 활 잘 쏘기로 이름난 예羿의 아내로, 남편이 서왕모에게서 얻어 온 불사약을 훔쳐 달나라로 갔다는 전설 속 인물이다. 소아는 『서유기西遊記』에 등장하는 월궁 선녀에서 차용한 이름일 수 있는데, 「숙향전」에서는 항아의 동생으로 설정되었다.[46] 소아는 옥황상제를 모시고 있다가 월연단月緣丹을 훔쳐 천상계의 선관仙官인 태을선군太乙仙君에게 주었기에 인간세계로 유배 와서 송나라 선비 김전의 딸 숙향으로 태어났다.[47] 태을선군 역시 인간세계에 유배 와서 이

선本仙으로 태어났으니, 이선과 숙향은 말 그대로의 천생연분을 타고났다. 「운영전」의 말미에 보였던 이른바 '적강謫降 모티프'가 재등장했다.

숙향은 태어나면서부터 속세 사람 같지가 않아서 숙향의 부모는 나이 세 살에 불과한 숙향이 단명할까 걱정하다가 관상가 왕균을 불렀다. 왕균은 숙향의 관상을 보고 이렇게 말했다.

이 아기는 인간세계 사람이 아니라 월궁의 정기를 가졌으니 반드시 귀하게 될 것입니다. 다만 하늘에 죄를 얻어 인간세계에 귀양 왔으니, 전생의 죄를 현생에 와서 다 갚은 뒤에야 좋은 시절을 볼 것입니다. (…) 다섯 살이면 (…) 부모를 잃고 정처 없이 다니다가 15세 전에 다섯 번 죽을 액을 지내고, 살아나면 17세에 부인 봉작을 받고, 20세에 부모를 다시 만나 태평을 누린 뒤 70세에 도로 천상으로 올라갈 팔자입니다.[48]

왕균은 숙향이 천상에서 지은 죄 때문에 인간세계에 유배 와서 10년 동안 다섯 번의 죽을 고비를 넘긴 뒤 부귀영화를 누리다가 다시 천상으로 돌아갈 운명이라고 했다. 과연 숙향은 다섯 살에 부모와 생이별한 뒤 장승상張丞相의 집에 의탁해 있다가 도둑 누명을 쓰고 쫓겨났다. 절망에 빠진 숙향이 강물에 투신했을 때 용왕의 딸이 나타나 숙향을 구하고 숙향의 운명을 알려 주었다. 용왕의 딸은 숙향이 겪어야 하는 다섯 가지 액운을 알린 데 이어 훗날 태을선군, 곧 재상의 아들 이선과 다시 만나 아들 형제와 딸 하나를 낳은 뒤 귀하게 될 것이라고 했다.[49] 왕균의 예언과 용왕의 딸이 전한 말은 모두 천상의 지배자인 옥황상제와 석가여래의 결정을 알린 것인데, 이것이 곧 「숙향전」 전체의 플롯을 이룬다. 적강 모티프와 천상에서 결정한 현실 세계의 수난 구도가 결합되면서 여주인공이 정해진 운명대로 시련을 겪고 위기를 헤쳐 나간 뒤 행복에 이르는 '운명의 서사'가 탄생했다.

「숙향전」의 적강 모티프는 예언 구도와 결합되어 작품의 플롯을 이루었다. 인간세계에 유배 온 천상 존재는 천상에서 정한 인생 행로를 그대로 밟아 나갔다. 숙향의 재앙과 복록은 물론 이선과 그 자손의 운명에 이르기까지 모든 일은 옥황상제와 석가여래의 결정대로 흘러갔다.[50] "하늘의 명은 범할 수 없는 것"이요 "하늘에서 정한 일이니 피할 수 없다"[51]는 인식이 작품 전편에 깃들어 있으니, 철저한 '숙명론'이다. 아무리 비참한 현실이라도 이는 전생의 죄과로 인한 하늘의 결정인바, 현실 속의 인간 존재는 숙향이 그러했듯 자신의 불운과 불행을 한탄하지 말고 운명을 그대로 받아들여야 한다. 「숙향전」의 숙명론은 현실의 모든 문제를 운명으로 돌리고 불만을 감내하도록 유도함으로써 지배 체제를 공고하게 하는 역할을 한다는 점에서 대단히 이념적이다.

그런데 「숙향전」의 작자가 적강 모티프와 숙명론에 의거하여 숙향과 이선의 사랑을 옹호한 데서 한 가지 모순이 발견된다. 숙향이 인간세계로 유배 와서 혹독한 시련을 겪은 것은 그 전신前身인 소아가 월연단을 훔쳐 태을선군에게 주었기 때문이다. 소아의 죄는 태을선군과 사랑을 나눈 데서 비롯되었으니 두 남녀의 어긋난 사랑을 현세에서 굳이 이루어 줄 이유가 없다는 것이 상식적인 생각이다. 그러나 하늘은 오히려 인간세계에 귀양 온 두 사람이 인연을 이루도록 거듭 도움을 주었다. 부모를 찾기 전 미천한 신분의 고아에 불과했던 숙향은 그 덕분에 하늘이 정한 인연을 표방하여 상서尚書 이위공李衛公의 외아들 이선과 결혼하기에 이르렀다.

이런 관점에서 숙향과 이선의 사랑을 재조명해 보면 「숙향전」이 지향한 바는 '숙명론'과 거리가 멀다. 「숙향전」은 오히려 현실의 신분 차별을 뛰어넘어 사랑을 이루고자 하는 '자유의지'를 정당화했다. 「숙향전」에서 '하늘이 정한 인연', 곧 천생연분과 '적강 모티프'라는 장치를 동원한 것은 현실의 금지된 사랑, 곧 신분의 차이를 비롯해 모든 중세적 혼인 예법을 무시한 자유연애를 긍정하기 위함이다. 이 점에서 「숙향전」의 적강 모티프 활용은 「운영전」과 비슷한 맥락에서 이루어졌다. 「운영전」에서는 궁녀의 사랑과 자유를 옹호한 파격적 문제의식을 희석하기 위한 장치로 적강 모티프를 이용했다. 「숙향전」은 적강 모티프에 평민 고아인 줄 알았던 숙향이 실은 훌륭한 가문 출신이었다는 설정을 더함으로써 신분을 뛰어넘은 자유연애를 긍정하는 주제의식을 은폐하고자 했다. 다만 숙향의 수난 구도가 작품의 주된 플롯을 이루면서 그 과정 내내 현실의 세상만사가 이미 하늘에 의해 정해진 것이라는 '숙명론'이 강조된바, 「숙향전」의 이면에 놓인 숙향의 '자유의지'가 충분히 부각되지는 못했다. 「운영전」에서 작품 말미에 적강 모티프를 삽입함으로써 적강 모티프가 문제의식을 완화하는 단순한 장치로서 기능했던 점과 비교하면 이 점이 더욱 두드러진다.

『창선감의록』의 '여성 수난 구도' 역시 「숙향전」과 매우 흡사하다. 우선 『창선감의록』의 도입부에서 여승 청원淸遠이 남채봉의 관상을 보고 앞날의 액운을 암시한 뒤 중반부에 다시 등장해서 관음보살의 예언을 전하는 장면은 「숙향전」에서 관상가 왕균이 숙향의 앞날을 예언한 장면과 유사하다.52 어린 여주인공이 처한 참담한 상황을 설정하고 천상계 존재가 할머니로 현신하여 여주인공을 돕는 대목 역시 비슷하다.53 여성 수난에 초점을 맞추어 예언 구도대로 서사가 진행되다가 행복한 결말에 이르는 점이 정확히 일치하니, 『창선감의록』에서 남채봉을 중심으로 한 서사는 「숙향전」, 혹은 「숙향전」과 유사한 설화의 영향을 받아 이루어진 것으로 보인다.

남채봉은 동정호에서 엄숭이 보낸 자객에 의해 부모를 잃었다. 남채봉 일가가 부친 남표의 유배지로 함께 가던 중이었는데, 살아남은 자는 아홉 살에 불과한 남채봉과 여종 계앵뿐이었다. 남채봉이 절망에 빠져 자결을 결심했을 때 상군湘君이 보낸 선녀가 나타나 남채봉의 액운을 예고했다.

저는 상군湘君(아황과 여영)의 신령한 뜻을 받들어 화상국化相國 부인(남채봉)을 위로하기 위해 왔습니다. 부인은 전생의 원업冤業으로 한때의 액운을 겪게 되어 있으나 10년 뒤에 부모와 상봉하여 영화와 안락이 무궁할 것입니다.54

그런데 같은 적강 모티프를 취한 「운영전」·「숙향전」과 달리 『창선감의록』에는 남채봉이 전생에 저지른 잘못이나 천상계에서 범한 죄에 대한 언급이 전혀 없다. 「숙향전」과 달리 10년 동안의 수난 내용도 구체적으로 언급되지 않았다. 남채봉을 "화상국 부인"이라 칭한 데서 남채봉이 훗날 남주인공 화진과 혼인하고 화진이 승상의 지위에 오르리라는 점은 알 수 있으나 남채봉과 화진의 전생 인연에 관한 내용 또한 전혀 찾아볼 수 없다.

17세기 한국 소설사

남채봉은 "미목이 지나치게 맑고 얼굴빛이 너무 아름다우며 말이 영민하고 행동이 신묘해서 하나같이 세속의 화식火食하는 사람의 상相이 아니고",[55] "하는 일마다 신이해서 본래 이 세상 사람이 아니다"[56]라는 평가를 듣는 등 천상 존재의 후신임이 여러 곳에서 암시되었다. 그러나 남채봉이 천상계에서 지은 죄에 대한 언급 없이, 현세에서 겪는 수난의 원인이 막연하게 전생의 원업이라고만 했다. 물론 남채봉이 겪어야 하는 시련은 하늘이 정한 것이어서 인간의 힘으로 어찌할 수 없는 것이다. 이를테면 청원은 처음 남채봉을 만났을 때 남채봉이 앞으로 겪을 액운을 알았으나 아무 말도 하지 않았는데, 훗날 그 이유를 이렇게 밝혔다.

저는 몹시 놀랍고 안타까웠으나 큰 액운은 면하기 어려운 법이어서 알려 드린다 해도 이로울 일이 없기에 말씀 드리지 않았습니다.[57]

화진의 경우에는 천상의 신선으로서 누렸던 자신의 전생을 알 수 있는 기회가 주어졌으나 이를 완강히 거부했다. 신선 은진인이 화진에게 전생의 일을 기억나게 하는 단약丹藥을 주었을 때 화진은 이렇게 말했다.

소생은 이미 인간세계의 사람이니, 함부로 천상의 일을 알게 된다 한들 제게 이로울 것이 없을 뿐 아니라 헛되이 마음만 어지러워질 것입니다. 이 약을 먹고 신선이 된다 한들 소생에게는 홀어머니와 형이 있으니, 어찌 가족을 버리고 혼자 떠날 수 있겠습니까?[58]

「숙향전」에서 작품 진행 중에 주인공이 몇 차례에 걸쳐 자신의 전생을 알게 되는 설정을 취한 데 반해[59] 『창선감의록』은 전생에 대한 구체적인 언급을 거듭 회피했다. 이는 남녀 주인공의 전생 인연을 작품에서 최대한 배제하기 위한 방편으로 보인다. 한편 「운영전」・「숙향전」과 달리 『창선감의록』에는 자유연애가 존재하지 않는다. 남채봉과 화진은 다른 작품들의 남녀 주인공과 달리 남채봉의 양부(養父)인 윤혁과 화진의 부친 화욱이 혼약을 맺어 혼인했다. 『창선감의록』은 '충・효・열'의 지배 이념과 유교 예법을 완벽히 구현하는 규범적 인간형을 제시하여 작품 전편을 통해 중세 지배 이념을 효과적으로 설파한 작품이므로 중세 규범에 어긋나는 자유연애는 결코 용인할 수 없다.

따라서 『창선감의록』은 기존 작품의 적강 모티프, 곧 천상계에서 죄를 지은 남녀가 인간세계에 유배 와서 하늘이 정한 인연을 내세워 자유연애를 이루는 구도를 그대로 취할 수 없다. 자유연애의 문제가 대두되지 않게 하기 위해 기존의 구도에 변화를 주어야 했다. 이때 적강 모티프에서 주인공의 전생 인연을 소거하는 방안이 우선적으로 고려될 수 있다. 그런데 『창선감의록』은 주인공의 전생 인연을 부정하지 않았다. 남녀 주인공을 성인・성녀의 후신으로 설정하여 이들의 결연이 하늘이 정한 인연에 이끌린 것임을 강조하기 위해서였다. 그렇다면 이제 남은 방법은 남녀 주인공이 전생 인연을 맺되 천상에서나 현세에서나 죄를 범하지 않고 예법에 맞는 사랑을 하는 설정을 취하는 것뿐이다.

여기서 모순이 발생한다. 그렇다면 천상계에서 아무런 잘못도 범하지 않은 주인공이 왜 인간세계로 내려와 시련을 겪도록 예정되어 있

17세기 한국 소설사

다는 것인가? 『창선감의록』의 작가가 이 문제를 어떻게 해결하고자 했는지 남채봉에 초점을 맞추어 살펴보기로 한다.

> 부인은 천지 오행五行의 정수를 홀로 얻으신 여자 중의 성인聖人으로, 장차 아황과 여영의 덕을 이어 규방의 교화를 크게 밝히실 것이므로, 모든 신들이 호위해서 어떤 요사스러운 존재도 해를 끼칠 수 없습니다.[60]

하늘이 정한 운명을 전하는 임무를 맡은 여승 청원이 남채봉에게 한 말이다. 청원에 의하면 남채봉은 성녀가 될 운명이다. 상군, 곧 아황과 여영을 비롯한 모든 신들이 남채봉을 돕는 이유는 남채봉이 아황과 여영의 덕을 이어 세상의 모든 규방 여성들을 교화하는 책무를 지녔기 때문이다. 그런데 남채봉의 모델이 아황과 여영이라고 할 때 적강 모티프에 문제가 발생한다. 앞서 언급한 대로 남채봉은 전생, 혹은 천상계에서 범한 잘못이 없다. 적강 모티프를 취한 「운영전」·「숙향전」·『구운몽』 모두 천상계의 남녀가 정을 주고받은 죄로 인간세계에 내려왔고, 「운영전」과 「숙향전」의 여주인공은 천상계에서 범한 죄 때문에 인간세계에서 고난을 겪어야 했다. 그러나 이들과 달리 『창선감의록』의 여주인공 남채봉은 자신이 현세에서 시련을 겪어야 하는 까닭을 알지 못한다. 천상계에서 잘못을 범하지 않은 남채봉이 왜 현세에서 온갖 수난을 당해야 하는가? 『창선감의록』의 작자는 이 질문에 대한 해답을 새로 마련해야 했다. 자신의 기구한 운명을 한탄하는 남채봉에게 청원이 한 말이 그 해답이다.

예로부터 시련과 재앙을 겪지 않고 도에 통달한 성인은 없었습니다. 우리 석가세존께서는 설산雪山에서 고난을 겪으셨고, 공자孔子께서는 진陳·채蔡 땅에서 곤경에 처하셨지요. 아무리 청명하고 빼어난 자품을 지닌 부인이라도 항상 안락한 데 거처하며 아무런 위기도 겪지 않는다면 기이하다는 소문이 나기 어려울 겁니다. 그렇다면 세상 사람들은 부인의 존재를 알 수 없지요. 이 때문에 하늘이 부인을 격려하여 덕을 이루게 한 뒤 부인의 덕을 온 천하에 드러내고자 한 것입니다. 그런 까닭에 옛사람들은 화복禍福에 때가 있고 영욕이 한결같지 않음을 알아 풍상을 많이 겪을수록 심지가 더욱 굳세겼던 것입니다.[61]

남채봉은 석가와 공자 같은 옛날의 성인처럼 그 덕을 만천하에 드러내기 위해 하늘이 선택한 존재, 곧 선민選民이다. 남채봉이 겪는 현재의 시련은 악인의 음모에 의한 것이지만 실은 하늘이 성인을 단련시켜 그 덕을 세상에 알리기 위해 마련한 시험 과정이다. 아황과 여영의 후신인 남채봉이 성취해야 할 덕은 효·열의 가치와 결부된 부덕婦德이다. 남주인공 화진까지 아울러 생각해 보면 화진과 남채봉은 충·효·열의 가치, 곧 유가 지배 이념을 체현하고 있는 인물이다. 이들은 하늘의 선택을 받은 선민인바, 심각한 위기에 처할 때마다 천상계의 도움을 받아 위기를 모면했다.[62] 악인이 주인공을 극단적인 시련으로 내몰았으나 선善을 체현하고 있는 주인공은 하늘의 선택을 받은 자이므로 결국 승리하도록 예정되어 있다.

모든 일이 하늘의 뜻에 따라 예정되어 있고 수난을 겪은 주인공이 행복에 이른다는 점에서 『창선감의록』의 숙명론은 「숙향전」의 숙명론과 비슷해 보인다. 그러나 『창선감의록』의 숙명론은 주인공이 체현한 충·효·열의 지배 이념을 온 세상에 선양하고자 한다는 점에서 시련의 끝에 행복이 있다는 단순한 낙관을 넘어 지배 이념의 승리에 대한 염원, 지배 이념의 승리가 곧 '사필귀정事必歸正'이라는 믿음으로 귀결된다. 『창선감의록』은 기존의 '적강 모티프'에서 천정인연을 제거하여 '교화'에 어긋나는 자유연애의 요소를 탈각한 뒤 선민의식選民意識에 입각한 '사필귀정'의 논리를 더하여 숙명론을 '선민'이 주도하는 지배 체제를 정당화하는 기득권 옹호의 논리로 탈바꿈시켰다.

사필귀정의 결말에 이르면 악인의 징치를 통해 '권선징악'의 메시지가 분명히 전달되어야 한다. 그런데 이 악인의 징치 과정에 『창선감의록』의 선민의식이 극명히 드러나 있다. 극단까지 치달았던 선과 악의 갈등이 해소되는 과정에서 선인과 악인의 경계가 모호해지면서 납득하기 어려운 기준에 의해 복수와 처단의 대상, 용서와 화해의 대상이 갈린다.

『창선감의록』의 결말부에서 개과천선하는 대표적 인물은 화춘과 심씨이다. 화춘은 처음부터 악인의 형상과 우인愚人의 형상을 동시에 지닌 측면이 있으나, 심씨는 작품 곳곳에서 시종일관 악녀의 면모를 유감없이 보여 주었다.

심씨는 난향과 계향을 시켜 빙선娉仙(화진의 누이)을 붙잡아 오게 한 뒤 발을 구르며 욕을 해댔다.

"천한 계집 빙선이 감히 흉한 마음을 품고 도적의 아들놈과 한데 붙어 장자長子의 자리를 빼앗을 궁리를 하고는 먼저 정실 어미를 없애기 위해 천한 종년 취선과 얽혀 모의를 했느냐?"

빙선은 정신이 아득해져 할 말을 잃고 구슬 같은 눈물만 줄줄 흘렸다. 심씨는 또 화진을 불러 마루 아래에 무릎을 꿇리고 철여의鐵如意(철편鐵鞭)로 난간을 때려 부수며 큰소리로 죄를 물었다.

"너 도적의 자식 진珍은 성부인의 위세를 빙자하여 선친을 우롱하고 적장자의 자리를 빼앗고자 했다. 그러나 하늘이 악을 돕지 않으시어 일이 어그러지자 도리어 요사스러운 누이와 흉악한 종년과 함께 불측한 일을 꾸몄느냐?"

(…) 심씨가 매우 성이 나서 철여의를 들고 급히 소저 쪽으로 향하자 화진이 목놓아 슬피 울부짖었다. 임소저가 심씨의 손을 잡고 울며 만류하자 심씨는 더욱 화가 나서 하인들로 하여금 화진을 붙잡아 내쫓게 한 뒤 임소저를 꾸짖었다.

"너도 악인들과 작당을 해서 나를 없애려 하느냐?"[63]

이랬던 심씨가 작품 중반부에 이르러 갑자기 우인愚人의 형상으로 돌변하면서 개과천선의 길로 들어섰다. 반면 심씨의 수족 역할을 하던 여종 난향은 범한의 사주를 받아 심씨를 살해하려던 자객에 의해 억울한 죽음을 당했다. 작자는 "조물주가 난향의 혀를 자른 것"[64]이라며 난향의 죽음을 정당한 처벌로 여겼으니, 심씨에 비추어 매우 불공평한 처사다.

한편 몰락한 사족 출신으로 추정되는 범한·장평은 반성 없는 악행을 저지른 끝에 처참한 죽음을 당했다. 반면 세상 모든 악의 근원으로 설정되었던 엄숭은 전혀 다른 대우를 받았다.

이때 남표는 이미 벼슬에서 물러나 (…) 때때로 윤혁·진형수와 함께 성 밖의 산수에서 노닐며 시를 읊조렸고, 화진과 윤여옥도 말 머리를 나란히 해서 이들을 따랐다. 하루는 옥천산玉泉山 서호西湖에서 (…) 서로 돌아보고 즐거워하며 잔을 띄워 마시는데, 문득 거친 베옷을 입고 새끼줄로 허리띠를 맨 이가 희끗희끗한 봉두난발에 구부정한 걸음걸이로 산골짝에서 오는 것이 보였다. 윤혁이 바라보고 눈물을 흘리며 말했다.

"승상의 고달픔이 심하군요!"[65]

30년 재상을 지내며 전횡을 벌이다가 몰락한 엄숭의 초라한 모습이다. 이 자리에서 엄숭은 눈물을 흘리며 사죄했고, 엄숭에 의해 혹독한 참화를 당했던 남표 일행은 "우리 모두 이미 세상 밖에 숨어 사는 사람이 되었으니 예전의 은혜와 원한을 말해 무엇하겠소?"[66]라며 엄숭을 용서하고 술자리에 앉혔다.

적대 세력에 대한 포용의 태도 자체는 긍정적으로 해석할 여지가 있으나, 포용과 처벌의 대상을 가르는 기준이 모든 존재에게 균일하게 적용되지 않는다는 것이 『창선감의록』의 문제점이다. 심씨와 화춘은 화진의 가족이고, 엄숭은 윤여옥의 장인이다. 엄숭의 아들 엄세번에 대한 호감 어린 묘사도 같은 맥락에서 이루어진 것으로 보인다. 여장한 윤여옥에게 깜빡 속아 넘어간 엄세번이 끓어오르는 욕정을 억누르며 안달하는 모습에서는 순진함이 느껴질 정도여서 독자가 오히려 악인에 대해 동정심을 갖게 된다.[67] 이처럼 악인 중 상층 사족의 일원으로서 선인 집단과 친인척 관계를 맺고 있는 이들은 화해의 대상이어서 어떤 악행을 저질렀다 해도 동정의 대상이 되어 용서받는다.

상층의 악인에게 사죄의 기회를 주고 이들을 적극적으로 포용한 반면 하층의 악인은 끝내 용서와 화해의 대상에서 배제되어 가혹한 징벌을 면하지 못했다. 몰락한 사족 출신으로 그 아비가 행상을 했다는 악인 조녀 역시 처형당하고 말았는데, 그 최후 장면을 보자.

저잣거리에서 형이 집행될 예정이었다. 심씨가 사람을 보내 조녀의 죄를 꾸짖고 싶어 하자 빙선이 간했다.

"죽이는 것만으로 족하거늘, 죄를 꾸짖는다 해서 무슨 이득이 있겠니까? 또 악인과는 더불어 말하기 어려운 것이니, 혹 불손한 말을 듣게 되지 않을까 싶습니다."

심씨가 말했다.

"내가 도저히 참을 수가 없구나!"

그리하여 심씨는 사람을 시켜 조녀를 꾸짖게 했다.[68]

개과천선했다고는 하지만 앞서 조녀의 악행을 방조하거나 부추겼던 심씨가 이제 와서 조녀를 꾸짖는 것은 참으로 뻔뻔한 처신이다. 심씨는 조녀의 죄를 하나하나 따지며 힐난했는데, 이에 대한 조녀의 항변이 퍽 조리 있다.

"원수元帥(화진)께서 나를 죽이신다면 내가 기꺼이 받아들이겠지만, 심부인은 나를 꾸짖을 수 없소. (…) 부인이 현명해서 참소하는 말을 받아들이지 않았다면 내가 어찌 임소저(화춘의 정실)를 무고할 수 있었겠소? 부인이 남부인(남채봉)의 정숙함을 잘 알고 있었다면 왜 남부인을 손수 매질하고 외랑外廊에 가두었소? (…) 부인이 한림 부부를 친자식처럼 여겨 차별하지 않았다면 아무리 내가 재앙을 일으킬 마음을 가졌다 한들 어찌 편승할 수 있었겠소? (…) 빈 구멍에서 바람이 일어나고 썩은 고기에 벌레가 생기는 법, 부인의 집이 어지럽지 않은데 나 홀로 어지럽혔단 말이오?"

17세기 한국 소설사

저지에 모인 사람들이 모두 깔깔 웃었다.

심씨는 그 말을 전해 듣고 후회하여 말했다.

"빙선의 말을 따르지 않은 게 한스럽구나!"[69]

심씨가 조녀의 악행을 꾸짖자 조녀는 도리어 심씨의 못된 마음이 있었기에 주변 악인의 개입이 가능했던 것이라며 심씨의 예전 과오를 조목조목 따졌다. 설득력 있는 항변이다. 심씨의 급작스러운 개과천선이 워낙 무리한 설정이었기에 마무리 대목에서나마 조녀에게 발언권을 주어 독자의 불만을 무마하고자 한 장면으로 보인다. 조녀는 끝내 사죄의 기회를 받지 못한 채 처형당해야 했다. 반면 후안무치한 처사로 망신을 당한 심씨는 이후 아들며느리의 극진한 효도를 받으며 부귀영화를 누렸다.

『창선감의록』이 내세운 포용과 배제의 기준은 이처럼 상하 계층 간에 심각한 편향이 존재한다. 『구운몽』이 하층에 대해 제시했던 '배려의 형식'은 이제 온데간데없고 '차등의 질서'만 더욱 완강한 형태로 남았다. 『창선감의록』에서 제시한 이상적 이념의 세계가 배타적인 '사족 이기주의'에 입각한 '그들만의 세계'로 귀결될 가능성이 매우 농후해진 것이다. 『창선감의록』 작가의 빼어난 서사 역량에 힘입은 소설적 성취는 그것대로 소중하지만 작품 저변에 놓인 배타적인 사족士族중심주의 또한 후대 장편소설 전개에 심대한 영향을 미쳤다는 점에서 기억해 둘 필요가 있다.

4° 선민의식과 가문중심주의

『소현성록』은 18세기 이래로 성행한 대하소설, 혹은 가문소설의 선구적 작품이다. 후대 장편소설에 큰 영향을 미쳤으나 지금까지 작자도 밝혀지지 않았고, 17세기 말에 필사 유통되었다는 기록만 존재할 뿐 창작 시기도 정확하지 않다. 『구운몽』과 『창선감의록』이 한문으로 창작되었거나 창작 직후부터 한문에서 한글로, 혹은 한글에서 한문으로 옮겨진 반면 『소현성록』은 창작 이래 오직 한글 표기로만 전승되었다. 『구운몽』과 『창선감의록』이 한문소설의 전통에 바탕을 두고 당대 최고 수준의 작가적 기량을 발휘한 작품이라면 『소현성록』은 이들 작품과 전혀 다른 계통에 서서 새로운 소설 전통을 만들었다.

『소현성록』의 창작 시기는 다음의 기록을 통해 추정해 볼 수 있다.

돌아가신 모친 정부인貞夫人 용인 이씨가 손수 베끼신 책 중 『소현성록』 대소설大小說 15책은 장손 조응相應에게 주니 가묘家廟 안에 간직하라. 『조승상칠자기趙丞相七子記』 와 『한씨삼대록韓氏三代錄』은 아우 대간군大柬君에게 준다. 또 『설씨삼대록薛氏三代錄』은 누이 황씨 처에게 주고, 『의협호구전義俠好逑傳』과 『삼강해록三江海錄』은 차남 덕성德性 에게 주며, 『설씨삼대록』은 딸 김씨 처에게 준다. 각 가문의 자손들은 대대로 잘 지 키는 것이 좋겠다.[1]

권섭이 1749년(영조 25)에 작성한 「어머니가 손수 필사하신 책을 분 배한 기록」이다. 권섭의 모친 용인龍仁 이씨(1652~1712)의 몰년에 비 추어 볼 때 용인 이씨가 손수 필사한 『소현성록』・『조승상칠자기』・ 『한씨삼대록』・『설씨삼대록』・『의협호구전』・『삼강해록』의 창작이 1712년 이전에 이루어졌음을 알 수 있다.

『소현성록』이 17세기 말에 유통되었다는 좀 더 명확한 근거로 권진 응權震應, 1711~1775의 다음 기록을 들 수 있다.

내가 예닐곱 살 때 누이들과 함께 어머니를 모시고 있다가 책 한 권에다 먹으로 장난을 해서 책을 심하게 더럽혔다. 어머니께서 책을 빼앗아 장난을 멈추게 하시고 말씀하셨다.

"이 『한씨삼대록』은 내가 어렸을 때 글자를 익히던 오래된 책이란다. 이야기가 상도常道에 벗어나고 글씨도 유치해서 족히 아낄 바 못 되지만, 작고한 아우 금산군錦山君 의 글씨가 책 사이사이에 있으니 옛 자취를 더럽혀서는 안 된다."[2]

권진응의 모친 은진恩津 송씨(1676~1737)는 어린 시절 『한씨삼대록』을 필사하며 글자를 익혔다. 한글을 익히던 어린 시절이라고 했으니 당시 은진 송씨의 나이를 열 살 안팎이라고 가정한다면 1685년 전후의 일이다. 1692년까지 은진 송씨가 아우 금산군, 곧 송요좌宋堯佐와 함께 살았으니,[3] 늦어도 1692년 이전에는 『한씨삼대록』의 필사가 이루어졌을 것으로 추정된다. 『소현성록』으로부터 파생된 작품인 『한씨삼대록』의 필사 시기로 미루어 보건대 『소현성록』은 1685년 전후, 늦어도 1692년 이전에 창작되었을 것이다.

『소현성록』은 '본전本傳'과 '별전別傳'으로 이루어져 있다.[4] 별전은 『소씨삼대록蘇氏三代錄』이라는 독립된 제목을 지녔다. 작품 앞에 놓인 가상의 작가 서문에 의하면 『소현성록』은 송나라 인종仁宗, 재위 1022~1063의 명을 받아 문신 포증包拯, 999~1062과 여이간呂夷簡, 978~1044이 소현성, 곧 소경의 일대기를 기록한 책이다. 물론 허구다. 서문에서는 본전과 별전의 차이를 이렇게 밝혔다.

포증과 여이간이 (…) 소경蘇景(소현성)의 집에 가서 공이 태어나던 때부터 죽을 때까지의 일을 일일이 날마다 기록한 문서를 얻어 꼼꼼하고 자세하게 사실을 따져 전傳을 지었다. 공이 기뻐하거나 화를 내거나 담소한 일이 적고 행실이 높은 까닭에 사람들이 이 전을 보면 경외심을 가지게 될 터이나 빛나고 화려한 일은 없다. 그러므로 그 자식들의 이야기를 지어 내용을 풍부하게 했다. 공이 살아 있을 때의 별호가 '현성 선생'이었던 까닭에 첫머리의 제목은 『소현성록』이라 하고, 자손의 이야기는 별도의 제목을 써서 『소씨삼대록』이라고 했다.[5]

소경, 곧 소현성의 일대기에 초점을 맞춘 것이 '본전'이고, 소운성을 비롯해 소경의 아들 세대의 이야기가 '별전'『소씨삼대록』이다. 본전이 소경과 양부인의 모범적 언행을 드러내는 데 치중하여 서사적 흥미가 떨어지므로 다채로운 서사 전개를 담은 별전을 지어 약점을 보완했다고 했으니, 본전과 별전의 작품 지향이 다르다는 점을 미리 소개했다. 권섭은 용인 이씨가 필사한 『소현성록』을 "대소설 15책"이라 한바, 용인 이씨가 필사하던 시기에 『소현성록』은 이미 본전과 별전 『소씨삼대록』의 합본 상태로 유행했다.6

본전과 『소씨삼대록』은 연작의 관계에 있다. 본전 속에 『소씨삼대록』의 전개를 미리 암시하는 내용, 『소씨삼대록』과 호응하는 내용이 삽입되어 있어 본전과 『소씨삼대록』의 작자가 동일하다고 보는 견해도 존재하나, 별개의 작자가 창작했을 가능성을 여전히 배제할 수 없다. 본전과 『소씨삼대록』은 가치 지향과 작품의 주안점, 창작 의식 및 창작 방법에서 큰 차이를 보이기 때문이다. 『소씨삼대록』을 다른 작자가 창작했다면 본전에 『소씨삼대록』 전개를 위한 복선伏線으로 삽입된 내용은 『소씨삼대록』 작자의 가필加筆로 보아야 할 것이다.

본전과 『소씨삼대록』의 큰 차이는 우선 각각의 남주인공 소경과 소운성이 상반된 성격을 가지고 있다는 데 있다. 소경은 작품 안에서 "도학선생으로는 으뜸이지만 풍류남아로는 말자末者"7인 인물로 규정된 것처럼 전형적인 문사文士요 완전체라 해도 좋을 도덕군자다. 반면 그 아들인 소운성은 무인武人 기질의 호걸남아로 그렸다. 『창선감의록』의 화진과 윤여옥처럼 동일 작자가 상반된 성격의 남주인공을 내세워 다양한 재미를 추구한 것이라 생각해 볼 수도 있으나 그렇게 보기에는 본전과 『소씨삼대록』의 가치 기준이 매우 상이하다.

소경은 주색酒色에 전혀 관심이 없는 대단히 금욕적인 인물이다. 소경은 "어릴 때부터 한 잔 술도 마시지 않았으니" "마음을 도학에 굳건히 다잡고 있었기"[8] 때문이요, 수많은 기녀들이 유혹해도 일절 관심을 두지 않았다.[9] 한편 13세의 석명혜와 혼인한 뒤에는 석명혜의 나이가 어리다는 이유로 몇 달 동안이나 동침하지 않았다. 소경의 서모庶母인 석파石婆가 이를 힐난하자 10대 소년 소경은 "나이가 점점 차니 마음이 식은 재 같아 여색에 더욱 무심합니다"[10]라고 대답했다. 훗날 아들 여럿을 둔 뒤에도 소경은 열 달 동안의 안찰사按察使 임무를 마치고 돌아와 석명혜의 침소에 들어가서 운우지락에 전혀 관심을 두지 않았다. 작자는 이에 대해 이렇게 칭찬했다.

1년을 타향에 나갔다가 돌아와 정이 깊은 부인과 한 방에 있으면서도 침착하고 중후함이 이와 같으니 (…) 그윽하게 어두운 중에도 정대함이 더욱 희한하다. 유하혜柳下惠나 미자微子도 이렇지 않을 것이다.[11]

본전에서는 이밖에도 주색에 대한 양부인의 경계 장면을 거듭 보여주며 '금욕'을 남성의 주요 덕목으로 내세웠다.

반면 소운성은 욕정을 제어하지 못하고 창기娼妓를 불러들여 형제들과 즐기기를 꺼리지 않는 데다[12] 격분하면 곧잘 칼을 뽑고 소리를 지르는 등 대단히 충동적인 성격이다.[13] 불세출의 용력을 지닌 호걸로서 학문에는 큰 관심을 기울이지 않았으니[14] 기본적인 기질이나 성장 과정이 부친 소경과는 정반대다. 소경이 여러 아내들을 온화하고 공평무사하게 대함으로써 가정 내 갈등의 빌미를 제공하지 않은 반면, 소운성은 종종 폭군의 형상으로 돌변하여 처첩에게 비상식적인 언행을 보이며 갈등을 조성했다.[15] 훗날 소실이 되는 소영에 대해서는 부도덕한 폭력 행위마저 서슴지 않았는데,[16] 본전에서 감히 상상조차 못할 일을 범했음에도 불구하고 『소씨삼대록』의 작자가 소운성을 보는 시각은 부정적이지 않다. 이처럼 소경과 소운성은 정반대의 성격을 가졌으나, 『소씨삼대록』에서 소운성은 부친과 다른 계통에서 그 이상의 능력과 미덕을 지니고 있다는 점이 강조되었다.[17] 이 밖에도 본전에서 전형적인 문사로 그려진 소경이 『소씨삼대록』에서는 문무겸전文武兼全의 인물로 탈바꿈한 점,[18] 본전에서 소경 이상으로 빼어난 지혜와 덕을 갖추고 냉철하게 집안을 다스리던 양부인이 『소씨삼대록』에서는 손자의 잘못을 감싸는 온정적인 할머니, 대의명분보다 가문의 안위만을 염려하는 여성으로 성격이 크게 바뀐 점,[19] 『소씨삼대록』에만 부분적으로 장회章回 투식이 사용된 점[20] 등을 본전과 『소씨삼대록』의 두드러진 차이로 지적할 수 있다. 이런 점을 종합해 볼 때 동일 작자가 『소씨삼대록』을 통해 본전과 다른 방향의 작품을 선보였다기보다는, 본전의 인물 설정과 서사 전개에 불만을 가진 별도의 작자가 『소씨삼대록』을 통해 새로운 설정과 전개를 시험했다고 추정하는 편이 좀 더 타당해 보인다.

(1) 대하소설의 형식 : 일상의 발견과 세대록

『소현성록』은 송나라 초기를 시대적 배경으로 삼았다. 본전에서는 석수신石守信·구준寇準 등의 실존 인물을 등장시켰으나 단편적인 역사 지식을 활용한 정도에 불과해서 실제 역사와 허구적 서사가 긴밀한 연관을 맺고 있지 않다. 별전『소씨삼대록』의 경우 송나라 인종仁宗 때의 곽황후郭皇后 폐위 사건을 활용해 하나의 에피소드를 전개한 점 등 연의소설(역사소설)의 기법을 수용하여 실제 역사 전개 위에 허구적 서사를 축조한 측면이 있다. 그러나 본전은 물론『소씨삼대록』역시 작품의 초점이 가정 내의 갈등과 소소한 일상사에 맞추어지면서 실제 정치적 사건을 작품의 중심부로 끌어오지 않은 까닭에『창선감의록』처럼 역사상의 사건을 서사 전개에 효과적으로 이용하여 정교한 '거짓 역사'를 만드는 데 이르지는 않았다.

『소현성록』 본전의 성립에 큰 영향을 미친 작품은『양가부연의楊家府演義』로 보인다.[21]『소현성록』 본전의 으뜸 여주인공이라 할 '양부인楊夫人(주인공 소경의 모친)'의 가계가 그 실마리다. 양부인의 부친은 '양문광'으로 되어 있는데, 양문광楊文廣은 11세기 송나라 영종英宗 때 요나라와의 전투에서 여러 차례 무공을 세운 실존 인물이다. 이 양문광을 주인공으로 내세운 소설이 바로『양가부연의』다. 5대에 걸친 양씨 가문 무장武將들의 영웅적인 활약을 그린 이 작품에서 양문광은 불세출의 영웅이자 최고의 미남자로 뭇 여성의 사랑을 한 몸에 받았다.『양가부연의』는 송나라 초기를 배경으로 삼아 석수신·구준·칠왕七王·팔왕八王 등을 조역으로 등장시켰는데, 이들이 모두『소현성록』의 조역으로 등장한다. 『양가부연의』는 무장들의 모험과 공적에 초점을 맞추어 군담軍談에 큰 비중을 두었으므로 『소현성록』과 지향이 크게 다른 작품이지만, 한 가문을 여러 대에 걸쳐 조명한 작품이라는 점, 제1대 영웅인 양계업楊繼業 사후 그 아내 영파令婆가 수행하는 '가모장' 역할이 『소현성록』의 양부인과 대단히 유사하다는 점, 주인공이 위기에 처할 때마다 칠왕·팔왕·구준이 중재 역할을 하는 점[22] 등에서 『소현성록』의 구상에 영향을 미쳤을 것으로 보인다.

『소현성록』 본전은 처사의 아들로 태어난 주인공 소경이 승상의 지위에 오르고 가문을 중흥하는 성공담을 골간으로 삼았다. 소경은 대대로 재상을 지낸 가문 출신이었으나 오대五代의 혼란기를 피해 은거한 처사 소광과 그 아내 양부인의 사이에서 유복자로 태어났다. 부부가 똑같이 꾼 태몽에 의하면 소경은 도교의 3대 신 중 하나인 영보도군靈寶道君의 후신이다. 부친이 세상을 뜬 뒤 가족이라고는 양부인, 두 누나 월영과 교영, 부친의 첩 이파李婆와 석파石婆가 있을 뿐이었으니, 9대 독자 소경은 가문을 다시 일으켜야 하는 막중한 책임을 홀로 졌다.[23]

소경은 모친 양부인을 스승으로 모시고 학업에 전념하여 14세에 장원급제했다. 이듬해 소경은 화수은과 결혼했는데, 아름다운 여성이었으나 덕성이 다소 모자라 성인군자 소경의 짝이 되기에 부족했다. 그러자 호탕한 성격에 언변 좋고 참견하기 좋아하는 석파가 이미 예부상서에 오른 소경에게 걸맞은 배필로 개국공신 석수신의 손녀이자 자신의 조카인 석명혜를 천거했다. 본래 재취 생각이 없던 소경은 양부인의 분부에 따라 13세의 석명혜를 제2부인으로 맞이한 뒤 제1부인 화수은을 위로했다.

내가 비록 석씨(석명혜)를 얻었지만 이 일은 어머니 말씀을 받들기 위한 것이었소. (…) 내가 비록 젊고 어리석으나 색을 밝히는 무리는 아니니, 부인은 상심하지 말고 내가 나중에 일을 처리하는 것이 공평한지 색에 치우치는지 지켜보시오.[24]

과연 소경은 두 아내를 공평하게 대했고, 석명혜는 시종 겸손한 태도로 이상적인 부덕婦德을 보여 주었다. 결국 화수은은 이에 감동하여 석명혜가 자신보다 뛰어난 사람으로서 남편에 진정 걸맞은 배필임을 인정하고 평생 석명혜와 화목하게 지내기를 원했다.[25]

석명혜는 투기를 알지 못하는 여성이다. 본전의 작자는 거듭 여성의 유순한 덕을 강조하고 투기를 가장 큰 죄악으로 지목하며[26] 석명혜를 이상적인 여성상으로 제시했다. 이때 소경의 제3부인 여씨가 투기의 화신으로 등장해 석명혜의 대척점에 섰다.

여씨는 태종太宗의 후궁 여귀인呂貴人의 조카로, 황제의 마음을 움직여 억지로 소경의 제3부인이 되었다. 여씨는 석명혜의 미모와 덕성을 질투하여 석명혜의 일거수일투족을 염탐하더니 급기야 흉계를 꾸며 양부인을 독살하고 그 죄를 석명혜에게 뒤집어씌우려 했다.[27] 양부인의 통찰로 계획이 실패로 돌아가자 이번에는 '여의개용단如意改容丹'과 '외면회단外面回丹'이라는 마법의 약을 구해 새로운 음모를 꾸몄다. 여의개용단, 곧 개용단은 자신의 얼굴을 원하는 사람의 얼굴로 바꾸게 하는 약이고, 외면회단, 곧 회면단回面丹은 본래의 얼굴로 돌아오게 하는 약이다. 개용단과 회면단은 『유씨삼대록柳氏三代錄』・『명주보월빙明珠寶月聘』・

『쌍천기봉雙釧奇逢』·『명주기봉明珠奇逢』·『임화정연林花鄭延』 등 18세기 이후의 한글 장편소설에서 거듭 악인의 음모에 활용되었는데, 『소현성록』의 여씨가 그 최초의 사용자로 보인다.[28]

여씨가 석명혜와 화수은으로 변신하면서 벌어지는 일련의 소동은 본전에서 독자의 흥미를 가장 강하게 끄는 대목이다. 여씨는 개용단을 이용해 석명혜로 변신한 뒤 소현성에게 음란한 행동을 해서 석명혜를 쫓아내게 했다.[29] 그 뒤 화수은마저 축출하고자 또 한 번 같은 방법을 썼으나 마침내 속임수가 탄로 나기에 이르렀다.

> 이날 또 화씨(실은 화수은으로 변신한 여씨)가 달밤에 나와서 상서(소경)의 곁에 앉았다. (…) 상서가 짐짓 화씨의 소매를 잡고 일어났다. (…) 상서가 가짜 화씨를 데리고 들어오자 진짜 화씨가 남편이 오는 것을 보고 깜짝 놀라 물었다. (…)
>
> "너는 어떤 도깨비기에 감히 내 얼굴이 되어 상공相公을 속이고 나를 업신여기느냐?"
>
> 화씨가 발끈 성을 내며 곁에 놓인 철선鐵扇(쇠 부채)을 들어 가짜 화씨를 치니 가짜 화씨가 소리를 질렀다.
>
> "너는 어떤 것이기에 이리 방자하냐?" (…)
>
> 석파가 회면단을 물에 풀어 두 화씨에게 나누어 주었다. (…) 마지못해 먹으니 갑자기 본래 얼굴이 드러나서 날씬한 화씨가 풍만한 여씨로 바뀌었다.[30]

투기심 강한 악녀를 축출하고 석명혜가 돌아오면서 소경의 집은 평화를 되찾았다.

이 뒤에 이어지는 소경의 '요괴 퇴치 이야기'도 요괴와의 대결을 박진감 넘치게 그려내는 데 이르지는 못했으나 본전의 소설적 흥미 요소 중 하나다. 우선 요괴에 씌워 몇 달 동안 고통받던 승려가 소경의 힘으로 구제되는 장면을 보자.

"스승님! 이제 그 귀신이 피해 달아났으니 시원합니다!"

놀란 승려들이 들이닥쳐 물었다.

"그 귀신이 어떻게 달아났느냐?"

"요괴가 '이제 성인聖人이 오셨으니, 내가 어찌 감히 있겠나?' (…) 하더니 거꾸러질 듯이 달아났습니다."

모두 기이하게 여기며 수군거리고 있는데, 문득 한 젊은이가 날듯이 걸어 들어왔다. 바로 참정參政 소경이었다.[31]

성인 소경이 등장하자 요괴가 저항 한 번 하지 못하고 스스로 달아났다는 설정이다. 이어서 소경은 수천 년 묵은 버드나무에 요괴가 깃들어 있음을 간파하고 요괴의 소굴을 뿌리째 제거했다.

참정(소경)이 한 자루 붓을 꺼내 나무를 둘러 글을 썼다. 갑자기 운무가 사방을 뒤덮고 천지가 진동하며 천둥소리가 한 번 울리더니 산이 무너지고 강물이 터지는 기세로 일천 줄기의 불빛이 나무를 쳤다. (…) 나무가 뿌리째 분쇄된 뒤 한 조각 밝은 해가 구름 사이에 드러나 청명하고 고요했다. 따르던 이들이 정신을 차려 일어나 보니 나무 옆에 큰 지네가 죽어 있고 나무는 가루가 되어 있었다. 한 조각 나무가 바위 위에 얹혀 있어 살펴보니 바로 참정이 쓴 글이었다.[32]

17세기 한국 소설사

본전에서 소경은 공자와 맹자의 후신이라 할 만큼 유가적 가치에 충실한 인물이다.[33] 그러나 요괴 퇴치 이야기에서 소경은 '유가적 합리주의'와는 거리가 먼, 신이한 능력을 타고난 인물로 그려졌다. 소경의 요괴 퇴치 이야기나 신이한 면모는 포증包拯을 주인공으로 한 소설 『포공연의包公演義』, 곧 『포공안包公案』에서 착안한 것이다.[34] 앞서 여씨가 화수은으로 변신해서 진짜와 가짜를 가리는 대목 역시 『포공안』에서 비슷한 이야기를 찾을 수 있다.[35] 이처럼 『소현성록』 본전에서 서사적 흥미를 자아내는 대목은 대개 『포공안』에서 영향을 받은 것으로 보인다. 16세기 후반에 간행된 중국 공안소설公案小說의 대표작 『포공안』은 『소현성록』 이전의 우리 소설에서 특별한 영향 관계를 찾을 수 없던 작품이니, 『소현성록』 본전은 기존 소설과는 다른 계통의 작품에 기대 새로운 흥미 요소를 만들어 냈다.

그런데 『소현성록』 본전의 무게 중심은 『포공안』에서 차용한 에피소드 쪽에 있지 않다. 요괴 퇴치 이야기는 주인공의 신이한 능력을 보여 주면서 본전의 단조로운 서사를 부분적으로 보완하여 흥미를 돋우는 역할에 머물러 있다. 본전의 초점은 어디까지나 소소한 일상 속에서 소경의 군자다운 면모, 석명혜의 이상적인 부덕婦德, 소경보다 뛰어난 식견과 도량을 지닌 "여자 중의 군왕君王" 양부인의 이상적인 치가治家 방식을 드러내는 데 놓여 있다.

본전에서 소경은 화수은·석명혜·여씨 등 세 부인을 차례로 맞이했는데, 이 과정에는 드라마틱한 결연 장애도 발견되지 않고, 심각한 '늑혼 갈등'도 전개되지 않았다. 본전의 서사 흐름은 갈등 요소가 있는 장면조차 대단히 잔잔하다. 『창선감의록』과 비교할 때 『소현성록』 본전은 서사 비중을 가진 주요 등장인물도 많지 않고, 갈등 구조가 복잡하지도 않으며, 하나하나의 갈등이 오래 지속되지도 않는다. 그럼에도 불구하고 본전의 분량은 『창선감의록』의 절반을 넘어섰다. 작품 분량의 확대는 오로지 한 가족의 일상사를 있는 그대로 재현한 데서 이루어졌다. 그중에서도 가장 큰 역할을 한 것은 서사 진행과 거의 무관한, 가정 내의 소소한 일상 대화다. 소경이 순무사의 임무를 마치고 다섯 달 만에 집으로 돌아와 화수은과 정담을 나누는 장면을 보자.

시랑侍郎(소경)이 화씨의 잠자리에 즐거움을 나누고 잠깐 동침한 뒤 자기 자리로 물러나 눕더니 긴 팔을 늘여 화씨의 손을 잡고 가만히 물었다.

"해산解産을 언제 하실꼬?"

화씨가 부끄러워 말이 없자 시랑이 또 웃으며 말했다.

"너덧 달 이별했다가 만나니 새삼스레 부끄러워 머뭇거리시오? 헤아려 보니 산달이 불과 몇 달 남지 않았거늘 집안사람들이 어찌 모르고 있소?"

그러고는 섬섬옥수를 이끌어 정답게 흔들며 말했다.

"부디 옥동자를 낳으시기 바라오. 어느 집이 아들이 귀하지 않겠소만 우리 집같이 외로운 곳이 있겠소?"[36]

부부간의 아기자기한 정감이 담긴 대화다. 이 대화는 소경이 순무사로서 수행한 다섯 달 임기에 대한 전체 서술 분량의 두 배에 해당한다.[37] 작자의 관심이 남주인공의 치적과 공로를 구체적으로 드러내는 데 있지 않고 가정 내 일상 대화를 재현하는 데 놓여 있음을 알 수 있다. 그런데 본전에서 이 정도의 대화는 지극히 짧은 편에 속한다. 소소한 일상의 풍경 속에서 서사 진행과는 무관한 가족 한담이 도처에 배치되어 있으며 그 분량은 위에서 인용한 대화의 열 배가 넘는 경우가 다반사다. 『소현성록』 본전의 한담은 『구운몽』과 『창선감의록』에 삽입된 한담과 비교할 때 특별한 의미를 부여하기 어려울 정도로 사소한 이야기가 대부분이고 분량도 지나치게 길다.[38] 이들의 대화는 대개 상층 여성들이 일상에서 나눌 법한 점잖고 품위 있는 말로 이루어져 있고, 대화 당사자들의 태도 또한 겸손하고 조심스러워 품격이 느껴진다. 그 대표적인 사례는 사돈지간인 설부인(화수은의 모친)과 양부인이 나눈 대화다.

화평장花平章 부인(설부인)이 (⋯) 말했다.

"제 딸의 못난 자질이 사위에게 맞지 않아 아침저녁으로 허둥대며 행여 일생 동안 묻혀 사는 근심을 입을까 두려웠습니다. 그러나 어진 사위가 현숙한 부인을 새로 얻었으되 규방에서 원한을 품음이 없어 제 딸의 일생이 평안하고 자녀도 갖추었으니, 이는 모두 부인의 일월 같으신 덕택이요 소부인(소월영)과 윤부인(양부인의 양녀)이 보호하신 은혜입니다."

양부인이 흔연히 웃으며 말했다.

"어찌 그런 말씀을 하십니까? 며느리가 내 집에 온 후로 허물된 일이 없거늘 아무 이유 없이 또 며느리를 맞았으니, 이 또한 하늘의 운수입니다. 젊은 여자의 마음에 불평이 있겠으나 이는 예사로 있는 일이니 어찌 허물이라 하겠습니까? 지금 두 며느리가 서로 화합하여 옛날의 모범을 따르고 있으니, 이 또한 며느리의 착하고 온순한 덕입니다. 하물며 여러 자녀를 두어 당당한 첫째 부인의 자리에 있으니 어찌 제 아이가 공경하지 않으며 어찌 제가 편벽하게 대하겠습니까? 오늘 부인을 뵌 것을 영광으로 여기는 터에 사례 말씀을 하시는 것은 당치 않습니다."[39]

서로 감사하고 겸양하는 사돈 간의 자상한 대화 장면이다. 이런 대목은 여성의 일상사에 익숙한 작자가 상층 여성들의 취향을 섬세하게 고려하여 만든 것인바, 여성 독자들의 폭넓은 지지를 얻었을 것으로 보인다.

사실 『소현성록』 본전의 작자는 능숙한 서사 전개를 통해 서사 자체로부터 흥미를 창출하는 기량은 크게 돋보이지 않지만 섬세하고 아기자기한 분위기 묘사를 통해 독자를 미소 짓게 하는 데 상당한 재주를 지녔다.

하루는 석파가 양부인을 모시고 들어와 상서를 보니, 석씨(석명혜)는 책상에 기대 졸고 상서는 석씨의 손을 잡은 채 자고 있었다. 양부인이 웃고 병풍 밖에서 부르자 석씨가 놀라 깨었는데, 상서가 제 손을 잡고 있는 것을 보고는 손을 밀치며 급히 일어나 양부인을 맞았다.[40]

소경이 병들어 석명혜의 간호를 받던 중에 벌어진 일이다. 깜빡 잠이 든 석명혜가 양부인의 갑작스러운 방문에 눈을 떠 보니 소경이 자신의 손을 잡고 있다. 남이 볼까 부끄러워 얼른 손을 뿌리치며 일어서는 모습이 사랑스럽다. 항상 근엄하기만 해서 부부 사이가 냉랭해 보일 정도였던 소경과 석명혜가 실은 돈독한 정을 나누고 있는 데 독자들의 마음이 흐뭇해진다.

별전 『소씨삼대록』의 경우 본전과 달리 기존의 소설 문법, 특히 『창선감의록』에서 확인되는 갈등 구조와 서사 진행을 대폭 채용했으나, 일상의 재현에 서사의 초점을 두어 가정 내의 소소한 일상 대화를 도처에 배치한 점에서 본전의 기본 지향을 계승했다고 할 수 있다.[41] 『소씨삼대록』역시 섬세한 정감을 포착한 장면을 여럿 가지고 있는데, 소경의 셋째아들 소운성과 그 아내 형씨의 대화 장면이 대표적이다. 소운성은 황제의 명령으로 명현공주와 결혼하면서 조강지처 형씨를 친정으로 돌려보냈다. 그러나 형씨를 잊지 못해 남몰래 형씨의 침실을 찾았다. 형씨가 돌려보내려 만단으로 설득하며 외면했으나 소운성은 아랑곳 않고 하룻밤을 묵었다. 이튿날 저녁까지도 소운성이 돌아가지 않자 형씨는 음식을 입에 대지 못했다.

> "부인이 나 때문에 걱정이 많으니 할 수 없이 돌아가겠소. 부인이 마음을 편히 갖고 내가 보는 앞에서 밥을 먹으면 돌아가리다." (…)
>
> 형씨가 마지못해 음식을 내오게 하여 젓가락을 대자 운성이 곁에서 권하며 함께 밥을 먹었다. (…) 잠시 후에 상을 물리고 운성이 웃으며 웃옷을 벗고 말했다.
>
> "기왕에 왔으니 두어 날 더 있다 가야겠다!"
>
> 형씨가 한숨을 쉬며 화난 표정이 되자 운성이 크게 웃었다.[42]

황제의 부당한 명령으로 시집에서 쫓겨난 형씨가 헤어진 남편을 오랜만에 만났으나 반가이 맞을 수 없는 처지다. 일이 발각되면 황제의 진노를 사 자신과 소운성은 물론 양쪽 가문에 큰 재앙이 벌어질 상황이기 때문이다. 형씨가 근심하며 식사도 하지 못하자 소운성은 형씨가 밥을 먹으면 돌아가겠다고 했다. 형씨가 억지로 이별한 남편 앞에서 마지못해 음식을 입에 대는 모습이 퍽 서글픈 장면이다. 그러나 식사를 마치자마자 소운성은 능글맞게 말을 뒤집으며 이 슬픈 장면을 우스운 장면으로 뒤바꿨다. 소운성과 형씨가 놓인 절박한 처지, 부부 간의 정감, 소운성의 캐릭터를 동시에 솜씨 있게 표현한 장면이다. 이런 종류의 묘미 있는 기술은 『구운몽』과 『창선감의록』에서 발견하기 어려운 것이기도 하다. 『소현성록』, 특히 『소현성록』 본전은 서사 전개의 재미를 추구하는 데 주력하기보다는 소소한 일상을 느긋하게 묘사하여 있는 그대로의 삶을 재현하는 데 주안점을 두었다. 이는 기존의 소설에서 볼 수 없던 새로운 시도로, 후대의 한글 대하소설에 큰 영향을 끼쳤다.

『소현성록』이 후대 장편소설에 끼친 또 하나의 중요한 영향은 별전 『소씨삼대록』을 통해 '삼대록三代錄 형식'을 확장한 점이다. 『소현성록』 본전과 『소씨삼대록』은 모두 할아버지-아버지-아들 삼대의 역사를 다루는 삼대록 형식을 취했다. 이 '삼대록 형식' 역시 『양가부연의』와 관련된다. 『양가부연의』는 한 가문의 무장들을 5대에 걸쳐 조명한 작품이고, 『양가부연의』에 이어 나온 것으로 추정되는 『북송연의北宋演義』는 양계업楊繼業 · 양경楊景(양육랑楊六郎) · 양종보楊宗保의 3대로 주인공을 한정했다. 『구운몽』과 『창선감의록』 역시 3대의 인물이 등장한다. 그러나 『양가부연의』나 『북송연의』에서 여러 대의 주인공들을 비교적 고르게 다룬 데 반해, 『구운몽』과 『창선감의록』은 2세대 인물(양소유와 화진)에 초점을 맞추어 작품을 전개했고, 1세대 인물에 대한 조명은 2세대에 비해 현격히 적으며, 3세대 인물의 경우 가문의 번영을 드러내기 위해 작품 말미에 간략히 이름과 관직이 소개되는 정도에 머물렀다.

『소현성록』본전 역시 이와 유사하지만 1세대 인물에 해당하는 소경의 모친 양부인을 크게 부각시켜 또 하나의 주인공으로 내세운 점이 『구운몽』·『창선감의록』과 다르다. 『소씨삼대록』에서는 4대에 걸친 가족 중 3세대 인물에 집중하면서도 1세대와 2세대 인물의 비중이 결코 적지 않고 4세대 인물도 일부 조명되었다. 『소현성록』의 본전과 별전을 통합해서 보면 4대에 걸친 인물 중 3대의 인물이 고른 조명을 받았으니, 17세기 장편소설에 공통적인 삼대록의 기본 구도가 『소현성록』 연작에 이르러 완비된 셈이다. 나아가 『소현성록』 연작은 한 가문의 자손이 대를 거듭하는 설정을 취하는 연작이 이어질 경우 무한히 확장된 '세대록世代錄'의 형식에 도달할 수 있음을 보여 주었다.

『소씨삼대록』에서 이룬 세대록 확장의 방식은 퍽 단순하다. 본전에 등장하던 주요 인물들이 재등장하는 가운데 3세대에 해당하는, 소현성(소경)의 아들 세대가 서사를 이끌어 나가는데, 첫 에피소드의 주인공은 소현성의 장남 소운경과 그 아내 위선화다.

소운경은 승상 위의경의 딸 위선화와 정혼한 사이다. 그러나 두 사람의 결혼은 위의경의 급작스러운 죽음으로 위선화가 위기에 처하면서 난관에 부쳤다. 계모 방씨가 자신의 아들로 대를 잇게 하기 위해 전실 소생인 위선화 남매를 살해하고자 흉계를 꾸몄던 것이다.[43] 위선화 남매를 해치려다 여의치 않자 "크게 노하여 친히 철편鐵鞭을 들어 무궁히 치고", "이를 갈며 '반드시 죽여 한을 풀리라!'"[44]라고 말하는 계모 방씨의 형상은 『창선감의록』에서 화진을 마루 아래에 무릎 꿇리고 철여의(철편)로 난간을 때려 부수며 큰 소리로 죄를 묻던 심씨와 흡사하다.[45] 다만 그 아들 위유흥을 선인으로 설정해 어머니의 악행을 막으려 애쓰게 한 설정이 『창선감의록』에서 변주된 지점이다.

위기를 감지한 위선화는 부친이 위급할 때 열어 보라던 상자를 열었다. 상자 안에는 소운경과의 혼약을 지켜야 한다는 암시를 담은 그림과 남자의 의복이 들어 있다. 위선화는 여종 영춘과 함께 남장을 하고 달아나 소현성의 집을 찾아갔다. 이 대목은 『창선감의록』에서 진채경과 여종 운섬이 조문화의 혼인 요구를 피해 남장을 하고 방랑하는 대목과 흡사하다.[46] 다만 진채경이 자신의 의지로 결단한 반면 위선화의 행동은 부친의 계교에 따른 것이라는 점이 달라졌을 뿐이다. 한편 『소씨삼대록』에서 이옥주가 여종과 함께 남장하고 걸식하는 장면도 유사한데, 이옥주의 남장은 혼인 요구와 무관하게 도적의 침입으로 집을 떠나면서 몸을 지키기 위한 방편이었다.[47]

위선화가 길을 잘못 들어 도관道觀에 의탁해 있던 중 소운경이 우연히 그곳에 들러 남장한 위선화를 만났다. 역시 『창선감의록』의 진채경과 『소씨삼대록』의 이옥주가 각각 백경과 소운명을 만나는 장면과 비슷한데, 이후 전개는 다소 다르다. 진채경은 백경을 끝까지 속여 윤여옥과 백소저의 혼약을 대신 맺어 주었다.[48] 소운명은 이옥주가 여자인 줄은 꿈에도 모르는 상태에서 이옥주에게 마음을 빼앗겨 "너 같은 아내를 얻으면 죽어도 한이 없을 것"이라고 말하기에 이르렀다가 뒤늦게 이옥주의 정체를 알아챘다.[49] 반면 『소씨삼대록』의 위선화는 금세 정체가 탄로 났다.

운경이 위씨의 곁에 앉아 그 소매를 끌어당겨 손을 잡고 팔을 어루만지며 말했다.

"위형을 보니 틀림없이 선계仙界 사람이 하강한 모습이군요. 남자라면 이런 모습일 수 없으니, 필시 여자가 남자 옷을 입은 겁니다. (…) 손을 잡아 보니 남자라면 아무리 힘이 약해도 남자의 골격이 있는 법이거늘 그대의 손은 가느다란 파 줄기 같으니, 이 어찌 미인의 섬섬옥수가 아닙니까?"

위씨가 말없이 손을 뿌리치고 물러앉았다. 운경이 (…) 그 행동을 보고는 위씨가 여자임을 완전히 깨닫고 짐짓 한 침상에 올라 자려 했다. 영춘이 그 모습을 보고 하릴없이 앞으로 나와 사실을 고했다.[50]

위선화는 소현성의 별장에서 보호받으며 살게 되었고, 그사이 악녀 방씨는 아들 위유흥의 죽음으로 위선화 남매를 죽일 마음을 버렸다. 위유흥은 일곱 살 어린아이에 불과했으나 대단히 어진 인물인바, 방씨가 자신에게 가산을 물려주기 위해 이복남매를 해치려 한다는 것을 알고 스스로 목숨을 끊었다. 후계 구도를 둘러싼 갈등 구도가 『창선감의록』과 유사하지만 화춘과 정반대의 캐릭터를 등장시켜 서사 흐름에 변화를 주었다. 결국 위선화는 부친의 삼년상을 치른 뒤 소운경과 결혼해서 다복한 가정을 꾸렸다.

소운경과 위선화를 주인공으로 삼은 에피소드가 종결되면 또 그 다음 형제를 중심으로 한 새로운 서사가 시작된다. 차남 소운희의 경우 간략하게 결혼 관련 정보만 간략히 제시하는 것으로 마무리하고, 곧이어 소운성이 이끄는 이야기가 길게 전개된다. 소현성의 외모를 빼닮았으면서 그 이상의 풍채를 지닌 소운성은 소현성의 셋째아들이지만 일찍부터 소현성의 후계자로 지목되었다.[51] 소현성에게 가장 인정받고 가장 큰 사랑을 받은 아들 또한 소운성이다.[52]

소현성이 영보도군靈寶道君의 후신이라면 소운성은 삼태성三台星의 현신現身이다.53 『소현성록』에서 신이한 능력을 지닌 존재로 천상계의 보호를 받은 인물은 이 두 사람뿐이다. 이런 공통점을 빼면 소운성은 부친 소현성과 거의 모든 면에서 대조적인 인물이다. 여덟 살에 이르도록 일자무식이었고 오직 관심을 가진 것은 병법서였다는 설정부터 독특하다.54 영웅호걸의 전형으로 충동적이거나 극단적인 행동을 자주 보이며 유머러스한 성격을 지녔으니 부친 소현성이 보여 준 도덕군자로서의 모습과는 정반대의 자리에 있다. 심지어 소운성은 부친 소경이라면 상상조차 할 수 없는 폭력성을 표출하기도 했다. 서조모庶祖母 석파가 처녀성의 징표 역할을 하는 '앵혈鶯血'을 소운성의 팔목에 찍어 넣는 장난을 하자 소운성이 서슴없이 보복하는 대목이 그 대표적 장면이다.

운성이 팔을 보고는 싫어하며 생각했다.

'내가 세상의 기이한 남자이고 대장부인데, 어찌 여자의 앵혈을 찍고서 한시라도 있겠는가!'

계속 고민하더니 홀연 깨달은 듯이 웃으며 말했다.

"석파가 나를 못살게 구니 내가 계교를 내어 그를 속여야겠다."

몸을 일으켜 안으로 들어가 일희당 동산에 올라가 굽어보니, 석파는 없고 그가 키우는 소영이 난간 밖에서 놀고 있었다. 소영은 석파의 외족外族으로 부모가 모두 죽어 석파가 데려다가 길러 괜찮은 사람을 구하게 되면 맡기려 하고 있었는데, 열두 살에 재주와 용모가 매우 빼어났다. 운성이 석파를 미워하며 속으로 웃으며 말했다.

"내가 소영을 첩으로 삼아 앵혈을 없앨 것이다."

몸을 낮게 하여 난간에 와서 소영을 옆에 끼고 동산에 이르러 소영을 위협하며 말했다.

"네가 만약 소리 내어 발악하면 부친께 고하고 너를 죽일 것이다!"

소영이 두려워 소리를 못 내니, 운성이 기뻐하며 소영을 범하고 나서 당부했다.

"너는 이 일을 발설하려는 마음을 조금도 먹지 마라! 내가 나중에 너를 첩으로 삼겠다."[55]

14세 무렵의 소운성이 석파의 장난에 대한 보복으로 석파의 외가 친척인 소녀를 겁탈한 것이니, 본전에서라면 결코 용납될 수 없는 행동이다. 소운성의 이러한 행위는 훗날 소경과 석명혜에 의해 비난받지만 "지나치게 얄미운 행동", 혹은 단정하지 못하지만 불가피했던 행동으로 치부될 따름이다.[56]

소운성은 『소씨삼대록』의 명실상부한 핵심 주인공인바, 서사 내용도 가장 다채롭다. 소운성은 14세에 참정 형옥의 딸 형강아와 결혼했다. 15세에 장원급제하는 영예를 누렸으나, 결혼 3년 만에 큰 시련을 맞았다. 태종의 외동딸 명현공주가 소운성에게 반하여 소운성의 아내를 내쫓고 자신과 결혼하게 해달라고 했던 것이다. 소현성이 황제의 명을 거부하다가 옥에 갇히자 소운성은 결국 조강지처 형씨를 친정으로 보내고 명현공주를 아내로 맞이했다. 절망에 빠져 자결을 시도하기까지 했던 소운성은 형씨를 잊지 못하고 명현공주를 박대했다. 소운성은 명현공주를 "흉악한 음녀淫女"[57]라고 비난했거니와, 과연 명현공주는 오만방자하고 무례한 악녀로 묘사되었다. 명현공주는 소운성이 형씨를 잊지 못해 중병에 걸리자 시어머니 석명혜의 면전에서 서슴없이 "부마(소운성)가 죽어야 시원할 것 같다"[58]는 말을 내뱉는가 하면 시부모를 자신의 아랫사람으로 취급하기까지 했다.[59]

소운성과 명현공주의 갈등이 극단에 이르렀을 때 팔왕八王이 중재에 나서 명현공주의 잘못을 지적하고 태종을 설득하여 형씨를 소운성의 제2부인으로 다시 맞이하게 했다. 형씨가 소부(소씨 집)로 돌아오자 명현공주는 투기심에 불타는 악녀의 전형을 보여 주었다. 명현공주는 온갖 방법을 동원해 형씨를 제거하려 했다.[60] 이 과정에서 소운성은 사형 판결을 받았다가 형씨의 구명에 힘입어 극적으로 목숨을 건지기도 하고, 유배형을 받았다가 취소되기도 하는 등[61] '늑혼 갈등'의 극단을 체험했다. 명현공주의 모든 음모가 실패로 돌아가고 공주의 버팀목이었던 태종조차 공주의 잘못을 인정하게 되자 공주는 마침내 시아버지를 향해 "필부 소경아! (…) 내가 너와 함께 한 칼에 죽으리라!"[62]라는 폭언을 퍼붓고 양부인마저 모욕하기에 이르렀다. 명현공주는 유폐나 다름없는 상황에 처했고, 울화병에 걸린 채 패악을 그치지 않더니 결국 소씨 가족들의 냉대 속에 쓸쓸히 생을 마쳤다. 공주가 남긴 마지막 말은 "소운성과 형씨의 머리를 베어 저잣거리에 호령하면 즐거운 영혼이 될 것입니다"라는 것이었으니 끝내 반성을 모르는 악녀로 남았다.[63]

명현공주를 둘러싼 긴 이야기가 마무리된 뒤에는 소운성의 모험이 시작된다. 본전에 비해 확장된 요괴 퇴치 이야기가 서두에 배치된 데 이어 도적에게 붙잡힌 사족 여성을 구출하는 이야기, 장사와의 씨름 대결 등이 나열되고, 다시 요괴 퇴치 이야기로 돌아가 모험담이 마무리된다. 그 뒤에도 소영과의 갈등을 담은 에피소드, 동서 손기를 조롱하는 에피소드 등이 이어지면서 소운성을 주인공으로 한 대서사가 일단락되고 나면 다시 소운명·소수빙·소수주가 차례로 주인공이 되

　　　　　　　　　　　17세기 한국 소설사

어 저마다의 긴 서사를 전개해 나간다.

소현성은 화수은과 5남 2녀, 석명혜와 5남 3녀, 총 10남 5녀를 두었다. 자녀 열다섯 중 장남 소운경, 3남 소운성, 8남 소운명, 4녀 소수빙, 5녀 소수주(선인왕후) 다섯 사람이 차례로 나서 독립된 서사를 이끌었다. 차남 소운희를 비롯한 나머지 형제들은 손위 형제의 서사가 일단락되고 자기 차례가 되었을 때, 혹은 손위 형제가 이끄는 긴 서사가 진행되는 도중에 잠시 등장해서 결혼, 과거 급제 등의 간단한 약력을 알린 뒤 개별 서사의 조역이 되었다. 3세대 조역 중에는 4남 소운현의 활약이 인상적이고, 개별 서사를 이끌었던 주역 중에는 소운성이 다른 형제가 이끄는 개별 서사에 빠짐없이 조역으로 등장해 중요한 역할을 담당했다.

다수의 주인공이 이끄는 다수의 에피소드를 엮어 나가는 것은 고전장편소설의 일반적인 형식이다.『구운몽』·『창선감의록』·『소현성록』 모두 이 형식에 따랐다. 그러나 큰 차이점이 존재한다.『구운몽』과『창선감의록』이 개별 서사를 교차 진행하거나 개별 서사끼리 영향을 주고받으며 갈등을 증폭하기도 하고 새로운 갈등을 파생하기도 하면서 서사 구조를 복잡하게 만든 데 반해『소현성록』은 주인공 한 사람이 이끄는 하나의 서사를 완전히 마무리한 뒤 또 다른 주인공이 이끄는 별개의 서사를 전개하는 방식을 취했다.『구운몽』과『창선감의록』에 비하면 매우 단순한 형식이다.

『소현성록』에서 3세대 인물이 주인공으로 나서 이끄는 각각의 이야기 사이에는 특별한 연관이 없다. 소부蘇府를 주요 배경으로 삼아 양부인·석파를 중심으로 하는 1세대 인물로부터 소현성·석명혜·소월영을 위시한 2세대 인물, 소운희 등의 3세대 인물에 이르는 모든 가족이 조역 내지 단역으로 등장한다는 공통점이 있을 뿐 각각의 서사는 완전히 독립되어 있다. 소운경의 서사가 끝난 곳에서 소운성의 서사가 시작되지만 소운경의 이야기는 소운성의 이야기를 진행하는 데 아무런 역할도 하지 못한다. 소운경의 이야기를 읽지 않고 소운성의 이야기를 읽어도 스토리를 이해하는 데에는 별 지장이 없으니, 사실상 독립된 소설을 '가족'이라는 울타리 아래 나열한 형식이다. 더 긴 소설을 원한다면 3세대의 10남 5녀 모두가 독립 서사의 주인공이 되는 이야기를 끝없이 덧붙일 수 있는 구조다. 『소씨삼대록』의 후속편이 기획되었다면 그 대상이 되는 4세대 인물은 소현성의 친손 87인과 외손 31인, 도합 118인에 이른다.[64] 게다가 『소현성록』 본전과 『소씨삼대록』의 주변 인물들을 주인공으로 삼은 '파생작派生作(spin-off)'을 만들어 낼 수도 있다. 실제로 2세대 조역 소월영이 주역으로 등장하는 『한씨삼대록』을 비롯해 『설씨이대록薛氏二代錄』・『옥환빙玉環聘』 등의 파생작이 존재했다.[65] 새로운 세대를 주인공으로 삼은 속편이 『소현성록』의 세계를 종縱으로 확대한다면 기존의 조역을 주인공으로 삼은 파생작은 『소현성록』의 세계를 횡橫으로 확대한 셈이다.

한편 『소현성록』의 개별 서사는 최소한의 주역을 내세워 시간의 흐름에 따라 전개되는데, 개별 서사 내부의 에피소드 모두가 기존 소설에서 본 낯익은 것들이다. 요괴 퇴치 이야기 정도만 새롭게 추가되었을 뿐, 주인공이 자발적인 연애 감정을 느끼고 애정 욕구를 추구하다가 난관에 봉착하는 이야기, 황제의 명령에 따른 늑혼에 맞서는 이야기, 시집 식구들에게 며느리가 박해받는 이야기를 비롯해 가정 안에

17세기 한국 소설사

서 발생할 수 있는 온갖 갈등을 골간으로 하는 이야기, 이들 모두가 『구운몽』·「남정기」·『창선감의록』 등의 작품에서 확인된다.

기존 작품의 모티프가 반복된다면 독자는 그 천편일률적 성격에 싫증을 느끼게 된다. 그러나 『소현성록』에 담긴 에피소드는 분명 이전에 존재했던 것이되 완전히 동일하지는 않다. 기본 구조는 같으나 주인공의 성격과 처지, 주변 환경에 변화를 주니 서사 흐름 역시 바뀌었다. 이를테면 계모와 전실 소생의 갈등을 전개하되 『창선감의록』의 화춘과 달리 계모의 친아들을 선인善人으로 설정하여 스토리 전개에 변화를 주고, 『창선감의록』의 임소저(화춘의 아내)와 유사하게 8남 소운명의 제1부인 임씨를 최고의 부덕을 지닌 여성으로 그리되 천하의 박색이라는 극단적인 설정을 더해 흥미를 배가하는 방식이다.[66] 『소현성록』 본전과 『소씨삼대록』 역시 비슷한 구도가 반복되면서 변주되는데, 본전에서 소현성과 여씨가 형성하는 구도, 『소씨삼대록』에서 소운명과 명현공주, 소운명과 정씨가 형성하는 구도가 그렇다. 본전의 여씨와 별전의 명현공주는 똑같은 악녀이지만 세도가의 딸과 황제의 딸이라는 설정으로부터 전혀 다른 캐릭터를 형성한다. 똑같은 늑혼 이야기지만 혼인 과정에 큰 분란이 발생하지 않을 수도 있고, 혼인에 이르는 과정부터 심각한 갈등이 조성되어 조강지처를 무단히 쫓아내기에 이를 수도 있다. 큰 구도는 동일하지만 수많은 변수를 개입시킴으로써 세부 진행에서 차이를 만들어 낸다. 이러한 반복과 변주에서 발견하는 '작은 차이'야말로 『소현성록』의 독자가 느낀 또 하나의 즐거움이었을 것이다.

『소현성록』에 이르러 별다른 장치 없이 작품 속 가상세계를 무한 확장할 수 있는 '세대록' 형식이 만들어졌다. 기존의 흥미로운 에피소드를 활용하면서 사대부가의 일상을 꼼꼼하게 재현하는 방식으로 주인공 한 사람의 서사를 시간 순서대로 전개한 뒤 하나의 서사가 마무리되면 다음 주인공이 등장해 새로운 서사를 이끌어 나간다. 작품 서두에 하나의 대가족을 설정하고 항렬과 세대의 순서대로 새로운 주인공을 내세우면 서사를 무한대로 확장하는 것이 가능하다.

다음 세대를 주인공으로 하는 별전(속편)을 본전의 작자만 지으라는 법도 없다. 본전의 설정을 계승하되 새로운 취향에 입각한 별전이 별개의 작자에 의해 얼마든 창작될 수 있다. 본전의 조역을 주인공으로 삼은 별전(파생작)도 무수히 이어질 수 있다. 본전을 시발점으로 삼아 무수한 별전이 창작되면 본전과 별전의 총합은 실제 인간사회의 축소판이라 할 만큼 거대한 가상세계를 이루게 된다.

『소현성록』의 형식은 『구운몽』과 『창선감의록』에 비해 매우 단순해 보이지만 창작하기 쉽고 무한대로 확장 가능한 개방적 구조를 지닌 것이 장점이다. 『소현성록』은 18세기 이후 소설사에서 주류적 위치를 차지한 한글 대하소설의 기본 형식을 제시한바, 형식의 측면에서 후대 장편소설의 형성에 가장 큰 영향을 미쳤다고 할 수 있다.

(2) 가문중심주의와 지배 이념

『소현성록』 본전의 주인공 소경은 유복자로 태어났다. '아버지의 부재'는 『구운몽』과 『창선감의록』, 『소현성록』 본전 서두의 공통된 설정이다. 특히 『구운몽』의 양소유와 『소현성록』 본전의 소경은 가부장이 없는 가정의 유일한 후계자로서 진정한 가부장이 되어 가문을 일으켜야 하는 중책을 맡았다. 양소유는 16세에 장원급제하여 20세에 승상 겸 위국공魏國公이 되었고,[67] 화진은 17세에 장원급제하여 20세에 대원수가 되고 곧이어 진국공晋國公이 되었으며,[68] 소경은 14세에 장원급제하여 17세 무렵 상서尙書가 되고 25세에 우승상右丞相에 올랐다.[69] 세 작품의 남주인공은 공통적으로 '아버지의 부재' 상태에서 출발해서 20대에 재상이나 제후에 올라 50여 년 동안 국정을 오로지하며 국가를 위기에서 구하고 가문을 일으켰다. 특히 소경은 9대 독자이자 유복자로 태어나서 130여 명에 이르는 훌륭한 아들손자를 두며 가문을 번영으로 이끌었으니, 가장 성공한 가부장이 되었다. 17세기 말 프랑스의 장편소설 『텔레마코스의 모험Télémaque』에서 텔레마코스는 아버지 오디세우스를 찾아 나선 긴 여행을 통해 진정한 제왕帝王의 통치 원리를 터득했다.[70] 동시기 조선의 장편소설 주인공들은 '아버지의 부재'라는 주어진 환경 속에서 진정한 아버지가 되기 위한 여행을 떠났다.

'아버지의 부재' 상태에서 『구운몽』의 류부인은 그 역할이 크게 부각되지 않았다. 『창선감의록』의 경우 남주인공이 가부장의 지위에 오르기까지 고모 성부인成夫人이 가문의 임시 관리자 역할을 했다. 반면 『소현성록』 본전에서는 소경의 어머니 양부인이 직접 나서 명실상부한 가장의 역할을 했다. '가모장' 양부인은 본전의 여주인공이라 해도 좋을 만큼 절대적인 위치에 서서 가문을 통솔했다.

"맹자 어머니"[71]에 비견되는 양부인은 아들 소경의 유일한 스승이었다.

일곱 살이 되자 비로소 부인이 친히 글을 가르쳤다. (…) 아침마다 책을 끼고 어머니 앞에 나아가 배우는데, 부인이 한 번 물 솟듯이 가르치면 공자(소경)가 일일이 새겨들어 한 번 읽고는 힘들이지 않고 외웠다. (…) 어머니의 책상 아래 꿇어앉아 모시면서 글의 뜻을 여쭙기도 하고 시시詩史를 배우기도 했다.[72]

양부인은 본전에서 소경보다 우월한 위치에서 소경을 제어할 수 있는 유일한 존재다. 소경이 일생 동안 양부인의 뜻을 거스르지 않은 것은 효심 때문만이 아니라 양부인이 소경을 능가하는 지혜와 통찰을 가진 여성이기 때문이다. 양부인은 소경의 제3부인 여씨가 석명혜를 음해하고자 수많은 흉계를 꾸밀 때마다 사태의 본질을 통찰하고 지혜롭게 대처했다.[73] 양부인은 소경이 여씨의 음모에 빠져 석명혜를 의심하자 "너는 어찌 길가의 나무꾼보다 식견이 얕고 소견이 밝지 못하느냐?"[74]라고 꾸짖었고, 소경은 양부인의 현명한 판단에 감탄해 마지않았다. 그리하여 본전의 마무리 대목에 이르면 양부인은 소경 이상의 완전체가 되어 "여자의 도량이 이처럼 넓으니 소승상(소경)은 도리어 대단치 않구나!"[75]라는 추앙을 받기에 이르렀다.

양부인의 뛰어난 통찰력은 차녀 소교영의 불행한 앞날을 예언한 데서도 드러났다.

17세기 한국 소설사

교영은 겉으로는 냉담하고 뜻이 굳은 것처럼 보이지만 마음이 바람에 흔들리는 거미줄 같다. 소씨와 양씨 두 가문의 맑은 덕을 이 아이가 떨어뜨리지 않을까 두렵구나.[76]

과연 그 뒤 소교영에게 시련이 왔다. 모함을 받아 시아버지와 남편이 역모죄로 처형당하고, 소교영은 유배형을 받게 된 것이다. 양부인은 유배 가는 딸에게 『열녀전列女傳』을 주며 절개를 잃지 않도록 신신당부했다. 3년 뒤 소교영이 방면되어 돌아왔으나 유배지에서 이웃 남자와 사통한 일이 드러났다. 양부인은 교영에게 말했다.

타향에서 유배살이를 했으면 몸을 깨끗이 해서 돌아올 것이지 한순간에 절개를 잃어 죽은 아비와 산 어미에게 욕이 미치며 조상에게 불행을 끼쳤으니 어찌 차마 살려 두겠느냐? 친정에는 못난 딸이요 시집에는 더러운 여자가 되어 천지간에 죄인이 되었으니 죽어 마땅하다![77]

가족들의 만류에도 양부인은 단호하게 소교영을 처단했다. 『소현성록』 본전은 양부인이 정절을 잃은 딸에게 죽음을 강요한 이야기를 서두에 배치함으로써 여성의 정절을 중요한 가치로 부각했다. 소경 역시 유배지로 떠나는 누이에게 "여자의 네 가지 덕 중 절개가 으뜸입니다"[78]라고 한 바 있으니, 『소현성록』에서 정절은 여성이 지켜야 할 최우선의 덕목이다.

한편 양부인은 남성이 지켜야 할 덕목으로 철저한 금욕과 절제를 제시했다. 소경이 과거에 급제한 얼마 뒤 소경의 집을 방문한 친구들이 창기娼妓를 불러 즐겼는데, 그중 네 명의 창기가 소경의 첩이 되기를 청했다. 소경은 친구들의 놀이를 지켜본 죄밖에 없었으나 양부인은 아들의 행동을 매섭게 꾸짖었다.

너는 아비 없이 외로운 어미를 모시고 처지가 쓸쓸하니 호화롭게 지내는 것이 옳지 않거늘, 어찌 과부의 집에 창기와 친구들을 어지럽게 모으느냐? 다시 네 마음대로 행동하면 결단코 용서하지 않겠다![79]

이미 두 아내를 맞고 예부상서에 오른 뒤에도 양부인의 질책은 계속되었다. 소경은 칠왕七王의 강권으로 어쩔 수 없이 술을 마시고 돌아왔다. 술에 취해 바르지 않은 행동을 했다는 양부인의 책망에 소경이 사정을 설명했으나 양부인은 가차없이 꾸짖었다.

상서尙書라는 높은 관직에 있으면서 태도를 엄숙하고 바르게 했다면 칠왕이 어찌 함부로 보챘겠느냐? 네가 용렬하기 때문이다. (…) 만약 다시 그릇된 행실이 있으면 결단코 용서하지 않을 것이다![80]

양부인의 가르침이 이러하니 소경은 더 없이 엄숙하고 금욕적인 인물이 되었다. 소경은 화수은과 결혼한 뒤 신혼인데도 화수은의 침실을 자주 찾지 않았다. 석파가 그 이유를 묻자 이렇게 대답했다.

제가 외로운 처지로 혈기가 안정되지 않았는데 호색好色하다가 병을 얻으면 어머니께 큰 염려를 끼칠까 두렵습니다. 이 때문에 정은 중하지만 몸이 상할까 두려워

조심하는 것입니다.[81]

여색에 빠져 몸을 상하면 어머니에게 걱정을 끼칠 수 있으므로 아내와의 잠자리를 절제한다는 것이다. 이처럼 소경은 일생을 금욕과 절제로 일관했으니, 양부인도 "속세의 모습이 너무 없어 맑고 높은 기질이 우뚝하니 도리어 근심이구나!"[82]라고 탄식할 정도였다. 그리하여 열 아들을 둔 명실상부한 가장이 되기에 이르러서는 엄숙주의의 한 전형이라 할 인물이 되었다.

나이가 점점 많아지니 여색을 더욱 꿈같이 여겨 아침저녁으로 효성스럽게 어머니를 봉양하고 시서詩書에만 마음을 두었다. 그리하여 사람들이 그 얼굴을 보는 해도 그 말을 듣는 경우가 적고, 그 말을 듣지만 그 웃음을 본 사람이 적었다.[83]

『소현성록』 본전의 소경 역시 성인군자형 인물이다. 소경과 『창선감의록』의 화진은 『구운몽』의 양소유에 비하면 대단히 무미건조한 성격을 지녔다. 이 때문에 『창선감의록』에서는 화진이라는 도덕군자 곁에 양소유의 성격을 물려받은 윤여옥을 세웠다. 소경은 『창선감의록』의 화진 이상으로 금욕적이며 경직된 인물인데, 본전에는 소경과 대조적인 성격으로 작품의 또 다른 한 축을 이끌어갈 만한 인물이 설정되지 않았다. 이 문제는 『소씨삼대록』에 이르러 호걸형 인물인 소운성이 핵심 주인공으로 나서면서 해결되었다. 소운성은 유쾌하고 호탕한 호걸이어서 도덕군자와는 거리가 먼 인물이다. 이 때문에 항상 부친 소현성(소경)의 엄격한 통제를 받아야 했는데, 작품 후반부에 이르면 가문의 후계자다운 대인의 풍모가 부각된다.[84] 『구운몽』에서 『창선감의록』·『소현성록』으로 이어지면서 장편소설의 남주인공을 도덕군자형 인물로 설정하는 것이 하나의 추세가 되었다.

남성에게 금욕과 절제가 요구되었다면 여성에게는 엄격한 '부덕婦德'이 요구되었다. 『소현성록』 본전과 『소씨삼대록』을 통틀어 여성이 가장 멀리해야 할 일은 투기다. 투기는 정절을 잃는 일 이상으로 반복해서 경계의 대상이 되었다.

양부인은 본래 소경에게 여러 아내를 두게 할 생각이 없었으나 태도를 바꿔 석명혜를 소경의 제2부인으로 삼았다. 그 까닭은 다음과 같다.

> 원래 양부인은 재취할 마음이 없었다. 그러나 화씨(화수은)가 눈물을 흘리며 운 뒤에 투기하여 양부인의 말에 남편과 서모(석파)가 동조했다며 맹랑하게 행동하는 것을 보고 패악하다고 여겨 마음을 굳게 정했다.[85]

제1부인 화수은의 잘못은 남편의 재취 움직임에 분노하여 소경과 석명혜의 혼사를 추진하던 석파에게 불손한 행동을 한 것이다. 양부인은 남편의 재취에 대한 화수은의 분노를 투기심으로 간주하고 이를 빌미 삼아 석명혜를 소경의 제2부인으로 삼았다. 화수은이 가장 원치 않던 일을 징벌 차원에서 행한 셈이다. 제1부인의 투기심을 벌하기 위해 제2부인을 맞는다는, 새로운 '일부다처' 합리화 논리다. 훗날 『소씨삼대록』에서는 관음보살의 예언을 빌려 일부다처를 정당화하는 더욱 해괴한 논리가 등장했다. 관음보살은 이옥주의 액운을 없애기 위해 그 남편 소운명이 여러 부인을 두어야 한다고 계시했다. 이옥주가 남

편에게 받는 사랑을 분산시켜 이옥주의 액운을 없애는 데 도움이 된다는 것이다. 관음보살의 예언은 '적강 모티프'와 결합하여 소운명이 여섯 부인을 둔 일을 하늘이 정한 운명으로 만들어 주었다.[86]

한편 본전의 작자는 남편의 재취에 대처하는 화수은과 석명혜의 자세를 극명하게 대비했다. 소경과 석명혜의 혼례식을 앞두고 화수은이 남편의 혼례복을 지어 입히는 대목을 보자.

> 화씨가 취성전(양부인의 처소)에 이르러 바느질을 했다. 눈물이 저절로 솟아나 그치지 않았기에 행여 양부인이 볼까 두려워 머리를 숙였다. (…)
> 양부인이 화씨를 불러 상서의 길복吉服을 입히라고 분부하자 화씨가 나아가 관대冠帶를 받들어 섬겼다. (…) 얼굴색이 흙빛이 되어 옷고름과 띠를 매는데 손이 떨려 쉽게 하지 못했다.[87]

화수은은 결국 굴복하여 남편의 예복을 지으며 눈물 흘렸고, 떨리는 손으로 남편에게 혼례복을 입혀야 했다. 양부인의 법도를 이어받은 장녀 소월영은 화수은의 행동을 비판하며 일부다처에 대처하는 정실의 자세를 제시했다.

> 여자란 다른 사람에게 굽혀야 하는 존재이니, 유순한 것이 큰 덕입니다. (…) 정실부인은 남편이 여러 여자를 취할 수 있도록 첫째 부인의 자리에서 마음을 평안히 하고 자기 행실만 맑게 닦아 남부끄러운 일이 없도록 해야 합니다. 길복을 안 짓는다고 그 혼인이 안 되겠으며, 불평한 기색을 보인다고 해서 들어올 사람이 안 들어오겠습니까? 세상 여자들이 한갓 투기와 사나운 말로 칠거지악을 범하고 시부모께

공손하지 않으며 남편과 겨뤄 화목한 기운을 잃는데, 이는 진실로 물정을 모르는 일입니다.[88]

여성은 남에게 자신을 굽혀야 하는 존재이므로 유순함이 미덕이라고 했다. 일부다처는 아내로서 마땅히 받아들여야 하는 일이요, 투기하는 마음에서 이에 순응하지 않는 것은 죄악이라는 생각이다.

훗날 소경이 여씨를 제3부인으로 맞으면서 앞서의 상황이 반복되었다. 양부인은 화수은과 석명혜에게 함께 신랑의 예복을 짓도록 분부했다. 화수은이 준비할 일이 많다는 핑계로 예복 짓기를 미루자 양부인은 석명혜에게 예복 짓는 일을 일임했다. 석명혜의 마음이 불편하리라 여긴 석파가 석명혜를 위로하자 석명혜가 웃으며 말했다.

저는 여러 여자 벗을 만나겠다 싶어 영광스럽고 다행한 일이라 여깁니다. 무슨 괴로움이 있겠습니까?[89]

소경과 석명혜의 혼담이 오갈 때 화수은이 투기심을 억누르지 못하고 석파에게 폭언을 퍼붓자 소경은 아홉 달 가까이 화수은의 처소를 찾지 않았다.[90] 투기에 대한 벌이다. 반면 투기를 모르는 석명혜는 일부다처를 기꺼이 수용했다. 석명혜의 행동은 소경에게 큰 감동을 주었고, 마침내 가족들의 사랑과 존경을 한 몸에 받으며 양부인의 후계자로 지목되기에 이르렀다.

소경은 여자의 투기를 결코 용납하지 않을 것이라며 화수은을 질책하는 자리에서 여자가 지켜야 할 덕목을 제시했다.

여자는 무릇 네 가지 덕(훌륭한 덕성, 법도 있는 말, 단정한 용모와 몸가짐, 훌륭한 솜씨와 집안을 다스리는 능력)이 넉넉하고, 칠거지악을 삼가며, 유순하기에 힘쓰고, 부끄러워하는 태도로 지아비를 섬겨야 하오.[91]

소경이 제시한 덕목에 부합하는 석명혜의 부덕은 본전과 『소씨삼대록』의 곳곳에서 확인된다. 심지어 석명혜는 이미 세 아들을 둔 뒤에도 남편을 내외하여 집 안에서 우연히 남편과 마주치는 일이 있으면 부끄러워 몸 둘 바를 몰랐다. 본전의 작자는 석명혜가 남편을 어려워하고 부끄러워하며 감히 한마디 말도 못하고 머뭇거리는 태도가 참으로 어여뻐 심신을 녹게 할 정도라고 표현했다.[92]

그리하여 석명혜는 제2부인임에도 불구하고 소경의 진정한 배필로 인정받고 소경의 후계자인 소운성을 낳았으며, 『소씨삼대록』에 이르면 황후의 어머니로서 연회에서 화수은의 윗자리에 앉았다.[93] 『소현성록』에서 부덕을 가장 잘 체현한 인물이기 때문이다. 화수은은 석명혜에 미치지 못하는 자질을 지녔고 한때 투기하는 마음을 가졌으나 본분에 크게 어긋나는 행동을 하지는 않았기에 제1부인의 지위를 유지할 수 있었다. 반면 제3부인 여씨는 투기심을 억누르지 못하고 악행을 벌인 결과 소부蘇府에서 축출 당했다.

이 구도는 『소씨삼대록』에도 그대로 이어졌다. 소운성의 아내 형씨는 부덕과 미모를 갖추어 석명혜의 후계자로 지목되었다. 형씨는 일시적으로 제1부인의 자리를 빼앗겼으나 결국 투기의 화신 명현공주가 유폐 상태에 있다가 생을 마치면서 본래의 지위를 회복했다. 8남 소운명의 제1부인 임씨는 천하의 박색이지만 석명혜에 못지않은 부덕을 지닌 여성이다. 임씨는 결국 남편의 공경을 받고 가족들로부터 가문을 더욱 번영하게 할 인물이라는 칭송을 얻으며 제1부인의 지위를 확고히 했다. 반면 제3부인 정씨는 소운명이 가장 아끼던 제2부인 이옥주를 질투한 나머지 본전의 여씨가 썼던 필적 위조를 비롯해 온갖 흉계를 꾸미다가 결국 쫓겨났다. 소현성의 4녀 소수빙은 김현의 제2부인이 되어 제1부인 취씨의 투기와 음해 속에 참담한 고초를 겪었으나 부덕을 지켜 제1부인이 되었다. 5녀 소수주(선인황후)는 인종仁宗의 후궁이 되어 곽후郭后의 질시를 받았으나 12년 고초 끝에 황후에 올랐다.

요컨대 소부 여성들에게 명목상의 처음 지위는 중요하지 않다. 이들의 진정한 지위는 부덕에 따라 결정되었다. 소현성의 후계자가 장남 소운경이 아니라 3남 소운성인 데서 알 수 있듯 남성들의 지위 역시 자질과 능력에 달렸다. 『창선감의록』에서 화욱의 제1부인 심씨를 악녀로 설정하고, 차남 화진을 가문의 계승자로 설정한 것도 같은 맥락이다. 남성들은 자질과 능력으로, 여성들은 부덕으로 경쟁해야 한다는 발상이다. 그러나 실제 작품 전개를 보면 위에서 수많은 여성들의 예를 열거한 대로 여성의 부덕 경쟁에 초점이 놓였다.

부덕 경쟁은 투기 문제로 귀결되었다. 유사한 구도가 집요하게 반복되면서 투기는 사대부 남녀가 공동으로 혁파해야 할 최대 악이 되었다. 정실부인의 입장에서 투기는 당연히 가질 수 있는 마음이다. 법도 있는 한상궁은 "투기는 부인의 떳떳한 도리"[94]라며 과거의 유명한 사례를 열거하기도 했다. 그러나 『소현성록』에서 투기하는 여성은 대개 악녀로 묘사되어 수단과 방법을 가리지 않고 상대를 죽음으로 몰아넣으려 하다가 마침내 몰락했다. 반면 투기를 모르는 여성은 일부다처를 적극적으로 수용함으로써 제1부인의 지위를 더욱 공고히 하거나 비록 제2부인일지라도 제1부인 이상의 영예를 누렸으며 성녀聖女의 반열에 오르기도 했다. 이로써 남성 중심의 지배 이데올로기에 순응하느냐 역행하느냐의 차이로 여성 인물의 선악이 갈리는 권선징악의 구도가 완전히 뿌리내렸다.

한편 남성들, 특히 소현성과 소운성은 "군자가 여자를 거느릴 때에는 공변됨이 상책上策"[95]이라는 양부인의 가르침을 받들어 여러 아내들을 공평하게 대하되 훌륭한 부덕을 지닌 여성에게 가장 큰 사랑과 공경을 보냈다.[96] 결국 소운명의 제1부인 임씨가 "부부란 함께 살지만 임금과 신하의 관계와 같다"[97]라고 말한 것처럼 『소현성록』의 부부 관계는 군신 관계로 치환되었는데, 이는 『창선감의록』에서 일부다처를 정당화한 논리와 동일하다. 이 모두가 일부다처를 당연한 것으로 전제하고 일부다처를 기꺼이 받아들이는 것만이 여성의 미덕이라는 생각을 전달하고자 고안된 장치다.

그런데 투기를 최대 악으로 설정한 데 비해 투기한 악녀에 대한 징치는 그다지 가혹하지 않다. 『소현성록』 본전에서 석씨를 모해하여 살해하려고까지 했던 악녀 여씨는 별다른 처벌 없이 친정으로 돌려보낸 뒤 반성의 기회를 주었다.[98] 『소씨삼대록』 역시 비슷한 상황이다. 『창선감의록』의 심씨 모자 및 조녀와 대단히 흡사한 왕씨·김환 모자 및 취씨는 김현과 소수빙에게 『창선감의록』 이상의 악행을 저질렀으나 모두 처벌받지 않고 개과천선했다. 김환의 흉계에 가담한 위상서(김환의 장인)와 취시랑(취씨의 부친)은 고향으로 돌아가는 처벌을 받았을 뿐이고, 김환 홀로 유배형을 받았다가 곧이어 사면되었다.[99]

그러나 악행을 저지른 모든 이들이 관대한 처벌을 받은 것은 아니다. 『소현성록』에서는 악인에 대한 처벌 기준이 대상에 따라 크게 다른데, 이 또한 『창선감의록』과 유사하다. 본전에서 소경은 창기 취영을 사이에 두고 선비 왕한과 이경수가 다툼을 벌인 일에 대해 취영만 절개를 지키지 않았다는 명목으로 중한 벌을 내리고, 두 선비에 대해서는 훈계를 하는 데서 그쳤으며 그중 왕한에게는 오히려 좋은 배필을 정해 주기까지 했다.[100] 『소씨삼대록』에서 소운현은 어사御史로서 지방을 순시하다가 서주徐州 자사刺史가 창기 유영에게 미혹된 모습에 분노하여 창기를 참수했다. 그러나 서주 자사에 대해서는 잘못을 꾸짖되 노령老齡을 이유로 아무런 처벌도 가하지 않았다.[101] 소운성 6형제가 집에 창기를 불러들여 놀았을 때 부친 소현성의 질책을 받고 몇 달 동안 감금당한 일이 있기는 하나, 그 뒤 소운명이 창기 다섯과 방탕하게 지냈을 때는 임씨에게 무례를 범한 창기만 매질 당하고 소운명은 부친에게 따끔한 질책을 받았을 뿐이다. 심지어 소운성의 경우에는 한꺼번에 열 명의 창기를 가까이했음에도 "비록 창기와 풍류를 즐겼으나 마음이 정대하여 조금도 체면을 잃지 않았다"고 했으니, 이 해하기 어려운 이중 잣대다.[102]

소현성과 소운성이 운남雲南 전쟁에 나서 집을 비운 사이 소운명을 둘러싸고 벌어졌던 일련의 모해 사건 처리에서 처벌 기준이 분명히 드러났다. 악녀 정씨가 이옥주를 모함하고 소운명과 화수은이 사태를 제대로 파악하지 못한 탓에 큰 분란이 일어났다. 이때 집안을 제대로 다스리지 못한 화수은이 소운현과 갈등을 빚은 일도 생겼다. 화수은의 여종 난의가 둘 사이를 더욱 이간질하자 소운현은 난의를 매질해 죽인 뒤 그 혀를 잘랐다.[103] 가장 큰 처벌을 받아야 할 사람은 음모를 꾸민 정씨이고, 그다음으로 이 사태에 책임을 져야 할 사람은 사리 분별을 못하고 집안을 어지럽힌 소운명과 화수은이다. 소운현 역시 모친의 여종을 잔인하게 죽였으니 죄를 면하기 어렵다. 그러나 전쟁에서 돌아온 소현성은 엉뚱한 처벌을 했다. 소현성은 우선 정씨의 하수인 역할을 한 남녀 하인 다섯 사람을 모두 죽였다. 반면 정씨는 부정한 행실을 꾸짖은 뒤 친정으로 돌려보냈을 뿐이다. 소운명과 소운현은 매질한 뒤 용서했고, 화수은에 대해서는 말을 주고받지 않는 것이 벌이었다.[104] 소운명과 화수은은 곧이어 자신들의 과오를 뉘우쳤으나 하층의 악인 내지 하수인들은 반성의 기회도 주어지지 않은 채 처형당했다.

요컨대『소현성록』역시『창선감의록』과 동일하게 하층의 악인에게만 가혹한 징벌을 내렸다. 상층의 악인에 대해서는 가문에서 축출하는 것이 가장 큰 벌이요, 그중 대개는 훗날 동정의 대상, 혹은 화해의 대상이 되었다. 상층은 포용하고 하층은 배제하는 '사족이기주의'가 그대로 계승된 셈이다.

그런데『소현성록』에서 확인되는 '사족이기주의', 혹은 '사대부중심주의'는『창선감의록』과 비교할 때 실은 '가문중심주의'라고 보는 편이 더욱 타당해 보인다.『창선감의록』에서 선인善人 집단에 속하는 인물들이 혼인 관계를 통해 하나의 '군자당君子黨'을 이루면서 '사족중심주의'를 구현했다면『소현성록』에서는 여러 가문의 연대가 거의 부각되지 않은 채 하늘의 선택을 받은 오직 하나의 가문이 세상의 중심에 서는 설정을 취했다.

우선 소부 가족 구성원 모두가 선택된 자들이다. 남성들은 가장 빼어난 자질을 지녔고, 여성들은 가장 빼어난 부덕을 지녔다. 소현성은 영보도군의 후신이고, 소운성은 삼태성의 현신이며, 소운명과 그 아내들은 인간세계에 유배 온 천상계 존재들이다. 양부인마저 『소씨삼대록』에서 전설 속의 여신인 구천현녀九天玄女의 후신임이 뒤늦게 밝혀졌다.[105]

소씨 가문은 천상 존재가 하강한 인물들로 이루어졌으니 하늘이 선택한 가문이다. 그렇기에 고귀한 혈통을 지닌 이들의 모습은 보통의 존재들과 다르다. 뱃놀이를 즐기는 소현성의 여러 아들은 "세상을 벗어난 신선의 무리"인 듯 보이고, 연못가에서 노니는 소부 여성들은 "요지瑤池의 선녀가 모인 듯"한 모습이며 어느 모임에서든 발군의 미모를 자랑했다. 소현성 자녀들의 빼어난 풍채와 용모는 "소씨 가문의 내력"이다.[106]

게다가 본전의 성인군자 소경은 철저한 금욕과 절제를 요구받았으며, 『소씨삼대록』의 아들 세대는 본전에 비해 현저히 느슨한 윤리적 제약 아래 있음에도 여전히 우월한 도덕성을 자랑했다. 여성들 또한 본전의 양부인과 석명혜에 『소씨삼대록』의 형씨·임씨·소수빙·소수주가 가세하면서 한 가문 안에 성녀형 인물이 가득하다. 본전에서 양부인이 딸 소교영을 처단한 사건으로부터 『소씨삼대록』에서 소운성이 4세대 인물 소세명을 죽이는 사건[107]에 이르기까지 가문 내의 인물이 죄를 범했을 때에는 국가 법령이 아닌 가문의 불문율에 따라 가문의 대표자가 직접 가차없는 처벌을 가함으로써 가문의 도덕성을 지켜냈다. 이는 양부인이 견지해 온 생각에 따른 것이다. 양부인은 손자들을 훈계하는 자리에서 이렇게 말했다.

어버이를 팔고 가문에 불행을 끼치는 자식은 외아들이라 할지라도 후사를 돌아보지 말고 죽여야 옳다. (…) 나는 일개 부인에 불과하나 젊은 날부터 이런 뜻을 가져서, 만일 너희들의 아비가 불초하면 내가 먼저 죽여 가문에 욕됨을 더하지 않고 나도 따라 죽어 설움을 잊겠다고 결심했었다.[108]

개인의 독보적인 능력과 가문의 우월한 도덕성을 바탕으로 이들은 조정을 장악했다. 소현성의 아들 10형제가 모두 과거에 급제하여 벼슬길에 나선 것은 물론이고, 소현성이 승상, 장남 소운경이 이부상서, 3남 소운성이 병부상서, 사위 김현이 예부상서로서 동시에 조정에 서기도 했다. 소현성이 은퇴한 뒤에는 소운성과 소운경이 차례로 승상에 올랐고, 나머지 형제들 모두 재상을 지냈다.[109] 훗날 인종이 황태후를 위해 베푼 궁중 잔치에 조정 신하들의 부인이 모였을 때에는 참석자의 절반이 소씨 일가라고 할 정도로 조정 전체가 소부 남성 일색이었다.[110]

요직을 독점한 소부 남성들의 대결 상대는 황실이었는데, 황실 비판은 『소씨삼대록』에서 집중적으로 이루어졌다. 황제가 소운성과 명현공주의 혼인을 강요한 것이 사태의 출발점이고, 태종太宗의 부마 간택법이 최초의 비판 대상이었다. 명현공주가 소운성의 모습에 반해 혼인을 간청하자 황제는 조강지처가 있는 소운성을 부마로 삼기 위해 꾀를 냈다.

황제가 공주를 오봉루五鳳樓에 올라가게 한 뒤 전지傳旨를 내렸다.

"짐의 딸 명현공주가 혼인할 나이이되 마땅한 부마가 없으므로 특별히 젊은 조
정 관리들을 오봉루 아래 모이게 한 뒤 공주가 던진 방울에 맞는 이를 부마로 삼겠
다."111

명현공주가 소운성에게 방울을 맞히도록 계획된, 기상천외의 부마
간택법이다. 간택 후보자들인 소운경·소운희·소운성은 공주가 여
러 남성들을 세워놓고 남편감을 택한다는 해괴한 방식에 격하게 반발
했다. 이후 태종의 계획대로 소운성이 부마로 선정되었으나, 소현성
과 소운성이 늑혼을 거부하자 태종은 승상 소현성의 벼슬을 빼앗고
감옥에 가두었다. 결국 소운성은 아버지를 구하기 위해 조강지처를
친정으로 쫓아내고 명현공주를 아내로 맞았다.112 이렇게 『소씨삼대
록』은 『구운몽』에서 그리지 못했던 임금의 폭압적인 횡포를 노골적으
로 드러냈다.

태종은 또 혼례를 앞두고 소부 곁에 명현공주가 거처할 명현궁을
새로 지었다.

화려한 기둥과 아로새긴 들보며 붉은 칠을 하고 옥으로 장식한 난간이 햇빛을 가
리고, 나는 듯이 치솟은 오색 누각이 하늘에 우뚝하여 자운산의 경치를 더했다. 둥
글게 굽은 난간이 10리를 둘렀고, 인공 섬과 연못의 정묘함이 태자궁太子宮보다 더했
다.113

소현성은 황실의 사치 탓에 국운國運이 지속되지 못할 것이라고 탄

식했다. 소부의 가풍家風과 새로 시집온 명현공주의 행태는 다음과 같이 대비되었다.

소승상(소현성)은 청렴하고 소박해서 여성들이 용모를 꾸미지 못하게 하고, 비단 옷에 금실로 수를 놓지 못하게 하며, 진주로 치장하지 못하게 했다. 태부인太夫人(양부인)도 검소함을 숭상하니 (…) 집안 여성들은 무늬 없는 흰 비단옷을 입을 따름이요 노리개로 옥패玉佩 한 줄을 드리웠을 뿐이었다. (…)

공주는 도리어 가풍을 비웃으며 찬란한 비단옷에 화려한 치장을 더했고, 칠보 장식에 붉은 치마를 입은 궁녀 100여 명을 거느려 부귀를 자랑했다. 아침저녁으로 문안할 때마다 궁녀들이 길을 덮고 집을 메웠는데, 공주는 말할 것도 없고 궁녀들의 장식마저 사치스러워 소부 젊은 여성들의 옷차림보다 빛이 났다.[114]

"맑고 소담한 가풍"을 지닌 소부에 교만하고 무례하며 사치스러운 명현공주가 들어왔으니 사사건건 충돌이 일어났다. 석명혜는 명현공주가 "선비의 아내"가 되었으니 소부의 가풍에 따라야 한다고 타일렀으나, 명현공주는 자신이 선비의 아내이기 이전에 공주임을 주장하며 시부모보다 높은 지위에 있다는 생각을 버리지 않았다.[115]

한편 태종의 혼인 강요에 절망한 소운성은 명현공주가 "임금과 동생을 죽이려 한 가문"[116]에서 자란 탓에 흉악한 마음을 지녔다고 극언했다. 이는 송나라 태조太祖와 태종 때의 실제 역사를 바탕으로 삼아 작품 속의 황제를 대단히 심각하게 비난한 것이다.[117]

태종은 그 뒤로도 명현공주의 참소만 믿고 소운성과 소운현을 부당하게 처벌하려 하더니, 급기야 소운성에게 사형선고를 내렸다. 황후

역시 석명혜에게 방자한 편지를 보낸 데 이어 소현성을 처벌하겠다는 내용의 비밀 조서를 소현성에게 직접 보내기에 이르렀다. 이 과정에서 소현성은 황제와 공주의 어리석음을 한탄하고, 무사안일에 빠진 황제와 조정의 법령과 절차를 무시하는 황후를 비판하면서 황제가 덕을 잃었다고 단정하기에 이르렀다.[118]

이후 명현공주가 태종과 황후의 총애와 비호를 믿고 온갖 패악을 부리다 돌연 병들어 죽기에 이르는 동안 소부 사람들은 황실의 위세에 맞서 당당한 투쟁을 이어갔다. 소현성은 명현공주가 양부인과 선친마저 모욕하기에 이르자 법 절차를 밟아 명현공주 처벌의 정당성을 확보한 뒤 황제에게 공주를 처형하고자 한다는 내용의 상소를 올렸다. 남편 소운성을 살해하려 하고 시부모를 능멸했다는 것이 죄목이었다.[119]

우월한 도덕성과 정당한 명분을 지닌 소현성이 합리적 절차를 밟아 황제를 압박하자 결국 황제가 굴복하고 말았다. 이제 사태가 역전되어 황제가 공주의 목숨을 구하기 위해 소현성에게 간청해야 하는 상황이 벌어졌다. 팔왕의 중재에도 뜻을 굽히지 않던 소현성은 결국 양부인의 설득으로 마음을 돌렸다. 소현성의 결정에 영향을 미친 것은 황제의 명령이나 요청이 아니라 어머니의 분부다. 삼강三綱의 으뜸은 군신 관계가 아니라 부자 관계다. 소현성은 명현공주를 살려 주기로 결정하면서 또 한 번 황실을 비판했다.

공주를 무사히 놓아주면 황실 친인척의 교만함과 패악함을 돋아 삼강의 법도가 해이하지 않겠습니까?[120]

명현공주가 유폐되어 쓸쓸히 죽은 뒤 명현궁은 소운성의 차지가 되었으나, 소운성은 명현궁이 선비가 있을 곳이 아니라고 생각했다.

드디어 사람을 시켜 궁궐을 허무니 1천 칸 명현궁이 있던 자리가 한순간에 빈터가 되었다. 그 재목을 흩어 이웃사람들에게 주고 다시 바라보니 넓게 펼쳐진 담장과 층층의 계단만 남아 속절없이 넓은 뜰이 있을 뿐이었다. 감회에 젖어 시 한 수를 지어 읊고 집으로 돌아오니, 부모와 할머니가 한곳에 모여 운성의 시원스러운 행동을 아름답게 여겼다.[121]

황실의 사치와 횡포를 상징하는 명현궁이 허물어지면서 소부는 평화를 되찾았다. 이로써 소부는 황실과의 대결에서 완전한 승리를 거두었다. 황제의 명으로 쫓겨났던 형씨가 두 아들과 함께 소부로 돌아오자 소월영은 이렇게 말했다.

공주의 시기를 제어하고 자네가 마침내 두 아들을 낳아 빛나게 돌아왔구나! 이는 참으로 초나라와 한나라가 싸워 강한 자가 망하고 인의仁義를 지닌 자가 왕이 된 일과 같으니, 하늘이 정한 운수다.[122]

이 말은 인의를 지닌 소부가 강자인 황실에 맞서 승리한 것이 천명이라는 의미로 확대 해석되어 마땅하다.

황실과의 대결에서 승리한 소현성은 이후 효의 덕목을 중심으로 한 교화를 강조하면서 조정 대신의 사치와 방탕, 축첩과 주색을 경계하더니, 마침내 진종眞宗에게 건의하여 전국에 금주령을 내리고 모든 창루娼僕를 혁파했다.[123] 황실의 사치향락과 극명히 대비되는 금욕적 개혁이다. 소부의 영화가 극도에 이르러 "온가족이 모두 이같이 빛나는데도 끝내 권세를 쥐고 방자하게 행동함을 듣지 못했으니",[124] 이 또한 황실의 교만과 횡포와는 극명히 대비되는 소부의 절제와 금욕을 보여준다.

앞서 황실의 사치와 무례를 비판하고 명현공주가 선비의 아내임을 강조했던 것은 황실과 사대부 사이의 위계와 차등을 인정하지 않으려는 발상이다. 『소씨삼대록』에서 도덕성과 명분을 지닌 소현성 가문은 황실보다 우월한 위치에 서서 교만하고 무례한 황실을 올바른 쪽으로 견인했다. 황실 인물이라 하더라도 소부의 일원인 명숙황후(진종眞宗의 계비繼妃로 양부인의 양녀 윤씨의 딸)와 선인황후(소수주)는 각각 덕과 위엄이 엄정한 여성, 법도가 있고 검소한 데다 투기하는 후궁마저 감화시키는 성녀로 설정해서 가문의 도덕적 우위를 재삼 강조했다.[125] 인종仁宗이 가장 인자하고 겸손한 군주로 묘사된 것 또한 그가 명숙황후의 아들로서 양부인의 외손자요 소운성의 제자이기 때문이다.[126]

『소씨삼대록』은 사대부가 도덕적 우위를 점함으로써 황실의 위세에 당당히 맞서 승리할 수 있다는 설정을 취했다. 소현성 가문이 황실에 대항할 수 있었던 것은 그들이 사대부를 대표하는 자리에서 정당한 명분을 얻었기 때문이다. 하지만 그보다 더 중요한 이유가 있다. 그들이 선민選民으로 이루어진 가문이기 때문이다. 자신이 사대부보다 우월한 위치에 있다고 생각하는 명현공주를 향해 한상궁은 이렇게 말했다.

승상(소현성)은 성인군자요 부마(소운성)는 세상을 구제할 대장부입니다. 여

자 중의 영웅호걸이 모였고 남자 중의 성인과 대장부가 있으니 공주님의 귀함을 자랑할 수 없습니다.[127]

명현공주, 나아가 황실이 우위를 주장할 수 없는 이유는 소현성 가문이 세상을 구할 성인군자와 영웅호걸이 모인 선민 집단, 하늘의 선택을 받은 단 하나의 가문이기 때문이다. 이렇게 소부의 승리는 사대부 일반의 승리로 확대되기보다는 선택된 가문의 승리, 곧 '가문중심주의'로 귀결되는 성향이 강하다.

'가문중심주의'가 중심부로 올라서면서 그 이면의 문제점이 부각된다. 선민의식과 결합된 '가족이기주의'다.

본전에서 소경은 과거시험에서 답안을 작성할 능력이 없는 임수보 등 다섯 선비를 동정하여 대신 답안을 써 주는 부정을 저질렀으나 남의 급한 사정을 구하는 선행을 베풀었다고 생각할 뿐 아무런 죄의식도 갖지 않았다.[128] 오히려 소경의 대필로 급제한 임수보는 『소씨삼대록』에서 소경과 사돈이 되었고, 임수보의 딸 임씨는 소현성의 며느리 중 가장 빼어난 부덕을 지닌 여성으로 칭송받았다. 소운명의 지나친 여색 욕망도 『소현성록』에 일관된 방탕에 대한 경계와 달리 비난받을 일이 아니었다. 소운명과 임씨의 전생 인연을 염두에 두고 보면 본전의 부정행위도, 『소씨삼대록』의 욕정 추구도 하늘이 정한 일이다. 소현성 가문의 구성원은 선민이기에 언제나 옳다.

한편 김현 형제의 사례는 가문중심주의에 잠재된 가족이기주의를 보여 준다. 김현의 형 김환은 누차 흉계를 꾸며 간악한 방법으로 소수빙을 위기로 몰아넣었다. 그러나 소운명이 단번에 음모를 알아챘고,

결국 김환은 유배형을 받았다. 이때 김현이 형의 구명에 나섰다. 김현은 먼저 소운성을 찾아가 신문 과정에서 소운성이 김환을 매질한 일을 원망하며 다툼을 벌였다. 곧이어 소현성을 찾아가 말했다.

형이 죄를 얻어 귀양 가고, 또 천강(소운성의 자字) 형에게 중형을 받았으니, 비록 죄가 있다고는 하나 어찌 동생의 마음이 즐겁겠습니까? 변이 일어난 것이 모두 저 때문이니, 마땅히 제가 형 대신 귀양 가기를 원합니다.[129]

형을 사면해 달라는 요청에 다름 아니다. 용서해야 할 이유는 단 하나, 김환이 김현의 형이기 때문이다. 소현성은 국법을 세우기 위해 중죄인을 처벌해 마땅하다고 하면서도 사위의 청을 받아들여 김환의 죄를 사면했다. 권신의 자의적 판단에 의해 중죄인이 처벌을 면했다. 더욱이 소현성은 "다른 사람이 이런 죄를 짓는다면 어찌 용서할 리 있겠느냐?"[130]라는 말을 덧붙였으니, 그 자신도 정실에 의한 판단임을 잘 알고 있었다. 소현성은 "귀양살이를 할 뻔하다 풀려난 것이니 죄를 입은 것이나 마찬가지다"[131]라며 자신의 처사를 합리화한 데 이어 김현의 이런 행동을 훌륭하게 여겨 아들들에게 김현의 우애를 본받으라고 했다. 이 대목은 『논어』에 보이는, 공자와 섭공葉公의 유명한 대화를 연상시킨다. 섭공이 아버지의 죄를 고발한 아들을 정직하다고 칭찬하자 공자는 아버지가 자식의 죄를 숨겨 주고, 자식이 아버지의 죄를 숨겨 주는 마음에 정직이 깃들어 있다고 했다. 『소현성록』에서 상하층 악인에 대해 상이한 처벌을 내린 것은 공자의 이런 생각을 계승한 측면이 있다.

17세기 한국 소설사

『소현성록』본전과『소씨삼대록』에서는 가문의 우월한 도덕성을 강조하기 위해 매우 엄격한 내부 규율을 세우고 그에 걸맞은 성인·성녀형의 규범적 인간을 공통적으로 내세웠다. 그러나『소씨삼대록』에 이르러 작품 전체를 관통하는 것은 오히려 가족에 대한 온정적인 태도다. 부분적으로 가문 구성원이 엄중한 처벌을 받은 죄는 사통과 투기, 반역뿐이고, 그 처벌 역시 국법이 아니라 가문의 불문율에 의거해 이루어졌다. 가문의 구성원은 미미한 처벌을 받고 반성의 기회가 주어진 반면 가문 외의 존재, 사족 외의 존재에 대해서는 온정을 베풀지 않았다. 선민 집단인 가문과 여타 보통의 존재 사이에 큰 간극이 놓였다.『창선감의록』에서 '사족중심주의'의 이면에 잠재되어 있던 '가족이기주의'가『소씨삼대록』에 이르러 완전히 발현되었다.

유복자로 태어난 9대 독자 소경은 130여 명의 아들손자를 거느린, 최고의 가부장이 되었다. 성인군자와 영웅호걸로 가득한 소현성 가문은 타고난 자질과 우월한 도덕성을 바탕으로 나라를 구하고 조정의 요직을 독점하며『구운몽』과『창선감의록』의 주인공을 뛰어넘는 가문의 번영에 이르렀다. 결국 소경은 '아버지의 부재' 상태에서 출발해 그 자신이 가장 모범적인 아버지가 되는 데 성공했다.

『구운몽』·『창선감의록』·『소현성록』세 작품은 모두 '아버지의 부재'에서 출발했다.『구운몽』에서 아버지의 부재는 주인공에게 가문을 일으켜야 한다는 의무감을 부여했다. 존재하지 않는 아버지는 양소유에게 그리움의 대상이지만, 아버지의 부재가 혼란 상태를 의미하는 것은 아니었다. 아버지의 부재는 오히려 양소유에게 자유를 준 측면도 있다. 양소유는 아무 제약 없이 오직 자신의 애정 욕구에 따라 자유분방하게 움직였고, 그 결과 성공한 가부장이 되었다.

반면『구운몽』의 설정을 계승한『창선감의록』과『소현성록』에서 아버지의 부재는 극도의 혼란을 의미했다.『창선감의록』에서 화진이 겪은 모든 고통의 시원은 아버지의 부재였다.『소현성록』본전에서는 양부인이 가부장의 역할을 성공적으로 대리하면서 아버지의 부재가 크게 문제되지 않았다. 아버지의 부재는 위기의식을 불러일으켜 엄격한 가문 내 규율을 정립해야 하는 근거가 될 뿐이었다. 그러나『소씨삼대록』에 이르러 아버지의 부재는 다시 극도의 혼돈 상태를 의미하게 되었다. 가부장 소현성이 운남雲南 공략에 나서 집을 비운 동안 소운명의 아내 정씨는 악인과 결탁하여 음모를 꾸몄고, 화수은은 정씨의 참소만 믿으며 석명혜의 소생들을 홀대하고 양부인을 능멸하는 등 가문이 일대 혼란에 빠졌다. 본전에서 가부장 역할을 했던 양부인은 모든 시련을 천명 탓으로 돌린 채 가문의 위기를 방관했다.[132] 가문의 혼란은 소현성이 열한 달 만에 귀환한 뒤에야 종식되었다.

승상(소현성)이 비단 도포에 옥대를 띠고 웃음을 머금어 기쁜 빛이 영롱한 얼굴로 천천히 걸어 들어오고, 뒤에 늘어선 열 명의 아들 모두가 얼굴에 기쁜 빛이 가득하니, 완연히 지난날의 영화가 돌아왔다. (…)

두 서모는 반가움이 넘친 나머지 도리어 슬퍼하여 승상의 소매를 붙들고 눈물을 흘렸으며 (…) 좌우에 가득한 젊은이들이 모두 기쁜 빛을 띠니, 이는 곧 승상의 인자한 덕택에서 비롯된 것이었다. 소부인(소월영)이 탄식하며 말했다.

"(…) 오늘 조카며느리들의 거동을 살펴보니 시아버지를 반기는 것이 (…) 마치 젖먹이가 그리워하던 어미를 만난 것 같구나!"[133]

소부 사람들에게 아버지의 부재가 얼마나 큰 고통이었는지 잘 보여주는 장면이다. 가부장의 귀환으로 그동안의 혼란이 단번에 수습되었다. 소현성이 화수은과 소운명의 과오를 질책하고 정씨를 축출함으로써 소부는 평화를 되찾았다.

『창선감의록』과 『소씨삼대록』에서 극심한 갈등과 혼란은 아버지의 부재 상태에서만 발생했다. 아버지의 부재는 질서가 잡히지 않은 비정상 상태를 의미한다. 가부장만이 문제를 근원적으로 해결할 수 있는바, 혼돈 상태를 완전히 종식하기 위해서는 아버지가 돌아와야 하고, 돌아올 아버지가 없다면 아들이 아버지로 성장해야 한다. 17세기 장편소설의 작자들은 남주인공이 '아버지의 부재'에서 출발하여 그 자신이 진정한 아버지에 이르는 설정을 거듭 이용했다. 이 구도야말로 당대의 상황에 부합한다고 인식했기 때문일 것이다. 17세기 조선의 상층 사회는 비정상 상태에 놓였다. 병자호란 때의 굴욕적인 항복 이후 지배층, 특히 상층 남성의 권위에 심각한 손상이 있었을 터이다. 중국의 명·청 교체 과정을 지켜보면서 거대한 충격을 받은 이래로 '중화中華'의 부재라는 상실감에 시달렸을 것이다. 서울의 상류층에 국한된 현상일망정 급속히 번져 가는 도시 생활의 풍요 속에서 기존의 가치관에 입각한 상하 차등의 예법 또한 흔들렸을 것으로 추정된다. 지배 이념이 권위를 잃고 지배 체제가 위기에 빠진 17세기 조선의 비정상 상태가 장편소설에서는 아버지의 부재에서 비롯된 가문의 혼란으로 표상되었다.

장편소설이 '비정상 상태'를 '정상'으로 돌리기 위해 고안된 장치라면 지배 이념의 권위를 회복하기에 적합한 이상적 인간형을 주인공으로 내세우는 것이 효과적이다. 『창선감의록』과 『소현성록』의 작자는 각각 화진과 소현성을 진정한 아버지의 전형으로 제시했다. 이들이 가장 중시한 덕목은 '효'와 '부덕婦德'이었으니, 이를 통해 부자 관계와 부부 관계에서 상하의 위계가 강조되고 이로써 '상층 남성 중심의 질서'가 더욱 공고해졌다.

『구운몽』에서는 군신 관계, 부부 관계, 여성 상하 간의 관계 모두에 엄격한 위계가 존재하지만 언제나 강자가 약자를 배려하고 약자가 강자의 권위를 인정함으로써 갈등 없는 화락和樂에 도달했다. 상층이 지배 체제를 평화롭게 유지하는 합리적인 방책이 제시되었다.

반면 『창선감의록』과 『소현성록』에서는 『구운몽』의 두 지향 중 약자에 대한 배려는 제거하고 강자 우위의 위계만 계승되었다. 하늘이 선택한 '규범적 인간'을 내세워 강자의 탁월한 능력과 우월한 도덕성을 부각하며 지배층의 우수한 자질과 지배 이념의 절대적 성격이 거듭 강조되었다. 특히 『소씨삼대록』에 이르면 도덕적·이념적 우위를 지닌 선민 집단으로서의 특정한 사대부 가문과 여타 보통의 존재를 엄격하게 구별하는 위계질서가 확립되었다. '효'와 '부덕'이 중심 가치로 떠오르면서 「최치원」으로부터 『구운몽』에 이르기까지 고전소설사에서 오랫동안 주류적 위치를 차지했던 남녀의 사랑, 부부 관계보다는 부자 관계가 강조되고, 부부 관계 역시 수평적인 지음知音 관계가 아니라 상하 위계가 분명한 군신 관계로 인식하게 만들었다. 전쟁 직후 「운영전」에서 발현되어 『구운몽』에까지 영향을 미쳤던 '보편주의', 곧 평등 지향의 사고는 희석되고, 이상화된 사대부 가문 중심의 엄격한 차등의 질서가 강화되었다.

17세기 한국 소설사

17세기 후반 장편소설사의 전개는 극단적인 보수화의 길로 향했다. 17세기 조선 사회의 한 경향과 남성 지배층의 욕망을 반영하는 이 흐름은 다시 지배 체제를 더욱 공고히 하는 데 복무했을 것이다. 그러나 17세기 소설사의 끝자리에 남은 절대적 지배 이념과 '가문중심주의'가 당대 조선 사회가 당면한 문제에 근원적인 해결책을 제공할 수 있었는지 의문이다. 이제 17세기 후반 장편소설의 보수화 경향이 다음 시대에 어떻게 계승되고 어떻게 부정되었는지, 그 과정에서 어떤 새로운 전기轉機가 모색되었는지 살펴보는 또 하나의 과제가 남았다.

1부 전쟁의 시대

1장 전쟁과 사회

1) 이장희, 『임진왜란사 연구』(아세아문화사, 2007), 35~86쪽; W.J. 보트, 「『조선정벌기』 속의 임진왜란」(정두희 · 이경순 엮음, 『임진왜란—동아시아 삼국전쟁』, 휴머니스트, 2007), 235쪽 및 332쪽 참조.

2) 『선조수정실록』 선조 25년(1592) 4월 14일조; 『선조실록』 선조 25년 5월 1일 · 7일, 6월 22일조; 『징비록』 권1; 류성룡 저, 김시덕 역해, 『교감 · 해설 징비록』, 아카넷, 2013, 198~292쪽 참조.

3) 김한규, 「임진왜란의 국제적 환경—중국적 세계질서의 붕괴」(정두희 · 이경순 엮음, 앞의 책), 288~289쪽 참조.

4) 케네스 M. 스워프, 「순망치한—명나라가 참전할 수밖에 없었던 이유」(정두희 · 이경순 엮음, 앞의 책), 342~352쪽 참조.

5) 당시 조선의 관군과 의병은 도합 17만여 명으로 집계된다(『선조실록』 선조 26년(1593) 1월 11일조 참조).

6) 이장희, 앞의 책, 75~76쪽 참조.

7) "臣初至京城, 伏見廟社宮闕, 焚毁無餘, 巨室民家, 蕩覆殆盡, 烟煤狼藉, 白骨縱橫.

(…) 倉庫又無儲粟, 雖設賑濟之場, 而不能遍救齊民, 一日就死, 不知其幾, 僵屍滿路, 腐肉塞川, 餘存者亦皆形如鬼魅, 自知終必盡斃."(『선조실록』 선조 26년 9월 2일조)

8) 『선조실록』 선조 26년 11월 1일조 참조.

9) "饑饉之極, 甚至食人之肉, 恬不知怪. 非但剪割道殣, 無一完肌, 或有屠殺生人, 幷與腸胃腦髓而嗷食之. (…) 都城之內, 有如此可愕之變, 而刑曹諉以飢民無賴, 慢不捕禁, 其所現捉者, 亦不嚴治."(『선조실록』 선조 27년(1594) 1월 17일조)

10) "조선은 이 전쟁의 주역을 담당하지도 못하였다. 참전한 명군은 조선 국왕과의 협의 없이도 얼마든지 일본과 강화 협상을 진행하였으며, 조선은 중국과 일본 사이에서 벌어지는 이 협상에 참여하지도 못하였다."(정두희, 「이순신에 대한 기억의 역사와 역사화」, 정두희 · 이경순 엮음, 앞의 책, 189쪽)

11) 『선조실록』 선조 30년(1597) 1월 21일, 8월 18일조;『선조수정실록』 선조 30년 8월 1일, 9월 1일조 참조.

12) 『선조실록』 선조 31년(1598) 11월 23일 · 27일조 참조. 당시 선조는 왜군의 급작스러운 철수 이유를 정확히 파악하지 못한 채 "왜적이 명나라 군대와 싸워 이긴 뒤 까닭 없이 일시에 물러갔으니 형세를 헤아려 보건대 참으로 그럴 리가 없다"(倭賊戰勝天兵之後, 無端一時俱退, 揆之於勢, 固無其理.『선조실록』 선조 31년 11월 29일조)라고 했다.

13) 한명기, 『병자호란 1』(푸른역사, 2013), 124~127쪽 참조.

14) 같은 책, 153~176쪽 참조.

15) 『인조실록』 인조 14년 3월 1일조 참조.

16) 한명기, 『병자호란 2』(푸른역사, 2013), 29~82쪽 참조.

17) 『연려실기술』 「인조조 고사본말」.

18) "閭閻多被焚燒, 僵屍縱橫於街路."(『인조실록』 인조 15년 2월 1일조)

19) "京城居民, 受禍最酷, 餘存者, 只是未滿十歲之兒, 年過七十之人, 而擧皆飢凍垂死."(『인조실록』 인조 15년 2월 3일조)

20) "掩骼埋胔, 王政之所先, 都民之死於鋒刃者, 棄置道傍, 慘不忍見."(『인조실록』 인조 15년 2월 9일조)

21) "上曰: '江都殺戮幾何云耶?' 啓榮曰: '有主者幾盡收瘞, 無主者棄置, 故欲爲掩埋, 而必欲待尋屍之人, 姑爲覆草矣.' 上曰: '所經處, 何處尤多耶?' 啓榮曰: '西門外甚多, 而積屍中兒童之屍尤多, 其餘則積屍不至於枕藉矣. (…) 入去時, 聞數邑掃地被虜矣, 出來時, 多見逃還男女, 問其所居, 則皆是通 金之人也.'"(『승정원일기』, 인조 15년 2월 16일조)

22) 한명기, 『병자호란 2』, 284~294쪽 참조.

23) 『인구대사전』(통계청, 2006), 840쪽. 이 수치는 『조선왕조실록』과 『호구총수戶口總數』에 의거한 것이다. 신용하 · 권태환, 「조선왕조시대 인구 추정에 관한 일시론」(『동아문화』 14, 서울대 동아문화연구소, 1977) 참조.

24) 토지의 경우 임진왜란 이전 전국의 농토 면적이 1,515,591결이었으나 임진왜란 후인 1604년(선조 37)의 조사에서는 342,634결로 대폭 감소했다(이정수, 「16세기 물가 변동과 民의 동향」, 부산대 박사학위논문, 1997, 174쪽; 문숙자, 「임진왜란으로 인한 생활상의 변화」, 한일관계사연구논집 편찬위원회 편, 『임진왜란과 한일관계』, 경인문화사, 2005, 433쪽 참조).

25) 한명기, 『임진왜란과 한중관계』(역사비평사, 1999), 133~145쪽 참조. "길바닥에 굶어죽은 시체를 칼로 도려내어 살점이 한 곳도 남아 있지 않았다"는 등 당시의 처참한 상황을 기록한 『선조실록』의 기사들(최영희, 『임진왜란 중의 사회동태』, 한국연구원, 1975, 88쪽 이하 참조)은 「달천몽유록」 · 「강도몽유록」 등에 묘사된 내용과 다를 바 없다.

2장 전쟁을 보는 세 개의 시선

1) 권필은 선조 · 광해군 때의 으뜸가는 시인으로, 호는 석주石洲이다. 과거시험에 뜻이 없어 평생 시와 술로 낙을 삼으며 가난하게 살았고, 허균과 조위한 등 당대의 대표적인 문인들과 가깝게 지냈다. 풍자시에 능했는데, 결국 광해군 초에 외척外戚의 방종을 풍자한 시를 지었다가 임금의 친국을 받은 뒤 유배형을 받았고, 귀양 가는 도중에 생을 마쳤다. 저술로 문집인 『석주집石洲集』이 전한다.

2) 譚嘉定(譚正璧), 『中國小說發達史』(臺北: 啓業書局, 1973; 초판 1935); 葛賢寧, 『中國小說史』(臺北: 中華文化出版事業委員會, 1956)에서 신괴 · 호협(혹은 협의俠義) · 염정(혹은 연애戀愛)의 세 분류를 취한 이래로 祝秀俠, 『唐代傳奇硏究』(臺北: 中華文化事業出版硏究會, 1957)에서 별전別傳 · 창기娼妓 · 상고商賈를 추가하여 여섯 분류를 하기까지, 이들 셋은 전기소설 분류의 기본형으로 간주되어 왔다.

3) "余適以事往, 遇生於舘驛之中, 而語言不同, 以書通情. 生以余解文, 待之頗厚. 余詢其致病之由, 愀然不答. 是日爲雨所拘, 因與生張燈夜話. 生以「踏莎行」一闋示余. (…) 余異其詞意, 懇問不已, 生乃自敍其首尾如此."(「주생전」, 박희병 표점 · 교석, 『한국한문소설 교합구해』, 제2판, 소명출판, 2007, 278~279쪽)

4) "時生年二十七, 眉宇炯然, 望之如畵云."(「주생전」, 280쪽)

5) "鐘鳴烟寺, 而月在西矣. 但見兩岸, 碧樹葱蘢, 曉色蒼茫, 樹陰中, 時有紗籠銀燈, 隱暎於朱欄翠箔之間. 問之, 乃錢塘也."(「주생전」, 252쪽)

6) "生旣悅其色, 又見此詩, 情迷意惑, 萬念俱灰."(「주생전」, 254쪽)

7) "誤入蓬萊十二島, 誰識樊川, 却得尋芳草? 睡起忽聞枝上鳥, 翠簾無影朱欄曉."(「주생전」, 255쪽)

8) "妾之先世, 乃豪族也. 祖某提擧泉州市舶司, 因有罪廢爲庶人, 自此子孫貧困, 不能振起. 妾早失父母, 見養於人, 以至于今. 雖欲守貞自潔, 名已載於妓籍, 不得已强與人爲宴樂, 每居閑處獨, 未嘗不看花掩泣, 對月消魂."(「주생전」, 255~256쪽)

9) 임방任埅, 1640~1724의 야담집 『천예록』에 실린 「소설인규옥소선掃雪因窺玉簫仙」(눈을 쓸면서 옥소선을 엿보다)을 말한다. 이 작품에서 기녀 옥소선은 남주인공의 과거 공부를 헌신적으로 뒷바라지하고, 남주인공이 장원급제한 뒤 정실부인이 된다(박희병·정길수 편역, 『사랑의 죽음』, 돌베개, 2007, 163~170쪽 참조).

10) "郞君不見李益,霍小玉之事乎?"(「주생전」, 256쪽)

11) "是夜, 賦「高唐」, 二人相得之好, 雖金生之於翠翠, 魏郞之於娉娉, 未足愈也."(「주생전」, 257쪽)

12) "自此, 生爲桃所惑, 謝絶人事, 日與桃調琴瀝酒, 相與戲謔而已."(「주생전」, 257쪽)

13) "有少女年可十四五, 坐于夫人之側, 雲鬟綠鬢, 醉臉微紅, 明眸斜睇, 若流波之暎秋月, 巧笑生渦, 若春花之含曉露. 桃坐於其間, 不啻若鴟梟之於鳳凰, 沙礫之於珠璣也. 生魂飛雲外, 心在空中, 幾欲狂叫突入者數次."(「주생전」, 259쪽)

14) "生自見仙花之後, 向桃之情已淺, 雖應酬之際, 勉爲笑歡, 而一心則惟仙花是念."(「주생전」, 262쪽)

15) "仙花佯若不聞, 滅燭就寢. 生入與同枕, 仙花稚年弱質, 未堪情事, 微雲澁雨, 柳態花嬌, 芳啼軟語, 淺笑輕嚬. 生蜂貪蝶戀, 意迷神融, 不覺近曉."(「주생전」, 264쪽)

16) "後夜, 生又至, 忽聞墻底樹陰中, 戞然有曳履聲, 恐爲人所覺, 便欲反走, 曳履者, 却以靑梅子擲之, 正中生背. 生狼狽無所逃避, 投伏叢篁之下. 曳履者, 低聲語曰: '周郞無恐! 鶯鶯在此.' 生方知爲仙花所誤, 乃起抱腰曰: '一何欺人若是?' 仙花笑曰: '豈敢欺郞? 郞自怯耳.'"(「주생전」, 264~265쪽)

17) "仙花夜至生舘, 潛發生藏囊, 得桃寄生詩數幅, 不勝恚妒, 取案上筆墨, 塗抹如鴉, 自製「眼兒媚」一闋, 書于翠綃, 投之囊中而去."(「주생전」, 266~267쪽)

18) "生酒醒, 桃徐問曰: '郞君久寓於此而不歸, 何也?' 曰: '國英時未卒業故也.' 桃曰: '敎妻之弟, 不容不盡心也.' 生板板然面頸發赤."(「주생전」, 268쪽)

19) "生念佳期之已邁, 嗟後會之無因."(「주생전」, 272쪽)

20) "一日誤身, 百年含情. 殘花打腮, 片月凝眸. 三魂已散, 八翼莫飛. 早知如此, 不如無生. 今則月老有信, 星期可待, 而單居悄悄, 疾病沈綿, 花顔減彩, 雲鬢無光, 郞雖見之, 不復前度之恩情矣. 但所恐者, 微懷未吐, 溘然朝露, 九重泉路, 私恨無窮. 朝見郞

君, 一訴衷情, 則夕閉幽房, 無所怨矣."(「주생전」, 275~276쪽)

21) "人間好事, 造物多猜, 那知一夜之別, 竟作經年之恨? 相距夐絶, 山川脩阻, 匹馬天涯, 幾度惆悵? 雁叫<u>吳雲</u>, 猿啼<u>楚岫</u>, 旅舘獨眠, 孤燈悄悄, 人非木石, 能不悲哉? 嗟乎<u>芳卿</u>, 別離傷懷, 子所知也. 古人云: '一日不見如三秋兮.' 以此推之, 則一月便是九十年矣. 若待高秋以定佳期, 則不如求我於荒山衰草之裏矣."(「주생전」, 276~277쪽)

22) "明年癸巳春, 天兵大破倭賊, 追至<u>慶尙道</u>, 而生置念<u>仙花</u>, 遂成沈痼, 不能從軍南下, 留在<u>松都</u>."(「주생전」, 278쪽)

23) 물론 「주생전」에는 배도의 희생 외에도 작자의 '남성중심주의적 시각'이 노골적으로 드러난 대목이 존재한다. 선화와의 이별을 슬퍼하는 주생에게 작자는 다음과 같은 위로의 말을 했다. "대장부의 근심은 공명을 이루지 못한 데 있을 뿐이오. 천하에 어찌 미인이 또 없겠소?"(大丈夫所憂者, 功名未就耳. 天下豈無美婦人乎? 「주생전」, 280쪽) 전세를 낙관하여 주생이 곧 명나라로 돌아가 선화와 재회할 수 있을 것이라며 건넨 위로의 말임을 감안하더라도 여기에는 '대장부의 호기'만 강조될 뿐 사랑의 깊은 의미, 애정의 성취와 좌절을 바라보는 하층 여성의 입장에 대한 고려가 깃들어 있지 않다. 이 문제 역시 「운영전」에 이르러서야 발전적인 형태로 탐색된다.

24) 「최척전」의 지향 역시 유사한데, 이에 대해서는 다소 각도를 달리하여 3장 2절에서 살피기로 한다.

25) 허균은 선조·광해군 때의 문신으로, 호는 교산蛟山 혹은 성소惺所이며, 삼척부사·공주목사·형조참의·좌참찬 등의 벼슬을 지냈다. 당대 제일의 독서가이자 비평가로서, 『성소부부고惺所覆瓿稿』, 『을병조천록乙丙朝天錄』, 『학산초담鶴山樵談』, 『국조시산國朝詩刪』 등의 저술을 남겼다.

26) 허균은 1610년 10월 손곡 이달에게 보낸 편지에서 자신의 문장이 근래에 진보했다며 몇 편의 작품을 보아 달라고 했는데, 「대힐자對詰者」, 「한정록 서문閑情錄序」, 「훼벽사毁璧辭」 등과 함께 바로 「남궁선생전」을 보냈다. 이로써 「남궁선생전」은 1608년 가을부터 1610년 10월 사이의 어느 시기에 창작된 것으로 추정된다.

27) "萬曆戊申秋, <u>筠罷公州</u>, <u>家扶安</u>. 先生自<u>古阜</u>, 步訪於旅邸, 因以四經奧旨授之, 且以遇師顚末, 詳言之如右."(「南宮先生傳」, 『한국한문소설 교합구해』, 416쪽)

28) "先生今年八十三, 而容若四十六七歲人, 視聽精力, 不少衰, 鷽瞳綠髮, 翛然如瘦鶴. 或數日絶食不寐, 誦『參同』『黃庭』不綴."(「南宮先生傳」, 416~417쪽)

29) "저는 세상과 들어맞지 않는 사람이라서 생사와 득실에 관한 모든 것이 마음에 담아두기에 부족하다 여겼습니다. 노장과 불교의 무리를 추종하며 이에 의탁해 세상으로부터 달아났던 것인데, 세월이 오래 흐르다 보니 저도 모르게 깊이 젖어들게 되었습니다."(僕畸於世, 以爲死生得喪, 不足芥滯於心, 稍從<u>老</u>·佛者流, 托以自逃, 旣久不覺

沈潛. 허균,「答崔汾陰書」,『惺所覆瓿藁』권10, 한국문집총간 74, 221쪽)

30) "先生名斗, 世居臨陂, 家故饒, 財雄於鄕. 自其祖父二世, 皆不肯推擇爲吏, 斗獨以博士弟子業起家, 年三十始中乙卯司馬, 有聲場屋間, 嘗以「大信不約」賦, 魁泮解, 人皆傳誦之."(「南宮先生傳」, 401쪽)

31) 이 점은 허균의 또 다른 작품「장생전」과 뚜렷이 비교된다.「장생전」은 16세기 말의 실존 인물 '장도령' 관련 설화를 엮었는데, 여기에 담긴 각각의 에피소드는 긴밀한 연관 없이 나열되어 있어『사기열전』이래의 전형적인 전傳 형식에 가깝다. 한편「장생전」은 시장통의 거지요 유곽의 광대 노릇을 하며 사는 장생이 실은 경복궁 경회루에 아지트를 둔 협객의 우두머리이자 신선이었다는 설정이 특이하다. 현실을 초월하고자 하는 신선사상과 함께 당대 체제의 균열을 넌지시 보여준다.

32) "解襪距堂廉, 睨曰: '君, 士族也. 何晩削乎?' 俄曰: '性忍者.' 少頃曰: '業儒而得一名也.' 良久, 笑曰: '傷二人命, 負罪逃者!'"(「南宮先生傳」, 403쪽)

33) "忽到一洞, 有川注於林薄間, 流出大桃核. (…) 促步沿流, 可數里許, 仰觀一峯陡起, 松杉翳日, 有素屋三楹, 倚崖而構, 砌石爲臺, 位置淸塏."(「南宮先生傳」, 404쪽)

34) "斗伏於廡下, 達曉哀訴, 至朝不休. 長老視若無人, 趺坐入定, 不顧者三日, 斗愈不解, 長老乃鑒其誠, 闢戶令入室."(「南宮先生傳」, 405쪽)

35) "室大方丈, 只安一木枕, 鑿北甕爲六谷, 鑰閉而掛一匕於甕柱, 南窓上懸板兒, 有五六卷書而已."(「南宮先生傳」, 405쪽)

36) "大凡學飛昇者, 斷除念頭, 安坐煉精氣神三寶, 令坎离龍虎, 交濟成丹, 是大捷徑, 而自非上智與宿稟, 不可猝爲. 君性朴固剛忍, 難以上乘訓之, 姑先絶粒, 爲下學上達計也. 凡人之生, 稟精於五行, 故五臟各主五行, 脾受土氣, 人之飮啖, 皆歸於脾胃, 雖以穀精, 强健無疾, 而氣引於土, 終至於魄歸乎地, 古之辟穀者, 皆爲此也. 君試先辟穀."(「南宮先生傳」, 406쪽)

37) "卽令餌栢葉胡麻, 數日遍身生瘡, 疼不能忍, 又百日, 痂脫肉生, 方如常. 長老喜曰: '君眞利器也! 但息慾念.'"(「南宮先生傳」, 406~407쪽)

38) "慾念雖動, 切忍之. 凡念雖非食色, 一切妄想, 俱害於眞, 須空諸有, 靜以煉之."(「南宮先生傳」, 407쪽)

39) "煉幾六朔, 丹田充盈, 若有金彩發於臍下, 斗喜其將成, 欲速之心遽萌芽, 不能制, 姹女离火, 上燒泥丸, 絶叫趨出. 長老以杖擊其頭曰: '噫! 其不成也.'"(「南宮先生傳」, 408쪽)

40) "忽於臺上雙檜, 各掛彩花燈, 俄而滿洞千萬樹, 俱各掛花燈, 紅焰漲空如白晝. 有奇形怪狀之獸, 或熊虎、或獅象, 或豹而雙脚, 或蚪形而翼, 或龍而無角, 或龍身而馬頭, 或三角而人立決驟, 或人面三眸者, 以百數. 又有象獐鹿麂形者, 金目雪牙, 赭髦霜蹄,

夭嬌奓攫, 以千計, 俱羅侍於左右. 又有金童玉女捧幢節數百人, 介戟具三仗者千餘人, 環立臺上, 衆香馥郁, 璜珮丁東."(「南宮先生傳」, 411~412쪽)

41) "展轉至臨陂, 則舊廬無遺址, 田畝皆再四易主. 又屆洛下, 則故宅只有基, 柱礎縱橫於宿莽中, 忍淚而歸."(「南宮先生傳」, 416쪽)

42) "近日山中, 頗苦閑寂, 下就人寰, 則无一個親知, 到處年少輩, 輕其老醜, 了无人間興味. 人之欲久視者, 原爲樂事, 而悄然无樂, 吾何用久爲? 以是, 不禁烟火, 抱子弄孫, 以度餘年, 乘化歸盡, 以順天所賦也."(「南宮先生傳」, 417쪽)

43) "'大丈夫爲妻所鄙, 安用其子?' 乃持兩足, 以頭撲於石上, 應手而碎, 血濺數步. 子春愛生于心, 忽忘其約, 不覺失聲云: '噫!' 噫聲未息, 身坐故處, 道士者亦在其前."(「杜子春」, 『太平廣記』권16, 上海: 上海古籍出版社, 1990, 제1권, 91쪽)

44) 『비검기』는 등지모鄭志謨가 1603년경 지은 것으로 추정되는 12회의 장회소설이다. 『비검기』의 연단 과정은 『飛劍記』(古本小說集成 57, 上海: 上海古籍出版社, 1990), 22~30쪽 참조.

45) "三島帝君道: '閻浮提三韓之民, 機巧姦騙, 誑惑暴殄, 不惜福, 不畏天, 不孝不忠, 嫚神瀆鬼, 故借句林洞狸面大魔, 捲赤土之兵, 往勦之, 連兵七年, 國幸不亡, 三方之民, 十奪其五六, 以警之.' 臣等聞之, 亦皆心怵, 而大運所關, 何敢容力乎?"(「南宮先生傳」, 414~415쪽)

46) 이 문제는 「임진록」을 다루는 2장 3절에서 재론한다.

47) 윤계선은 선조 때의 문신으로, 호는 파담坡潭이다. 1597년 문과에 급제하여 사헌부 지평, 사간원 헌납, 홍문관 수찬, 옹진현감 등을 지냈다. 박학다식하고 뛰어난 문재를 지녔으며 특히 시와 변려문駢麗文에 능했으나, 병으로 요절하고 말았다.

48) "萬曆庚子年仲春."(「達川夢遊錄」, 『한국한문소설 교합구해』, 285쪽)

49) 당시 선조는 임진왜란 직후 고을 수령들의 수탈이 심하다는 소식을 듣고 윤계선 등 다섯 명의 신하를 암행어사로 파견했다(『선조실록』 선조 33년 2월 23일조 참조).

50) "東風吹暖, 達水淸蕩, 叢骨齊白, 芳草又靑. 九載之間, 戰場已古, 野鼠山狐, 見日而潛伏, 飢烏嚇鳶, 向人而噪叫. 羸驂倦策, 黙想當時, 良家之選大閫之兵, 或因金華之自薦, 或被石壕之催點, 腰弓負羽, 袵革搋金, 藏利器而不戰, 愼主將之無策, 束手而迎敵, 延頸而受刃, 齎志飮恨. 浪死之魂, 爲沙蟲爲猿鶴者, 不知其幾千萬人. 憤氣上結, 陣雲昏黑; 冤聲下逝, 大川嗚咽."(「達川夢遊錄」, 286쪽)

51) "背水無功束萬手, 淮陰誤人千載後. 不知鑾輿幸巴蜀, 無語溪邊骨已朽."(「達川夢遊錄」, 288쪽)

52) "邊城月出, 畫閣鈴噤, 淸夜未央, 依枕思睡. 怳惚之間, 有一大蝴蝶, 翃翃然導引而前去, 驀越山川, 奄抵一處, 雲烟帶愴, 石溪瀉怨."(「達川夢遊錄」, 288쪽)

53) "俄而疾風號怒, 殺氣漫野, 乾坤如柒, 不辨咫尺, 唯見一隊燈炬, 自遠而至, 萬夫喧譁, 漸邇而聞. <u>坡潭子</u>凝精佇立, 毛髮盡竦, 急避於林藪之中, 覘其所爲, 追逐叫號, 僅卜其形, 或無頭者, 或斷右臂者左臂者, 或刖左足者右足者, 或腰存而無脚者, 或脚存而無腰者, 或漲腹而蹣跚者, 盖溺水者也. 被髮滿面, 腥血相射, 四肢殘酷, 慘不忍見. 叫天一聲, 寃擗痛哭, 山岳動搖, 流水亦駐."(「達川夢遊錄」, 288~289쪽)

54) "高堂白髮, 甘旨誰供? 小閨紅顔, 怨淚空多. 將信將疑, 旣見鞍馬之還, 靡家靡室, 只煩紙錢之招."(「達川夢遊錄」, 289~290쪽)

55) "纍纍然一丈夫, 羞色遍顔, 俛首低佪, 趑趄其足, 囁嚅其口."(「達川夢遊錄」, 292~293쪽)

56) "豈人謀之不臧? 抑天意之莫佑. 魚麗未編, 蠆毒先吹. (…) 地形雖便, 人競蹈東海而死, 大事已去. 嗚呼曷歸! 予獨何爲? (…) 天實爲之, 人曷故爾? 誰怨誰尤?"(「達川夢遊錄」, 294~295쪽)

57) "鄭萬戶乃提劒而起舞, 歌(…)曰: '念國家之有急, 唾列郡之無男. 生與將軍同事, 死與將軍同所. 仰天何愧? 俯地何怍? (…) 身先死兮志未售, 噓壯氣兮千雲端. 大丈夫不可瑣瑣兮, 何用悲乎一彈丸兮!'"(「達川夢遊錄」, 304~305쪽)

58) "'率甲冑而逾彼<u>鐵嶺</u>, 會元帥而陣于<u>臨津</u>, 欲雪國恥, 兼報兄讐, 催兵渡水, 暴虎憑河, 士馬皆血, 雖悔曷追?'乃歌曰: '(…) 誰無兄弟兮, 何獨孔酷於吾門? 江魚之腹兮, 葬予之骨.'"(「達川夢遊錄」, 302~303쪽)

59) "英雄非惜死, 惜其浪也; 良將不貴速, 貴其神也. 緬當日之有人, 罵老夫之多觕, 驅迫如羊, 袒裼制虎, 受國恩者二三, 死固宜也, 鏖戰卒者千百, 慘何忍言? 弓摧而奮拳, 刃及而斫頭, 骼曝荒原, 悲奏大江."(「達川夢遊錄」, 307쪽)

60) "<u>淮陽</u>崎嶮, 素稱三面, 老夫蒼黃, 未團一兵, 唯知守土而不逃, 頗幸據床而自滅, 手持印綬, 血潰朝衣."(「達川夢遊錄」, 310쪽)

61) "以百里之殘州, 當數萬之勍敵, 旣不能臨機而制變, 又不忍修齋而誦經, 退保雉岳, 尙帶魚章, 謂山險而難攻, 奄土崩而易敗, 孤城血肉, 擧室刀鎗, 老夫恩惑萬戮, 妻子死何一時?"(「達川夢遊錄」, 315쪽)

勍:저본에는 '勁'으로 되어 있으나 『난중잡록』과 만송문고본을 따름.

62) "當賊鋒大越於<u>雲峰</u>, 伊天將獨守於<u>帶方</u>, 麾我兵而列陣坐觀, 慨國恥而單騎直赴, 管下唯三十餘人, 城外則百萬其數. 九攻難却, 一陷何酷? 危悰莫洩, 積屍同腐."(「達川夢遊錄」, 308~309쪽) 반면 남원부사 임현任鉉은 남원성이 함락될 때 도망쳤다는 죄목으로 훗날 참형을 당한 양원이 억울한 죽음을 당했다며 유감을 표명했다(「達川夢遊錄」, 314~315쪽 참조).

63) "微軀不足以用, 孤堞倚以爲重, 風氣威於萬旗, 雨胎禍於一隅, 彈纔中額, 賊紛上城, 天亡非戰罪, 事將奈何?"(「達川夢遊錄」, 309쪽)

64) "守隼塡而敵憬, 類螳臂之拒轍, 城頹巨港, 身墮高樓. 遂作賦曰: '(…) 天不佑兮奈何? 殲我良兮士沮. 望西方而痛哭, 空血指而書裾."(「達川夢遊錄」, 316~318쪽)

65) "김종사金從事(김여물)는 (…) 나라에 위기가 닥치자 신립 장군의 종사관이 되었으나 시운이 불리하여 한을 품은 채 목숨을 잃었습니다."(金從事也, (…) 國家有難, 佐幕於千乘, 而時運不利, 人亡恨遺.「達川夢遊錄」, 327쪽)

66) "勢若千鈞之重, 引於一絲."(「達川夢遊錄」, 327쪽)

67) "사공司空은 천지를 적실 만한 은총을 받았고 / (…) 작은 원수는 남관南關을 굳게 지켰네."(司空恩寵涵天地, (…) 南關鎭鑰小元帥.「達川夢遊錄」, 322~323쪽) '사공'은 신립, '작은 원수'는 신할을 말한다. 모두 임진왜란 이전 북방에서 세웠던 공을 기린 것이다.

68) "乃辭而下焉. 長川之畔, 有衆鬼拍手而笑, 問其由, 蓋識元統制均也. 皤其腹, 喁其口, 面色如土, 匍匐而來, 擯不得參, 倚岸箕踞, 扼腕長嘯而已. 坡潭子乃大噱弄之, 欠伸而覺, 乃一夢也."(「達川夢遊錄」, 323~324쪽)

69) "我本書生, 半世垂帷讀靑史, 嘐嘐然古之人精忠苦節, 掩卷而於戲, 歸來宇宙萬古, 僅得一二男兒. 以華夏之盛, 若是其小, 而惟我三韓, 號稱禮義之邦, 舊是東夷, 臨危不屈, 急病攘夷之士, 卄七其麗. 噫! 神承聖繼, 造無疆之基, 二百年休養敎化, 多士若妓."(「達川夢遊錄」, 325쪽)

70) "신공(신립)의 배수진은 임금의 큰 은혜에 보답하지 못한 계책이었습니다. 그 자신의 죽음은 당연한 것이었으나 8,000명의 굳센 병사들은 왜 헛되이 죽어야 했습니까? (…) 형의 원수를 갚는 것이 얼마나 다급했기에 공公(신할)은 일각도 늦출 수 없었단 말입니까?"(申公背水之陣, 恩鴻報蔑, 其斃也固宜, 而八千健兒, 又何隨焉? (…) 復兄之讐, 公何汲汲而一刻爲遲?「達川夢遊錄」, 329쪽)

71) "舟師統制, 寔天挺之神姿, 分閫有命, 雄據邊陲, 閑島截海, 歲月六碁. 易將之擧, 元出於賊謀, 非誤師期."(「達川夢遊錄」, 325쪽)

72) 이 점은 「강도몽유록」과 비교해 보면 더욱 잘 드러난다.

73) 한편 심기원의 역모를 다스린 공으로 낙흥부원군洛興府院君에 오른 김자점은 1651년 (효종 2) 역모죄로 처형당했다.

74) "嗚呼! 國運不幸, 鐵馬乾坤, 聖主孤立, 則哀我蒼生, 半歸鋒鏑, 而惟彼江都, 魚肉尤甚, 川流者血, 山積者骨, 啄之有烏, 葬之無人."(「강도몽유록」, 『한국한문소설 교합구해』, 516쪽)

75) "某日某夜, 假成一夢, 則天光水色, 涵得一碧, 愁雲聚散, 悲風斷續, 夜氣凄凉, 不尋常矣. 禪師手携金錫, 步月逍遙."(「강도몽유록」, 517쪽)

76) "或紅顔已凋, 白髮垂鬖, 或靑春未老, 綠雲凝鬢. 其老也,其少也, 從表可解, 而莫念先

後, 亂坐高會, 其蒼黃之態悲愴之氣, 莫不有矣. 於是進其步,慣其視, 則丈餘之索尺
許之鋒, 或係於纖頭, 或血於粉骨, 或頭腦盡破, 或口腹含水, 其慘惻之形, 不可忍視,
亦不可勝記也.”(「강도몽유록」, 517쪽)

77) “宗社蒙塵, 慘不足道, 而噬予殞命, 天耶鬼耶! 苟求厥由, 則致之者有, 郎君是也. 何
則? 台輔其位, 體府其任, 而莫察公論, 偏懷私情, 江都重任, 付之嬌兒, 其兒也, 欣有
富貴, 樂醉花月, 遠慮渾忘, 軍務何知? 江非不深, 城非不高, 而大事已謬, 死亦宜矣.
然由父之過, 在爾何責? 嗟余薄命, 甘爲自決, 固所宜矣, 無足恨也. 惟爾獨子, 生無報
國, 死且有罪, 千載惡名, 傾海何洗? 疊恨盈襟, 無日可忘.”(「강도몽유록」, 517~518쪽)

78) “郎君才不自量, 專任大事, 重恃天險, 懶治軍務, 害至難防, 理所宜也. 滿江風雨, 社
稷浮沈, 一隅殘堞, 三軍解體, 龍駕下城, 萬事嗚呼, 皆由於江都之失守, 則命殘鈇鉞,
在軍法宜也.”(「강도몽유록」, 518쪽)

79) 김경징 등이 강도에서 무사안일에 빠져 있던 일에 대해서는 『인조실록』 인조 15년 9월
21일조 참조.

80) “然李敏求, 同是一任, 而有何忠義, 能保性命, 以終天年? 都元帥金自點, 雄海內威,
挾海內兵, 戰無一合, 兵無一血, 而投身巖穴, 圖存性命, 月暈中吾君, 視若路人, 而王
法不行, 恩寵反加. 可笑沈器遠, 其才也非器, 其慮也不遠, 而委以重任, 使守都城, 則
君臣分義, 念外渾忘, 挺身逃患, 自以爲智, 龜縮蝸伏, 以負國恩, 而軍律不加, 寵祿還
深.”(「강도몽유록」, 518~519쪽)

81) 『인조실록』 인조 15년 1월 22일조 참조.

82) 『인조실록』 인조 15년 9월 21일조 참조.

83) 『연려실기술』에는 다음의 기록이 실려 있다. “그때 김경징과 장신의 모친이 모두 성
안에 있었으나, 김경징과 장신은 자기 모친을 돌아보지 않고 달아났다. (…) 김경징의
아들 김진표는 자신의 아내를 다그쳐 자결하게 한 뒤 조모와 모친에게 ‘적병이 이미
성 가까이 왔으니 죽지 않으면 욕을 당할 것입니다’라고 했다. 그러자 두 부인이 잇달
아 자결하고 함께 있던 일가 여성들까지 모두 자결했다. 그러나 김진표는 홀로 죽지
않았다.” 이에 이어 『강화지江華志』를 인용하여 “김경징에 대한 분노의 민심이 쌓여서
그 모친과 아내의 절개까지 깎아 없애고자 만든 이야기일 뿐이다”라는 의견도 덧붙였
다(『연려실기술』 「인조조 고사본말」 참조).

84) “朱唇乍啓, 紅淚沒腮, 則宛乎王母池邊花語春風, 嫦娥殿上桂帶香露.”(「강도몽유록」,
519~520쪽)

85) “意外風塵, 家禍慘酷, 則如我薄命, 更誰爲哉? (…) 但郎君也, 風雨人間, 單子獨存,
眼且不明, 永失父母, 其所罔極之情艱苦之狀, 魂亦難忘.”(「강도몽유록」, 520쪽)

86) “嗟余一死, 果若他人, 則貞烈自彰, 魂亦有光, 吾兒不良, 處事顚倒, 賊鋒未迫, 先投

一劍, 則非我自處, 豈無人言? 勸成貞節, 世皆笑罵, 矧伊今日, 旌門何事?"(「강도몽유록」, 520쪽)

87) 정선흥의 아내 안동 권씨(권심權淰의 딸)가 끝까지 삶을 구하고자 했으나 역시 정선흥의 강요로 자결했다는 기록도 존재한다(『연려실기술』「인조조 고사본말」 참조).

88) "江都失險, 風雨驚動, 則花飛玉碎, 少無自憐. 然郞君近侍銀坮, 重被鴻恩, 則今代寵臣, 捨此其誰? 天有所恃, 付之元孫妃嬪, 則一奮忠烈, 能治大事, 非其才也, 不足責矣. 獨恨夫洞開城門, 延入羯奴, 拜以手跪以膝, 救其死尙不贍, 背城一戰, 奚暇思之?"(「강도몽유록」, 521쪽)

89) "泣上孤舟, 僅入江都, 則碧海環峯, 粉堞連雲, 鳥亦難過, 胡騎何能? 不意凶徒, 遽入此都, 白日江城, 風雨忽驚, 則魏國山河, 非不固也, 晉代君臣, 智不足也. 豈在時運? 人事可責."(「강도몽유록」, 524쪽)

90) "國無良將, 且失人心, 則敗亡何逃? 山河險阻, 莫過西蜀, 而將非將也, 兵非兵也. 故鄧艾一擧, 劉禪掩淚. 城高水濶, 百濟雄都, 而歌舞是事, 軍務莫察, 故龍呑白馬, 禍致危亡. 然則亡之者天, 照之者地, 敗之者人也. 人謀不良, 則金城非固, 湯池不險, 況彼江都, 海外小地, 比諸西蜀, 則山非山也, 比之百濟, 則江非江也, 而是山也, 是江也, 指之謂天險, 其兵也其甲也, 視之如虛器, 則害至而誰備, 患生而誰防? 一朝風雨, 萬姓魚肉, 則況此纖腰, 性命何保?"(「강도몽유록」, 527~528쪽)

91) "惟我三人, 同死一節, 仰之俯之, 無所怍也. 生在人間, 永失光輝者, 嗟余弟也. 以名宦妻子, 未知死節, 猶可恨也. 白首耳邊, 醜說何至? 紅粉其粧, 錦繡其衣, 靑顊背上, 着鞭親揮, 落照東風, 沙峴已過, 人言籍籍, 傳播一代, 則生不如死, 我亦無顔."(「강도몽유록」, 525쪽)

92) 이민구는 훗날 해평 윤씨가 적을 꾸짖고 죽었다며 장례를 치렀으나 청나라 사람을 따라 심양으로 들어가는 것을 목격했다는 이가 나와 추문이 퍼졌다(『연려실기술』「인조조 고사본말」 참조).

93) "知之者天, 照之者日, 而一片貞心, 郞獨不知, 或疑生入胡地, 或疑身死道路. 寧我孤魂, 飛入君夢, 以說冤懷, 而九原茫茫, 人間千里, 則於此於彼, 魂夢何期?"(「강도몽유록」, 527쪽)

94) "美哉人也! 淸風洒落, 秋霜凜烈, 不避雷霆, 芥視鈇鉞, 則甲子之變, 請斬元勳, 丁卯之亂, 首斥和議, 請燒江都, 獻振起之策, 旣立淸論, 破兄弟之盟, 忠心至也, 先見明矣. 朱雲直節, 胡寅大義, 非有此人, 則繼者其誰?"(「강도몽유록」, 528쪽)

95) "朕之所重者義, 而人也行之; 朕之所貴者節, 而人也守之. 其所守之者 行之者, 使入天堂, 安樂其身, 而至於某人, 婦亦參其義, 朕益嘆賞. 朕將襃之, 莫置冥府, 而送之玉虛, 淸霄桂殿與月娥逍遙, 白日銀河共織女翶翔, 則王之彰明貞節, 朕之尊崇節義, 爲

如何哉?"(「강도몽유록」, 529쪽)

96) "此夜高會, 實出分外, 濫側崇烈, 奉聽玉音, 其所節義之高,貞烈之美, 天必感動, 人必嘆服, 則死而不死, 何恨之有? 江都陷沒, 南漢危急, 主辱如何? 國耻方深, 而忠臣義士, 萬無一人, 貞操凜烈, 惟有此婦, 則是死榮矣, 何用慽慽焉?"(「강도몽유록」, 531~532쪽)

97) 이들 계열이 전승되는 과정에서 서로 영향을 받고 변이를 거쳐 '이순신 계열', '역사 계열(변형)'이 생겨났다. '이순신 계열'은 '최일영 계열'의 기본 내용에 이순신 이야기를 삽입한 것이다. 그밖에 '혼합 계열'이 생성되었다.

98) 「임진록」, 박순호 교수 소장 한글 필사본『한글필사본고소설자료총서』84, 1989 참조. 임진왜란 종전 이후 최일영 · 김응서 · 강홍립이 정승에 임명되는 설정 또한 같은 맥락에서 보아야 할 것이다(「임진록」, 서울대 도서관 소장 한글필사본 참조).

99) 「임진록」, 원광대도서관 소장 한문필사본;「임진록」, 권영철 소장 한글필사본 참조.

100) 이하 본서에서 특별한 설명 없이 언급하는 「임진록」은 모두 국립중앙도서관 소장 한문본을 가리킨다. 계열 간에 중요한 차이가 있을 경우에 한하여 이본 계열을 밝히고 그 내용을 명시하기로 한다.

101) "越三年乙未, 以十一月初二日, 離海州, 次娚城村, 至十日, 入京. 時元宗在龍潛, 寓於州民禹命長家, 乃以乙未十月初七日, 誕我仁祖. 仁獻王后臨産, 忽有紅光照耀, 異香滿室, 后母申氏, 夢見赤龍在后側, 又有人書諸屛曰: '貴子喜得千秋.' 旣悟, 已而誕, 聖朝中興大業, 實肇於此."(「임진록」, 국립중앙도서관 소장 한문필사본, 장25뒤) 이 내용은「인조행장仁祖行狀」,「인조대왕탄강구기비仁祖大王誕降舊基碑」등에 실린 것과 유사하다.「인조행장」에 의하면 인조의 외조모 평산平山 신씨申氏는 붉은 용이 인헌왕후 곁에 있고 어떤 이가 병풍에 여덟 자를 쓰는 꿈을 꾸었는데, 두 글자는 기억하지 못하고 나머지 여섯 자가 "귀자희득천년貴子喜得千年"이라 했다(『인조실록』권50 참조).

102) 일각에서는 한문본 역시 18세기 중반 이후의 작품으로 보고 있으나, 17세기에 성립했을 가능성이 크지 않을까 한다. 일본에 대한 기본 지식의 빈약함 때문이다. 작품 서두의 "도요토미 히데요시가 일본의 임금 원씨源氏를 폐하고 스스로 대황제大黃帝라 칭하며 연호를 천정天正이라 하고 여러 섬을 병탄했다"("於是秀吉, 遂廢倭帝源氏, 稱以大黃帝, 建號天正, 幷吞諸島.「임진록」, 장1뒤)라는 기술, 결말부에서 히데요시의 죽음 이후 그 지위를 이은 자가 대마도주 소 요시토시라는 기술(「임진록」, 장32뒤 참조) 등은 단순한 픽션이나 작자 개인의 무지로 치부할 것이 아니라 일본의 상황에 대한 기초 정보가 부족한 시대의 산물로 보아야 하지 않을까 한다.

103) 이는「임진록」역사 계열에만 들어 있다.

104) "皇明嘉靖間, 倭賊自江南入杭州, 杭州人朴世平死其亂, 其妻陳氏, 姿色冠天下, 以

故被拘而入于殺馬島, 爲平伸妻, 在世平時, 已有娠矣. 及其解胎之日, 陳氏夢黃龍捉胸, 驚悟而視之, 異香滿室, 黃氣氤氳, 乃生男子, 骨格奇俊, 龍顏虎口, 猿臂燕頷, 眞天下貴人之像也. 名曰<u>秀吉</u>, 實<u>朴</u>氏之裔. 三年不學而成, 兵書智謀兼備, 自有四方之志, 遍遊山川, 見關伯, 關伯見其氣像愛子, 遂携而歸, 與語國事, <u>倭</u>六十六州威服, 海中諸國四方聞風, 群雄如雲集. 於是<u>秀吉</u>, 遂廢<u>倭</u>帝源氏, 稱以<u>大黃帝</u>, 建號<u>天正</u>, 并呑諸島."(「임진록」, 장1)

105) "<u>萬曆</u>壬辰, <u>秀吉</u>選精兵八十萬騎, 召<u>淸正</u>曰: '汝與<u>平行長</u>, 領四十萬兵, 出自<u>釜山</u>, 陸路行軍, 襲擊<u>三南</u>, (⋯) 入據<u>漢陽</u>, 送一枝軍兵, 往襲<u>平壤</u>.' 又召<u>沈安屯</u>,馬多時曰: '汝等領四十萬兵, 水路行軍, 自<u>長山串</u>, 泝至<u>鴨綠江</u>, 拒塞北路.' (⋯) <u>倭</u>賊八十四萬兵, 來泊<u>釜山</u>, 時壬辰四月十二日."(「임진록」, 장4뒤~5앞)

106) "百萬<u>倭</u>兵, 勢如泰山."(「임진록」, 장9뒤)

107) "正着水銀甲, 騎靑驄馬, 持長風劍, 大叱而出, <u>麻貴</u>手持長鎗, 迎敵<u>淸正</u>. <u>楊鎬</u>親率大軍, 左右夾攻, 賊兵益窮, 遂入<u>上土島</u>. 天兵進圍益急, 督戰益力, 賊兵久不出, 天兵竊怪之, 眺望島山, 四面寂寞, 絶無人迹. 天兵深入島中, 賊兵大出, 一時放銃, 天兵死者, 三百餘人."(「임진록」, 장31뒤)

108) 이밖에도 왜군의 한양 점령 직후 가토 기요마사가 장수들에게 전략을 지시하는 대목(「임진록」, 장10), 소 요시토시의 교묘한 계략으로 신할의 군대가 전멸하는 대목(「임진록」, 장10), 일본의 장수 종일宗一을 천하의 명장으로 높이는 대목(「임진록」, 장14앞), 명나라의 총병總兵 유정이 일본과 강화하는 척 계략을 부려 고니시 유키나가의 군대를 공격하는 과정에서 고니시 유키나가의 식견과 용맹을 드러내는 대목(「임진록」, 장32앞) 등이 비슷한 사례에 해당한다.

109) "一塊之肉, 拒猛虎之口."(「임진록」, 장8앞)

110) "非但剪割道殣, 無一完肌, 或有屠殺生人, 幷與腸胃腦髓而噉食之."(『선조실록』 선조 27년 1월 17일조)

111) "<u>慶尙道</u>賊勢大熾, 屠殺人民, 尸積如山, 避亂之人, 又相蹂躙, 死者以億萬數."(「임진록」, 장6뒤)

112) "<u>如松</u>入<u>平壤</u>城, 人民饑死, 屋宇皆空, 若干餘民, 形如魍魎."(「임진록」, 장23앞)

113) "<u>査大受</u>踰<u>馬山峴</u>, 有稚兒, 其母已死, 而抱乳呱呱, 慘不忍見矣. 都城街路, 尸積如山, 而或有餘民, 爲賊使喚, 痛號之聲, 夜以繼日, 圻內之民, 不能止接, 飢餒顚仆, 遍野嗷嗷."(「임진록」, 장24앞)

114) "<u>李如松</u>大軍, 遂入都城, 餘民塗炭, 神形鬼狀, 坊坊曲曲, 尸積如山, 腐臭盈鼻. (⋯) 賊兵敗甚生毒, 遇行人殺之, 見墳墓掘之, 燒人屋宇, 掠人牛馬."(「임진록」, 장25앞)

115) "賊遂入<u>晉州</u>城, 屠殺人民, 燒盡屋廬, 前後殺者, 合六萬餘人, 積尸柴上, 縱火焚之,

臭聞五六里."(「임진록」, 장26뒤)

116) 허구적 내용 외에 동래부사 송상현의 충의에 왜장이 감탄하는 대목(「임진록」, 장5뒤~
6앞), 금산 전투에서 해남현감 변응정邊應井과 김제군수 정담鄭湛이 전사하자 왜장이
이들을 기려 충신으로 예우하는 대목(「임진록」, 장19뒤) 등 역사서에 실린 내용을 빠
짐없이 기록함으로써 일본 장수에 대한 긍정적 시선을 강화했다.

117) "倭使始請假道時, 尹相斗壽, 因朝講極說: '不卽聞天朝, 後必生事.' 柳相成龍謂:
'不料末終, 而遽爾泰聞, 後必有戰處.' 於是一隊人主尹說, 一隊人主柳說, 爭論不決,
朝講至夕時方罷. 如此大義分明處, 尙以私意相爭, 尙他何論?"(「임진록」, 장3뒤)

118) 「임진록」의 작자는 위의 문제에서 서인 윤두수의 입장을 지지했다. 이후 일본에서
재차 명나라 침략의 뜻을 밝혔을 때 조정에서 명나라에 사실을 보고하기로 결정한 뒤
에도 유성룡 일파가 이를 여전히 가로막은 점을 부정적 시각에서 서술했다(「임진록」,
장4앞 참조).

119) "蓋相臣柳成龍方主和議, 故金玄成一隊, 或恐和事之不成, 趙穆一隊, 斥以秦檜之
販國, 奉春所對, 亦以此也. 於是一隊人主趙, 一隊人主柳, 曰是曰非, 傾軋轉甚, 東西
局上, 送月消日, 而六百倭船, 已泊南海, 如此明驗立至處, 尙以私意相爭, 他尙何說?
(…) 蓋和事主上本意, 而皇帝之命, 若此截嚴, 故累降斥和之敎. 由是, 三司又交章攻
和, 然而東人攻意在生溪, 西人攻意在柳相, 如此兵火之中, 尙容黨論, 則平時排擊,
何可勝道哉!"(「임진록」, 장28)

120) "賊兵充斥, 無人禦止, 朝廷全然無聞矣."(「임진록」, 장6뒤)

121) "時朝廷聞賊勢甚急, 惶忙顚倒, 計無所出."(「임진록」, 장30앞)

122) "李舜臣縱兵逐安屯, 其餘屯倭, 無足憂者, 仍此思惟曰: '我國素多奸人, 有功者害
之, 多才者傷之. 卽今倭賊敗歸, 時節平定, 則害我傷我, 將不知幾箇元均, 吾寧死於
戰陣, 千載血食, 不亦快乎!' 乃免胄脫甲, 立於船頭, 大喊督戰, 忽中流丸, 歸臥帳中,
呼兄子莞, 授平倭方略, 卒于軍中."(「임진록」, 장32뒤)

123) "時東南風急, 舜臣大驚曰: '今夜順風, 盜賊必火攻我陣, 爾等預備器械!' 乃以戰船
十餘隻, 又載草人數千, 立靑龍旗, 鼓噪而進, 陣于昨日陣處. 召李億祺曰: '君領戰船
五十隻, 至紫根島伏兵, 而待賊船過老浪浦, 出兵擊之.' 召元均曰: '君領水軍三千, 至
五里許, 埋伏東島林中, 賊船過此島, 襲擊之. 吾則引兵南出, 而塞賊路, 而急擊之.'
(…) 俄而賊兵, 果乘風而來, 放炮縱火, 矢石交飛. 舜臣陣中, 少不搖動. 賊怪而熟視
之, 乃草人也. (…) 於是火砲及震天雷及片箭, 一時齊發, 得時雖欲拒敵, 矢箭鏃丸,
盡於草人, 計窮力屈, 延頸受箭, 全軍陷沒. 得時數百餘軍, 倉黃南歸, 忽見水上無數
戰船泛若梟鴨, 前立大旗而書曰: '朝鮮水軍大將李舜臣.' 得時大驚惶怯, 欲退躊躇,
舜臣左執龍劍, 右執長鎗, 超入倭船, 疾聲急擊, 瞬息之間, 賊兵無遺."(「임진록」, 장16

앞) 이 뒤에는 이순신이 팔에 박힌 총탄을 빼는 동안 태연자약했다는 기술이 이어진다. 역시 『삼국지연의』의 관우가 보여준 유명한 장면이다.

124) "鎰以匹馬逃走, 爲賊兵所逼, 遂揮劍左衝右突, 賊死百餘, 賊不敢近, 回馬顧眄之際, 砲聲大震, 鎰馬蹉跌, 鎰下馬徒步而走. 賊將乘飛馬, 持戟而追之, 鎰急顧擧鎗刺胸, 奪馬騎之, 馳入扶餘縣."(「임진록」, 장7뒤~8앞) 한편 경상도 일대에서 의병을 규합하던 김성일金誠一 역시 관우와 제갈공명에 비견되는 등 허구적 서술을 통해 긍정적인 인물로 부각되었다(「임진록」, 장26뒤 참조).

125) 「임진록」, 장7 및 장11 참조.

126) "義兵將洪季男翼虎將軍金德齡, 共守三嘉, 聞調信殺來, 急督軍兵, 堅紅白旗于山上, 而草人持槍劍, 結陣前, 令才人軍, 具五色斑衣, 結陣於後, 馬上立軍, 飛躍空中, 倒立馬上, 而示神異之狀, 賊竊怪之, 堅壁不出. (…) 賊兵一時放銃, 馬上立軍, 伏丸而倒, 褁于馬鞍, 一時復起, 馳馬殺到, 而鐵椎亂擊, 季男德齡, 直入廝殺, 俄忽之間, 賊兵太半死矣. 賊大懼相議曰: '此神兵, 不可敵, 莫如乘夜逃亡矣.'"(「임진록」, 장26뒤~27앞)

127) 김덕령 군대의 활약상은 한문본의 서술이 '역사 계열'의 변형인 한글 경판본京板本에 비해 간결하지만 오히려 활기가 있다(경판본 「임진록」, 소재영·장경남 역주, 『임진록』, 고려대 민족문화연구소, 1993, 195~199쪽 참조). 여타 계열의 서술도 한문본만큼의 생기와 흥미를 주지는 못한 것으로 판단된다.

128) 이밖에 곽재우의 무용과 지략을 그린 대목도 특기할 만하다(「임진록」, 장20 참조).

129) 이러한 인식은 「임진록」 모든 계열에 공통적으로 보인다.

130) "時淸正自臨津, 領八十萬衆, 將向咸鏡道, (…) 自谷山, 踰鐵嶺, 向安邊德源, 日行數百里, 旌旗蔽空, 鼓角喧天, 一路震動, 守令逃亡. 北兵使韓克誠, 發慶源慶興會寧鍾城穩城富寧兵, 出自北營, 道遇淸正, 相距七八里而結陣, 號令一軍, 乘機齊發, 北道軍兵, 素習騎馬弓劍, 飛揚健馬蹂躪, 賊死者二萬餘人. 淸正大敗, 退陣昌平之野, 克誠乘勝追之, 淸正不敢敵, 堅壁不出, 克誠退軍結陣. 於是賊將景監老, 領兵四十萬, 攻陷明川, 方向安邊, 聞淸正大敗, 急向昌平, 合兵攻之. 克誠出其不意, 莫能抵當, 敗屯鐵嶺. 是夜初更, 傳令軍中, 方炊夕飯, 賊兵乘昏踰嶺, 一時放火, 喊聲震動, 克誠大驚, 急促軍兵, 冒火督戰, 氣盡力竭, 引兵南走, 乃陷大澤中, 賊軍殺來, 如刈腐草, 須臾兵無遺稅矣. 克誠脫身東走, 射殺追衆賊兵, 遂入咸興."(「임진록」, 장11)

131) 류성룡 저, 김시덕 역해, 『교감·해설 징비록』, 236~239쪽 참조.

132) 고언백高彦伯과 임욱경任旭景의 대동강 전투(「임진록」, 장12), 조헌의 금산 전투(「임진록」, 장14뒤~15앞), 원호元豪와 변응성邊應星의 여주 남한강 전투(「임진록」, 장19뒤) 등이 모두 같은 패턴을 따르고 있다.

133) "再造邦實本於此."(『임진록』, 장4뒤)

134) "上召恒福入侍, 且趣召大臣及尹斗壽, 問計, 恒福首言: '我國兵力, 無以當此賊, 惟有西赴乞援天朝耳.' 上曰: '予意本如此.'"(『임진록』, 장9앞)

135) 『임진록』, 장21뒤~장22앞 참조. 이 중 신종의 위유문은 전문全文을 그대로 옮긴 것이다(『선조실록』 선조 25년 9월 2일조 참조). 신종은 정유재란 때 명나라 군사를 다시 파견하면서도 조선의 처지를 몹시 궁휼히 여기는 긍정적인 인물로 묘사되었다(『임진록』, 장30뒤 참조).

136) "提督李如松, 領四十四萬, (…) 至江上, 有白鷺飛自朝鮮而來, 如松卽於馬上, 抽矢而誓曰: '天師討賊勝戰, 則中此白鷺!' 遂發矢弓弦鳴處, 空中白鷺, 倏落於馬. 如松大喜, 促軍渡江."(『임진록』, 장22앞)

137) "李如松用兵, 天下英雄, 其鋒不可當."(『임진록』, 장23앞)

138) 『임진록』, 장24뒤~27앞.

139) 『임진록』, 장23뒤~24앞 및 장31뒤 참조.

140) "訓鍊正金應瑞, 拜手于如松曰: '今之宴, 無以爲樂, 請劍舞以助歡.' 如松許之, 應瑞手持長劍, 立於殿庭, 周回折旋, 倏忽閃鑠, 但見白日靑虹, 橫亘于天, 應瑞之身, 不見其處. 中國將士, 本朝縉紳, 莫不歎賞. 應瑞擲劍再拜曰: '小將與古關雲長若何?' 如松笑罵曰: '迂闊哉, 汝言也! 汝類十人不能當駱尙志一人, 駱尙志十人不能當我一人, 我等十人不能當常遇春一人, 常遇春十人不能當關雲長一人矣. 汝斬賊將一人, 自謂天下無能敵, 有此危殆之言, 不亦誤耶!' 應瑞心甚無聊, 面色如土而出."(『임진록』, 장26)

141) "玄蘇等領八萬兵, 出東大門, 忽然大風揚沙, 黑雲蔽路, 白日晦冥, 不辨咫尺, 無數軍兵, 各持鎗劍, 乘風馭雲, 齊聲大喊. 其中一人, 乘赤兔馬, 亘三角鬚, 執靑龍偃月刀, 張目大叱, 賊兵怯於威風, 太半已死, 而神兵奮迅, 風廝雷殺, 瞬息之間, 八萬倭兵, 無一人遺. (…) 行長聞之大驚曰: '此古關雲長英靈也! (…) 若今遲滯, 則雲長英靈, 必復襲之, 將何以敵之?' 遂點考軍兵, 急出城門, 渡漢江而走."(『임진록』, 장25앞)

142) "王子諸臣, 謁于上, 卽謝如松曰: '皇帝德澤, 將軍威令, 掃斥强賊, 俾保殘喘, 還歸故國, 復見天日, 雖鏤心而鏤肝, 摩頂而放踵, 不足以報再生之恩也.'"(『임진록』, 장27뒤)

143) "元均令玄風人朴惺上疏, 請斬舜臣, 至於三司合啓, 以請拿鞠. 上戀其功勞, 不忍加法, 使司諫南以信, 廉察軍情, 奉命下閑山島, 許多軍民, 無論男女, 遮馬而泣曰: '李使道爲忠誠恤民之惠, 千古一人也. 伏願先生達楄前, 特使無罪. 使道以禦盜賊, 以鎭萬民.' 以信還曰: '臣到閑山島, 詳探軍情, 則莫不李舜臣爲無狀, 刑訊一次, 下于義禁府.'"(『임진록』, 장29)

144) "朕聞漢陽之地, 金城湯池, 且多堅甲利兵, 何故都城失守, 爲賊所有? 或者曰事遊

觀, 不修軍政而然耶? 自今以後, 親賢遠奸, 臥薪嘗膽, 以雪會稽之恥.”(「임진록」, 장25
앞) 실제로 요동遼東 도지휘사사都指揮使司가 보낸 자문咨文에 비슷한 내용이 보인다
(『선조실록』 선조 27년 6월 4일조 참조).

145) “[如松]望見國王氣像, 亂離中播越之餘, 龍顔安得不瘦瘠乎? 上旣還行宮, 如松急
召恒福, 大責曰: ‘朝鮮國王, 無帝王氣像, 汝等以何奸計, 姑試我耶? 漫我如此, 我不
救矣.’ 卽下退軍令, 鉦錚錚矣. 滿朝臣僚, 盈城人民, 一時號哭, 哭聲震動. 恒福伏地
太息曰: ‘禮義之國, 終底淪喪, 天乎! 天乎! 此何人哉!’ 放聲大哭, 感動宸衷, 上又號
哭, 聲徹于外, 如松聞而大驚曰: ‘是誰哭聲也?’ 諸將對曰: ‘以援兵退歸故, 朝鮮王號
哭耳.’ 如松喜曰: ‘是龍藏蒼海之音, 不亡其國矣.’”(「임진록」, 장22)

146) ‘최일영 계열’에서는 주인공 최일영이 선조의 울음소리로 이여송의 퇴군 명령을 거
둘 수 있음을 미리 알고 선조에게 통곡하도록 청하는 것으로 설정되어 있다. ‘최일영
계열’이 ‘역사 계열’의 영향을 받아 후대에 성립한 증거에 해당한다.

147) 「임진록」, 장27뒤 참조.

148) “己亥, 秀吉病死, 淸正之回軍, 蓋以此也. 義智繼立而以爲: ‘朝鮮本非弱國, 而又有
中國之弱援, 則一島兵力, 難與天下爭鋒’, (⋯), 請以五百倭衆, 替番作質, 永結和好,
因爲朝鮮之附庸.”(「임진록」, 장32뒤~33앞)

149) 선조를 호종한 관료 86명이 공신으로 책봉된 반면 전공을 세워 공신이 된 이들은 1등
공신 이순신 · 권율 · 원균을 포함하여 18명에 불과했다. 선조가 주도했던 공신 책봉에
대해 사신史臣은 “호종 신하로 공신이 된 자가 80여 명에 이르고 그중 환관이 24명,
미천한 하인이 20여 명이니, 참으로 외람한 일이 아닌가!”(扈從之臣, 至錄八十餘人,
而中官二十四人, 僕隷之賤, 又是二十餘人, 則不亦濫乎!)라며 명나라의 구원병 파견
에 공을 세운 김응남 · 신점申點 · 정곤수鄭崐壽 · 이호민李好閔, 전공을 세운 이순신 ·
원균 · 권율 등에 대해서만 녹훈했어야 한다고 했다(『선조실록』 선조 37년 6월 25일조
참조). 곽재우 · 김천일 · 고경명 등 임진왜란의 대표적 의병장으로 꼽히는 인물은 공
신 책봉에서 모두 제외되었는데, 조정의 처사를 비판한 사신 역시 이에 대해서는 전
혀 고려하지 않았다.

150) 권칙은 인조~현종 때의 문신으로, 호는 국헌菊軒이다. 권필의 형인 권온權韞의 서자
로, 이항복의 서녀와 혼인했다. 1636년(인조 14)의 제4차 통신사 파견 때 이문학관吏
文學官의 직책으로 일본에 가서 문재를 과시하고 돌아왔다. 43세 되던 1641년 문과에
급제하여 영평현령永平縣令을 지냈다.

151) “崇禎庚午秋.”(「강로전姜虜傳」, 『한국한문소설 교합구해』, 485쪽)

152) “吾於本國, 有不世之讎. 古人有以吳兵入郢者, 吾何獨不然乎? 將欲請兵滿住.”(「강
로전」, 471쪽)

153) "姜, 東國大姓, 虜, 戎虜之謂也."(「강로전」, 452쪽)

154) "甲光耀日, 劒氣千里, 風馳電邁, 目眩心悸. (…) 弘立惶懼, 先屈膝四拜. 景瑞不得已亦拜. (…) 問曰: '爾國如何無故興兵?' 弘立俯伏, 戰慄而對曰: '非本國之意也, 迫於南朝, 不得已也. 以此, 俺等先遣通事, 報道情形, 想已理會.' 滿住曰: '(…) 汝亦馳書於國君, 董成和事, 可矣. 和事旣定, 汝當歸國, 保無他也.' 弘立謝曰: '旣荷不殺之恩, 又蒙生還之樂, 可謂生死骨肉者也.'"(「강로전」, 462~463쪽)

155) 강홍립의 충성 맹세를 지켜보던 중국인 한 사람은 다음과 같이 강홍립을 질책했다. "조선이 예의의 나라라고 누가 말했던가? 저자의 비굴한 짓은 끝이 없구나!"(孰謂東國禮義之邦乎? 此人五經掃地盡矣!「강로전」, 466쪽)

156) "丁卯春, 夜襲義州, 踰城突入, 變出不意, 人皆驚散. 弘立急令胡兵, 八面圍之, 定如風掃葉, 若筍獵魚. 怒目咬牙, 大肆屠殺, 白刃萬舞, 赤血噴飛, 人人痛毒, 箇箇呼咷. 又令驅擁小兒, 倒揷空瓮, 汩汩之聲, 逾時而絶. 瓮盡處, 沉積水釜, 在在堆滿. 其僵仆道路者, 皆用眞木釘, 椎其背, 貫至地, 殘傷酷烈, 有不忍言. 是日, 城中老少男丁, 靡有孑遺, 婦女財帛, 搶掠無餘. (…) 胡將曰: '所殺已多, 可以已乎?' 弘立曰: '未也!'" (「강로전」, 476쪽)

157) "遂馳報本國, 盛陳虜勢, 可與和不可與戰, 張皇眩惑, 不遺餘力. 備局啓辭及臺論, 皆以投降乞命, 誣上惑衆, 罪當收三族, 請繫治之, 以正王法. 廢朝以爲: '力屈講和, 勢也; 馳啓虜情, 職也耳.' 赦而不治."(「강로전」, 463~464쪽)

158) "豈非天乎! 南朝之兵, 雖分四路, 憂不在三路, 而獨憂此一路者, 彼金伯之助虐, 當折箠笞之, 吾之所畏, 獨朝鮮之叶同耳. 曾在丹朝, 以十萬精兵, 深入興化, 隻輪不返, 素聞卒悍兵利, 難與爲敵. 今彼自送降書, 豈非天使吾復續金遼烈乎?"(「강로전」, 458쪽)

159) "吾橫行漠北, 所向無敵, 不料朝鮮人勇悍至此也. 如使山頂之兵, 齊力合戰, 則吾腹背受敵, 無遺類矣. 天誘其衷, 先送降書, 袖手傍觀, 使我專意鬪力, 以至得雋, 無非我滿住之洪福也."(「강로전」, 460~461쪽)

160) "吾觀胡陣, 戰餘卒疲, 瘡痍者過半. 且胡俗馬鎖鐵索, 人宿革囊, 夜半掩襲, 制梃可撻. 況天兵之逃死者, 來聚近山, 將萬餘, 約與猗角, 聲勢益張, 天賜吾奇功, 不可失也."(「강로전」, 461쪽)

3장 문제적 개인의 등장과 새로운 전망

1) 게오르크 루카치, 『소설의 이론』(반성완 역, 심설당, 1989), 89~106쪽; 뤼시앵 골드망, 『소설사회학을 위하여』(조경숙 역, 청하, 1982), 11~19쪽 참조.

2) 조위한은 광해군과 인조 때의 문신으로, 호는 현곡玄谷·소옹素翁이며, 직제학·공조
   참판 등의 벼슬을 지냈다. 1613년의 계축옥사癸丑獄事 때 파직되어 남원에 우거하다
   가 1623년 인조반정으로 다시 등용되었다. 저서로『현곡집玄谷集』이 있다.

3) "余流寓南原 周浦, 陟時來訪余, 道其事如此, 請記其顚末, 無使煙沒, 不獲已, 略擧其
   槩."(「최척전」,『한국한문소설 교합구해』, 449~450쪽)

4) "天啓元年, 辛酉閏二月日, 素翁題."(「최척전」, 450쪽)

5) "崔陟, 字伯昇, 南原人. 早喪母, 獨與其父淑, 居于府西門外萬福寺之東. 自少倜儻, 喜
   交遊, 重然諾, 不拘齷齪小節."(「최척전」, 421쪽)

6) "況今國家興戎, 州縣方徵武士, 汝無以射獵爲事, 以貽老父憂, 屈首受書, 從事於擧子
   業, 雖未得策名登第, 亦可免負羽充軍."(「최척전」, 421쪽)

7) "陟獨坐誦書, 忽然窓隙中, 投一小紙, 取而視之, 乃書「摽有梅」卒章. 陟心魂飛越, 不能
   定情, 思欲昏夜唐突以竊非煙, 旣而悔之, 以金台鉉之事自警, 沈吟思量, 義慾交戰."
   (「최척전」, 422쪽)

8) "摽有梅, 頃筐墍之. 求我庶士, 迨其謂之."(『詩經』國風 召南「摽有梅」).

9) "朝承玉音, 實獲我心, 卽逢靑鳥, 歡喜難勝. 每憑鏡裡之影, 難喚畵中之眞. 非不知琴
   心可挑, 儻香可偸, 而實未測蓬山幾重, 弱水幾里, 經營計較之際, 鬢已黃而項已枯
   矣. 不意今者, 陽臺之雨, 忽然入夢, 王母之書, 遽爾來報, 倘成秦晉之好, 以結月老之
   繩, 則庶遂三生之願, 不渝同穴之盟."(「최척전」, 423쪽)

10) "年垂及笄, 尙未移天, 常恐一朝兵戈搶攘, 盜賊橫行, 則難保珠玉之沈碎, 不無强暴
    之所汚. (…) 然而猶所患者, 絲蘿所托, 必在喬木, 百年苦樂, 實由他人, 苟非其人, 豈
    可仰望而終身? 近觀郞君, 辭氣雍容, 擧止閑雅, 誠信之色, 藹然於面目, 若求賢夫, 捨
    子伊誰? 與其爲人妻, 寧爲夫子之妾. (…) 投詩先瀆, 已犯自媒之醜行, 往復私書, 尤
    失幽閑之貞操. 今旣肝膽相照, 不須書札浪傳, 自此以後, 必以媒妁相通, 而毋令妾,
    重貽行露之譏, 千萬幸甚."(「최척전」, 424~425쪽)

11) "貧家子, 雖賢不願與也."(「최척전」, 425쪽)

12) "此非處子所當自言之事, 而機關甚重, 豈嫌於處子羞澁之態, 潛黙不言, 而竟致嫁得
    庸奴, 壞了一生, 則已破之甑, 難以再完, 旣染之絲, 不可復素, 啜泣何及, 噬臍莫追.
    況今兒身, 異於他人, 家無嚴父, 賊在隣境, 苟非忠信之人, 何以仗母子之身乎? 寧從
    顔氏之請嫁, 不避徐妹之自擇, 豈可隱匿深房, 但望人口, 而置之於相忘之地乎?"(「최
    척전」, 426쪽)

13) "時當暮春, 淸夜將牛, 微風乍動, 素月揚輝, 飛花撲衣, 暗香侵鼻, 開缸漉酒, 引滿而
    飮, 據案三弄, 餘音嫋嫋."(「최척전」, 429쪽)

14) "王子吹簫月欲低, 碧天如海露凄凄. 會須共御靑鸞去, 蓬島烟霞路不迷."(「최척전」,

15) "還入燕谷, 則但見積屍橫路, 流血成川, 林莽間, 隱隱有號咷之聲."(「최척전」, 430쪽)

16) "還尋歸路, 三晝夜, 僅達其鄕, 頹垣破瓦, 餘燼未息, 積骸成丘, 無地着足."(「최척전」, 431쪽)

17) "一夕, 丈六金身夢英而告曰: '我萬福寺佛也. 愼無死! 後必有喜.' 玉英覺而診其夢, 不能無萬一之冀, 遂强食而不死."(「최척전」, 433쪽)

18) "陟獨倚篷窓, 感念身世, 卽出裝中洞簫, 吹界面調一曲, 以舒胸中哀怨之氣. 時海天 慘色, 雲烟變態, 舟人驚起, 莫不愀然. 日本船念佛之聲, 聞然而止, 少選, 以朝鮮音, 詠七言絶句."(「최척전」, 434~435쪽)

19) "陟聞詩驚動, 悄悒如失, 不覺擲簫於地, 嗒然如死人形."(「최척전」, 435쪽)

20) "兩人相見, 驚呼抱持, 宛轉沙中, 聲絶氣塞, 口不能言, 淚盡繼血, 目無所覩. 兩國船 人, 聚觀如堵, 初不知其親戚歟交遊歟, 久然後, 聞知其爲夫婦也. 人人咋咋, 相顧而 言曰: '異哉異哉!'"(「최척전」, 436쪽)

21) "二人相對痛哭, 聞者莫不酸鼻. 鶴川請於頓于, 欲以白金三錠買歸. 頓于怫然曰: '我 得此人, 四年于玆, 愛其端愨, 視同己出, 寢食未嘗少離, 而終不知其爲婦人也. 今以 目覩此事, 天地鬼神猶且感動, 我雖頑蠢, 異於木石, 何忍貨此而爲食乎?' 便於橐中 出十兩銀, 贐之曰: '同居四載, 一朝而別, 悵惘之懷, 雖切於中, 而重逢配耦於萬死之 餘, 此人世所無之事, 我若隘之, 天必殛之. 好去沙于! 珍重珍重!'"(「최척전」, 436쪽)

22) 이러한 인물 형상화 방법은 『사기열전』, 특히 「자객열전」의 방식과 유사하다. 형가荊軻 관련 서술에서 전광田光이나 고점리高漸離 같은 인물은 등장 장면이 지극히 짧으면서 도 대단히 깊은 인상을 남긴다(司馬遷, 「刺客列傳」, 『史記』 권86 참조).

23) "已過數日, 情誼甚親, 同病相憐, 少無猜訝, 陟吐實歷陳平生, 夢釋色動心驚, 且信且 疑, 卒然問其所亡之兄年歲多少, 身體貌樣. 陟曰: "生於甲午十月, 亡於丁酉八月, 背 上有赤痣, 如小兒掌." 夢釋失聲驚倒, 袒而示其背曰: "兄實是也!" 陟始認其爲己子 也. 因各聞其父母俱存, 相持而哭, 累日不止."(「최척전」, 439~440쪽)

24) "我亦朔州土兵也. 以府使侵虐無厭, 不勝其苦, 擧家入胡, 已經十年. 胡人性直, 且無 苛政. 人生如朝露, 何必局束於捶楚鄕吏乎?"(「최척전」, 440쪽)

25) "卽裁縫鮮倭兩國服色, 日令子婦敎習兩國譯音. 因戒夢仙曰: '船行專依於檣楫, 必須 堅緻, 而尤不可無者, 乃指南石也. 卜日開船, 無違我志!'"(「최척전」, 444쪽)

26) "玉英卽變着日本衣服而待之. 倭人問: '從何來?' 玉英作倭語曰: '以漁採入海, 爲風 所飄, 盡棄舟楫, 雇得杭州船而來矣.'"(「최척전」, 446쪽)

27) "陟與玉英, 上奉父母, 下育子婦, 居于府西舊家.'"(「최척전」, 446쪽)

28) "窮老無聊, 每意不平, 輒登城, 北望建州, 西望登州, 黯然悽思, 淚下露襟. (…) 英哲

守城二十餘年, 年八十四而死."(「김영철전」, 『한국한문소설 교합구해』, 548~549쪽)

29) '천계'는 명나라 희종熹宗의 연호로, 1621년에서 1627년까지의 기간에 해당한다.

30) "萬曆辛丑春三月旣望."(「운영전」, 『한국한문소설 교합구해』, 334쪽)

31) 허균·권필·조위한은 동인同人이라 해도 좋을 만큼 친밀한 문인 집단을 이루었고, 윤계선 역시 허균 그룹의 일원이다. 허균은 당대 조선을 대표하는 열 사람의 빼어난 문인을 뽑아 전오자前五子와 후오자後五子라 명명한 바 있는데, 전오자는 권필·이안 눌李安訥·조위한·허적許𥛠·이재영李再榮이고, 후오자로는 정응운鄭應運·조찬한 趙纘韓·기윤헌奇允獻·임숙영任叔英 네 사람의 이름만 남아 있다(허균, 「전오자시」· 「후오자시」, 『성소복부고』 권2 참조).

32) "萬曆辛丑春三月旣望, 沽得濁醪一壺, 而旣乏童僕, 又無朋知, 躬自佩壺, 獨入宮門, 則觀者相顧, 莫不指笑. 生慨而無聊, 仍入後園."(「운영전」, 334쪽)

33) "安平盛時之事, 進士傷懷之由, 可得聞其詳乎?"(「운영전」, 337쪽)

34) "以儒業自任, 夜則讀書, 晝則或賦詩, 或書隷, 未嘗一刻放過. 一時文人才士, 咸萃其 門, 較其長短, 或至鷄叫參橫, 講論不怠."(「운영전」, 337~338쪽)

35) "一時文章鉅筆, 咸集其壇, 文章則成三問爲首, 筆法則崔興孝爲首, 雖然, 皆不及於 大君之才也."(「운영전」, 338쪽)

36) 1인칭 시점을 취한 조선 후기 소설로는 17세기 후반에 창작된 「흑의인전黑衣人傳」과 「요로원야화기」가 더 있지만, 1인칭 고백의 형식에 내장된 '진실성'의 극대화라는 측 면에서 본다면 「운영전」의 성취가 단연 돋보인다.

37) "妾鄕南方也, 父母愛妾, 偏於諸子中, 出遊嬉戲, 任其所欲. 故園林水涯, 梅竹橘柚之 陰, 日以遊翫爲事, 苔磯釣漁之徒, 樵牧弄笛之兒, 朝暮入眼, 其他山野之態, 田家之 興, 難以毛擧. (…) 年十三, 主君招之, 故別父母遠兄弟, 來入宮中, 不禁思歸之情, 日 以蓬頭垢面藍縷衣裳, 欲爲觀者之陋, 伏庭而泣."(「운영전」, 362~363쪽)

38) "一自從事學問之後, 頗知義理, 能審音律, (…) 及徙西宮之後, 琴書專一, 所造益深, 凡賓客所製之詩, 無一掛眼, 才難不其然乎? 恨不得爲男子之身, 而揚名於當世, 空爲 紅顔薄命之軀, 一閉深宮, 終成枯落而已, 人生一死之後, 誰復有知之者? 是以恨結 心曲, 怨塡胸海, 停刺繡而付之燈火, 罷織錦而投杼下機, 裂破羅幃, 折其玉簪, 暫得 酒興, 則脫鳥散步, 剝落階花, 手折庭草, 如癡如狂, 情不自抑."(「운영전」, 363쪽)

39) "妾覽罷, 聲斷氣塞, 口不能言, 淚盡繼血, 隱身於屛風之後, 唯恐人知, 自是厥後, 頃 刻不得忘, 如癡如狂, 見於辭色, 主君之疑人言之來, 實不虛矣."(「운영전」, 354쪽)

40) "一日, 大君呼翡翠曰: '汝等十人, 同在一室, 業不專一, 當分五人, 置之西宮.' 妾與紫 鸞銀蟾玉女翡翠, 卽日移焉. 玉女曰: '幽花細草, 流水芳林, 正似山家野庄, 眞所謂 讀書堂也.' 妾對曰: '旣非舍人, 又非僧尼, 而鎖此深宮, 眞可謂長信宮也.' 左右莫不

嗟惋."(「운영전」, 354쪽)

41) 가깝게는 역시 17세기 전반에 창작된 것으로 추정되는 「영영전」, 멀게는 당나라 때 우우于祐와 궁녀 한씨韓氏의 '홍엽紅葉' 고사(유부劉斧, 「流紅記」, 『靑瑣高議』)처럼 같은 문제를 해피엔딩으로 마무리할 수도 있다. 그러나 「운영전」의 전개와 결말에 불만을 느끼고 '행복한 결말'을 추구한 「영영전」에서는 「운영전」의 모티프를 변용하는 과정에서 「운영전」이 지닌 밀도 높은 문제의식이 크게 퇴색되었다. '비극적 결말'을 '행복한 결말'로 바꾸어 놓기는 했으나, 여기서는 주인공의 실패를 꺼리는 일반적인 독자의 기대평에 부응하여 창출된 즉자적인 만족감이 확인될 뿐, 비극성 짙은 애정전기 작품 일반을 향한 뚜렷한 대타의식對他意識이 발견되지 않는다. 요컨대 「운영전」에 비추어 볼 때 「영영전」의 해피엔딩은 문제의 심각성을 비껴가는 편법으로 보인다.

42) "宮女通姦外人者, 男女皆不待時斬."(『속대전續大典』 형전刑典 「간범간범犯」)

43) "天之降才, 豈獨豊於男, 而嗇於女乎?"(「운영전」, 338쪽)

44) 비슷한 생각은 명말明末의 이탁오李卓吾와 같이 혁신적인 사상가에게서 확인된다(李贄, 「答以女人學道爲見短書」, 『焚書』 권2 참조).

45) "大君皆甚撫恤, 常鎖畜宮中, 使不得與人對語, 日與文士, 盃酒戰藝, 而未嘗以妾等一番相近者, 盖慮外人之或知也. 常下令曰: '侍女一出宮門, 則其罪當死. 外人知宮人之名, 則其罪亦死.'"(「운영전」, 339쪽)

46) "'獨雲英之詩, 顯有惆悵思人之意, 未知所思者何人. 似當訊問, 而其才可惜, 故姑置之.'(…) 大君未嘗有私於妾, 而宮中之人, 皆知大君之意在於妾也."(「운영전」, 343쪽)

47) "雲英容貌擧止, 似非人世間者也, 主君傾心已久, 而雲英以死拒之, 無他, 不忍負夫人之恩也. 主君之威令雖嚴, 而恐傷雲英之身, 故不敢近之."(「운영전」, 359쪽)

48) "第雲英之詩, 顯有思人之意. (…) 汝之所欲從者, 何人耶? 金生賦上樑文, 語涉疑異, 汝無乃與金生有私乎?"(「운영전」, 372쪽)

49) "主君如是英明, 而使無罪侍女自就死地, 自此以後, 妾等誓不把筆作句矣."(「운영전」, 373쪽)

50) "大君捉致西宮侍女五人于庭中, 嚴具刑杖, 列於眼前, 下令曰: '殺此五人, 以警他人!' 又敎執杖者曰: '勿計杖數, 以死爲准!'"(「운영전」, 376쪽)

51) "男女情欲, 稟於陰陽, 無貴無賤, 人皆有之. (…) 梅子擲鶯, 使不得雙飛, 簾帳燕幕, 使不得兩巢, 無他. 自不勝健羨之意妬忌之情耳. 一踰宮垣, 則可知人間之樂, 而所不爲者, 豈其力不能而心不忍哉? 唯畏主君之威, 固守此心, 以爲枯死宮中之計."(「운영전」, 376~377쪽)

52) "妾等皆閭巷賤女, 父非大舜, 母非二妃, 則男女情欲, 何獨無乎? (…) 主君何使雲英獨無雲雨之情乎? 金生, 人中之英, 引入內堂, 主君之事也; 命雲英奉硯, 亦主君之令

17세기 한국 소설사

也. (…) 一夕如朝露之溘然, 則主君雖有惻隱之心, 顧何益哉? 妾之愚意, 一使金生得
見雲英, 以解兩人之怨結, 則主君之積善, 莫大乎此."(「운영전」, 377~378쪽)

53) "一兩月相交, 亦可足矣, 踰墻逃走, 豈人之所忍爲也? 主君傾意已久, 其不可去, 一
也; 夫人慈恤甚重, 其不可去, 二也; 禍及兩親, 其不可去, 三也; 罪貽西宮, 其不可去,
四也. 且天地一網罟, 非陞天入地, 則逃之焉往? 倘或被捉, 則其禍豈止於娘子之身
乎?"(「운영전」, 371쪽)

54) "네가 좀 더 나이 들어 얼굴이 시들면 주군의 사랑도 차츰 식어 갈 거야. 그 즈음 형세
를 보아 병들었다며 오래 누워 있으면 필시 고향으로 돌아가라 허락하시겠지. 그때
가서 낭군과 손잡고 돌아가 함께 살면 그 즐거움이 얼마나 크겠니?"(娘子若年貌衰
謝, 則主君之恩眷漸弛矣. 觀其事勢, 稱病久臥, 則必許還鄕矣. 當此之時, 與郎君携
手同歸, 與之偕老, 則樂莫大焉.「운영전」, 372~373쪽)

55) "泳悵然無聊, (…) 茫然自失, 寢食俱廢. 後遍遊名山, 不知所終云爾."(「운영전」, 383
쪽)

56) 반면 '특'을 운영 · 안평대군 · 김진사 못지않은 위상을 가진 주요 인물로 분석하는 시
각도 존재한다.

57) 「곤륜노崑崙奴」(『태평광기太平廣記』 권194, 앞의 책), 제2권, 280쪽 참조.

58) "吾兩人素是天上仙人, 長侍玉皇香案前. 一日帝御太淸宮, 命我摘玉園之果, 我多取
蟠桃,瓊實,金蓮子, 私與雲英, 而見覺, 謫下塵寰, 使之備經人間之苦. (…) 海枯石爛,
此情不泯; 地老天荒, 此恨難消."(「운영전」, 382쪽)

2부 이념의 시대

1장 사회 재편의 두 갈래 길과 소설의 재발견

1) 『선조실록』 선조 34년 4월 18일조 참조.

2) 김옥근, 『조선왕조 재정사 연구』(일조각, 1984), 371쪽; 고동환, 「인구증가와 사회경제」
(동북아역사재단 엮음, 『동아시아의 역사 3』, 동북아역사재단, 2011), 352쪽; 이정수, 「16
세기 물가 변동과 民의 동향」(부산대 박사학위논문, 1997), 174쪽 참조. 토지 1결結은
약 8천 평으로 환산된다.

3) 김성우, 「임진왜란 이후 전후복구사업의 전개와 양반층의 동향」(『한국사학보』 3 · 4, 고
려사학회, 1998), 295~316쪽 참조.

4) 『인구대사전』(통계청, 2006), 840쪽; 손정목, 『조선시대 도시사회 연구』(일지사, 1977), 203쪽; 장철수, 「조선시대 서울의 생활풍속사 연구방법 서설」(『서울의 사회풍속사』, 서울학연구소, 1995), 39쪽~40쪽 참조. 이 수치는 『조선왕조실록』과 『호구총수戶口總數』에 의거한 것이다.

5) 손정목, 앞의 책, 159쪽 및 204쪽에서는 서울의 구역 확장으로 3만 명 이상의 인구가 편입되었으리라 추측한 바 있다. 고동환, 『조선후기 서울 상업발달사연구』(지식산업사, 1998), 30쪽~43쪽에서는 17세기 후반 이래 외지 유민流民들이 생계의 방편을 찾아 대거 서울로 유입되었다고 했다.

6) "昇平時稅入, 常至三十餘萬石, 而只頒百官之祿, 無一養兵之費, 故府庫充溢, 露積紅腐. 今則一年稅入, 不過十萬, 太半歸於將士之廩料, 雖靡水旱之災, 固無支撐之勢, 而況近來, 連歲凶歉, 其入日縮, 其費日加, 其何不至於國非其國乎?"(『현종개수실록』 현종 12년 6월 19일조)

7) 나종일, 「17세기 위기론과 한국사」(『역사학보』94·95, 역사학회, 1982), 462쪽~463쪽 참조.

8) "獻納尹敬敎上疏, 略曰: '…… 水旱灾沴, 年比不登, 而飢饉死亡之慘, 至于上年而極矣. 重之以癘疫大行, 彼持瓢丐乞仰哺粥所之類, 則停賑之後, 死亡無餘, 而土着農民之死於飢饉癘疫者, 合一國計之, 則其數幾至百萬, 甚至一村盡死者, 比比有之, 雖壬癸兵火之酷, 殆不過是也.'"(『현종개수실록』, 현종 12년 12월 5일조)

9) "今之宮闈戚畹, 雖無權勢之翕爀, 而第宅樓臺, 猶似太平之氣象, 都城之內, 湖山之上, 豐屋華構, 連亘翬飛者. (…) 嗚呼! 丙丁之亂爲如何, 而遽至於此耶? 如計其費, 則豈特中人十家之産而已乎? 下有甚焉, 木妖成風, 處處興造, 爭尙侈大, 材瓦之價, 日以益增, 傷財害民, 孰甚於斯? 山林川澤, 絶無空閑之處, 阡陌田園, 間被橫占之患, 國家禁之而不得詳盡, 下民訴之而未申其冤."(『효종실록』효종 5년 11월 18일조)

10) "都城王化之本, 而奢侈尤甚, 上下貴賤, 競相慕效, 市井常隷, 至被綾絹; 胥徒賤妾, 飾以珠玉."(『효종실록』효종 2년 6월 20일조)

11) 헨드리크 하멜, 『하멜 보고서』(유동익 옮김, 중앙M&B, 2003), 51쪽 참조.

12) 본래 궁가에서 법적으로 소유할 수 있는 토지는 대군과 공주가 225결, 군과 옹주가 180결로 제한되어 있었으나, 현종 즉위 초기인 1660년 무렵 이미 1,000결 이상의 토지 소유가 확인된다(『현종개수실록』현종 2년 5월 18일조 참조). 궁가에서는 토지 확장뿐 아니라 어염魚鹽·목장牧場·시장柴場·취철소取鐵所의 이익까지도 차츰 독점하다시피 했다(『효종실록』효종 5년 11월 18일; 『현종개수실록』현종 12년 6월 19일조 참조).

13) "不獨宮家爲然也, 雖士夫之家, 稍有形勢, 則亦多冒占者, 民生之失所, 固其宜矣." (『효종실록』효종 10년 윤3월 4일조)

17세기 한국 소설사

14) 정구복, 『고문서와 양반사회』(일조각, 2002), 23쪽~28쪽 및 343쪽~345쪽; 김성우, 『조선중기 국가와 사족』(역사비평사, 2001), 403쪽~418쪽 참조.

15) 김인걸, 「조선후기 향촌사회 변동에 관한 연구」(서울대 박사학위논문, 1991); 정진영, 『조선시대 향촌사회사』(한길사, 1998); 정수복, 『한국인의 문화적 문법』(생각의나무, 2007), 241~250쪽; 정일영, 「임진왜란 이후 '교화'의 양상—광해군대『동국신속삼강행실도』를 중심으로」(『한국사상사학』 34, 한국사상사학회, 2010) 참조.

16) 정옥자, 『조선후기 조선중화사상 연구』(일지사, 1998), 14~99쪽; 정재훈, 「조선후기 사서史書에 나타난 중화주의와 민족주의」(『한국실학연구』8, 한국실학학회, 2004), 303~307쪽; 우경섭, 「송시열의 화이론과 조선중화주의의 성립」(『진단학보』101, 진단학회, 2006), 260~266쪽 참조.

17) 『중종실록』 중종 12년(1517) 6월 27일조 참조.

18) 17세기의 적극적인 소설 향유자들은 『신독재전기집愼獨齋傳奇集』·『화몽집花夢集』·『삼방록三芳錄』 등의 한문소설집을 만들기도 했는데, 이들 모두 필사본으로만 존재한다. 교서관校書館에서 『전등신화구해剪燈新話句解』가 목판으로 간행되고, 『금오신화』·『화영집花影集』 등이 연이어 출판된 16세기의 상황에 비추어 볼 때 17세기 전반의 소설 유통·보급 상황은 진전된 바가 없다.

19) 중국의 경우 16·17세기에 이미 상업적 출판이 크게 흥성했고, 당대의 대표적 소설역시 목판으로 간행되어 판매되었다. 일본의 경우 근세소설의 효시로 꼽히는 이하라 사이카쿠井原西鶴의 『호색일대남好色一代男』이 1682년에 출판되어 수천 부의 판매고를 올렸다. 18세기 초의 상황을 보면 1723년 교토 한 곳만 해도 200여 개의 '본옥本屋(출판과 판매를 겸업하던 책방)'이 있었다(가토 슈이치加藤周一, 『日本文學史序說』, 김태준·노영희 옮김, 시사일본어사, 1996, 115~116쪽; 황소연, 「오사카의 출판문화전개와 사이카쿠」, 『일본어문학』 9, 한국일본어문학회, 2000, 506~528쪽; 오오타니 모리시게大谷森繁, 『세책고소설연구』, 혜안, 2003, 24쪽 및 357쪽; 오키 야스시大木康, 『명말 강남의 출판문화』, 노경희 옮김, 소명출판, 2007, 276~277쪽 참조).

20) 김일근, 『언간의 연구』(건국대출판부, 1986), 자료 104 참조.

21) 權燮, 「先妣贈貞夫人龍仁李氏遺狀」, 『玉所稿』 권13 참조.

22) "我慈闈旣諺寫『西周演義』十數編, 而其書缺一篋, 秩未克完, 慈闈常嫌之. 久而得一全本於好古家, 續書補亡, 完了其秩. 未幾, 有閭巷女, 從慈闈乞窺其書, 慈闈卽擧其秩而許之."(趙泰億, 「諺書西周演義跋」, 『謙齋集』 권42; 한국문집총간 190, 203쪽)

23) 「滄溪先生年譜」; 임형택, 「17세기 규방소설의 성립과 『창선감의록』」(『동방학지』 17, 연세대 국학연구원, 1988), 118쪽~119쪽 참조.

24) "啓曰: '大通官, 以上勑使分付, 諺譯『西漢演義』一帙, 使之覓入, 故分付入送之意, 敢

25) "太夫人聰明睿哲, 於古今史籍傳奇, 無不博聞慣識. 晩又好臥聽小說, 以爲止睡遣悶
之資, 而常患無以繼之. 府君每聞人家有未見之書, 必竭力求之, 得之而後已. 又自依
演古說, 搆出數冊以進."(趙正緯, 「行狀」, 『拙修齋集』 권12; 한국문집총간 147, 378쪽)

26) 권섭의 「어머니가 손수 필사하신 책을 분배한 기록先妣手寫冊子分排記」에 의하면 권섭
은 모친 용인 이씨(1652~1712)가 손수 필사한 『소현성록』을 장손에게 물려주어 가묘
家廟에 보관하게 했다(권섭, 「선비수사책자분배기先妣手寫冊子分配記」, 『옥소고玉所稿』
잡서雜著 4 참조).

2장 사대부 중심의 통합 논리

1) 김만중은 현종·숙종 때의 문신으로, 호는 서포西浦이다. 증조부는 예학禮學의 대가인
김장생金長生이고, 부친은 정묘호란 때 순절한 김익겸이며, 모친 해평 윤씨는 윤두수
의 4대손이자 윤방의 증손녀이다. 훗날 숙종의 장인이 되는 형 김만기金萬基와 함께
모친에게 『소학』·『사략』·당시唐詩를 배웠고, 외증조부인 윤신지尹新之(선조의 부
마)와 숙부 김익희金益熙에게 경서와 역사서를 배웠다. 1665년(현종 6) 문과에 급제하
여 예조참의·대제학을 지냈다. 1687년(숙종 13) 9월 당쟁의 한가운데서 장희빈 일가
의 폐단을 비판한 죄로 평안도 선천에 유배되었다. 이듬해 11월에 풀려났으나 석 달
뒤인 1689년 2월 다시 탄핵을 받아 경상도 남해南海에 위리안치되었다가 1692년 남
해 유배지에서 생을 마쳤다.

2) "稗說有『九雲夢』者, 卽西浦所作, 大旨以功名富貴, 歸之於一場春夢, 要以慰釋大夫人
憂思. 其書盛行閨閤間, 余兒時慣聞其說, 蓋以釋迦寓言, 而中多『楚騷』遺意云."(이
재, 『삼관기三官記』, 『대동패림大東稗林』 권8, 국학자료원 영인, 338쪽) 이재의 외가와 김
만중 가문이 사돈 관계여서 이 기록은 더욱 신빙할 만하다.

3) "府君旣到配, 値尹夫人生朝, 有詩曰: '遙想北堂思子淚, 半緣死別半生離.' 又著書寄
送, 俾作消遣之資, 其旨以爲一切富貴繁華, 都是夢幻, 亦所以廣其意, 而慰其悲也."
(『서포연보』, 김병국·최재남·정운채 옮김, 서울대출판부, 1992, 330쪽). 인용된 시는
「9월 25일 유배 중에 짓다九月二十五日謫中作」라는 제목으로 『서포집西浦集』에 전문
이 실려 있다. 작년 어머니 생신에는 두 형제가 나란히 어머니께 축하주를 올렸는데,
올해 생신은 3월에 장남 김만기金萬基가 세상을 뜬 데 이어 차남인 자신마저 변방 유
배지에 있는 상황에서 맞이하게 되었으니 어머니의 심경이 어떠할지 그리며 비감에
잠긴 내용이다(『西浦集』, 한국문집총간 148, 49쪽 참조). 『서포연보』의 작성자는 확실

치 않으나 김만중의 종손從孫인 김양택(1712~1777)일 가능성이 높은 것으로 추정된다. 김양택은 김만기의 손자이다.

4) "世傳: '西浦竄荒時, 爲大夫人鎖愁, 一夜製之.'"(李圭景,「小說辨證說」,『五洲衍文長箋散稿』권7, 동국문화사 영인본, 1959, 上, 231쪽)

5) "性眞從使者, 爲風所曳, 飄飄蕩蕩, 到一處, 風散而足抵地. (…) 使者引性眞, 至一家, 使立門外, 入內而去. (…) 使者出來, 揮手招之曰: '此大唐國淮南道壽州地, 而汝之父親楊處士, 母親柳氏, 以前世之緣, 生於此家, 速入無失吉時.' (…) 促令入房, 性眞心中觀慮, 躑躅未進, 使者自後擠之, 仆於空中, 精神昏暗, 如天地翻覆, 作聲曰: '救我! 救我!', 而不能成言, 聲從出喉, 卽爲兒啼."(『구운몽』,『김만중문학연구』, 국학자료원, 1993 부록 영인자료, 15쪽) 이하 원작 계열 한문본(노존B본)을 저본으로 삼는다.

6) 17세기 후반에서 18세기 초 사이에 창작된 것으로 추정되는「홍백화전紅白花傳」은 『구운몽』처럼 중국을 작품 전체의 배경으로 삼았는데, 이 작품이 혹『구운몽』에 앞서 창작되었을 가능성이 있다. 그러나「홍백화전」은 사랑을 나누는 남녀 주인공이 이종사촌 간인 데다 전체적인 구도 또한『호구전』·『옥교리옥교리』등의 재자가인소설과 매우 유사하여 명말청초의 재자가인소설을 별다른 변용 없이 모작한 결과물로 생각된다.

7) "楊柳何靑靑, 長條拂綺檻. 願君莫漫折, 此樹最多情."(『구운몽』, 17쪽) 저본에는 '檻'이 '艦'으로 되어 있으나 원작 계열 한글본(규장각본)과 운자韻字를 고려하여 바로잡았다.

8) "樓頭種楊柳, 擬繫郎馬住. 如何折作鞭, 催下章臺路?"(『구운몽』, 19쪽)

9) "章臺柳章臺柳, 昔日靑靑今在否? 縱使長條似舊垂, 亦應攀折他人手."(「柳氏傳」,『太平廣記』권485, 앞의 책, 제4권, 541쪽)

10) 薛用弱,「王之渙」(『集異記』권2, 臺北: 世界書局, 1978) 참조.

11) "楊生爲女道士巾服, 抱琴出立, 飄然如麻姑仙子謝自然, 鄭府來人, 無不稱贊矣. (…) 楊女叩頭堂下而謁, 夫人賜座堂上. (…) 香風引佩玉聲, 而【소저가 나와】偶坐於夫人之傍,【양생이 예하여 뵈고】定睛望見, 太陽聳於朝, 蓮花橫於水, 眼眩神撓, 不可測也. 楊生嫌其坐遠, 欲近見, 而請於夫人曰: '貧道請敎於小姐, 而堂上廣闊, 恐不得【들으심이】仔細.' 夫人命侍女, 進鍊師之座, 侍女移席, 更近夫人而置之, 不遠小姐之座, 而當其隅, 不如遠見, 生甚恨而不敢更請矣."(『구운몽』, 33~34쪽;『구운몽』원작 계열 한글본, 고려서림 영인본, 106쪽) 이하 한문본에 빠져 있지만 원작 계열 한글본에 들어 있는 구절을【 】안에 넣어 원작을 재구성했다.

12) 『空空幻』(『才子佳人小說集成』5, 沈陽: 遼寧古籍出版社, 1997), 33쪽~38쪽 참조.

13) 『구운몽』의 귀신 놀음은『태평광기太平廣記』에 수록된「심경沈警」을 참조하여 변용한 것으로 보인다.「심경」에 나오는 귀녀鬼女가 바로 '장여랑'이다(『太平廣記』권326, 上

海: 上海古籍出版社, 1990, 제3권, 375~376쪽 참조).

14) "雖幽明道殊, 情則無間,【꽃다운 영혼은 나의 정성을 살펴】唯望今夜相會."(『구운 몽』, 46쪽;『구운몽』원작 계열 한글본, 159쪽).

15) "厭惡鬼神者, 世俗癡人. 人爲鬼, 鬼復爲人, 何以辨彼此? 吾情如此, 君何忍棄之?" (『구운몽』, 47쪽)

16) 「虬髥客傳」(『太平廣記』권193, 앞의 책), 제2권, 273~276쪽 참조.

17) 「紅線傳」(『太平廣記』권195, 앞의 책), 제2권, 285~287쪽 참조.

18) "汝本非吾徒也. 後日當得正道, 非我所及, 若與兩人, 殺害人命, 則害汝前程, 以此之 故, 不使汝矣. (…) 汝之前世因緣, 在於大唐國, 其人大貴人, 汝身在於外國, 無相遇 之道, 吾敎汝劍術, 借此事而爲逢見貴人之道, 他日往百萬軍槍劍之間, 成佳緣."(『구 운몽』, 70쪽~71쪽)

19) 「柳毅傳」(『太平廣記』권419, 앞의 책), 제4권, 144~150쪽 참조.

20) 몬탈보Rodriguea de Montalvo가 지은『가울라의 아마디스Amadis de Gaula』(1508)가 16세 기 스페인의 대표적인 '기사소설'이자 최고 인기 소설로 꼽힌다. 이 작품은『돈키호 테』(제1부: 1605, 제2부: 1615)의 직접적인 패러디 대상이기도 하다.

21) 마테오 알레만Mateo Alemn의『구스만 데 알파라체Guzmn de Alfarache』(제1부: 1599, 제2 부: 1604)가 피카레스크 소설의 대표작으로, 당시 유럽에서『돈키호테』이상의 선풍적 인 인기를 누렸다.

22)『라사리요 데 토르메스의 삶, 그의 행운과 불운』(최낙원 옮김, 지식을만드는지식, 2012), 19~23쪽 참조.

23) 마테오 알레만,『구스만 데 알파라체』(강필운 옮김, 아카넷, 2012), 61~184쪽 참조.

24) 아기나가·푸에르톨라스·사발라,『스페인 문학의 사회사 2』(정동섭 옮김, 나남, 2013), 197~198쪽 참조.

25) "父親歸天之時, 以門戶付兒子, 今也家貧, 母親勤勞, 兒子若爲守家之狗, 不求功名, 則非父親期待之意也. 今聞京師設科取士, 兒子暫離膝下, 欲一西遊."(『구운몽』, 16쪽)

26) "小子非自誇也, 今春之科, 小子囊中之物."(『구운몽』, 31쪽)

27)『구운몽』원작 계열 한글본, 498쪽.『구운몽』의 결말부는 현재 전하는 원작 계열 한문 본(노존B본)이 결락 등의 이유로 후대의 한역 개작본을 그대로 옮긴 것인바, 원작의 면모에 가까운 원작 계열 한글본을 저본으로 삼는다.

28) "昔魯國秋胡, 以黃金戲桑女, 其妻溺水而死, 誠使無行之人, 羞與爲偶也. 相公已知 鄭女之容貌聲音, 此必有挑琴偸香, 行實之卑, 甚於秋胡. 妾雖未效古人之投水, 而誓 老於深宮."(『구운몽』, 105쪽)

29) "妾雖賤人, 嘗聞『禮』文: '妻不在, 妾御不敢當夕.' 相公私自平安. 妾退去矣."(『구운

몽』, 106쪽)

30) "胡不見瞞? 但欲見恐怖之狀, 甚瞑緩, 不知厭惡鬼神, '好色之人, 色中餓鬼'云者, 不
虛, 鬼神何畏鬼神?"(『구운몽』, 107쪽)

31) "楊生遠方十六歲書生, 携三尺琴, 來宰相家深深中堂, 調戲閨中處子【를 내어 앉히고
거문고 곡조로】, 如許氣像, 【어이 즐겨 한 여자의 손에 늙으리오?】他日據丞相府, 則
那知有幾春雲乎?"(『구운몽』, 42쪽; 『구운몽』 원작 계열 한글본, 141쪽)

32) "我宮中花色方盛, 相公則以爲隨相公之風彩, 而須知我兄弟之功也."(『구운몽』, 124쪽)

33) "今天下才人, 無郎君之右者, 莫說新榜壯元, 丞相印綬, 大將節鉞, 不久而至, 天下美
人, 誰不欲從郎君耶? 蟾月寧有一毫專寵之意乎? 郎君娶賢夫人於高門之後, 願不棄
賤妾也."(『구운몽』, 28쪽)

34) "前代帝王擇駙馬, 出送前妻, 故王獻之終身有悔, 如宋弘不受君命, 朕志異於古帝王,
朕爲天下人之君父, 何以誤敎在下之人乎? 今卿退鄭家婚事, 則鄭氏女子, 自有歸處,
卿無糟糠下堂之嫌, 有何倫紀之礙乎?"(『구운몽』, 66쪽.)

35) "今與卿結婚, 非徒朕重卿欲爲兄弟也, 太后聞才德而力主張, 卿如是固執, 則太后應
震怒, 朕亦不能從心而爲之矣."(『구운몽』, 66쪽)

36) "但臣妾人臣之女, 何敢與王姬齊位乎?【첩이 비록 순종하려 하여도】妾之父母, 以死
爭之, 不承命矣. (…) 臣子事君, 如萬物順從天命, 爲妾爲婢, 惟命是從, 臣妾何敢一
毫恨乎? 閭閻女子得事王姬, 亦豈非榮華乎? 但事勢有難, 便以妻爲妾, 『春秋』所戒,
楊少遊似不肯爲之矣."(『구운몽』, 90쪽)

37) "第一子名大卿, 鄭夫人之子, 爲禮部尙書; 第二子次卿, 狄氏所生, 京兆尹; 第三子
叔卿, 賈氏所生, 爲御史中丞; 第四子季卿, 蘭陽公主之子, 爲吏部侍郎."(『구운몽』, 130쪽)

38) 『구운몽』, 112~113쪽 참조.

39) "宰相之高門五層, 花園之墻數丈, 無窺見之道, 鄭小姐讀書習禮, 一動一靜不苟, 道
觀尼院, 不爲焚香, 【상원일(上元日)에 관등(觀燈)하지 아니하고】三月三日, 不遊曲
江, 外人有何逢見之道乎?"(『구운몽』, 32쪽; 『구운몽』 원작 계열 한글본, 96~97쪽)

40) [蟾月]因告丞相曰: '鴻娘自誇如此, 妾亦告鴻娘之短處矣. 鴻娘初從丞相之時, 騎燕
王千里馬, 若邯鄲少年者然而瞞丞相, 幾何有輕盈嫋娜之態, 則認之以男子乎?' (…)
鄭夫人曰: '鴻娘非不足纖弱, 丞相一雙眸子, 本不淸明, 以此不減【鴻娘之價】, 蟾娘之
言, 亦一確論. 女子男服欺人, 必不足婦女之姿者也, 男子女粧欺人者, 必無丈夫氣骨
之類也.' 丞相笑曰: '夫人之言, 譏我者, 而此亦一雙眸子, 不能淸明之致也. 夫人非我
容貌之屛, 而凌烟閣則不非之矣.' 衆大笑矣."(『구운몽』, 115쪽)

41) 낙유원 모임의 마지막 장면에서 월왕은 자신의 희첩 만옥연萬玉燕이 백능파의 음악을
재빨리 전수받고 좌중의 칭찬을 받자 가장 기뻐한 것으로 서술되었으나, 낙유원 모임

의 승자로서 가장 큰 기쁨을 얻은 사람이 양소유라는 것은 지극히 자명한 사실이다
(『구운몽』, 116~123쪽 참조).

42) "위부魏府(위국공魏國公 양소유의 집)와 월궁越宮(월왕의 궁궐)의 여성 예인藝人들이
천하에 유명하여 황제 직속의 이원梨園에 소속된 예인들도 그에 미치지 못했다."(魏
府及越宮女樂, 有名於天下, 雖皇帝之梨園弟子不及也.『구운몽』, 113쪽) 그 뒤 황태
후가 재판관이 되고 월왕이 검사의 역할을 맡아 '재판 놀이'를 벌이며 양소유에게 벌
주罰酒를 내리는 장면을 길게 설정했는데, 이는 작자 스스로 판단하기에도 양소유로 하
여금 황제와 월왕 이상의 복록을 누리도록 만든 점이 지나쳐 보였기 때문일 것이다.

43) 효종에 대한 자의대비(인조의 계비)의 복상 기간에 대한 논쟁이 1659년(현종 즉위년)
의 1차 예송이고, 인선왕후(효종의 비)의 상에 대한 자의대비의 복상 기간에 대한 논
쟁이 1674년(현종 15)의 2차 예송이다.

44) 1673년(현종 14) 홍문관 부수찬副修撰 김만중은 주희의 글을 예로 들어 군주로부터
서인庶人에 이르기까지 동일한 상례喪禮를 적용해야 한다며 남인을 공격한 바 있다
(『현종실록』 현종 14년 9월 12일조 참조). 한편 숙종 즉위 초에 송시열이 예송 과정에
서 효종을 차남으로 간주했던 죄로 유배형을 받자 김만중이 이에 반발하며 숙종의 면
전에서 남인의 거두인 허목許穆과 윤휴尹鑴를 극렬히 공격하다가 파직되기도 했다
(『숙종실록』 숙종 1년 1월 2일, 1월 7일, 1월 8일, 윤5월 17일, 윤5월 26일조 등 참조).

45) "一日, 兩夫人相議曰: '古人娣妹多人, 嫁於一國, 其中有妻有妾, 今我二妻六妾, 雖各
姓, 當爲兄弟, 稱之以娣妹.' 六人皆謂不敢當, 而春雲及鴻月, 則尤苦辭."(『구운몽』,
129쪽)

46) "鄭夫人曰: '(…) 耶輪夫人, 世尊之妻, 登伽女子, 淫亂之娼女, 共爲佛弟【子】, 終得
正果, 以初微賤, 何自慊也?' 兩夫人率六娘子, 進觀音像前, 焚香以告曰: '(…) 弟子
八人, 雖生各家, 長事一人, 情合氣同, 譬如一樹之花, 吹於風頭, 或墜於九重, 或墜於
闌閣, 或墜於村家, 或墜於陌上, 或墜於邊方, 或墜江湖, 求其本, 則豈有異哉? 自今
日, 誓爲兄弟, 與共死生苦樂, 或有懷異心者, 則不容於天地.'"(『구운몽』, 129~130쪽)

47) "此後, 則六人雖守名分, 不敢以兄弟稱號, 而兩夫人則常時稱以妹子, 恩意尤至矣."
(『구운몽』, 130쪽.)

3장 배타적인 사족중심주의

1) "我先祖拙修公行狀曰: '太夫人於古今史籍傳奇, 無不博聞慣識. 晩又好臥聽小說, 以
爲止睡遣悶之資, 公自依演古說, 搆出數冊以進.' 世傳『創善感義錄』『張丞相傳』等

17세기 한국 소설사

冊, 是也."(趙在三, 『松南雜識』, 규장각 소장본, 제7책 장34앞)

2) 임형택은 인용문 끝 구절을 "지은 책은 세상에 전하는 創善感義錄 · 張丞相傳 등 책이 그것이다"(임형택, 「17세기 규방소설의 성립과 『창선감의록』」, 『동방학지』 17, 연세대 국학연구원, 1988, 131쪽)라고 옮겨 『창선감의록』의 작자가 조성기임을 밝히는 한 근거로 보았다.

3) "余近以痰火, 養病潛臥, 使婦人輩, 讀閭巷間諺書小說而聽之. 其中有所謂『寃感錄』者, 其寃報相仍, 慅愴酸骨, 然爲善者必昌, 爲惡者必敗, 有足可以動人而懲勸者矣." (『倡善感義錄』 국립중앙도서관 소장 필사본, 권1, 장1앞; 이지영 옮김, 『창선감의록』, 문학동네, 2010, 289쪽) 이하 이지영 교주본의 원문과 번역을 대본으로 삼되 원문 표점을 일부 수정해 제시하고, 번역문은 모두 인용자가 새로 옮겼다.

4) '정치소설'은 1628년 이전에 창작된 명나라 소설 『위충현소설척간서魏忠賢小說斥奸書』처럼 역사적 실존 인물을 내세워 충신과 간신의 정치적 대립을 다룬 작품을 말한다. 역사소설의 범주에 들어가는 정치소설 역시 연의소설과 마찬가지로 실제 역사적 사건에 바탕을 둔 연대기적 서술 방식을 따르되 주요 등장인물에 허구적 성격을 부여했다.

5) 『창선감의록』에 앞서 「남정기」가 역사상의 실존 인물을 등장시켜 서사 전개의 주요 축으로 삼고 있지만, 등장하는 실존 인물의 수로 보나 그 기능적 역할로 보나 『창선감의록』만큼의 비중을 차지하지는 못했다.

6) "[花]雲之七世孫, 兵部尙書汝陽候郁, 事世宗皇帝, 嘉靖十四年, 登科推遷, 至刑部侍郎內閣辦事."(『창선감의록』 제1회, 290쪽)

7) 이 작품의 원제목은 '남정기南征記'일 것이다. 김춘택의 서문은 물론 그로부터 50년가량 뒤인 1751년과 1763년 영조와 신하들의 대화를 담은 『승정원일기』에도 이 작품은 "南征紀"(영조 27년 3월 15일조) 혹은 "南征記"(영조 39년 12월 25일조)로 기록되어 있다.

8) 김춘택, 「수해록囚海錄」, 『북헌집北軒集』 권16; 한국문집총간 185, 228쪽 참조. 김만중이 「남정기」를 창작했다는 김춘택의 서문 내용을 그대로 신빙하기에는 몇 가지 의심스러운 점이 있다. 『구운몽』과 「남정기」 사이에는 상당한 간극이 존재하는데, 이를테면, 『구운몽』이 화락和樂의 세계를 구현한 반면 「남정기」는 선악의 극명한 대비를 통하여 대립과 투쟁의 세계를 구현한 점, 특히 작품 속에 공통적으로 언급된 「예상우의곡霓裳羽衣曲」에 대하여 정경패와 사정옥의 평가가 정반대인 점 등이다. 동일 작가의 모든 작품이 반드시 제재, 주제, 창작 방법 등의 측면에서 일관성을 가진다고 할 수 없는데다 더욱이 「남정기」가 뚜렷한 정치적 의도를 가지고 창작된 '목적소설'이라고 볼 때 『구운몽』과 「남정기」가 여러 측면에서 간극을 보이는 것은 당연하다고도 볼 수 있다. 그러나 「예상우의곡」이라는 동일한 음악에 대해 『구운몽』의 정경패가 당나라 현

宗玄宗 때의 태평한 기상이 완연히 드러난 음악이라고 찬사를 보낸 반면 사정옥은 현종의 사치향락과 '안록산의 난'을 들어 '망국의 음악'이라 비난한 점은 동일 작가의 발상이라 보기 어렵다. 김춘택이 인현왕후 복위운동의 핵심 인물이자 「남정기」에 대해 최초로 언급한 인물임을 고려할 때 「남정기」의 한역자를 자처한 김춘택이 「남정기」의 작자, 혹은 공동 작자라 해도 무방할 만큼 대단히 적극적인 개작자일 가능성도 열어 둘 필요가 있다고 본다.

9) 『세종실록』 세종 2년 11월 7일조 참조.

10) 『중종실록』 중종 10년 10월 3일조 참조.

11) 이래종 역주, 『사씨남정기』(태학사, 1999), 제2회, 238쪽 참조. 이 교주본은 서울대 규장각한국학연구원 가람문고 소장 필사본을 저본으로 삼았다.

12) "翰林所以置此身, 徒爲嗣續. 今若生女, 反不如不生!'"(「남정기」, 제2회, 241쪽)

13) 『예기』 「제의祭義」의 "삼궁三宮의 부인"이라는 구절에 대해 한나라의 학자 정현鄭玄은 "제후의 부인은 삼궁(제후의 부인이 거처하는 세 궁궐, 곧 세 사람)이다"라고 주석을 달았다.

14) 물론 복수의 부인을 둔 설정은 일반적인 사대부가에서 상상하기 어려운 일인바, 『창선감의록』에서 거꾸로 현실성이 약화된 측면도 있다.

15) "皇上慈諒仁明, 而一自嚴嵩秉政, 國事日非, 御史南標, 抗疏獨言, 言不見採, 而身反投荒. 言路, 國之耳目也, 耳目塞而能不亡者, 幾稀矣."(『창선감의록』 제1회, 291쪽)

16) "次見瑗詩, 忽愕然擲牋曰: '小子無狀, 吾家亡矣! (…) 儇薄浮淫之態, 溢於篇上, 此子將亂家耳.' 仍蹙眉不悅者久之. 及見珍詩, 怡然解頤, 和氣春溫. (…) 公曰: '亡吾家者瑗也, 興吾家者珍也.' 復正色責瑗曰: '(…) 此後, 須改心修行, 一動一靜, 必學於汝弟, 無令花氏宗祀, 覆於汝手也.' 瑗慚恐而退."(『창선감의록』 제1회, 293~294쪽)

17) "有三夫人, 上元沈氏, (…) 能言有貌, 而内甚猜險, 其子瑗, 品格凡庸, 公不甚愛之. 鄭夫人莊靜有淑德, 而姚夫人不幸早世, 臨終以一女托於鄭夫人. 夫人保護敎訓, 無異親生, 公以是特敬重鄭夫人焉. (…) 鄭夫人生子, 額骨秀異, 啼聲洪亮, 公大奇愛之."(『창선감의록』 제1회, 290쪽)

18) "是年, 公已行長子瑗婚禮, 娶刑部尙書林俊之孫女, 姿色雖不絶美, 而頗有德性. 公喜之, 而瑗甚不快也."(『창선감의록』 제1회, 292쪽)

19) "瑗猶不悛, 此後, 林小姐自恨賦命之奇薄, 而嘆所天之無良, 遂潔身自守, 不與瑗慇懃, 是以, 久而無子, 瑗大恚之."(『창선감의록』 제1회, 295쪽)

20) "南妹事事神異, 固非地上人也."(『창선감의록』 제4회, 328쪽)

21) "南小姐之天香自發, 百媚橫生, 自生民以來, 所未有也."(『창선감의록』 제4회, 335쪽)

22) "時, 洞庭烟殘, 君山月出, 有赤巾者八九人, 乘一隻小舸, 回回舟尾. 公疑之, 果咆喊

登舟, 劍光星翻. 公知其嚴嵩所遣, 必不可得免, 遂與夫人投水. 噫! 小人之禍, 窮極至此哉! 時, 一行僮僕, 皆爲兵刃所殺, 而獨侍兒<u>季鸞</u>, 抱小姐呼天, 賊徒憐之, 投之江岸而去."(『창선감의록』제3회, 311쪽)

23) "夫人以前生業寃, 雖有一時厄運, 十年之後, 當與父母相逢, 榮樂無窮."(『창선감의록』제3회, 313쪽)

24) "相與散髮翳面, 從山間小蹊而行. 噫! 小姐金房繡闥, 曾未有跬步之勞, 而崩岸斷麓, 山石犖确, 妍妍玉骨, 何以自致乎? 行未十里, 嫩脚澌繭, 軟趾重繭, 婢主相泣於林薄間."(『창선감의록』제3회, 316쪽)

25) "<u>趙</u>女使婢<u>蘭秀</u>通<u>范漢</u>, 因爲謀主, 又締結<u>桂香</u>等, 多埋凶穢於<u>沈氏</u>之堂, 使<u>桂香</u>等發告曰: '<u>林</u>小姐爲之.' <u>沈氏</u>大怒, 責<u>林</u>小姐, 而將黜之."(『창선감의록』제5회, 350쪽)

26) "卒立<u>趙</u>女爲妻. <u>趙</u>女自此, 揚揚自得, 行止飄忽, 裙端生風, 籠絡愚夫, 嬌怒迭發, <u>瑒</u>奔走承命, 尻不接地."(『창선감의록』제5회, 350~351쪽)

27) "<u>尹</u>夫人聽罷, 怡然笑曰: '元來如此, 而妾等不知也.' (…) <u>尹</u>夫人卽開金箱, 出而給之. (…) <u>趙</u>女玩弄再三, 喜氣燦然, 而<u>南</u>夫人正色端坐, 默無一言. <u>尹</u>夫人數目<u>南</u>夫人, 而<u>南</u>夫人終無出給之意. <u>趙</u>女怏怏忿怒而歸."(『창선감의록』제5회, 351쪽)

28) "是日黎明, 府中震動云: '去夜正堂, 刺客入矣!' 翰林錯愕仆地. <u>瑒</u>攝衣顚倒而入, <u>沈</u>氏魂飛目瞠, 而<u>蘭香</u>橫僵於<u>沈氏</u>之床前, 口角流血, 斷舌橫脣, 有尺匕自吻而貫於腦. <u>瑒</u>見之愕然, <u>桂香</u>又於戶間, 拾得一錦囊. <u>瑒</u>取視之, 中有赫蹄書, 乃<u>南</u>夫人與翰林相通謀爲弒害<u>沈氏</u>之札, 而言意巧憯."(『창선감의록』제6회, 360쪽)

29) "<u>蘭秀</u>已與<u>范漢</u>通, 而<u>趙</u>女又引以自通之, 自<u>瑒</u>病後, <u>漢</u>狼藉入宿, 家人往往有知之者, 而不敢言也. 一日<u>趙</u>女, 撫<u>漢</u>腹曰: '此腹之中, 萬計出沒, 宜其大也.' <u>漢</u>笑曰: '計之爲物, 不在腹中, 而在於心頭. 吾有<u>陳孺子</u>之六計, 而用之者三, 未及用者, 亦三也.' (…) <u>趙</u>女笑曰: '願聞未及用之計.' <u>漢</u>曰: '一則殺<u>花珍</u>, 二則殺<u>花瑒</u>, 三則收取此家金寶, 與娘子扁舟遊於<u>五湖</u>也.' <u>趙</u>女佯怒而打其腹曰: '何其已甚也! 然第聞殺<u>花珍</u>兄弟何計也?'"(『창선감의록』제6회, 358~359쪽)

30) "<u>沈氏</u>輕佻泄<u>張平</u>之謀於<u>趙</u>女, <u>趙</u>女大恐, 以爲<u>尹</u>夫人一入<u>嚴</u>府, 則必報怨於自家與<u>范漢</u>也. 乃往<u>秘春堂</u>, 欲先告於<u>尹</u>夫人, 而使之自決焉. 公子望見其妖冶之態, 以爲此必是<u>趙</u>女也, 倚枕而坐, 凝然不動. <u>趙</u>女怫然曰: '夫人將爲<u>嚴</u>太常之寵姬, 故驕倨若是乎?' 公子佯驚怒而握其手曰: '汝以匹夫之賤妾, 敢辱宰相之正室乎?' <u>趙</u>女拂袖發惡, 公子捉其頸而前之, 反掌批頰, 聲如碎竹. <u>趙</u>女吃吃然不能言, 如河豚鼓毒, 腹背俱漲. 公子內癢忍笑曰: '此非細事, 當告尊姑而處之!' 因擧其頸, 至正堂之北陛上, <u>趙</u>女大惶哀乞. 公子乃翻手投之, 如蛙張於地. 公子軒然一笑, 回向寢堂, 侍女等駭然視之."(『창선감의록』제7회, 370쪽)

31) 『창선감의록』 제9회, 182~185쪽 참조.

32) "翰林使聖禧, 將精兵二千, 以玄旗旅服, 夜啣枚出城, 先伏於尾唐口. 又使中軍將韋立, 潛引兵出磅硠海口, 旗甲放安南, 自稱安南援兵, 結船於中流. 又令軍士鑿地道數十處, 選超距輕足之士三千人, 赤其衣甲, 各持火鼓, 納於地道, 令曰: '聞喊聲而出!' 乃使公遂, 帥壯勇敢死者千二百騎, 持天棒柯斧鉤鎗利戟, 而當前衝殺, 使繼光, 帥強力暴銳知進而不知退者二千四百人, 持剛車疾弩大幡雪槊, 而左右翼擊, 使副將八人, 帥餘軍四千人, 持錞于鉦鐲鳴羅鳴角, 而殿後鼓勇. 夜三更, 大開城門, 三隊飛出, 如流星落雷. 翰林與王劉二人, 望見於城上, 賊軍湏洞駭亂, 頂尻相搏, 喊聲已大震, 而無數火鼓, 從地跳出, 赤衣赤甲, 燐亂怳惚, 東擣西盪, 若驚若狂, 鐵騎直衝, 強弩夾發, 金鼓之聲, 天動地吸. 山海大慌, 急行妖術, 狂風暴雨, 忽然大作. 翰林出股眞人神符, 粘竿揮之, 風雨自止. 官軍踐血蹂屍, 席捲虔劉, 山海急收殘軍, 從陸路逃走, 至尾塘口, 爲兪聖禧攔道厮殺. 山海獨以匹馬躱免. 山海舟軍, 退至磅硠, 望見安南旗幟, 不以爲疑, 從船上自言其敗. 韋立大鏖洋中, 殺之殆盡."(『창선감의록』 제9회, 401쪽)

33) 본서의 101~102쪽 참조.

34) 『창선감의록』 제10회, 212~220쪽; 제11회, 223~225쪽 참조.

35) "吾以薄命女子, 貽禍於父母, 幾抱窮天之痛, 而永爲天下之罪人矣! (…) 從此誓當不離膝下, 少報顧復之恩, 而父母辭世之日, 仍復決命同歸, 則庶可以贖吾罪, 而畢吾願也. 室家之道, 雖云大倫, 比之父母, 猶有輕重."(『창선감의록』 제4회, 334쪽)

36) "翰林之仁孝出天, 友愛根心, 對食則思母, 遇景則懷兄, (…) 飮泣太息曰: '吾若得母親兄丈一日之歡心, 則雖朝暮死而無恨也! 自餘富貴之事, 妻子之樂, 皆似秋雲浮芥耳.' 以是身在蜀中者周年, 而未暇念及於南夫人也."(『창선감의록』 제8회, 385쪽)

37) "雖使大舜復生, 展禽不死, 必不能多過於花珍也."(『창선감의록』 제7회, 372쪽)

38) "叔叔, 大舜後一人也!"(『창선감의록』 제13회, 438쪽)

39) "妾等皆閭巷賤女, 父非大舜, 母非二妃, 則男女情欲, 何獨無乎?"(「운영전」, 377쪽)

40) "侍郎每遇京鄕故舊, 則輒問佳郎之所在處, 而終無入意者, 嘗嘆曰: '若以吾之兩女, (…) 其幽閒之姿,貞靜之德, 亦豈多讓於古人哉! 天出此等淑質, 而決不屬之於平調俗士, 意者必有積德累仁之家, 出一箇大君子, 而吾兩兒, 爲之應期而生也.' 趙夫人在傍問曰: '觀公語意, 無乃欲效皇英之故事耶? 今以兩箇美兒, 當得兩箇佳郎, 雙雙對遊, 各見滋味也.'"(『창선감의록』 제4회, 326쪽)

41) "至於大賢君子, 則不並世而出也. 今若配南女而捨吾女, 則是不近人情也; 配吾女而捨南女, 則是負亡吾友也."(『창선감의록』 제4회, 326쪽)

42) 윤혁의 일부다처 합리화 논리는 명말청초의 재자가인소설 『옥교리玉嬌梨』에서 개발한 논리의 연장선상에 놓여 있다(『옥교리』, 『才子佳人小說集成』 1, 沈陽: 遼寧古籍出

版社, 1997, 334~335쪽 참조).

43) 『창선감의록』 제4회, 88~94쪽 참조. 『창선감의록』의 이 장면은 『옥교리』의 비슷한 장면을 참조하여 변용한 것이다. 『옥교리』의 여주인공이 남장을 하고 나서서 자신의 혼인을 직접 정했던 반면, 남장을 한 진채경은 백경과 자신의 혼약을 맺은 것이 아니라 자신의 정혼 상대인 윤여옥으로 가장하여 오히려 백경의 누이 백소저와 윤여옥의 혼약을 맺어 주었다.

44) "士固爲知己者死"(『창선감의록』 제4회, 335쪽)

45) "此必徐元直薦臥龍之意也!"(『창선감의록』 제5회, 340쪽)

46) "소아는 월궁 항아의 아우이니, 항아가 비록 미워하여 인간세계에 보냈으나 어찌 돌아보지 않으리오?"(「숙향전」, 이상구 주석, 『원본 숙향전·숙영낭자전』, 문학동네, 2010, 221쪽) 이하 「숙향전」의 인용은 이상구 주석본을 저본으로 삼아 현대어로 옮겼다.

47) "월궁 소아가 천상에 죄를 얻었기에 인간세계에 내쳐 남양 땅 김전의 집으로 귀양 보냈더니(…)."(「숙향전」, 48쪽)

48) 「숙향전」, 20~21쪽. "70세에" 이하 구절은 의미가 명확한 심씨B본 교감 내용에 따랐다.

49) 「숙향전」, 31쪽 및 48쪽 참조.

50) 「숙향전」, 31쪽 및 69쪽 참조.

51) 「숙향전」, 124쪽 및 221쪽 참조.

52) 『창선감의록』, 48~49쪽 및 123~127쪽; 「숙향전」, 25쪽 참조.

53) 『창선감의록』, 58쪽; 「숙향전」, 61~65쪽 참조.

54) "妾受湘君娘娘靈旨, 奉慰於花相國夫人. 夫人以前生業寃, 雖有一時厄運, 十年之後, 當與父母相逢, 榮樂無窮."(『창선감의록』, 313쪽)

55) "眉目過淸, 顔色過美, 言語警悟, 行動神妙, 皆非塵世間煙火食人之相."(『창선감의록』, 356쪽)

56) "南妹事事神異, 固非地上人也."(『창선감의록』, 328쪽)

57) "貧道心中愕然嗟惜, 但大厄難免, 告之無益, 故不告也."(『창선감의록』, 356쪽)

58) "小生旣作人間之人, 而妄知天上之事, 則無益於身, 而徒亂心懷耳. 籍令此藥一飮成仙, 小生有偏母孤兄, 何忍捨之而獨往乎?"(『창선감의록』, 390쪽)

59) 「숙향전」, 28~33쪽, 47~53쪽, 217~222쪽 참조.

60) "夫人稟得天地之精, 五行之粹, 而爲女中之聖, 將上繼皇英之德, 而大闡閨閤之化, 故百神護衛, 而妖孽莫能害也."(『창선감의록』, 356쪽)

61) "自古聖人, 無有不窮厄而通其道也. 吾世尊雪山之苦, 孔夫子陳蔡之厄, 是已夫. 以夫人淸明絶特之姿, 平居逸樂而無危, 難奇異之聞, 則無以知夫人之有無也. 故皇天

欲激成夫人之德而著之於天下也. 是故, 古之人知禍福有時, 榮辱無常, 飽更風霜而膽
益壯."(『창선감의록』, 357쪽)

62) 『창선감의록』, 55~59쪽, 123~125쪽, 129~130쪽 참조.

63) "沈氏使蘭香桂香, 捽致小姐, 頓足罵曰: '賤女娉仙, 敢懷凶心, 符同賤子, 圖奪長位,
而欲先去嫡母, 與賤婢翠蟬, 綢繆謀議耶?' 小姐錯愕莫無語, 珠淚橫流. 沈氏又招公子,
跪之堂下, 以鐵如意, 擊碎欄干, 大聲數罪曰: '汝賤子珍, 藉勢成夫人, 而愚弄先君,
欲奪去嫡長, 天不助惡, 大事敗謬, 乃反與妖妹凶婢, 謀爲不測乎?' (…) 沈氏大怒, 自
執鐵鞭, 急向小姐, 公子放聲哀號, 林小姐扶沈氏手, 而涕泣救之. 沈氏愈怒, 使婢僕輩,
捽公子黜之, 叱林小姐曰: 汝亦欲黨惡而去我耶?'"(『창선감의록』 제2회, 300~301쪽)

64) "造物者能剪蘭香之舌"(『창선감의록』 제6회, 360쪽)

65) "時南參議已致仕, (…) 而有時與尹侍郞陳尙書, 散浪嘯傲於郭外之山水, 晉公及尹
尙書, 必聯策而從之. 一日, 遊於玉泉山之西湖, (…) 諸公相顧樂之, 浮杯而飮, 忽有
被葛帶索者, 鬢髮滄浪, 行步傴僂, 自山谷間而來. 侍郞望而流涕曰: '丞相憊甚矣!'"
(『창선감의록』 제14회, 448~449쪽)

66) "吾等已作世外之逸民矣, 不須言當時之恩怨."(『창선감의록』 제14회, 449쪽)

67) 『창선감의록』 제7회, 152~160쪽 참조.

68) "將行刑於都市, 沈夫人欲使人數罪於趙女. 花夫人諫曰: '誅之足矣, 數之何益? 且惡
人難與語, 或恐有不遜也.' 沈夫人曰: '吾終不可以忍也.' 乃使人數之."(『창선감의록』
제13회, 436쪽)

69) "'元帥老爺殺我, 則我當甘心, 沈夫人不可以責我矣. (…) 夫人明不納纏, 則吾安能誣
林氏乎? 夫人苟知南夫人之爲淑女, 則何以自咎囚於外廊也? (…) 夫人愛翰林夫婦,
如親生而無間焉, 則吾雖有禍心, 何以乘隙乎? (…) 空穴來風, 腐肉蟲生, 夫人之家
不亂, 而獨我亂之乎' 一市人粲然皆笑. 沈夫人慚悔曰: '吾恨不從女兒之言也.'"(『창
선감의록』 제13회, 437쪽)

4장 선민의식과 가문중심주의

1) "先妣贈貞夫人龍仁李氏手寫冊子中, 『蘇賢聖錄』大小說十五冊, 付長孫祚應, 藏于家
廟內, 『趙丞相七子記』『韓氏三代錄』, 付我弟大諫君, 又一件『薛氏三代錄』, 付我妹黃
氏婦; 『義俠好逑傳』『三江海錄』一件, 付仲房子德性; 『薛氏三代錄』, 付我女金氏婦.
各家子孫, 世世善護, 可也."(權燮,「先妣手寫冊子分配記」,『玉所稿』雜著 四)

2) "余年始六七歲, 與諸姊妹, 侍先妣側, 持一冊子墨戲, 傷汚藉甚. 先妣奪而禁之曰: '此

『韓氏三代錄』, 我兒時習字舊也. 其說不經, 筆亦幼沖, 非所足惜, 而間以亡仲弟錦山君書, 古跡不可褻也."(權震應, 「書先妣手筆韓氏三代錄後」, 『山水軒遺稿』 권7)

3) 정병설, 『완월회맹연 연구』(태학사, 1998), 193~194쪽 참조.

4) 『소현성록』 15권본(이화여대 소장본)의 경우 권1~권4 부분이 '본전', 권5~권15 부분이 '별전'이고, 『소현성록』 21권본(규장각 소장본)의 경우 권1~권6 부분이 '본전', 권7~권21 부분이 '별전'이다.

5) 『소현성록 1』(조혜란·정선희 역주, 소명출판, 2010), 20쪽. 이하 이화여대 소장 필사본을 저본으로 삼은 조혜란·정선희 외 역주본을 대본으로 삼되 원문에 의거하여 일부 문장 표현을 고쳐 인용한다. 필요에 따라 서울대 규장각한국학연구원 소장 21권본을 함께 이용한다.

6) 이하 '『소현성록』'은 본전과 별전의 합본合本, 혹은 연작連作 전체를 아울러 가리키는 이름으로 고정해서 쓴다.

7) 『소현성록 1』, 249쪽. 그밖에도 소현성 스스로 "나는 본래 호걸의 마음이 없고 성인의 가르침에 뜻이 있다"(『소현성록 1』, 61쪽)라고 말하는 대목, 황제에게 "저는 다만 성인의 가르침을 배울 뿐이니 군대의 일을 모르고 또 재주도 없습니다"(『소현성록 1』, 143쪽)라고 말하는 대목 등을 비슷한 예로 들 수 있다.

8) 『소현성록 1』, 168쪽.

9) 『소현성록 1』, 60~61쪽 참조.

10) 『소현성록 1』, 167쪽.

11) 『소현성록 1』, 294쪽.

12) 『소현성록 2』(정선희 역주, 소명출판, 2010), 68쪽, 114~115쪽, 175~176쪽 참조.

13) 『소현성록 2』, 139쪽, 179쪽, 209쪽, 250쪽, 260쪽; 『소현성록 3』(허순우·최수현 역주, 소명출판, 2010), 21~24쪽 참조.

14) 『소현성록 2』, 60~62쪽, 67쪽, 86쪽 참조.

15) 『소현성록 1』, 164쪽; 『소현성록 2』, 250쪽; 『소현성록 3』, 21~22쪽 및 164~169쪽 참조.

16) 『소현성록 2』, 63~65쪽 참조.

17) 소운성 형제의 가정교사인 단선생은 본전에서 비록 소운성의 문재文才는 부친에 조금 못 미치지지만 소현성이 지니지 못한 영웅호걸의 기상이 있다고 했으며(『소현성록 1』, 384~385쪽 참조), 『소씨삼대록』에서는 소운성이 부친 이상의 성취를 보일 것이라고 높이 평가했다(『소현성록』 21권본, 권12, 장34뒤~장36앞 참조). 소운성이 유람을 떠나 조부 소광이 남긴 시를 찾아오자 소현성이 아들의 호방한 의기를 칭찬한 일도 소현성의 단점을 소운성이 보완한 사례다(『소현성록 3』, 153~154쪽 참조). 한편 석파는 본전의 소경 캐릭터에 대한 불만을 『소씨삼대록』에서 다음과 같이 토로했다. "노첩老妾(석

파)은 노야老爺(소현성)의 새침함이며 움직일 때 무릎을 쓸고 앉는 것이며 작위가 승상에 이르러도 글 읽는 거동이 고답스러워 보기 싫더이다."(『소현성록』 21권본, 권8, 장21뒤)

18) 본전에서 소경은 활을 쏘아 보라는 태종의 명에 응하지 않고 이렇게 말했다. "신은 다만 성인의 가르침을 배울 뿐이니 군대의 일을 모르고 또 재주도 없으니, 어찌 임금의 활을 더럽히겠습니까?"(『소현성록 1』, 143쪽) 반면 『소씨삼대록』의 소현성은 절륜한 용력을 지닌 데다 병서에 정통한 인물로, 운남과의 전쟁에 나서 적벽전을 지휘하는 제갈공명의 면모를 보여 주었다(『소현성록 2』, 60쪽; 『소현성록 3』, 127~128쪽 및 366~370쪽 참조).

19) 『소현성록 2』, 86쪽, 91~92쪽, 137~138쪽, 156쪽, 166~167쪽, 215쪽 참조.

20) "다음 회로 회를 나누었으니 이를 보면 알 것이다."(『소현성록 2』, 123쪽), "승부가 어떻게 될 것인지는 다음 회를 분석하라."(『소현성록 3』, 357쪽), "군자의 밝은 통찰이 요사한 사람을 제거하고 어진 사람을 보호하였는지 하회下回를 보면 알 것이다."(『소현성록 3』, 29쪽), "석람하회析覽下回하라"(21권본, 권16, 장36앞), "차청하회且聽下回하라"(21권본, 권18, 장36뒤; 권19, 장38뒤) 등의 장회 전환 투식어가 『소씨삼대록』에만 보인다.

21) 명나라 기진륜紀振倫이 1593년 이전에 지은 것으로 알려져 있는 작품으로, 원제는 『양가부세대충용연의지전楊家府世代忠勇演義志傳』이다. 동일한 제재에 서사 전개도 흡사한 『북송지전』, 곧 『북송연의』가 17세기 이래 조선에 수입되어 읽혔다.

22) 『楊家府世代忠勇演義志傳』(『古本小說集成』420, 上海: 上海古籍出版社, 1990), 83쪽~135쪽 참조.

23) 『소현성록 1』, 24~33쪽 참조.

24) 『소현성록 1』, 160~161쪽.

25) 『소현성록 1』, 176쪽 참조.

26) 『소현성록 1』, 188~189쪽 참조.

27) 『소현성록 1』, 198~201쪽 및 209~210쪽 참조.

28) 『서유기』나 『봉신연의』 같은 신마소설 계열의 작품에서 신이한 능력을 지닌 주인공들의 변신술이 발견되고 『양가부연의』에서 주인공 양문광이 선약仙藥을 먹은 뒤 변신술을 구사하는 설정이 보이지만, 『소현성록』 이전에 중 평범한 인물이 '개용단' 같은 약을 먹어 변신한다는 설정을 지닌 작품은 아직 발견하지 못했다.

29) 『소현성록 1』, 215~224쪽 참조.

30) 『소현성록 1』, 239~243쪽.

31) 『소현성록 1』, 324~325쪽.

32)『소현성록 1』, 325~326쪽.

33)『소현성록 1』, 59쪽 및 338쪽.

34)『백가공안百家公案』(박재연 교주, 강원대출판부, 1994), 제1회, 9쪽~10쪽; 제4회, 16~
17쪽; 제45회, 122~123쪽 참조.『포공안』의 원제목은『포용도 백가공안包龍圖百家公
案』인데,『용도공안龍圖公案』,『백가공안』,『포공연의』등 다양한 이름으로 불렸다.

35)『백가공안』, 제44 · 58 · 88 · 89회, 특히 제58회, 172~173쪽 참조.

36)『소현성록 1』, 88쪽; 21권본, 권2, 장7.

37)『소현성록 1』, 75쪽 참조.

38) 석파가 주도하는 소씨 집 여성들의 한담(『소현성록 1』, 172~177쪽), 소경과 여씨의 혼
례식 직전 소씨 일가가 모여 일부다처에 관한 생각을 나누는 대화(『소현성록 1』, 187~
192쪽), 소씨 집 여성들이 소경과 그 아들의 외모를 비교하는 긴 대화(『소현성록 1』,
318~322쪽), 양부인 조카의 장원급제 축하 잔치 장면에서 이루어지는 사돈 간의 긴
대화(『소현성록 1』, 331~336쪽)가 대표적이다.

39)『소현성록 1』, 333~334쪽.

40)『소현성록 1』, 263쪽.

41) 소운성과 형씨의 결혼식 이튿날 가족들이 모여 한담을 나누는 장면(『소현성록 2』, 78~
83쪽), 소운성 부부의 긴 대화 장면(『소현성록 2』, 104~107쪽 및 143~148쪽), 소씨 가
문 여성들이 모여 미모와 덕성의 우열을 따지며 미인론을 펼치는 장면(『소현성록 3』,
279~286쪽) 등이 대표적인 사례다.

42)『소현성록 2』, 193쪽.

43)『소현성록 2』, 12~30쪽 참조.

44)『소현성록 2』, 27쪽.

45)『창선감의록』제2회, 36~37쪽 참조.

46)『창선감의록』제4회, 81~89쪽 참조.

47)『소현성록 3』, 231~233쪽 참조.

48)『창선감의록』제4회, 89~94쪽 참조.

49)『소현성록 3』, 233~254쪽 참조.

50)『소현성록 2』, 40~41쪽.

51)『소현성록 2』, 66쪽, 75쪽, 205쪽 참조. 한편 본전에서 소현성은 태상노군太上老君(노
자老子)에게 '칠성참요검七星斬妖劍'이라는 보검을 받는데, 이 보검의 주인은 처음부
터 소운성으로 예정되어 있었다(『소현성록 1』, 303쪽;『소현성록 3』, 125~128쪽 참조).

52)『소현성록 2』, 240쪽;『소현성록 3』, 154쪽 참조.

53)『소현성록 3』, 51~54쪽, 148쪽;『소현성록 4』(정선희 · 허순우 · 최수현 역주, 소명출판,

2010), 57~61쪽 참조.

54) 『소현성록 2』, 59~63쪽 참조.

55) 『소현성록 2』, 63~64쪽.

56) 『소현성록 2』, 64쪽 및 86쪽 참조.

57) 『소현성록 2』, 131쪽.

58) 『소현성록 2』, 197쪽.

59) 『소현성록 2』, 206~207쪽 참조.

60) 『소현성록 2』, 275~278쪽; 『소현성록 3』, 59~60쪽 참조.

61) 『소현성록 2』, 278~289쪽; 『소현성록 3』, 69~74쪽 참조.

62) 『소현성록 3』, 76쪽.

63) 『소현성록 3』, 97쪽.

64) 『소현성록 4』, 359~360쪽 참조.

65) 특히 『옥환빙』의 존재는 『소씨삼대록』에서 직접 언급된 바 있다(『소현성록 4』, 76~79쪽 및 363~369쪽 참조).

66) 『소현성록 3』, 206~228쪽 참조.

67) 『구운몽』, 38쪽, 99쪽, 131쪽 참조.

68) 『창선감의록』, 107쪽, 208쪽, 255쪽 참조.

69) 『소현성록 1』, 48쪽, 130쪽, 354~355쪽 참조.

70) 프랑수아 드 페늘롱François de Fénelon, 『텔레마코스의 모험』(김중현 · 최병곤 옮김, 책세상, 2007), 535~599쪽 참조.

71) 『소현성록 1』, 38쪽; 『소현성록 4』, 249쪽.

72) 『소현성록 1』, 33~34쪽.

73) 『소현성록 1』, 204~212쪽; 215~221쪽 참조.

74) 『소현성록 1』, 211쪽.

75) 『소현성록 1』, 360쪽.

76) 『소현성록 1』, 36쪽.

77) 『소현성록 1』, 56~57쪽.

78) 『소현성록 1』, 40쪽.

79) 『소현성록 1』, 63쪽.

80) 『소현성록 1』, 169~170쪽.

81) 『소현성록 1』, 73쪽.

82) 『소현성록 1』, 104쪽.

83) 『소현성록 1』, 342쪽.

84) 『소현성록 4』, 180쪽, 351~355쪽, 360쪽 참조.

85) 『소현성록 1』, 149쪽.

86) 『소현성록 3』, 292~293쪽; 『소현성록 4』, 48~49쪽, 65~68쪽 참조.

87) 『소현성록 1』, 153~154쪽.

88) 『소현성록 1』, 188~189쪽.

89) 『소현성록 1』, 186쪽.

90) 『소현성록 1』, 107~119쪽 참조.

91) 『소현성록 1』, 120쪽.

92) 『소현성록 1』, 341쪽 참조.

93) 『소현성록 1』, 337쪽; 『소현성록 4』, 320~321쪽 참조.

94) 『소현성록 2』, 179쪽 및 391쪽.

95) 『소현성록 1』, 162쪽.

96) 『소현성록 1』, 164쪽, 186~187쪽, 193~194쪽; 『소현성록 3』, 122쪽 참조.

97) 『소현성록 3』, 209쪽.

98) 『소현성록 1』, 244쪽 및 360~363쪽 참조.

99) 『소현성록 4』, 114~182쪽 및 216쪽 참조.

100) 『소현성록 1』, 268~272쪽 참조.

101) 『소현성록 3』, 32~34쪽 참조.

102) 『소현성록 2』, 114~119쪽, 175쪽; 『소현성록 3』, 212~220쪽 참조.

103) 『소현성록 3』, 423~430쪽 참조.

104) 『소현성록 4』, 29~42쪽 참조.

105) 『소현성록 3』, 68쪽 참조.

106) 『소현성록 3』, 123쪽, 174쪽, 185쪽; 『소현성록 4』, 246쪽, 321~322쪽 참조.

107) 『소현성록 4』, 286~293쪽 참조.

108) 『소현성록 2』, 120쪽.

109) 『소현성록 4』, 129쪽, 215쪽, 284~285쪽, 331쪽 참조.

110) 『소현성록 4』, 246쪽 참조.

111) 『소현성록 2』, 129쪽.

112) 『소현성록 2』, 133~152쪽 참조.

113) 『소현성록 2』, 152쪽.

114) 『소현성록 2』, 158쪽.

115) 『소현성록 2』, 159쪽 및 206~207쪽 참조.

116) 『소현성록 2』, 157쪽.

117) 송나라 태조太祖가 갑자기 사망하자 그 아우인 태종이 태조의 아들 조덕소趙德昭를 제치고 제위에 올랐는데, 태종이 태조를 독살했다는 설이 태종 재위기에 이미 널리 퍼졌다. 실제로 태종은 즉위 후 이복동생 조정미趙廷美의 관직을 빼앗아 유폐하고, 조카 조덕소를 자살하게 만들기도 했다. 본전에도 관련 내용이 짧게 삽입되어 있는데, 여기서는 태종이 조덕소를 죽인 것으로 단정했다(『소현성록 1』, 322~323쪽 참조).

118) 『소현성록 2』, 279쪽, 292~293쪽; 『소현성록 3』, 67~71쪽 참조.

119) 『소현성록 3』, 75~81쪽 참조.

120) 『소현성록 3』, 83쪽.

121) 『소현성록 3』, 100쪽.

122) 『소현성록 3』, 104쪽.

123) 『소현성록 4』, 71~76쪽.

124) 『소현성록 4』, 319쪽 참조.

125) 『소현성록 3』, 63쪽, 309쪽; 『소현성록 4』, 279~284쪽 참조.

126) 『소현성록 4』, 230~233쪽, 247~250쪽, 310~316쪽 참조.

127) 『소현성록 2』, 161쪽.

128) 『소현성록 1』, 41~49쪽 참조. 한편 소현성의 사위 김현 역시 형의 시험을 대신 보려 했으나, 이것은 효심에 의한 것으로 정당화되었다(『소현성록 4』, 137~138쪽 참조).

129) 『소현성록 4』, 166쪽.

130) 『소현성록 4』, 167쪽.

131) 『소현성록 4』, 167쪽.

132) 『소현성록 3』, 355~357쪽 및 382~437쪽 참조.

133) 『소현성록 4』, 15쪽 및 19~20쪽.

참고 논저

1부 전쟁의 시대

1장 전쟁과 사회

류성룡 저, 김시덕 역해, 『교감 · 해설 징비록』(아카넷, 2013)

박재광, 「임진왜란 연구의 현황과 과제」(한일관계사연구논집 편찬위원회 편, 『임진왜란과 한일관계』, 경인문화사, 2005)

서울학연구소 편, 『조선후기 서울의 사회와 생활』(서울학연구소, 1998)

손정목, 『조선시대 도시사회 연구』(일지사, 1977)

신용하 · 권태환, 「조선왕조시대 인구 추정에 관한 일시론」(『동아문화』 14, 서울대 동아문화 연구소, 1977)

이장희, 『임진왜란사 연구』(아세아문화사, 2007)

정두희 · 이경순 엮음, 『임진왜란 - 동아시아 삼국전쟁』(휴머니스트, 2007)

최영희, 『임진왜란 중의 사회동태』(한국연구원, 1975)

하우봉, 「동아시아 국제전쟁으로서의 임진전쟁」(『한일관계사연구』 39, 한일관계사학회, 2011)

한명기, 『임진왜란과 한중관계』(역사비평사, 1999),

____, 『병자호란 1 · 2』(푸른역사, 2013)

허태구, 「병자호란 강화 협상의 추이와 조선의 대응」(『조선시대사학보』 52, 조선시대사학
　　회, 2010)

『인구대사전』(통계청, 2006)

2장 전쟁을 보는 세 개의 시선

(1) 인간 실존의 형식: 환멸과 초월

강상순, 「전기소설의 해체와 17세기 소설사적 전환의 성격」(『어문논집』 36, 안암어문학회,
　　1997)

김명호, 「신선전에 대하여」(『한국 판소리 · 고전문학 연구』, 새터강한영교수 고희기념논문집,
　　아세아문화사, 1983)

김종철, 「서사문학사에서 본 초기소설의 성립문제 ― 전기소설과 관련하여」(『고소설연구
　　논총』, 다곡이수봉선생회갑기념논총 간행위원회, 1988)

＿＿, 「전기소설의 전개 양상과 그 특성」(『민족문화연구』 28, 고려대 민족문화연구소,
　　1996)

김준형, 「〈옥소선 이야기〉의 변이양상과 의미」(『한국민속학』 30, 한국민속학회, 1998)

김지연, 「16세기 한 · 중 소설사적 맥락에서 살펴본 〈주생전〉의 특징」(『세계한국어문학』 6,
　　세계한국어문학회, 2011)

김현양, 「〈주생전〉의 사랑, 그 상대적 인식의 서사」(『열상고전연구』 28, 열상고전문학회,
　　2008)

류탁일, 「『전등신화』 및 『전등여화』의 전래와 수용」(『한국문헌학연구』, 아세아문화사, 1989)

박영호, 『허균 문학과 도교사상』(태학사, 1999)

박일용, 「주생전」(김진세 편, 『한국고전소설작품론』, 집문당, 1990)

＿＿, 「〈주생전〉의 공간 구조와 환상성」(『고소설연구』 35, 한국고소설학회, 2013)

박희병, 『한국전기소설의 미학』(돌베개, 1997)

＿＿, 『한국고전인물전연구』(한길사, 1992)

＿＿, 『조선후기 전의 소설적 성향 연구』(성균관대 대동문화연구원, 1993)

박희병 표점 · 교석, 『한국한문소설 교합구해』(제2판, 소명출판, 2007)

박혜숙, 「남성의 시각과 여성의 현실」(『민족문학사연구』 9, 민족문학사연구소, 1996)

소인호, 「나말~선초의 전기문학 연구」(고려대 박사학위논문, 1996)

＿＿, 「〈주생전〉 이본의 존재 양태와 소설사적 의미」(『고소설연구』 11, 한국고소설학회,

2001)

엄태웅, 「17세기 전기소설에 나타난 남녀 관계의 변모 양상 — 〈위생전〉·〈주생전〉의 남
　　녀주인공을 중심으로」(『한문학논집』 29, 근역한문학회, 2009)

윤재민, 「전기소설의 성격」(『한국한문학연구』 특집호, 한국한문학회, 1996)

이강옥, 「『천예록』의 야담사적 연구」(『구비문학연구』 14, 한국구비문학회, 2002)

이상구, 「한·중 전기소설의 관계 양상 및 그 특징 — 17, 8세기 애정전기소설과 당대 전
　　기와의 관계를 중심으로」(『고전문학연구』 21, 한국고전문학회, 2002)

이이화, 『허균』(한길사, 1997)

임형택, 「나말여초의 전기문학」(『한국문학사의 시각』, 창작과비평사, 1984)

　　　, 「전기소설의 연애주제와 〈위경천전〉」(『동양학』 22, 단국대 동양학연구소, 1992)

장효현, 「전기소설의 연구성과와 과제」(『민족문화연구』 28, 고려대 민족문화연구소, 1995)

정민, 「〈주생전〉의 창작 기층과 문학적 성격」(『한양어문연구』 9, 한양어문연구회, 1991)

　　　, 『목릉문단과 석주 권필』(태학사, 1999)

정범진, 『당대소설연구』(성균관대 대동문화연구원, 1982)

정환국, 「17세기 애정류 한문소설 연구」(성균관대 박사학위논문, 1999)

조동일, 『한국문학사상사시론』(지식산업사, 제2판, 2003)

지연숙, 「〈주생전〉의 배도 연구」(『고전문학연구』 28, 한국고전문학회, 2005)

차주환, 『한국도교사상연구』(서울대출판부, 1978)

허경진, 『허균평전』(돌베개, 2002)

葛賢寧, 『中國小說史』(臺北: 中華文化出版事業委員會, 1956)

譚嘉定(譚正璧), 『中國小說發達史』(臺北: 啓業書局, 1973; 초판 1935)

吳志達, 『唐人傳奇』(姜中卓 옮김, 명지대학교출판부, 1994)

李忠明, 『17世紀中國通俗小說編年史』(合肥: 安徽大學出版社, 2003)

陳益源, 『元明中篇傳奇小說研究』(香港: 學峰文化, 1997)

祝秀俠, 『唐代傳奇研究』(臺北: 中華文化事業出版研究會, 1957)

(2) 현실 비판의 형식: 희망 없는 비판

김정녀, 『조선후기 몽유록의 구도와 전개』(보고사, 2005)

　　　, 「신자료 국문본 〈강도몽유록〉의 이본적 특성과 의미」(『고소설연구』 27, 한국고소설
　　학회, 2009)

　　　, 「병자호란의 책임 논쟁과 기억의 서사: 인조의 기억과 '대항기억'으로서의 〈강도몽

유록〉」(『한국학연구』 35, 고려대 한국학연구소, 2010)

서대석, 「몽유록의 장르적 성격과 문학사적 의의」(『한국학논집』 3, 계명대 한국학연구원, 1980)

신선희, 「17세기 필기류와 몽유록의 대비연구 ― 전란대응 양상을 중심으로」(『한국고전연구』 7, 한국고전연구학회, 2001)

신재홍, 『한국몽유소설연구』(계명문화사, 1994)

신해진, 『조선중기 몽유록의 연구』(박이정, 1998)

양언석, 『몽유록소설의 서술유형 연구』(국학자료원, 1996)

유종국, 『몽유록소설연구』(아세아문화사, 1987)

장경남, 「병자호란의 문학적 형상화 연구 ― 여성 수난을 중심으로」(『어문연구』 31, 한국어문교육연구회, 2003)

장효현, 「17세기 몽유록의 역사적 성격」(『한국고전소설사연구』, 고려대 출판부, 2002)

정출헌, 「임진왜란의 영웅을 기억하는 두 개의 방식 ― 사실의 기억, 또는 기억의 서사」(『한문학보』 21, 우리한문학회, 2009)

_____, 「탄금대 전투에 대한 기억과 두 편의 〈달천몽유록〉」(『고소설연구』 29, 한국고소설학회, 2010)

_____, 「〈육신전〉과 〈원생몽유록〉 ― 충절의 인물과 기억서사의 정치학」(『고소설연구』 33, 한국고소설학회, 2012)

정학성, 「〈원생몽유록〉 연구」(『한문학논집』 3, 근역한문학회, 1985)

정환국, 『초기소설사의 형성 과정과 그 저변』(소명출판, 2005)

조동일, 『한국소설의 이론』(지식산업사, 1978)

조현설, 「형식과 이데올로기의 불화 ― 16세기 몽유록의 생성과 전개」(『민족문학사연구』 25, 민족문학사연구소, 2004)

_____, 「17세기 전기 몽유록에 나타난 타자 연대와 서로주체성의 의미」(『국문학연구』 19, 국문학회, 2009)

조현우, 「몽유록의 출현과 '고통'의 문학적 형상화 ― 〈원생몽유록〉과 〈금생이문록〉을 중심으로」(『한국고전연구』 14, 한국고전연구학회, 2006)

조혜란, 「〈강도몽유록〉 연구」(『고소설연구』 11, 한국고소설학회, 2001)

(3) 현실 극복의 형식: 정신승리법

강현모, 「〈임진록〉에 나타난 김덕령 전승의 양상과 의미」(『한국언어문화』 24, 한국언어문화

　　　학회, 2003)

권혁래, 「16 · 17세기 동아시아적 경험과 기억으로서의 일본인 형상」(『열상고전연구』 26,
　　　열상고전문학회, 2007)

노영구, 「공신선정과 전쟁평가를 통한 임진왜란 기억의 형성」(『역사와 현실』 51, 한국역사
　　　연구회, 2004)

박성태, 「임진왜란을 통해 본 문화 기억」(『인문과학』 41, 성균관대 인문과학연구소, 2008)

소재영, 「〈임진록〉 연구」(『숭전어문학』 1, 숭전대학교, 1972)

＿＿＿ , 「〈임진록〉群의 형성과 민중의식의 변모」(『국어국문학』 61, 국어국문학회, 1973)

＿＿＿ , 『임병양란과 문학의식』(한국연구원, 1980)

소재영 · 장경남 역주, 『임진록』(고려대 민족문화연구소, 1993)

신태수, 「〈임진록〉 연구의 현황과 전망」(『문학과 언어』 11, 문학과언어연구회, 1990)

＿＿＿ , 「임진록 작품군의 장편화 경향과 흥미지향」(『한민족어문학』 21, 한민족어문학회, 1992)

＿＿＿ , 「〈임진록〉의 현실주의적 성격」(『새얼어문논집』 7, 새얼어문학회, 1994)

윤경수, 「〈임진록〉의 작가의식과 민족의식 고찰 ― 민족의식의 자각을 중심으로」(『한국사
　　　상과 문화』 63, 한국사상문화학회, 2012)

임철호, 『임진록 연구』(정음사, 1986)

＿＿＿ , 『임진록 이본 연구』(전주대출판부, 1996)

＿＿＿ , 「〈흑룡일기〉 연구 (1) · (2) · (3)」(『한국언어문학』 55 · 56 · 59, 한국언어문학회, 2005
　　　～2006)

장경남, 「임진록군의 결말 양상과 의미」(『숭실어문』 15, 숭실어문학회, 1999)

조동일, 「임진록」(『한국고전소설작품론』, 집문당, 1990)

최삼룡, 「〈임진록〉의 영웅상에 대한 고찰」(『국어국문학』 107, 국어국문학회, 1992)

최문정, 『임진록 연구』(박이정, 2001)

3장 문제적 개인의 등장과 새로운 전망

(1) 역사 속의 인간 운명

강진옥, 「〈최척전〉에 나타난 고난과 구원의 문제」(『이화어문논집』 8, 이화여대 한국어문학
　　　연구소, 1986)

권혁래, 「〈최척전〉에서의 '유랑'의 의미」(『국어국문학』 150, 국어국문학회, 2008)

＿＿＿ , 「〈최척전〉의 이본 연구 ― 국문본의 성격을 중심으로」(『고전문학연구』 18, 한국고전

문학회, 2000)

김경미, 「동아시아적 시각에서 다시 읽는 〈최척전〉·〈김영철전〉」(『고전문학연구』 43, 한국
    고전문학회, 2013)

김현양, 「〈최척전〉: '희망'과 '연대'의 서사」(『열상고전연구』 24, 열상고전문학회, 2006)

민영대, 『조위한의 삶과 문학』(국학자료원, 2000)

박소현, 「17세기 중국과 한국의 단편소설에 나타난 가족의 이산과 재회 —『十二樓』와 〈
    최척전〉을 중심으로」(『중국문학』 58, 한국중국어문학회, 2009)

박일용, 「장르론적 관점에서 본 〈최척전〉의 특징과 소설사적 위상」(『고전문학연구』 5, 한국
    고전문학회, 1990)

박희병, 「최척전 — 16·7세기 동아시아의 전란과 가족이산」(『한국고전소설작품론』, 집문
    당, 1990)

신해진, 「〈최척전〉에서의 '장륙불'의 기능과 의미」(『어문논집』 35, 민족어문학회, 1996)

양승민, 「〈최척전〉의 창작 동인과 소통 과정」(『고소설연구』 9, 한국고소설학회, 2000)

엄태식, 「〈최척전〉의 창작 배경과 열녀 담론」(『한국고전여성문학연구』 24, 한국고전여성문
    학회, 2012)

이민희, 「전쟁 소재 역사소설에서의 만남과 이산의 주체와 타자」(『국문학연구』 17, 국문학
    회, 2008)

장효현, 「〈최척전〉의 작품세계와 창작 기반」(『한국 고전문학의 시각』, 고려대출판부, 2010)

정출헌, 「임진왜란과 전쟁포로, 굴절된 기억과 서사적 재구」(『민족문화』 41, 한국고전번역
    원, 2013)

정환국, 「16~17세기 동아시아 전란과 애정전기」(『민족문학사연구』 15, 민족문학사연구소,
    1999)

____, 「17세기 실기류와 소설의 거리」(『한문학보』 7, 우리한문학회, 2002)

지연숙, 「〈최척전〉 이본의 두 계열과 선본」(『고소설연구』 17, 한국고소설학회, 2004)

진재교, 「월경越境과 서사 — 동아시아의 서사 체험과 '이웃'의 기억」(『한국한문학연구』, 한
    국한문학회, 2010)

최기숙, 「17세기 고소설에 나타난 여성 인물의 유랑과 축출, 그리고 귀환의 서사」(『고전문
    학연구』 38, 한국고전문학회, 2010)

(2) 새로운 시대정신

강상순, 「〈운영전〉의 인간학과 그 정신사적 의미」(『고전문학연구』 39, 한국고전문학회,

2011)

김경미, 「〈운영전〉에 나타난 여성 서술자의 의의」(『한국고전여성문학연구』4, 한국고전여성
　　문학회, 2002)

박기석, 「운영전」(『한국고전소설작품론』, 집문당, 1990)

박일용, 「〈운영전〉과 〈상사동기〉의 비극적 성격과 그 사회적 의미」(『조선시대의 애정소설』,
　　집문당, 1993)

성현경, 「〈운영전〉의 성격」(『국어국문학』76, 국어국문학회, 1977)

소재영, 「〈운영전〉 연구」(『아세아연구』41, 1971)

신경숙, 「〈운영전〉의 반성적 검토」(『한성어문학』9, 한성대, 1990)

신동흔, 「〈운영전〉에 대한 문학적 반론으로서의 〈영영전〉」(『국문학연구』5, 국문학회, 2001)

신재홍, 「〈운영전〉의 삼각관계와 숨김의 미학」(『고전문학과 교육』8, 한국고전문학교육학
　　회, 2004)

이상구, 「〈운영전〉의 갈등양상과 작가의식」(『고소설연구』5, 한국고소설학회, 1998)

이지영, 「〈운영전〉 창작의 문학적 배경과 연원」(『국문학연구』26, 국문학회, 2012)

정규복, 「〈운영전〉의 문제」(『고대문화』11, 고려대, 1970)

정길수, 「〈운영전〉의 메시지」(『고소설연구』28, 한국고소설학회, 2009)

정출헌, 「〈운영전〉의 애정갈등과 그 비극적 성격」(『고전소설사의 구도와 시각』, 소명출판,
　　1999)

정환국, 「16세기 후반 17세기 전반 사상사의 흐름 속에서 본 〈운영전〉」(『초기 소설사의 형
　　성 과정과 그 저변』, 소명출판, 2005)

조용호, 「〈운영전〉 서사론」(『한국고전연구』3, 한국고전연구학회, 1997)

오오타니 모리시게大谷森繁, 「〈운영전〉 小考」(『조선후기 소설독자 연구』, 고려대 민족문화
　　연구소, 1985)

제2부 이념의 시대

1장 사회 재편의 두 갈래 길과 소설의 재발견

고동환, 『조선후기 서울 상업발달사연구』(지식산업사, 1998)

＿＿, 「인구증가와 사회경제」(동북아역사재단 엮음, 『동아시아의 역사 3』, 동북아역사재단,
　　2011)

김성우, 「임진왜란 이후 전후복구사업의 전개와 양반층의 동향」(『한국사학보』3·4, 고려

　　사학회, 1998)

___ , 『조선중기 국가와 사족』(역사비평사, 2001)

김옥근, 『조선왕조 재정사 연구』(일조각, 1984)

김인걸, 「조선후기 향촌사회 변동에 관한 연구」(서울대 박사학위논문, 1991)

나종일, 「17세기 위기론과 한국사」(『역사학보』94·95, 역사학회, 1982)

류탁일, 「고소설의 유통구조」(한국고소설연구회 편, 『고소설연구』, 아세아문화사, 1991)

손정목, 『조선시대 도시사회 연구』(일지사, 1977)

송찬식, 『조선후기 사회경제사의 연구』(일조각, 1987)

우경섭, 「송시열의 화이론과 조선중화주의의 성립」(『진단학보』101, 진단학회, 2006)

유승주·이철성, 『조선후기 중국과의 무역사』(경인문화사, 2002)

장철수, 「조선시대 서울의 생활풍속사 연구방법 서설」(『서울의 사회풍속사』, 서울학연구소,
　　1995)

정구복, 『고문서와 양반사회』(일조각, 2002)

정석종, 『조선후기사회변동연구』(일조각, 1983)

정수복, 『한국인의 문화적 문법』(생각의나무, 2007)

정옥자, 『조선후기 조선중화사상 연구』(일지사, 1998)

정일영, 「임진왜란 이후 '교화'의 양상 — 광해군대 『동국신속삼강행실도』를 중심으로」
　　(『한국사상사학』34, 한국사상사학회, 2010)

정재훈, 「조선후기 사서에 나타난 중화주의와 민족주의」(『한국실학연구』8, 한국실학학회,
　　2004)

정진영, 『조선시대 향촌사회사』(한길사, 1998)

한명기, 「17세기초 은의 유통과 그 영향」(『규장각』15, 서울대 규장각, 1992)

___ , 「'재조지은'과 조선후기 정치사」(『대동문화연구』50, 성균관대 대동문화연구원, 2007)

황소연, 「오사카의 출판문화전개와 사이카쿠」(『일본어문학』9, 한국일본어문학회, 2000)

가토 슈이치加藤周一, 『日本文學史序說』(김태준·노영희 옮김, 시사일본어사, 1996)

오오타니 모리시게大谷森繁, 『세책고소설연구』(혜안, 2003)

오키 야스시大木康, 『명말 강남의 출판문화』(노경희 옮김, 소명출판, 2007)

헨드리크 하멜Hendrick Hamel, 『하멜 보고서』(유동익 옮김, 중앙M&B, 2003)

2장 사대부 중심의 통합 논리

강상순, 「『구운몽』의 상상적 형식과 욕망에 대한 연구」(고려대 박사학위논문, 1999)

김대현, 『조선시대 소설사 연구 ― 17세기 소설의 이행과정을 중심으로』(국학자료원, 1996)

김무조, 『서포소설연구』(형설출판사, 1976)

김병국, 『한국고전문학의 비평적 이해』(서울대출판부, 1997)

____, 『서포 김만중의 생애와 문학』(서울대출판부, 2007)

____, 교주·역, 『구운몽』(서울대출판문화원, 2007)

김병국·최재남·정운채 옮김, 『서포연보』(서울대출판부, 1992)

김석회, 「서포소설의 주제 시론」(『선청어문』 18, 서울대 국어교육과, 1989)

김종철, 「장편소설의 독자층과 그 성격」(한국고소설학회 편, 『고소설의 저작과 전파』, 아세아문화사, 1995)

김태준, 『조선소설사』(증보판, 학예사, 1939; 박희병 교주, 『증보조선소설사』, 한길사, 1990)

박일용, 「인물형상을 통해서 본 〈구운몽〉의 사회적 성격과 소설사적 위상」(『정신문화연구』 44, 한국정신문화연구원, 1991)

박희병, 「한문소설과 국문소설의 관련 양상」(『한국한문학연구』 22, 한국한문학회, 1998)

서대석, 「〈구운몽〉·군담소설·〈옥루몽〉의 상관관계」(『군담소설의 구조와 배경』, 이화여대출판부, 1985)

서인석, 「〈구운몽〉 후기 이본의 변모 양상」(사재동 편, 『서포문학의 새로운 탐구』, 중앙인문사, 2000)

엄태식, 「『구운몽』의 이본과 전고 연구」(경원대 석사학위논문, 2005)

윤세순, 「〈홍백화전〉을 통해 본 애정전기의 이행기적 양상」(『한문학보』 2, 우리한문학회, 2000)

____, 「『홍백화전』 연구 ― 성립 경로와 변모 양상을 중심으로」(성균관대 박사학위논문, 2002)

이봉규, 「예송의 철학적 분석에 대한 재검토」(『대동문화연구』 31, 성균관대 대동문화연구원, 1996)

이영춘, 「예송의 당쟁적 성격에 대한 재검토」(『조선후기 당쟁의 종합적 검토』, 한국정신문화연구원, 1992);

이주영, 「〈구운몽〉 연구의 현황과 과제」(『국문학연구』 9, 국문학회, 2003)

장효현, 「〈구운몽〉의 주제와 그 수용사」(『한국고전소설사연구』, 고려대 출판부, 2002)

전성운, 「〈구운몽〉의 창작과 명말 청초 염정소설」(『고소설연구』 12, 한국고소설학회, 2001)

정규복, 『구운몽연구』(고려대 출판부, 1974)

____, 『구운몽 원전의 연구』(일지사, 1977)

____, 「구운몽 노존본의 이분화」(『동방학지』 59, 연세대 국학연구원, 1988)

____, 「구운몽 서울대학본의 재고」(『대동문화연구』 26, 성균관대 대동문화연구원, 1991)

정규복·진경환 역주, 『구운몽』(고려대 민족문화연구소, 1993)

정길수,『구운몽 다시 읽기』(돌베개, 2010)

정옥자,「17세기 사상사의 재편과 예론」(『한국문화』 10, 서울대 한국문화연구소, 1989)

정출헌,「〈구운몽〉의 작품세계와 그 이념적 기반」(정규복 外,『김만중문학연구』, 국학자료원, 1993)

조동일,「구운몽과 금강경, 무엇이 문제인가」(『김만중 연구』, 새문사, 1983)

___,『소설의 사회사 비교론 2』(지식산업사, 2001)

___,『소설의 사회사 비교론 3』(지식산업사, 2001)

지두환,「조선후기 예송 연구」(『부대사학』 11, 부산대 사학회, 1987)

지연숙,「『구운몽』의 텍스트 — 서울대본·노존B본·노존A본의 위상에 대해」(『장편소설과 여와전』, 보고사, 2003)

최윤희,「〈홍백화전〉 연구의 쟁점과 과제」(『고소설 연구사』, 월인, 2002)

탁원정,「〈홍백화전〉 연구」(『한국고전연구』 6, 한국고전연구학회, 2000)

다니엘 부셰,「구운몽 저작언어 변증」(『한국학보』 68, 일지사, 1992)

___,「원문 비평의 방법론에 관한 소고」(『동방학지』 95, 연세대 국학연구원, 1997)

『라사리요 데 토르메스의 삶, 그의 행운과 불운』(최낙원 옮김, 지식을만드는지식, 2012)

마테오 알레만,『구스만 데 알파라체』(강필운 옮김, 아카넷, 2012)

아기나가·푸에르톨라스·사발라,『스페인 문학의 사회사 2』(정동섭 옮김, 나남, 2013)

3장 배타적인 사족중심주의

김병권,「17세기 후반 창작소설의 작가사회학적 연구」(부산대 박사학위논문, 1990)

김진영,「고전소설에 나타난 謫降話素의 기원 탐색」(『어문연구』 64, 어문연구학회, 2010)

김홍균,「복수주인공 고전 장편소설의 창작방법연구」(한국정신문화연구원 박사학위논문, 1990)

문선규,「창선감의록고」(『어문학』 9, 한국어문학회, 1963)

박일용,「〈창선감의록〉의 구성 원리와 미학적 특징」(『고전문학연구』 18, 한국고전문학회, 2000)

신태수,「적강소설에 나타난 자의식과 운명의 관계」(『한민족어문학』 43, 한민족어문학회, 2003)

엄기주,「『창선감의록』 연구」(성균관대 석사학위논문, 1984)

우쾌제,「〈남정기〉에 나타난 열녀전의 수용양상 고찰」(『동아시아 문학의 연구』, 동방문학비교연구회, 1997)

이금희, 『사씨남정기 연구』(반도출판사, 1991)

이래종, 「창선감의록 이본고」(『숭실어문』 10, 숭실대, 1993)

이래종 역주, 『사씨남정기』(태학사, 1999),

이상구, 「〈숙향전〉의 현실적 성격」(『고전문학연구』6, 한국고전문학회, 1991)

＿＿, 「〈숙향전〉의 문헌적 계보와 현실적 성격」(고려대 박사학위논문, 1994)

＿＿, 「환상성과 운명론적 세계관의 본질」(『원본 숙향전·숙영낭자전』, 문학동네, 2010)

이원수, 「〈사씨남정기〉의 창작 동기 및 시기 논란」(『배달말』 44, 배달말학회, 2009)

이원주, 「창선감의록 소고」(『동산신태식박사 고희기념논총』, 계명대출판부, 1979)

이지영, 「한문본 『창선감의록』의 변이와 독자의 소설향유방식」(『고소설연구』14, 한국고소 설학회, 2002)

＿＿, 「〈창선감의록〉의 이본 변이 양상과 독자층의 상관관계」(서울대 박사학위논문, 2003)

＿＿, 「〈사씨남정기〉 한문본과 한글본의 비교 분석」(『한국문학논총』 37, 2004)

이지영 옮김, 『창선감의록』(문학동네, 2010)

임형택, 「17세기 규방소설의 성립과 『창선감의록』」(『동방학지』 17, 연세대 국학연구원, 1988)

정규복, 「〈남정기〉의 저작동기에 대하여」(『성대문학』 15·16, 성균관대, 1970)

＿＿, 「창선감의록의 유가사상과 소설사적 의미」(『고소설연구논총』, 다곡이수봉선생 회갑 기념논총, 제일문화사, 1988)

정길수, 「〈창선감의록〉의 작자 문제」(『고전문학연구』 23, 한국고전문학회, 2003)

＿＿, 「〈남정기〉의 창작 동기와 작자 문제」(『인문학연구』 43, 조선대 인문학연구원, 2012)

정종대, 「〈숙향전〉고」(『국어교육』 59·60, 한국국어교육연구회, 1987)

정종진, 「〈숙향전〉 서사구조의 양식적 특성과 세계관」(『한국고전연구』 7, 한국고전연구학 회, 2001)

조희웅·松原孝俊, 「〈숙향전〉 형성연대 재고」(『고전문학연구』 12, 한국고전문학회, 1997)

지연숙, 「〈숙향전〉 한문본 연구」(『고소설연구』 20, 한국고소설학회, 2005)

＿＿, 「〈숙향전〉의 세계 형상과 작동 원리 연구」(『고소설연구』 24, 한국고소설학회, 2007),

＿＿, 「〈사씨남정기〉 비김춘택 계열 연구」(『고소설연구』 27, 한국고소설학회, 2009)

진경환, 「〈창선감의록〉의 작품구조와 소설사적 위상」(고려대 박사학위논문, 1992)

＿＿, 「소설사적 관점에서 본 〈창선감의록〉과 〈사씨남정기〉의 관계」(정규복 외, 『김만중문 학연구』, 국학자료원, 1993)

차충환, 「〈숙향전〉의 구조와 세계관」(『고전문학연구』 15, 한국고전문학회, 1999)

최봉원, 「재자가인소설의 홍성과 천화장주인天花藏主人」(『대동문화연구』 31, 성균관대 대 동문화연구원, 1996)

최수경, 「명말청초 소설 형태의 변화」(『중국소설논총』 12, 한국중국소설학회, 2000)

탁원정, 「17세기 가정소설의 공간 연구」(이화여대 박사학위논문, 2006)

홍인숙, 「17세기 열녀전 연구」(『한국고전연구』 7, 한국고전연구학회, 2001)

다니엘 부셰, 「〈남정기〉에 대한 일고찰」(『아세아연구』 57, 고려대 아세아문제연구소, 1977)

4장 선민의식과 가문중심주의

강주완, 「『百家公案』 연구」(연세대 박사학위논문, 2003)

고숙희, 「『百家公案』과 『龍圖公案』의 이중 시공간」(『중국소설논총』 15, 한국중국소설학회, 2002)

권성민, 「옥소 권섭의 국문시가 연구」(서울대 석사학위논문, 1991)

김탁환, 「〈완월회맹연〉의 창작방법 연구」(『한국소설창작방법연구』, 문경출판사, 2002)

노정은, 「〈소현성록〉의 인물 형상화 변이 양상」(고려대 석사학위논문, 2004)

박영희, 「〈소현성록〉 연작 연구」(이화여대 박사학위논문, 1994)

____, 「장편가문소설의 향유집단 연구」(한국고전문학회 편, 『문학과 사회집단』, 집문당, 1995)

____, 「17세기 재자가인소설의 수용과 영향 - 〈好逑傳〉을 중심으로」(『한국고전연구』 4, 한국고전연구학회, 1998)

박일용, 「『유씨삼대록』의 작가 의식 연구」(『고전문학연구』 12, 한국고전문학회, 1997)

백순철, 「〈소현성록〉의 여성들」(『여성문학연구』 1, 한국여성문학학회, 1997)

송성욱, 「조선조 대하소설의 구성 원리에 대한 방법론적 접근」(『한국 고전소설과 서사문학 (상)』, 집문당, 1998)

____, 『한국 대하소설의 미학』(월인, 2002)

____, 『조선시대 대하소설의 서사문법과 창작의식』(태학사, 2003)

____, 「17세기 소설사의 한 국면 ― 〈사씨남정기〉·〈구운몽〉·〈창선감의록〉·〈소현성록〉을 중심으로」(『한국고전연구』 8, 한국고전연구학회, 2003)

양민정, 「〈소현성록〉에 나타난 여가장의 역할과 사회적 의미」(『외국문학연구』 12, 한국외대 외국문학연구소, 2002)

이상택, 『한국 고전소설의 이론 Ⅱ』(새문사, 2003)

이수봉, 『한국가문소설연구』(경인문화사, 1992)

이주영, 「〈소현성록〉 인물 형상의 변화와 의미」(『국어교육』 98, 한국국어교육연구회, 1998)

이혜순, 「조선조 열녀전의 전개와 유형」(『한국의 열녀전』, 월인, 2002)

임치균, 『조선조 대장편소설 연구』(태학사, 1996)

장시광, 「〈소현성록〉 연작의 여성수난담과 그 의미」(『우리문학연구』 28, 우리문학회, 2009)

장효현, 「장편 가문소설의 성립과 존재양태」(『한국고전소설사연구』, 고려대출판부, 2002)

정병설, 「장편 대하소설과 가족사 서술의 연관 및 그 의미」(『고전문학연구』 12, 한국고전문학회, 1997)

_____, 『완월회맹연 연구』(태학사, 1998)

_____, 「조선후기 장편소설사의 전개」(『한국 고전소설과 서사문학 (상)』, 집문당, 1998)

정창권, 「〈소현성록〉의 여성주의적 성격과 의의」(『고소설연구』 4, 한국고소설학회, 1998)

조혜란 · 정선희 · 허순우 · 최수현 역주, 『소현성록 1 · 2 · 3 · 4』(소명출판, 2010)

지연숙, 「〈여와전〉 연작의 소설 비평 연구」(고려대 박사학위논문, 2001)

_____, 「〈소현성록〉의 주변과 그 자장」(『한국문학연구』 4, 고려대 민족문화연구원 한국문학연구소, 2003)

_____, 「『〈소현성록〉의 공간 구성과 역사 인식」(『한국고전연구』 13, 한국고전연구학회, 2006)

최기숙, 「17세기 장편소설 연구」(연세대 박사학위논문, 1998)

최길용, 『조선조 연작소설 연구』(아세아문화사, 1992)

프랑수아 드 페늘롱François de Fénelon, 『텔레마코스의 모험 1 · 2』(김중현 · 최병곤 옮김, 책세상, 2007)

가

나

17세기 한국 소설사

1판 1쇄 발행 2016년 4월 30일

지은이 | 정길수
펴낸이 | 조영남
펴낸곳 | 알렙

출판등록 | 2009년 11월 19일 제313-2010-132호
주소 | 서울시 강서구 공항대로45길 101 강변샤르망 202-304
전자우편 | alephbook@naver.com
전화 | 02-325-2015
팩스 | 02-325-2016

ISBN 978-89-97779-64-2 93810

이 저서는 2011년 정부(교육부)의 재원으로 한국연구재단의 지원을 받아 수행된 연구임
(NRF-2011-812-A00118)